BRUTALE

DU MÊME AUTEUR
CHEZ POCKET

AIMER ET LAISSER MOURIR
LOUPO
BRUTALE

JACQUES-OLIVIER BOSCO

BRUTALE

Robert Laffont

MIXTE
Papier issu de sources responsables
FSC www.fsc.org FSC® C003309

Pocket, une marque d'Univers Poche,
est un éditeur qui s'engage pour la préservation
de son environnement et qui utilise du papier fabriqué
à partir de bois provenant de forêts gérées
de manière responsable.

ISBN : 978-2-266-27987-1
Dépôt légal : février 2018

Pour Jean Christian,
car c'est ce que nous rêvions de faire,
vivre de ces mondes imaginaires.
Ils m'ont sauvé de ton absence.

« Je ne sais pas pourquoi je fais ça, ni si c'est moi. Je suis poussé par une force supérieure… je ne me souviens de rien. C'est comme un grand tunnel noir dont on ne voit jamais la fin. »

M le Maudit, Fritz Lang

The beast in me
Has had to learn to live with pain

« The Beast in Me », Johnny Cash

« — Eh ! Qu'aimes-tu donc, extraordinaire étranger ?

— J'aime les nuages… les nuages qui passent… là-bas… là-bas… les merveilleux nuages ! »

Le Spleen de Paris
(*Petits poèmes en prose*),
Charles Baudelaire

Prologue

Les feux arrière des centaines de banlieusards coincés dans les embouteillages forment des filets de sang sur les hauteurs de la ville. Partout des blocs de ciment, de béton, partout des cités. Partout, ce froid mordant, coupant, traître, qui fait pleurer et brûle les narines. La nuit tombe – la nuit qui n'est pas noire mais bleue comme les veines d'une enfant gelée –, traquée par les projecteurs des parkings déserts, le brasier orangé de l'aéroport au loin, la lumière des rampes d'autoroute, des petites bases pavillonnaires, des lampadaires de la banlieue.

Les portières de la camionnette claquent et quatre hommes en sortent, parlant fort et riant. Le premier porte un sac de voyage, ceux qui le suivent tirent des valises à roulettes et le quatrième a entre les bras un carton d'où dépassent des bouteilles.

Ce soir, ils vont faire la fête.

Sur la terrasse d'une ligne de garage, la Bête regarde leurs silhouettes trembler dans l'orage. Seul le haut de son casque de moto dépasse du petit muret derrière lequel elle se cache. Les gouttes dégoulinent sur sa visière à demi fermée comme des petits serpents transparents. En levant le regard, elle peut voir ses yeux se refléter dedans, et dans ses yeux, elle voit la nuit.

Sa propre nuit.

Ses doigts caressent doucement la tige de coffrage en acier de quarante centimètres de long qu'elle a glissée dans sa botte. Sa matraque préférée.

Le corps recouvert de cuir noir voûté sous la pluie, les mains en crochet devant elle et la salive sèche au bord de la gorge comme un appel à la faim, la Bête ressemble à une bête. Mais, dans sa tête, elle préfère se traiter de Monstre.

Le Monstre se redresse, un éclair déchire la nuit en même temps que le tonnerre secoue l'univers, se reflétant sur la laque de son casque noir. Il se laisse glisser le long d'une gouttière pour atteindre le goudron luisant et s'accroupir.

Les quatre hommes viennent de pénétrer dans un immeuble aux fenêtres murées de briques grises voilées de pluie. Ils ont emprunté une ouverture de cave qui passe entre deux tertres d'herbe sale, une bouche emplie d'ombre qui les avale un à un.

On les appelle les violeurs de l'autoroute. Eux doivent se considérer comme des pirates des temps modernes. Depuis presque une année, ils écument les stations d'essence et les aires de repos des autoroutes qui alimentent la capitale de son flux d'humains. Ils opèrent la nuit, entre vingt-trois heures et quatre heures, rôdant sur les immenses terre-pleins entre les voitures des Hollandais et les camions roumains, à la recherche du véhicule esseulé. Parfois un couple d'amoureux, un VRP en recharge d'énergie et, souvent, un camping-car, petit havre de paix, chez-soi transportable d'une famille voyageuse. Les enfants en pyjama, la maman dans les bras du papa, ils forcent la porte et entrent, tabassent le père, le grand fils ou le frère, et violent la mère, la petite fille ou la sœur. Puis ils repartent avec leur butin de vêtements d'enfants et de traveller's chèques.

Leur ADN est inconnu des services. Le Monstre a dû patienter. Il les veut, il sait qu'avec eux cela noiera les remords et la honte, et que la Bête pourra se laisser aller.

Des nuits entières à planquer, couché dans l'herbe humide qui sent l'urine, ou sur le toit d'un bloc de béton servant de chiottes aux routes franciliennes. Le Monstre a fini par remarquer que les « violeurs » passent d'une autoroute à l'autre, de l'est à l'ouest et du nord au sud, entre chacun de leurs méfaits, utilisant des sorties de chantiers pour s'échapper.

Cette nuit, il les a trouvés.

Il se redresse et marche lentement vers l'immeuble.

Au loin devant lui, la lumière d'une torche furète contre les murs des caves. Des tas de détritus, des restes carbonisés, une odeur de pourriture, de merde et de vomi qui pique et étrangle… Le Monstre se sent bien. Au fond du couloir, la lumière a disparu.

Une odeur d'essence, puis l'illumination d'un feu sort de l'entrée d'un box en même temps que des éclats de rire. Le Monstre n'a plus que quelques pas à faire. Il ne pense à rien, il respire les mouvements des hommes dans la petite pièce, certains assis, d'autres debout à s'échanger une bouteille, ils parlent une langue inconnue. Ils crieront dans une langue inconnue.

Il entre. Les visages des quatre hommes se défont en une succession d'émotions. La surprise tout d'abord, puis une sorte d'incrédulité et, dès que les premiers coups tombent, la peur, suivie de la terreur. La tige d'acier fracasse la bouche et la moitié basse du crâne du premier, la rotule du deuxième et les clavicules et cortex des deux derniers. Ainsi, ils ne peuvent plus bouger. Seulement gémir, hurler, tenter de fuir. S'échapper, survivre ? S'ils tendent les mains, le Monstre leur brise les doigts. S'ils se retournent pour ramper, il leur éclate les vertèbres une à une, de la nuque au coccyx.

Le Monstre en met trois hors d'état de vivre, sans les tuer : ce ne seront plus des hommes, juste des légumes. Le dernier, il veut le finir à la main. Il s'agenouille devant lui, pose la tige d'acier et lève ses gants de moto noirs. Puis il commence à frapper. Cogner. Écraser. Détruire.

Plus les coups tombent, plus le sang gicle sur sa visière, plus le Monstre se détend. C'est le seul moyen, la Méthode, et cela fonctionne.

La Bête se calme. Elle sent monter en elle le soulagement tant attendu. Non pas le plaisir, il n'y a aucun plaisir. Juste le bien-être de la douleur enfuie.

1

Le lieutenant Raskolnikov dégagea les feuilles du visage de la morte. Le sang avait coulé et séché dans ses narines, formant comme des petits bouchons de cire rouge. Des croûtes sombres s'étaient formées sur ses yeux où se baladaient les fourmis.

Malgré la boue et les feuilles qui recouvraient le corps, on reconnaissait les vêtements de moniale.

Raskolnikov se tourna vers son supérieur.

— C'est elle. La bonne sœur qu'on nous a signalée comme disparue le mois dernier.

Le major Dimitrovsky sortit une Marlboro de sa poche de vareuse et l'alluma. Il souffla longuement la fumée en regardant la forêt alentour. Le soleil de midi se diluait dans le ciel blanc qui recouvrait ce coin de Tchétchénie, la plupart des arbres avaient perdu leurs feuilles, le froid n'en était que plus intense, agressif et griffu, comme les branches noires qui les entouraient. Seuls les bûcherons et les chasseurs venaient par ici. Et les patrouilles de l'armée tchétchène.

— Une chance qu'il y ait eu des exercices militaires dans le coin. Avec le froid, la pluie… ça doit faire quinze jours qu'elle est ici.

N'attendant pas de réponse à sa déclaration, Raskolnikov s'agenouilla près du cadavre et posa son carnet sur la terre. Il palpa le corps, souleva la robe, remarqua les chaussures manquantes et s'attarda longuement sur la béance qui ouvrait la gorge de la jeune nonne.

Le major demanda d'une voix grave :

— Quel âge avait-elle ?

— Si c'est bien la moniale, vingt-deux ans.

Dimitrovsky accrocha le regard de Raskolnikov. Son diplôme de médecine donnait à Raskolnikov le grade de lieutenant, mais il restait sous les ordres du major. Il hocha la tête et leva à nouveau la robe. Son supérieur le regarda tirer la culotte vers le bas et ouvrir les cuisses de la jeune fille pour en effleurer l'hymen de ses doigts gantés de plastique. Le lieutenant reporta à nouveau ses yeux sur Dimitrovsky.

— Vierge.

— Comme les autres.

— Et vidée de son sang.

— Oui, sauf qu'ils ont un peu bâclé le travail, cette fois-ci.

Le lieutenant se remit debout en frottant la terre humide sur ses genoux. Il regarda ses notes puis désigna les jambes de la nonne.

— Ils l'ont pendue par les pieds, la tête en bas. Il y a des traces de cordage sur ses chevilles. Puis ils l'ont égorgée… comme un vulgaire mouton.

Le major acquiesça, avant de jeter sa cigarette par-dessus la morte.

— Cela faisait six mois. Six mois sans disparition et sans découverte de cadavre. Il faudra enquêter pour savoir si des gens ont vu des voitures étrangères dans la région.

— Vous pensez encore à cette histoire de Français ?

— Trois fois, on a remarqué une grosse voiture de luxe avec une plaque immatriculée en France en lien avec une disparition. Et certaines de ces disparitions concernaient des filles que l'on a retrouvées vidées de leur sang. Est-ce que tu t'es renseigné ?

— La voiture, c'était une Audi, le modèle SUV. J'ai montré des photos à ceux qui l'avaient vue et j'ai envoyé une demande à nos collègues français. D'après eux, les plaques sont des doublettes, des plaques déjà existantes dont le véhicule se trouvait en France au moment où elles tournaient par chez nous. À chaque fois, il s'agissait de voitures immatriculées à Paris. Vous imaginez ? Ces hommes viennent, enlèvent des filles et les vident de leur sang, ici, sur place, avant de les jeter dans la nature et de retourner dans leur pays ? Non, je crois plutôt qu'ils sont d'ici. Et si on veut un jour les attraper, c'est ce qu'il faut espérer. Non ? Vous pensez quoi ?

Le major savait que cette affaire était un puits à merde, qu'il ne la résoudrait pas, à moins d'un coup de chance. Il s'en occupait parce qu'il aimait ce boulot de flic et parce qu'il fallait bien que quelqu'un le fasse, comme disait son chef. Il ferma les yeux quelques secondes, se remémorant des images de son voyage de noces – le petit hôtel dans le quartier Latin, la tour Eiffel, les Folies-Bergère… –, puis les rouvrit, un sourire triste sur les lèvres.

— À Paris… Je pense à Paris.

2

À Paris

— Sors de là ! Sors de ce putain de trou !

— Non, m'dame, pitié, je sais que vous allez me démonter.

Lise en avait marre d'avoir le nez collé au bitume. Ça puait la pisse et la merde, et pas que de chien. Elle se redressa et reprit un bol d'air glacé. Pas loin de vingt-deux heures, le quartier était désert et les lampadaires faisaient des trous d'ombre dans cette ruelle du bas Ménilmontant. Elle se pencha entre les containers à poubelles. Ce con de Marcus avait réussi à se glisser dessous et avait trouvé une excavation dans le bas du mur. Il s'y était fourré comme un putois dans son terrier.

Pas moyen de voir quoi que ce soit, et ça commençait à cailler sérieux. Lise haussa le ton :

— Sors de ce trou, Marcus, je te démonterai pas. Enfin, pas complètement. Je t'avais dit de pas revenir traîner dans le coin.

— M'dame, je suis désolé, je suis désolé mais…

Lise Lartéguy soupira en entendant le dealer chialer.

— Tu veux que je m'énerve ? D'accord. Alors envoie la drogue que t'as sur toi.

D'un coup, les pleurs cessèrent. Un sourire se dessina sur le visage de Lise.

— Tu m'as entendue ? Envoie la dope.

— Je… J'ai rien, je vous jure.

Clic, clac.

La fliquette venait de sortir son flingue.

— T'as reconnu le bruit ? C'est mon petit copain, le SIG SP, alors je te donne dix secondes. Tu m'entends, Marcus ? Parce que j'ai l'impression qu'il y a des bestioles, là-dessous, et ça m'embêterait que tu te fasses bouffer les couilles, déjà que… Dix secondes, Marcus.

— Putain, m'dame, déconnez pas, déconnez pas.

Clic.

— Je remonte le percuteur.

— C'est bon, c'est bon, je vous la donne.

Lise vit une lueur éclairer le fond du trou : Marcus avait sorti son portable. Puis des petits rectangles de carton atterrirent à ses pieds.

— Toute la dope, j'ai dit.

Des sachets d'herbe, des barrettes, des gélules et même des bonbonnes de coke vinrent rejoindre le tas qui s'étalait au pied du mur.

— Merci.

Lartéguy se releva et écrasa les paquets de ses bottes de rockeuse.

— Que je te revoie plus dans le coin, t'as compris ?

Elle s'était penchée pour lui crier sa dernière sommation. Ce faisant, elle ramassa un peu de mélange du bout du doigt et s'en envoya une rincée dans les narines.

— Ouaaaah.

Elle se releva, rangea son flingue sous son blouson, fit quelques pas et poussa la porte de service d'un bar de nuit.

La musique, la chaleur et les lumières rouges réchauffèrent immédiatement son corps. Lise avança dans le petit couloir pour arriver dans la boîte bondée. Un bar d'homos, garçons et filles. Les corps se frottaient, les enceintes balançaient un remix de « Personal Jesus » de DM avec pas mal de basses dessus. Ça lui fouetta le cerveau. Elle alla s'accouder au comptoir. La serveuse, une minette de vingt ans habillée comme un personnage de manga avec sa jupe à volant rose et ses chaussettes à mi-cuisse, laissa tomber sa joie de vivre en voyant la flic.

Lise la provoqua d'un sourire.

— Salut, Perrine. Tu me sers une téquila ?

La fille se pencha vers elle en lui faisant un doigt.

— Ta téquila, tu peux te la foutre dans le cul ! Je sais que c'est toi qu'as balancé ma caisse à la fourrière.

— N'importe quoi. T'es une serveuse, je suis une cliente, sers-moi une putain de téquila.

Une grande blonde d'une quarantaine d'années, très classe dans sa robe noire et sa veste de tailleur rouge, rejoignit la serveuse derrière le bar.

— Lise, qu'est-ce que tu fous là ?

— Bonjour, Manouche, moi aussi je suis heureuse de te voir. C'est un endroit public, que je sache ?

— Tu viens faire des histoires, c'est ça ?

— Mais non, pourquoi ? Parce que ma copine se tape sa nouvelle serveuse ? Une minette de vingt piges qu'a une chatte qui sent le savon !

de celles qui vous poussent dans le dos comme le vent sur un vélo, avec le bruit du moteur qui ressemble au feulement d'un jaguar. Tracer la route, filer, quitter la ville et rejoindre un palace à Cabourg.

Elle ravala ses sanglots, se forçant à y mettre un peu de rage, sans y parvenir. Son cœur gisait tel un animal blessé, battant faiblement derrière sa poitrine recouverte de taches de son.

Il s'emballa d'un coup.

3

Lise se plaqua à la vitre pour mieux voir. Plus loin sur le trottoir d'en face, une grande bijouterie étalait sa devanture. Le sas d'entrée était en travaux, barré d'échafaudages et de sacs de ciment. Sur sa gauche, une simple porte vitrée bloquait l'accès, à demi masquée par un rideau, mais Lise se doutait que des vigiles armés et en tenue se trouvaient à l'intérieur.

C'est la berline noire aux vitres fumées qui avait attiré son attention. Elle était passée au ralenti devant le bar avant de s'arrêter au bout du boulevard, à quelques mètres de la bijouterie.

Deux hommes en descendirent. Ils étaient loin, mais Lise aurait juré qu'ils portaient des cagoules. L'un d'eux avait une lourde masse posée sur l'épaule, quant au deuxième, un tube métallique et chromé ressemblant au bout d'un fusil dépassait du bas de son long manteau.

L'instinct de flic de Lise se mit en mode alarme. Elle bondit sur ses pieds et se dirigea vers la sortie. Deux gros baraqués lui barrèrent le passage. La porte des toilettes était juste à droite et ces enfoirés comptaient sûrement l'emmener se soulager la vessie à leur manière. Des potes à l'homo dont elle avait brisé les doigts.

Il était où, ce con ?

Pas de temps à perdre. Elle fit demi-tour et traça jusqu'à la porte de service.

Le froid de la nuit l'empoigna alors que le battant claquait dans son dos.

— Alors, ma chérie, tu comptais nous fausser compagnie ?

Ce n'était décidément pas sa soirée, songea Lise en soupirant. L'homo avait eu le temps de bander ses doigts et de faire venir ses copains rugbymen. Quoique, avec leur menton carré et leur crâne rasé comme la pelouse d'un golf, ils faisaient plus penser à des légionnaires qu'à des sportifs. Le genre d'homos baraqués qui abusaient des stéroïdes pour se gonfler les biceps.

Deux d'entre eux bloquaient l'accès vers le boulevard où se trouvait la bijouterie, tandis qu'un autre Rambo l'empêchait de se faire la malle par l'autre côté. Ce qui, de toute façon, ne faisait pas partie des intentions de la lieutenante Lartéguy.

— Tu veux me démonter, c'est ça ? demanda-t-elle en se dirigeant vers celui qui l'avait provoquée.

Son cerveau s'était mis en mode « combat », technique du krav maga que lui avait enseignée un des maîtres en France, Éric Benhamou, de Nice. Tout en se rapprochant, Lise cherchait la faille, le point sensible, ainsi que l'objet qui pourrait lui être utile. L'homme aux doigts cassés comprit que quelque chose n'allait pas. Elle arrivait trop vite. Il commença à reculer tout en tendant vers elle une bombe lacrymo de grand format.

« C'est parfait. »

Lise lui envoya un coup de ses doigts repliés en pleine gorge. L'homo suffoqua et les larmes jaillirent de ses yeux. Du coin de l'œil, elle repéra le geste de son collègue. Il avait sorti un couteau et avait l'air de savoir s'en servir comme d'un épluche-légumes. Il se croyait protégé. Il avait tort. Elle tordit le poignet de sa première victime, récupéra la lacrymo et s'en servit comme d'une masse pour lui balancer deux coups dans le visage. Le gars tomba à terre, à moitié groggy. Elle s'avança alors vers l'autre pour le forcer à attaquer, couteau en avant. Lise esquiva. La lame passa sous son aisselle. Elle serra le bras de son adversaire, le bloqua tout en se retournant et le lui tordit, le coude vers le haut. Puis d'un coup terrible, dit « coup de poing marteau », elle le lui fracassa. L'homme hurla en tombant à genoux. Lise le poussa sur son compagnon. La lame rebondit sur le goudron en émettant un bruit de ferraille. Quant au troisième, pas la peine de se retourner : ses pas résonnaient à l'autre bout de la ruelle, à croire qu'il tentait de battre un record du cent mètres.

Lise s'élança dans la direction opposée.

Au moment où elle débouchait sur le trottoir, l'alarme de la bijouterie hurla. Elle courait au milieu du boulevard désert quand elle vit les hommes armés de fusils-mitrailleurs ressortir de la vitrine brisée. Ils s'engouffrèrent dans la berline, qui démarra dans un rugissement de moteur. La lieutenante s'était immobilisée, le souffle en rafale sur les lèvres, elle avait déjà son arme à la main, tendue vers la vitre du conducteur qui se rapprochait d'elle à toute vitesse.

— Stop ! Police ! Arrêtez-vous !

La voiture passa à moins d'un mètre, comme une provocation. Lise vit les yeux, enfin, le blanc des yeux du chauffeur – il n'avait pas cillé.

Il savait qu'elle ne tirerait pas.

« L'enfoiré ! » jura-t-elle intérieurement.

Deux vigiles sortaient de la bijouterie, courant dans sa direction.

« Qu'est-ce qu'ils croient ? Qu'ils vont rattraper la voiture ? »

Lise put voir à leurs holsters vides qu'on les avait délestés de leur arme ; l'un d'eux tenait son téléphone portable à la main, il devait être en train d'appeler ses collègues du commissariat. Elle savait qu'il n'y avait rien d'autre à faire qu'à les attendre. Au moins, il ne serait pas nécessaire de réveiller un OPJ de service, elle était déjà sur place. Mais quelque chose dans le regard du chauffeur l'avait rendue furieuse. Après tout, à partir du moment où elle se trouvait sur les lieux d'une agression ou d'un délit, elle était de facto de service.

« En plus, je n'ai même pas eu le temps de noter le numéro de leur plaque ! »

Lorsque les vigiles s'arrêtèrent devant elle, la lieutenante de la BRB sortit sa carte de flic.

— Ça va, les gars ? Y a des blessés ?

Ils firent non de la tête en reprenant leur souffle. Lise rangea sa carte, ses yeux étaient froids au possible.

— Dites aux collègues que Lartéguy, de la BRB, a pris les suspects en chasse.

Elle courut jusqu'à sa voiture, une Audi TT décapotable aux arêtes tranchantes, à la calandre basse et au double pot d'échappement. L'animal cachait deux cent trente chevaux sous son capot et pouvait monter à 100 kilomètres-heure en moins de six secondes. Le chef d'un gang d'Aubervilliers venait de se la payer quand la brigade des stups lui était tombée dessus. Elle avait promis à Jeanjean de la ramener dans un état impeccable. L'administration comptait sur sa vente pour filer des primes aux cadres supérieurs de la PJ.

La portière claquait à peine que Lise enfonçait le pied sur l'accélérateur. Elle lâcha le frein, et la voiture fusa en patinant pour foncer sur le boulevard. En arrivant à l'angle, elle était presque à 80, elle freina et tourna le volant, pour reprendre de la vitesse dans la ligne droite. Une longue quatre voies qui partait vers le nord de Paris. Elle eut juste le temps de voir la voiture des braqueurs disparaître au bout de l'avenue. À cette heure de la nuit, il n'y avait pas beaucoup de circulation et Lise mit toute la gomme. Au virage suivant, elle avait rattrapé son retard, les feux de la BMW étaient en train de passer sur la gauche d'un camion de livraison en mordant le trottoir : à moins de deux cents mètres devant elle. Pour une fois, elle pourrait remercier la façon anarchique de se garer des livreurs parisiens. Elle poussa son Audi dans la rue vide, pila derrière le camion et imita les braqueurs pour le doubler. Juste à temps pour les voir bifurquer à nouveau, retournant sur les grands axes.

La berline fonçait sur le boulevard de Rochechouart, juste en dessous du métro aérien, doublant les voitures à une vitesse affolante. Lise rétrograda en quatrième et fit parler la puissance de ses quatre roues motrices. L'Audi commença à se faufiler à son tour, frôlant les carrosseries des rares voitures qu'elle dépassait, se rapprochant de plus en plus des braqueurs. Mais leur chauffeur aussi avait pris des cours de conduite, et a priori il ne s'agissait pas de ceux de la police motorisée de Montigny, jugea-t-elle quand les roues de la berline mordirent le trottoir, sous la rame de métro, à plus de 110 kilomètres-heure, pour se jeter de l'autre côté, dans la rue Marx-Dormoy.

— Les enfoirés !

Elle ne les lâchait pas d'une semelle, prenant de plus en plus de risques. Et ça ne manqua pas : une voiture déboula sur sa droite, elle dut braquer de toute urgence, tapant et raclant la carrosserie d'une dizaine de véhicules garés sur sa gauche, les rétroviseurs sautaient dans des gerbes d'étincelles alors que ses épaules étaient secouées, ses bras tendus comme des câbles sur le volant.

Son front se couvrit de sueur, elle redressa la voiture et jeta un coup d'œil dans son rétroviseur – il avait été arraché. Elle n'osait imaginer le spectacle de tôles froissées qu'elle laissait derrière elle.

« Putain, ça va barder pour mon matricule », songea la fliquette avec dépit. Mais pas question de lâcher maintenant : ils étaient juste devant elle et on approchait des boulevards extérieurs. Elle les vit s'engager à toute allure porte de la Chapelle, grimper sur la passerelle qui menait à l'autoroute et disparaître. Lise perdit deux bonnes minutes à cause d'un poids lourd qui lui bloquait la voie avant d'arriver à son tour sur l'A1. Pas la peine de chercher la direction, il n'y en avait qu'une : la Belgique.

On était loin des embouteillages habituels. Baignée d'une lueur jaune aveuglante, l'autoroute était pratiquement vide. La lieutenante envoya les gaz jusqu'à atteindre les 200 à l'heure. Elle doublait les voitures dans des claquements de vent, mais n'apercevait toujours pas les braqueurs.

— Putain de merde ! ragea-t-elle en enclenchant la sixième.

Sa main poussa un CD dans le lecteur ; elle monta le son des haut-parleurs aux deux tiers. La puissance rock et trash de la chanson de Marilyn Manson, « This Is the New Shit », explosa avec une violence inouïe dans l'habitacle. Lise put enfin se détendre. La musique aiguisait sa concentration, elle poussa la pédale d'accélérateur pour monter à 230.

Elle avait l'impression d'être dans un avion au décollage, plaquée à son siège. Les feux de la BMW apparurent au loin. Cinq cents mètres, quatre cents, trois cents, elle commença à ralentir, le son rageur de la guitare électrique vrillait dans ses oreilles en même temps que les hurlements du chanteur fou. Elle redescendit à 200.

Tout d'un coup, une Ferrari rouge déboula sur sa droite. Un gars d'une cinquantaine d'années avec des lunettes noires sur le crâne lui faisait signe de continuer en se marrant. Ce con voulait lui tirer la bourre !

Lise fit une embardée pour lui faire peur, le gars freina des deux pieds, faisant fumer le bitume. Elle reprit le contrôle et, histoire de faire quelque chose, envoya des appels de phare à ceux qu'elle pourchassait. Ils accélérèrent un peu plus. Son cerveau cherchait une idée. Ils allaient s'échapper. Leur voiture était à peine plus puissante mais grappillait à chaque minute quelques dizaines de mètres. Lise se débrouillait plutôt bien avec un automatique, elle pourrait leur tirer dessus tant qu'ils étaient à portée, mais de la main gauche ? Elle risquait de planter une balle dans la voiture d'un innocent.

Elle décida de baisser la capote de l'Audi en enclenchant la manette et en cassant la sécurité. À la vitesse où elle roulait, à peine le toit de toile commença-t-il à se relever que le souffle le souleva et l'arracha, l'emportant vers l'arrière. Lise saisit son Sig Sauer et sortit la main par-dessus le pare-brise pour canarder la BMW, qui fit un écart. Lise vit les braqueurs se démener avec leur mitraillette. Une vitre se baissa et le canon d'une arme apparut. Elle tenta de redresser ses tirs, mais à plus de 160, c'était difficile.

Juste à ce moment, la Ferrari refit son apparition. Le gars faisait vrombir son moteur en affichant un air revanchard et se plaqua à l'Audi pour essayer de la ralentir. Un bruit de rafales automatiques déchira l'air. Le phare avant gauche de la Ferrari ainsi que son pneu éclatèrent, la faisant brutalement zigzaguer. Le cœur de Lise remonta dans sa gorge, elle se retourna pour regarder la voiture taper la rambarde et se mettre à tourner au milieu de l'autoroute, avant de s'arrêter. Lise ralentit inconsciemment, les yeux braqués sur son rétroviseur intérieur en espérant qu'un trente-deux tonnes ne vienne pas percuter l'italienne. La lieutenante poussa un soupir de soulagement en voyant la petite silhouette de son conducteur sortir en titubant.

Elle fixa ses yeux brûlants sur la route ; la BMW semblait ralentir exprès.

Lise saisit la manœuvre. « Ces enfoirés attendent que je me rapproche pour me tirer comme à la foire. On va bien voir. » Elle accéléra, puis, alors qu'elle ne se trouvait plus qu'à une trentaine de mètres de leurs fusils, rétrograda et appuya de toutes ses forces sur la pédale d'accélérateur. La voiture poussa un hurlement en bondissant vers l'avant, Lise déboîta et se retrouva à la hauteur du conducteur de la BMW.

Le gars la toisa de sous sa cagoule : il sentait venir les problèmes. Elle tendit le bras et fit parler la poudre. *Bam ! Bam ! Bam !* La vitre explosa, le chauffeur s'était baissé et c'est son voisin qui morfla, envoyant une flaque de sang sur le pare-brise. La berline fit un dérapage, avant de repartir à la vitesse d'un missile. Lise s'emboîta derrière, à presque 200 à l'heure. Elle touchait quasiment leur pare-chocs. Ce fut son erreur.

La BMW pila brutalement. La tête de Lise alla cogner le volant, elle leva le pied de l'accélérateur mais la voiture continua de glisser, collée derrière la BMW qui ralentissait. Lise avait des voiles blancs devant les yeux, elle s'essuya la bouche, du sang imbibait ses doigts, les deux véhicules s'arrêtèrent au milieu de l'autoroute.

« Il faut que je récupère mon flingue », pensa-t-elle en le cherchant de son regard trouble.

Les portières claquèrent et deux hommes s'approchèrent pour la braquer avec un fusil-mitrailleur.

4

Elle ramassa son arme et la pointa sur celui de droite.

— Laisse tomber ! gueula l'homme.

La tête du lieutenant Lartéguy tournait et son flingue dans sa main pesait des tonnes, mais elle ne put s'empêcher de faire la mariolle.

— Lâche ton arme, tu es en état d'arrestation !

Le type releva la moitié basse de sa cagoule.

— Mon pote est derrière toi. Il est prêt à t'exploser la cervelle d'une rafale de FAMAS, alors tu devrais te calmer.

Autour d'eux les rares voitures ralentissaient avant de repartir en accélérant. L'homme glissa son fusil sous son bras et alluma une cigarette. Lise ne le quittait pas des yeux, ni du bout de son arme.

— T'es qui ? T'es le chef ?

Le gangster sourit.

— Tu vois, cette clope, ça fait dix minutes que j'ai envie de la fumer, et à cause de toi, j'ai dû attendre.

— Dure, la vie de braqueur.

— Laisse tomber.

— Non.

— Bon.

La rafale la fit sursauter mais elle n'appuya pas sur la détente. Elle sentait la menace de l'autre homme dans sa nuque et savait qu'il lui déchiquetterait le dos à la minute même où elle tirerait. Une cinquantaine de balles avaient percé son moteur, des geysers de fumée et d'eau jaillissaient des trous du capot.

Il essaya à nouveau de la raisonner.

— Jette ton feu. Je ne tire pas sur les jolies filles.

Elle secoua la tête.

— Je suis flic.

— J'avais compris. Tu vas me tirer dans le dos, alors ?

— Je n'hésiterai pas.

L'homme aspira encore deux fois sur sa clope avant de l'écraser sur son gant de cuir et de la fourrer dans sa poche, puis il fit un signe de tête à son complice et ils rejoignirent leur voiture.

Elle les suivit du bout de son arme et, juste avant que la portière ne se referme, elle tira dans l'épaule du gars. *Bam !* Comme au stand. Elle l'entendit gueuler : « Putain ! »

Surprise, elle le vit se jeter sur son complice pour l'empêcher de relever son fusil-mitrailleur vers elle.

Quatre secondes plus tard, la BMW n'était plus qu'un point sur l'horizon.

Lise regarda autour d'elle, puis l'état dans lequel elle avait mis l'Audi. Elle jeta son calibre sur le siège passager et se prit la tête à deux mains.

— Et merde !

Elle se redressa, se pencha en avant et fit claquer la boîte à gants pour récupérer un paquet de Camel et un briquet. Elle aussi apprécia longuement sa première taffe. Sa nuque se plaqua contre l'appui-tête alors que ses yeux bleus se levaient sur le ciel étoilé.

Au loin retentirent les sirènes à trois tons de la gendarmerie nationale. La cavalerie arrivait. Elle reconnut aussi le bruit d'une ambulance.

« Fait chier, en plus, je suis chargée ! »

5

— En plus t'étais chargée pire qu'une mule en transit à Peshawar ! Je te lis le rapport d'analyse sanguine effectuée par nos collègues gendarmes de Chantilly : cocaïne, héroïne, traces d'ecstasy, de LSD, résidus de cannabis, de morphine et même de PCP, et je ne te parle pas des deux grammes d'alcool par-dessus. Deux grammes ! Rassure-moi, c'était juste un digestif ou bien t'es tombée dans la marmite quand t'étais petite ?

Le Bastion, dans le 17e arrondissement de Paris, quartier des Batignolles. La nouvelle base de la PJ parisienne depuis que le 36, quai des Orfèvres avait été transformé en musée pour fans de charentaises et de bottins téléphoniques. Le Bastion, en plus d'avoir pris son nom à la rue qui le logeait, ne reniait pas sa fonction. Vitres à l'épreuve des balles, cellule informatique, un immense garage en sous-sol, un stand de tir, des salles de sport, un design de musée saoudien avec sa façade double peau et un souterrain ultra-sécurisé pour amener les prévenus au Palais de justice, building racé de dix étages construit juste à côté. Toutes les forces de police enfin réunies dans un même bâtiment :

la scientifique, la brigade des mineurs, la BRB, et même l'institut médico-légal. Open space, bois précieux, moquette épaisse pour les bureaux, avec une maîtrise des flux digne d'une base secrète. L'immeuble était bourré de portiques de sûreté, d'accès codés. Il y avait même un ascenseur spécial pour les gardés à vue et un autre pour les rois du costard qui faisaient briller le cuir de leur siège au dernier étage. La crème des hauts fonctionnaires. Alors que trois étages plus bas on hurlait, on pleurait, on menaçait et on transpirait pour faire naître la vérité.

Lise aimait bien les nouveaux burlingues, c'était pas loin de la porte de Clichy et des anciennes fortifs, le territoire des apaches de Paname.

Sauf que, en attendant, c'était elle qui avait l'impression de se faire scalper. On était le lendemain de sa course-poursuite sur l'autoroute, et la lieutenante se trouvait au dernier étage du Bastion, dans le bureau du directeur de service actif, Boisfeuras. Un des patrons de la DCPJ (le ministère avait finalement décidé de fusionner, en partie, la PJ parisienne et la DCPJ), une sorte de commissaire divisionnaire, l'équivalent d'un membre du comité exécutif dans une entreprise privée, qui chapeautait, entre autres, l'IGPN, la police des polices, et l'OCLCO, dont la brigade de Lartéguy faisait partie.

Son patron aussi avait été convié. Le commissaire Philippe Esclavier. Et il faisait la gueule. Saint-cyrien de quarante-cinq ans, il venait d'être nommé à la tête de l'office qui s'occupait du crime organisé et des enlèvements pour la ville de Paris, et ne comptait pas arrêter sa carrière en si bon chemin. Et voilà qu'il se trouvait le cul coincé entre deux chaises. À devoir gérer l'ingérable – la lieutenante Lartéguy –, tout en se rendant agréable à ses puissants supérieurs, ceux-là mêmes dont il visait la place et sans qui la moindre promotion était impossible. On l'avait convié car c'était la règle lorsqu'un des officiers de la PJ se faisait remonter les bretelles, mais il n'avait pas son mot à dire et le savait. Boisfeuras était trop influent – quarante ans de carrière dans la « maison », et des amis dans la politique comme dans la grande industrie. Il était à ce poste parce qu'il l'avait choisi, alors qu'il aurait pu aspirer à une fonction de conseiller ministériel ou même présidentiel.

— Lise, tu sais que nous sommes en pleine restriction budgétaire. Alors d'accord, tu as pris en chasse de dangereux malfaiteurs, mais à l'heure qu'il est nous avons déjà quatre plaintes pour provocation d'accident et mise en péril de la vie d'autrui, là je parle des coups de feu sur l'autoroute…

Lise répliqua :

— Hé, les coups de feu, c'était de la légitime défense !

Boisfeuras fit mine de s'intéresser à ses boutons de manchettes aux armes de la République. Grand, dans un costume gris foncé confectionné sur mesure par un tailleur de la rue Lafayette, le front dégarni mais le regard tranchant sous ses lunettes dorées, il n'en croyait pas un mot, mais se retenait de sourire. Il souleva quelques feuillets, et soupira.

— J'ai aussi une plainte de trois individus pour coups et blessures. Le bilan : fractures, usage d'arme contondante. Légitime défense ?

La lieutenante courba l'échine. Elle savait qu'il ne fallait pas abuser, surtout en présence de son supérieur hiérarchique.

— Ça va nous coûter une fortune en dommages et en procédures. Tu le sais ? Et je ne te parle pas de l'Audi que tu as détruite. Une voiture dont l'administration comptait récupérer un joli petit paquet. En outre, nous nous trouvons là dans un acte caractérisé de délit d'initié.

— Je croyais que la voiture avait été versée au service.

— Pas celle-là ! Et vous le saviez très bien, Lartéguy.

Esclavier venait de se lâcher en pensant à la prime que la destruction de la voiture lui avait fait perdre. Un long regard de son supérieur le calma aussitôt. Boisfeuras secoua la tête, toute cette histoire le minait, il avait envie de passer à autre chose.

— Lise, ça faisait huit mois que tu te tenais tranquille, tu as même eu des bons résultats avec ton groupe, et voilà que tu replonges dans tes…

La lieutenante se redressa, rouge de colère, les poings serrés sur les accoudoirs de son fauteuil.

— J'ai agi pour attraper ces braqueurs, rien d'autre. N'importe quel flic aurait…

— C'est bon, calme-toi. On est d'accord, avec Esclavier, tu étais de service de toute façon. C'est pour cette raison que nous nous porterons caution pour les dommages et les plaintes, mais tu vas avoir des rapports à fournir. Je te préviens, je veux tout savoir sur cette histoire de légitime défense. Autant pour les coups de feu que pour la bagarre dans la ruelle derrière le bar. Pour l'Audi, bon… il y a le bénéfice du doute.

Si tu me dis que tu l'as prise à l'insu de Jeanjean, on passe la main. Par contre, la drogue et l'alcool dans le sang…

Lise se raidit. À sa droite, son chef ne pouvait s'empêcher de la regarder avec énervement. Si le lieutenant Lartéguy plongeait pour usage de drogue, c'est son service qui serait entaché, ainsi que la manière dont il gérait ses hommes. En revanche, si elle passait encore au travers, cela voulait dire qu'il allait devoir subir du stress à chacune des sorties ou interventions de sa subordonnée.

Boisfeuras finit par conclure :

— Esclavier, je prends sur moi d'effacer le rapport d'analyse. En cette période de suspicion de corruption et autres cabales contre nos forces de l'ordre, il vaut mieux ne pas jeter de sang aux hyènes. Il n'y aura pas d'enquête de l'IGPN. En revanche, Lise, je te préviens, c'est la dernière fois.

— Merci…

Elle faillit ajouter « parrain », mais se retint pour dire :

— … monsieur le directeur.

— C'est ça, allez, dégage de mon bureau et que je ne te revoie pas jusqu'à cet été. Tu viens toujours en Dordogne ?

— Je ne sais pas.

Lise s'était renfrognée : elle n'aimait pas afficher ses affinités avec les pontes de la PJ devant ses chefs. Mais Boisfeuras le faisait exprès, pour qu'Esclavier comprenne : Lise Lartéguy, c'était son affaire, pas la sienne.

— Allez, file, t'as de la paperasse à remplir, et je veux ça pour ce soir.

— Et pour les braqueurs ?

— La juge est saisie, les gendarmes ont lancé des recherches dans les hôpitaux de la région, mais aucun blessé par balle ne s'est présenté. Tu vas sûrement voir passer la demande d'instruction dans ton service, si la BRB est requise. Je crois que t'en as pas fini avec les rapports.

6

Dès qu'elle eut franchi la porte, Boisfeuras se rassit dans son siège de cuir.

— Et vous, Esclavier, qu'est-ce que vous racontez ? Vous n'avez pas l'air dans votre assiette.

— Si vous permettez, monsieur le divisionnaire, lorsque j'ai pris les rênes de ce service, je ne pensais pas que j'aurais à jouer les nounous pour…

— Pour ?

Le chef de la BRB se racla la gorge avant de répondre :

— Pour votre filleule.

— Ce n'est pas seulement ma filleule, Esclavier. Beaucoup de personnes à cet étage, et même au ministère, doivent quelque chose à son père ou à son grand-père. Vous connaissez la famille Lartéguy, j'imagine ? Flic et militaire de père en fils, et en fille. Depuis Napoléon : l'un de leurs ancêtres était général de brigade. Son père a occupé les plus gros postes de la PJ parisienne durant ces quarante dernières années, avant de mourir en service, alors qu'il était sur le terrain en tant que directeur des renseignements de la préfecture. Vous en connaissez beaucoup, des patrons de service qui se rendent sur le terrain ? Il y a autre chose, l'oncle de la demoiselle a été patron des gendarmes à l'Élysée pendant vingt ans, c'est une tradition chez eux, moitié gendarme et moitié flic. Et quand je vous dis que nombre des hauts fonctionnaires de cette administration doivent quelque chose aux Lartéguy, pour certains, c'est de leur vie qu'il s'agit, à l'époque où le père officiait à la BRB. Oui, je sais, le couplet de la grande famille, ça va changer avec les jeunes énarques dans votre genre et la promotion par les écoles et non plus au mérite. Mais en attendant, cela fonctionne ainsi : on se couvre, on se protège. Cette fille est un bon flic, ce n'est pas une criminelle, et pour moi cela mérite quelques entorses au règlement.

— Sauf que, si vous le permettez à nouveau, j'ai étudié le dossier de tous les officiers sous mes ordres. Le sien détient le record de plaintes, avec quelques rappels à l'ordre disciplinaire depuis trois ans qu'elle est dans la police. Certes, Lise Lartéguy a un coefficient au-dessus de la moyenne, elle a réussi le concours dans les majors, championne de tir, troisième dan de krav maga et j'en passe, mais je n'ai pas trouvé son profil ni ses tests psychologiques d'admission. Évanouis, alors que c'est obligatoire et que je serais en droit de me les procurer auprès de l'École nationale supérieure de la police. D'un autre côté, cela voudrait dire remettre en cause une des plus belles institutions de France. Alors… j'ai beau être un énarque, comme vous dites, je suis aussi flic. J'ai mené une enquête. Lise Lartéguy se prénommait en réalité Anne-Élisabeth Lartéguy, jusqu'à ce qu'elle se présente au concours pour entrer chez nous. Et, bien que parfois son nom n'apparaisse qu'en en-tête des fichiers, comme si quelqu'un avait fait disparaître les rapports

– je parle du STIC, du TAJ et même du fichier de gestion des violences urbaines, le GEVI –, il semblerait que votre filleule se soit trouvée, à l'adolescence, impliquée dans des cas de violence aux personnes, coups et blessures et même tentative d'homicide. Il existe un rapport d'intervention d'une équipe du commissariat de Neuilly datant de l'époque où elle avait huit ans. Anne-Élisabeth Lartéguy aurait poussé une de ses camarades d'une fenêtre du premier étage de sa villa. La petite a eu les deux jambes fracturées. Et ce n'est pas tout…

Le commissaire hésita un instant, mais Boisfeuras le fixait de ses yeux gris légèrement plissés, comme emplis de curiosité.

Il reprit :

— À l'âge de dix-huit ans, quelques mois après la mort de son père, elle s'est engagée dans l'armée au premier RPIMa de Bayonne. De là, elle est partie en mission au Mali et en Centrafrique, en intégrant les commandos parachutistes au grade de sergent. Pendant ces années de service, en plus de s'initier aux techniques de combat au corps à corps, au maniement d'explosifs, de lance-roquettes et d'armes automatiques de troisième catégorie, elle a passé une licence de droit avec mention. Jusque-là, tout va bien, sauf qu'elle n'a pas fini son engagement de cinq ans. L'armée l'a virée au bout de trois ans et demi et, là aussi, impossible de connaître la raison.

Le grand chef de la DPJ s'était légèrement redressé. Lui la connaissait, la raison. Après une intervention de libération d'un village au Nord-Mali, sa filleule avait tabassé et tué deux miliciens tchadiens qui venaient de violer des petites filles de six à dix ans. Mais il s'abstint d'en parler. Son regard était devenu froid.

— Ce qui nous amène à quelle conclusion, Esclavier ?

— À la conclusion qu'elle n'aurait jamais dû entrer dans la police, vous le savez très bien. Et je ne dis pas cela à cause de ses antécédents de brutalité, à la limite tout le monde fait des bêtises. Non, je m'inquiète pour aujourd'hui. Votre filleule souffre de problèmes psychiques et de troubles liés à la violence, j'ai raison ?

— Elle se soigne.

— Mais… Vous vous rendez compte ?

— Il fallait qu'elle entre dans la police, c'était la volonté de son père, mon… ami. Parce que nous sommes sa famille et que nous pouvons l'aider.

— La police, pourquoi pas. Mais vous l'avez placée dans un service où des officiers armés fréquentent les criminels les plus violents de France ! C'est comme filer un bidon d'essence et un briquet à un pyromane qui se trouverait dans une grange emplie d'explosifs.

— Justement, ces défauts sont aussi des qualités, elle n'a pas peur d'aller au charbon.

— Jusqu'à ce que ça dérape.

— Vous avez chaud pour vos fesses, c'est ça ? Je vous ai assuré dès votre arrivée ici que je vous couvrirais quoi qu'il arrive, alors ?

Esclavier garda le silence quelques secondes avant de reprendre :

— Je ne connais pas vraiment le niveau des troubles de Lartéguy, et je préfère ne pas le savoir mais… elle ? Est-ce vraiment ce dont elle a besoin ?

Boisfeuras regarda son subordonné d'un autre œil. Ce con avait un cœur. Il était surpris et, comme tous les chefs, il s'en félicita.

7

Du sixième et dernier étage du Bastion, Boisfeuras pouvait voir le grand cimetière des Batignolles. Après le départ du commissaire principal Esclavier, il s'était levé de sa chaise pour venir se coller près de la baie vitrée qui couvrait tout un pan de son bureau. Le ciel était gris, quelques grappes d'étourneaux passaient d'un toit à un autre en formant des arabesques complexes et poétiques. Pierre Boisfeuras regardait les tombes en repensant à son ami Paul Lartéguy. Aux années d'adolescence passées ensemble au collège, puis au lycée militaire d'Aix-en-Provence, en internat. Toute une bande d'amis, aujourd'hui aux plus hautes fonctions au service de l'État. Les soirées dans les villas bourgeoises, les petites Aixoises, puis les études et leur entrée dans la police à la fin des années 1970. Ils avaient usé les planchers du 36, quai des Orfèvres, passant d'un service à l'autre, d'une arrestation à une blessure, d'un bureau à une réunion, puis ils s'étaient mariés et avaient eu des enfants. Boisfeuras se souvenait de l'histoire de la gamine tombée par la fenêtre dont Esclavier avait parlé. Le père de Lise l'avait appelé dans l'après-midi. Boisfeuras occupait un poste à la direction de la Sécurité publique et était intervenu auprès du commissariat afin que la plainte soit transformée en main courante, puis son ami était allé voir les parents pour leur expliquer.

Sa fille Lise souffrait d'hyperactivité aiguë. Dotée d'un QI exceptionnel, mais aussi d'une propension à la violence et à la brutalité que nul ne pouvait anticiper ni contrôler. On lui avait fait suivre des traitements, des thérapies, des régimes alimentaires. Lise avait même été internée jusqu'à ce que son père vienne la récupérer, au bout de huit mois.

Ses parents avaient tout fait, tout essayé, mais ils devaient aussi s'occuper de Camille, le petit frère, et le protéger.

Rien n'y faisait : l'école spécialisée, l'internat catholique... Lise se faisait renvoyer de toutes les institutions. Elle était rebelle, violente, et les plaintes pour saccage et pour agression se multipliaient. Cette enfant était possédée par le diable, elle frappait, sans raison ou à la moindre contrariété, copines, adultes ou représentants de l'autorité. Capable en une seule nuit de détruire une centaine de rétroviseurs et d'essuie-glaces, de casser dix pare-brise, les vitres d'une cabine téléphonique et de mordre jusqu'au sang un gardien de la paix. Seule la présence de son père la calmait.

Il avait les mots, et un plan, pour assurer l'avenir de sa fille : lui apprendre à canaliser sa violence, à l'utiliser. Mais ce n'était pas si simple. Lise avait fini par se révolter. Il avait échoué, à cause de la drogue. Du cannabis. Elle ne savait pas que cela développait encore plus sa maladie. En effet, pour les hyperactifs, seules les amphétamines font effet de calmants.

Boisfeuras se remémora le soir où ses services l'avaient appelé pour l'informer de l'accident de son ami. C'était durant les émeutes en grande banlieue, Paul Lartéguy s'était déplacé sur le terrain pour soutenir ses troupes. Une amie de sa fille l'avait appelé. Lise avait pris de l'héroïne et était en train de saccager un appartement du 20e arrondissement. Trois garçons avaient tenté de la calmer et s'en étaient sortis avec des fractures et des contusions. Son père ne voulait pas abandonner ses collègues, mais il était fou d'inquiétude. Il avait foncé la récupérer dans sa voiture de service. Lorsqu'il était arrivé à l'appartement, Lise s'était endormie, épuisée, comme d'habitude, après avoir dépensé cette incommensurable énergie que ses crises provoquaient. Il l'avait allongée délicatement sur le siège arrière de la voiture et comptait la ramener chez eux, à Neuilly, quand un appel radio lui avait signalé qu'un de ses agents avait été grièvement blessé par un émeutier. Il avait décidé de faire un détour afin de s'assurer de la sécurité de ses hommes.

Paul Lartéguy connaissait bien ces quartiers, et il avait fait l'erreur de vouloir couper par une des cités pour arriver plus vite. Le pare-brise de sa voiture avait explosé sous l'impact d'un parpaing jeté du sixième étage d'un immeuble. Lartéguy avait été mortellement touché, la poitrine enfoncée par le bloc de ciment.

Son ami, Pierre Boisfeuras, s'était rendu sur place et avait récupéré Lise qui dormait, complètement défoncée, sur la banquette arrière. Plus tard, quelques minutes avant son décès, il avait tenu la main de son ancien frère d'armes et avait entendu ses dernières volontés avec d'autres de sa promotion. Lartéguy était persuadé que sa fille n'était pas mauvaise et, surtout, qu'elle détenait la force pour pouvoir se dominer. Il l'avait éduquée dans ce sens et ne pouvait accepter que ce soit pour rien. Il avait fait jurer à ses amis de prendre soin de sa femme et de son fils et de tout faire pour que Lise entre dans la police nationale. Comme son père avant lui, son grand-père et le père de celui-ci.

De tout faire pour que Lise devienne flic.

Boisfeuras avait tenu sa promesse, et il était prêt, encore aujourd'hui, à en assumer les conséquences. Il ne regrettait rien. Paul Lartéguy avait eu raison : sa fille était devenue un bon flic. Il y avait bien quelques débordements, mais, dans l'ensemble, elle avait appris à se contrôler. Médicaments, drogues, thérapies ? Il ne voulait pas le savoir.

Et il avait raison.

8

Au deuxième étage, les couloirs étaient bondés, les flics allaient et venaient, des rapports en main ou accompagnés de témoins. Sur des bancs recouverts de velours, des prévenus étaient menottés, attendant d'être interrogés par un de ses collègues officiers. Lise en salua quelques-uns, puis poussa une porte pour pénétrer dans son bureau. Elle le partageait avec deux autres filles. Les membres de la BRB avaient surnommé ce groupe la BDT, la brigade des tondeuses. Bien qu'en vérité seule Brigitte, une grande blonde de quarante-deux ans au rire chevalin, se soit officiellement revendiquée lesbienne. Lise touchait à tout côté sexe et ne s'en cachait pas, quant à la troisième, Paulette, une petite boulotte d'une cinquantaine d'années, c'était une vraie grenouille de bénitier.

Une fois, elle avait tenté de se justifier dans la salle de repos, qui tenait plus du bar de nuit que de l'étude : « Moi, je n'ai besoin de rien, avec mon René on fait l'amour normalement. Dans les bras l'un de l'autre, et on est très contents. » Lise lui avait répondu : « Jusqu'au jour où t'auras tes règles et qu'il te proposera de te la mettre dans le cul. Qu'est-ce que tu lui diras, à René ? Tu ferais mieux de tâter de la tondeuse avec nous, ça te ferait du bien ! » Paulette était devenue rouge comme une langouste au sortir de la marmite, alors que les autres se marraient. La réplique de Lise était vacharde, mais cela faisait partie des raisons pour lesquelles elle était appréciée dans le service : son côté « brut de décoffrage ». Cela ne l'empêchait pas de mener ses missions avec Paulette en toute harmonie. Les trois filles travaillaient en horaires décalés depuis plus de deux ans et se considéraient presque comme des sœurs. La boulotte, que ses collègues surnommaient Paupiette, connaissait son boulot et ne lésinait pas sur les heures supplémentaires.

Elle était en train de taper un rapport sur son PC portable quand Lise pénétra dans le bureau.

— Salut, Paupiette, ça va ?

— Non, je suis en train d'envoyer un rapport au CHSCT. Figure-toi qu'il y a des mecs qui vont pisser dans les toilettes pour femmes.

— Tu déconnes ?

— Je te jure, ça fait au moins trois fois que j'y vais et qu'il y a des gouttes sur la lunette. Si tu vois ce que je veux dire…

Lise eut une pensée fugace mais se retint de la commenter. Paupiette ne pouvait pas imaginer que certaines gonzesses ne posaient pas leur cul sur la cuvette quand elles pissaient, et que cela créait des dommages collatéraux. Elle se contenta de remarquer :

— T'es un vrai Sherlock Holmes ! Y avait pas des taches marron sur les murs, aussi ? On ne sait jamais, au cas où un des gars de la brigade canine y serait allé avec son clébard.

Paulette releva la tête de son ordinateur.

— Ha ! Ha ! Très drôle ! C'est pour les filles que je le fais, tu devrais me remercier. Et toi, qu'est-ce que tu racontes ? Tes aventures ont déjà fait le tour du Bastion. T'étais chez « en haut » ?

— À me faire botter le cul, mais je m'en tire bien, ces pedzouilles de l'IGPN n'ont pas demandé à me voir.

— Ça m'étonne d'Esclavier, il est tellement assis sur le règlement, celui-là.

— Fais pas semblant, Paupiette, tu sais très bien pourquoi ils me foutent la paix. Et je ne serai pas la première, ni la dernière, à m'en sortir grâce à un coup de piston.

— En attendant, les coups de pied au cul, c'est pas fini. Y a Segura qui te cherche partout.

— Qu'est-ce qui me veut encore, le gros ?

— Des rapports, des rapports, encore des rapports.

— Putain, ça fait chier !

Lise enleva son blouson de cuir et fit le tour de son bureau pour se poser sur sa chaise en soupirant.

— J'ai pas fini de m'en cogner, des rapports. Et Brigitte, qu'est-ce qu'elle fout ?

— En réunion, paraît qu'on va taper des revendeurs d'or. On sait pas encore quand.

Le téléphone sur le bureau manifesta sa présence et Paulette décrocha.

La sonnerie stridente encore dans les oreilles, Lise eut un haut-le-cœur. « Merde, pas maintenant », pensa-t-elle. Ses yeux se plissèrent et elle se pencha sur sa table, comme si elle avait reçu un uppercut dans le ventre. Sa collègue remarqua le manège, les iris qui passaient du bleu Pacifique à celui, sombre, de la mer du Nord, le visage qui se crispait. Elle fit une moue embarrassée tout en sachant qu'elle ne devait pas intervenir, et se concentra sur sa conversation téléphonique.

Lise souffla plusieurs fois, puis se redressa pour ouvrir son ordinateur. Elle tapa à toute vitesse, ne contrôlant pas les muscles de ses bras. Ses nerfs lui envoyaient des décharges électriques dans tout le corps. Elle avait l'habitude, il s'agissait d'une crise. D'une simple crise. Son mental allait reprendre le dessus. Elle aurait dû s'en douter, après la poursuite en voiture qui s'était soldée par un échec, les engueulades de son parrain, et s'être fait jeter par Manouche…

« Respire. »

Elle se concentra. Pour que cela passe, pour évacuer la frustration, le sentiment de déception, la rage au cœur qui la prenaient dans ces moments-là. Comme si son cerveau se découpait en deux parties. Dans l'une, soufflaient, grondaient et tremblaient la violence, le goût du sang et l'envie de frapper ; dans l'autre, le calme plat de la concentration sur une tâche professionnelle qui arrivait à masquer, sinon à calmer, les pics de douleur qu'elle ressentait dans sa chair. Son cerveau émettait des signaux d'alerte et sa conscience prenait le relais en appliquant la procédure de secours. Car, par-dessus ce calme et le bout de ses doigts qui martyrisaient les touches, se déroulait le film de ce qu'elle allait devoir faire pour se soulager, pour évacuer, recracher le poison qui bouillait dans son sang.

Elle n'avait pas le choix. Le bien, le mal, la folie, elle se refusait à y penser ; elle le savait, un jour, elle se jetterait par une fenêtre.

Elle se jetterait en hurlant.

La Bête venait de se réveiller, et elle avait faim.

« Quelle conne ! »

9

Lorsque la matinée se termina, Lise descendit dans le vaste complexe sportif que la PJ mettait à leur disposition au deuxième sous-sol. Elle se changea et récupéra ses gants de boxe pour aller se défouler sur un sac de sable. Elle enchaîna avec une séance de tapis de course, où elle régla le curseur sur 20 kilomètres-heure, un rythme de sprinteuse sur lequel elle resta quarante minutes. Vidée, essoufflée, les jambes en feu, elle alla prendre une douche, grignota deux barres de céréales en buvant un litre d'Évian, pour remonter, mutique, taper ses rapports.

En entrant dans le bureau, elle remarqua le regard inquiet des deux copines. Brigitte, la chef de groupe, savait qu'il valait mieux laisser passer l'orage. Elle emmena Paulette sur le repérage de la prochaine descente, sans même adresser la parole à Lise.

Celle-ci continua de taper jusqu'à ce que la nuit tombe. Elle envoya les rapports par mail aux différents services et descendit récupérer son fauve au garage.

Dès qu'elle eut enfilé son casque et ses gants, et que son pied eut fait claquer le kick de sa bécane, envoyant vrombir ses soixante-quinze chevaux dans le sous-sol humide, elle se sentit mieux.

Seule.

Sa cure allait pouvoir commencer.

L'apaisement serait sa récompense.

Elle roula calmement dans la nuit, une fine bruine envoyait des filets de larmes sur la visière de son casque et les reflets des feux arrière des voitures brûlaient sur ses pupilles comme des feux sur un champ de bataille. Elle descendit dans Paris, pas loin, quartier Jourdain, Belleville, puis Goncourt, où elle bifurqua vers le canal Saint-Martin et se gara à quelques dizaines de mètres de l'hôtel du Nord, en bas de la rue Bichat.

Elle grimpa les escaliers quatre à quatre pour atteindre le dernier étage. Un ancien atelier de confection, avec ses grandes baies aux vitres dépolies, striées de barres de plomb, qui donnaient sur le canal. Plancher en bois brut, plafond mansardé, Lise possédait plus de quatre-vingt-dix mètres carrés dans un des quartiers les plus branchés de la capitale. Son père l'avait acheté sur un coup de tête trente ans plus tôt, simplement parce que au rez-de-chaussée se trouvait le garage dans lequel avait été tourné le film *Le Clan des Siciliens*, avec Delon, Gabin et Ventura. Elle possédait l'affiche, juste au-dessus de son grand lit, où l'on voit les trois hommes braquer leur flingue vers le public.

Tout en laissant tomber son blouson sur le sol, elle traversa le loft pour aller directement à sa chaîne stéréo. Ampli Luxman, platine Philips et enceintes Cabasse. Elle récupéra le disque d'Archive, *You All Look the Same to Me*. Même s'il était sorti en 2013,

Lise l'avait acheté en vinyle, elle préférait. Le premier morceau commençait doucement, ça ressemblait au Pink Floyd de *The Wall*, puis ça partait dans du rock puissant, pour se calmer à nouveau. Un peu comme elle.

Elle poussa le bouton du volume aux deux tiers, elle s'en foutait, son voisin du dessous n'était jamais là. Puis, alors que la musique emplissait la grande pièce, elle se servit un whisky japonais avant de rejoindre son lit et de récupérer une épaisse pochette en carton sous les deux grands matelas empilés à même le sol.

Le whisky posé sur le parquet, elle se mit à feuilleter les fiches que contenait la pochette.

Dès que le premier nom apparut, ses yeux se plissèrent. L'envie commença à monter. Le plaisir ? La musique entrait dans ses veines et elle se mordit les lèvres. Non, il ne fallait pas. Ce n'était pas du plaisir. Des pulsions, comme une putain de droguée, de dope, d'alcool ou de sexe. Il fallait qu'elle les assouvisse.

Son mal avait un nom.

Maladie.

Depuis toute petite, elle était hyperviolente. Il fallait qu'elle se défoule avec ses poings, qu'elle fasse mal. Régulièrement. Risperdal, Valium, Ritaline, amphétamines… Ses parents avaient tout essayé. Elle devenait encore plus cinglée, son père encore plus meurtri. De douleur et de tristesse. Comme s'il recevait les coups que sa fille portait aux autres.

Son père.

Il avait essayé de réduire les dommages collatéraux en lui inculquant les notions du bien et du mal. Quand Lise avait eu seize ans, il lui avait écrit une longue lettre, en lui demandant de la conserver, quoi qu'il advienne, et en lui expliquant que si elle ne la comprenait pas aujourd'hui, cela viendrait.

Elle n'avait pas tout compris, et elle était allée le voir. Elle voulait se mettre à nu, chialer un bon coup et lui dire ce qu'elle ressentait, ce qu'il se passait dans ces moments-là.

Il lui avait expliqué.

Quand ça la prenait.

Flic de père en fils, de père en fille.

Cela faisait comme un break de batterie dans sa tête.

Le Bien, on n'y touche pas.

Cela montait et descendait comme un solo de guitare.

Le Mal, on peut.

Cela battait dans son cœur comme le rythme d'une basse.

Les flics sont des gens Bien.

Cela hurlait comme la voix d'un rockeur.

Le Mal, on le combat.

Et après, les douces notes d'une guitare sèche, sur le cliquetis, réglé comme un métronome, d'un Charley ouvert.

Elle avait demandé :

Ce que je fais, c'est le Bien ?

Non.

Son cœur tapait comme une grosse caisse.

Pourquoi ?

Il l'avait regardée dans les yeux.

Le Mal, on l'arrête. On ne le tabasse pas, on ne le calme pas, cela ne suffit pas.

Le cri strident d'une rythmique de rock alternatif courait sous sa peau.

Cela ne cessera jamais ?

De fines larmes avaient coulé sur les joues de son père.

Tu es condamnée à faire le Mal. Toute ta vie… tu souffriras, et c'est ce qui te gardera humaine.

Elle pensait alors que son père serait là, à souffrir avec elle et à l'aider. Toute sa vie.

Il l'avait quittée.

À cause d'elle.

La dernière phrase de la lettre, la plus importante :

« N'oublie jamais… »

Une maladie, une putain de maladie.

« N'oublie jamais, le Bien prend du plaisir à faire le Bien. Le Mal prend du plaisir à faire le Mal. »

Tu es ma fille.

Tu es une Lartéguy.

Tu es malade et tu vas te battre.

Comme une Lartéguy.

Il ne fallait pas qu'elle s'en veuille. Il fallait qu'elle continue de vivre.

Cette lettre lui avait sauvé la vie.

Chez les Lartéguy, on était aussi fils et petit-fils de militaire et on ne s'en laissait pas conter par l'émotion lorsqu'il s'agissait de gagner des batailles.

À défaut de la guerre.

Il lui avait dit : « Le Bien, le Mal. Pour le reste, agis en Lartéguy. »

Se mettre en ordre de bataille, se renseigner, se protéger, savoir se replier.

Frapper fort et vite.

Des batailles napoléoniennes à l'école de la Légion étrangère française, le meilleur corps d'armée du monde.

Pour se soigner.

À défaut de gagner la guerre.

Pour soigner ses crises.

Gagner des batailles.

Des jours, des semaines de préparation, d'« anticipation ». Traîner dans les tribunaux, se taper des audiences, des pleurs de mères, de sœurs, des cris des « frères de la cité », et souvent la rage et le dépit des victimes, glissant comme le vent sur le sourire vainqueur des coupables.

Procès d'un médecin pour le viol de ses patientes.

Jugement du « groupe de La Courneuve » pour fabrication d'explosifs.

Jugement de l'évasion à la kalachnikov d'un caïd de la drogue.

Décision à l'encontre d'un curé de Bobigny poursuivi pour abus sexuel sur mineur.

Procès de deux hommes pour l'attaque d'un DAB dans le 13e arrondissement.

Jugement d'un homme pour le meurtre de sa tante.

Procès de cinq salariées de Jeannette pour l'occupation de leur usine.

Décision de conditionnelle pour l'homme qui a tué sa femme avec un pied-de-biche.

Elle allait s'asseoir au bout d'un banc, et ses yeux de porcelaine bleue se posaient sur les accusés, toujours le même genre de type. Brutalités, viols, en réunion ou pas, abus sur mineurs. Lise notait sur un carnet : le nom du prévenu, le nombre d'années de prison, la date de sortie. Et aussi le nom de ceux qui échappaient à la condamnation grâce à une caution, un avocat payé cher, des témoins terrorisés par des « amis ».

Ceux qui sortaient.

Lise se redressait alors et basculait la tête en arrière en prenant une grande respiration, les yeux mi-clos. Dans ses bras, l'électricité faisait pétiller son sang et ses poings se serraient doucement.

Elle sortait avant la fin de la séance, excitée et mauvaise.

Sur le trottoir, près de son animal, elle attendait. Lorsque le « prévenu » arrivait, elle enfourchait la bécane et faisait claquer le kick comme on balance un coup de batte, puis elle se lançait à sa poursuite. Tout en douceur, et toujours sur ses jours de repos. Elle le suivait, repérait l'endroit où il vivait, parce qu'elle ne faisait pas confiance aux adresses données au greffe, et pendant tout ce temps la drogue coulait dans son sang, le dieu de la mort la menait.

Puis elle rentrait chez elle et montait son petit dossier. Nom et adresse du gars ou de la fille, les raisons de sa sélection, son gabarit. Quand elle avait le temps, entre deux pauses, elle passait faire un tour là où il habitait, elle planquait, elle surveillait, notait ses habitudes.

Elle établissait aussi des fiches en lisant des faits divers, en cherchant sur Internet ou en fouinant dans le fichier des plaintes centralisées sur l'ordinateur de la PJ. Le monde était tellement peuplé de pourritures que cela devenait presque trop facile de dégotter des proies.

10

D'avoir repensé à son père, Lise se sentait mieux. Cela faisait partie du rituel. Elle sécha ses larmes et vida son glass de whisky. Elle s'alluma une cigarette et tira une fiche de sa pochette.

> Gérard Bougeard, cinquante-cinq ans, tenait un établissement de pompes funèbres près d'Aix-en-Provence. Accusé d'avoir tenté de violer une employée de dix-huit ans. Par la suite rachète un restaurant, plainte pour viol déposée puis retirée par une serveuse. Des années plus tard, monte à Paris et crée une académie scolaire de cours particuliers. Attouchements sur mineurs, coups, violences… Il fait six mois à Fleury. Depuis, sa (troisième) femme avait déposé deux mains courantes pour violences et attouchements sur sa fille d'un premier mariage. Le fils de sept ans aurait aussi été tabassé. Le litige s'était arrangé à l'amiable à la suite de l'intervention du juge des familles.

Lise s'était rendue chez lui, pour l'observer. Ce n'était pas un gros poisson. Le voisin que tout le monde connaît, qui gueule un peu sur sa famille, quelques histoires d'attouchements propagées par une femme certainement jalouse, des racontars. Mais Lise savait où se cachait le mal, le vrai. Elle avait regardé Gérard Bougeard sortir de sa voiture en tirant la main de sa belle-fille. En voyant le visage crispé et déjà résigné de la gamine, mais aussi celui de la mère qui les observait par la fenêtre de sa cuisine, Lise avait senti un souffle brûlant envahir son corps. Elle savait qu'avec lui il n'y aurait pas de problème. Il était grand, fort, adepte de la salle de sport.

Lise adorait le sport.

Et elle avait sorti ce dossier pour une raison précise. On était mardi. Il était marqué sur sa fiche qu'il sortait de la salle tous les mardis à vingt et une heures. C'était à Plessis Robinson, et il était à peine dix-neuf heures.

Rester concentrée.

S'échauffer.

Lise se changea, puis passa une vingtaine de minutes à donner des coups de pied et de poing dans le sac de sable qu'elle avait fait suspendre dans un coin du loft. Lorsqu'elle fut bien trempée, elle fila prendre une douche et s'habilla de noir des pieds à la tête. Pantalon en cuir, débardeur, Perfecto bouclé jusqu'au col et sa paire de Dr. Martens coquée qu'elle traînait depuis ses dix-huit ans. Elle se fit ensuite cuire une pizza surgelée en descendant deux canettes de Leffe. Son sang battait de plus en plus fort dans ses veines ; un peu comme un pit-bull juste avant le combat, elle devait tirer sur la laisse, ses paupières se fermaient et des images de sang, de coups, de visages grimaçants surgissaient. Elle les rouvrait, buvait un coup et avalait un morceau de pizza.

Dans quelques heures, tout serait terminé.

Côté bécane, elle s'était fait plaisir tout en cherchant la singularité. Une KTM DUKE RC8 modèle R1190 superbike, moteur quatre temps de deux cylindres en V, un des plus puissants du monde. Une marque autrichienne – comme son flingue – pour un deux-roues racé et trapu de couleur noir et orange sur lequel, lorsque son corps se moulait au réservoir de carbone, elle pouvait atteindre les 280 kilomètres-heure. L'animal filait telle une balle, zigzaguait à la vitesse d'une guêpe et pouvait freiner aussi brutalement qu'un choc contre un mur.

La nuit était fraîche, elle embaumait la peur, celle de ne pas avoir sa dose. Couchée sur son bolide, les mains à hauteur de ses yeux masqués par la visière de son casque, Lise laissait la moto l'emmener sur le périphérique.

Pour ne pas entendre les battements de son cœur, elle avait enfoncé dans ses oreilles sa paire d'écouteurs. Son iPod envoyait le *Black Album* de Metallica. Une symphonie calme, vu l'état dans lequel elle se trouvait.

Bougeard sortit de la salle de sport à vingt et une heures précises. Le poitrail large, le crâne dégarni, il portait de fines lunettes aux branches de carbone noir. Un fake de monsieur Tout-le-monde. Lise n'était pas dupe : il allait se défendre et y prendre du plaisir. Il se tenait droit, un sourire au coin des lèvres, entre l'arrogance et le dédain, le goût d'une victoire certaine sur les autres. Une victoire secrète, une vengeance mauvaise. Le monde l'écrasait et le malmenait, mais c'était lui qui écrasait son monde lorsque la porte du petit pavillon du Plessis-Robinson se refermait.

La posture de l'homme fut comme un premier coup qui lui fouetta les sangs. Elle décida que cela serait chez lui, devant les « siens ».

Elle avait son adresse, elle s'y rendit directement.

Le temps que Bougeard gare sa voiture dans son jardinet, Lise avait ôté son casque pour enfiler une fine cagoule de coton noire avec des trous pour la bouche et les yeux, et des gants de moto-cross, de ceux qui ont des renforts en plastique dur articulés sur le dessus des doigts, transformant chaque coup de poing en coup de brique. Elle sautilla sur place, roula des épaules et assouplit ses hanches.

La partie allait commencer.

11

Bougeard gonfla le torse en pénétrant dans le petit couloir au papier peint jaunâtre. Il était de bonne humeur, et cela sentait le plat mijoté. Il n'avait pas refermé la porte à clé dans son dos car Michel, un copain du club de lutte, devait le rejoindre d'un instant à l'autre. Cela faisait déjà quelques mois qu'il lui faisait partager la petite adolescente qu'il avait réussi à dégotter en draguant cette pauvre conne de divorcée sur Meetic. Elle l'attendait dans la cuisine, le regard vide. Gabin, son fils de sept ans, était déjà en train de manger, pas question d'avoir sa gueule de morpion au moment de passer à table.

— Alors, ma chérie, tu nous as fait le pot-au-feu ? Tu sais que Michel est un gros mangeur.

La femme d'une quarantaine d'années s'appelait Fabienne. Elle faisait tout pour s'enlaidir – cheveux sales en bataille, robe de chambre d'un autre temps. À une époque, elle avait espéré que cela lasserait son amant et qu'il se barrerait. Puis elle avait compris que ce n'était pas pour ses beaux yeux marron qu'il s'était mis en couple, mais pour Marie.

Sa fille de treize ans, qui se terrait à l'instant même dans un coin de sa chambre. Dans son armoire, non pas des bandes dessinées ou des magazines people, mais des tenues de sex-shop et des fanzines porno que son beau-père lui avait rapportés. Et maintenant, il faisait venir des collègues à lui.

Fabienne répliqua :

— J'aime pas quand il vient, celui-là.

— On te demande pas ton avis !

Il avait répondu sans même la regarder, attiré par la cocotte-minute qui sifflotait doucement sur la gazinière. Pourtant, quelque chose le perturba. Il jeta un coup d'œil à Fabienne et son sale gosse. Les deux regardaient derrière lui, le visage figé par l'effroi. Il se retourna. Une femme se tenait là. Un mètre soixante-dix, le corps moulé de cuir, la tête masquée d'une cagoule. Et le bras replié vers l'arrière à hauteur de son visage. Au bout de ce bras brillait le carbone noir sur son poing.

— C'est quoi ? Un film ?

Ses yeux accrochèrent ceux de Lise, et il comprit qu'il allait avoir mal.

Lise frappa, un coup sec au menton. La tête de Bougeard partit en arrière, son cerveau tapa contre la boîte crânienne – le principe même de l'uppercut –, le sonnant à moitié. Il fléchit les jambes et se prit un autre coup, sur la tempe cette fois. Projeté au sol, il essaya de se rattraper au plan de travail, envoyant valser les bouteilles d'huile, de vinaigre et de vin. Lise entendit le raclement de la chaise du gosse. Elle jeta un regard rapide. La mère et le fils, à la fois terrorisés et fascinés, se tenaient côte à côte, immobiles. Bougeard secoua la tête afin de reprendre ses esprits et tendit un bras vers le dessus du lave-vaisselle pour tenter de se relever. Lise se mit sur un genou et le cloua d'un direct au foie qui lui fit cracher des larmes. Puis elle scruta son visage durant de longues secondes.

Elle allait le défoncer.

Elle commença à frapper. *Bam ! Bam ! Bam !* L'arcade, la joue, le front… Son poing cognait de toutes ses forces, faisant jaillir le sang. Mais elle prenait soin de garder sa proie lucide le plus longtemps possible.

La soirée n'était pas finie.

Elle n'était plus en dessous ni au-dessus de son propre être, elle était juste au niveau. Sur l'horizon de sa plénitude. Le désarroi, la détresse et la douleur venaient de s'évaporer.

Elle frappait.

Elle était bien.

Elle n'entendit pas l'autre homme arriver.

— Putain, qu'est-ce qui se passe ?

Un grand barbu qui devait peser dans les cent kilos tenait une chaise à bout de bras. Il la lui fracassa sur le dos. Lise partit la tête en avant dans le ventre de Bougeard. La douleur lui vrilla les nerfs. Michel, le nouveau venu, se mit à la barder de coups de pied dans le dos, le ventre, l'entrejambe, la forçant à se mettre en boule. Elle sentit une côte lâcher dans sa poitrine, un voile noir lui tomba sur les yeux, mais elle serra les dents. L'adrénaline coulait à flots dans ses veines, anesthésiant la douleur.

Elle se détendit et saisit les chevilles de Michel avec ses pieds pour le faire basculer. La masse de cent kilos s'écroula, tapant dans la table de la cuisine, en gueulant :

— Salope, je vais te crever !

Elle voulut bondir, mais Bougeard lui bloqua le torse. Le gros en face s'était déjà relevé, et dans sa main apparut un couteau de boucher à large lame. Il se rua vers elle. Gérard criait :

— Plante-la, cette pute ! Plante-la !

Michel pensa-t-il au dernier moment aux conséquences d'un assassinat ? Au lieu de la « planter », il fouetta l'air en visant la cagoule. Lise donna un violent coup de coude dans le foie de Bougeard, déjà touché, mais cet enfoiré la serra encore plus fort. La lame frôla ses yeux.

— Putain, plante-la, je t'ai dit ! hurla à nouveau Bougeard.

Lise tordit le cou en arrière, comme pour l'embrasser. Ses lèvres frottèrent la bouche gluante de bile de l'homme, puis, dans un ultime effort, elle gagna quelques centimètres. Ses dents se refermèrent sur le nez du connard. Il remua le visage, elle serra la mâchoire de toutes ses forces. Le cartilage nasal craqua sous ses incisives, le sang chaud gicla sur sa langue et, d'un coup sec, elle trancha. Gérard beugla en la relâchant. Elle baissa la tête, sentit la lame frôler son crâne, et entendit un hurlement atroce.

Le gros avait ouvert en deux la moitié du visage de son pote. Bougeard hoquetait. Le sang coulait en cascade sur son cou, une entaille profonde allait de son oreille droite jusqu'au bord opposé de sa lèvre, lui faisant un sourire à la « Joker », alors que son nez ressemblait à un volcan en éruption. La joue était tellement ouverte qu'os, tendons, gencives et dents brillaient à l'intérieur de cette faille sanglante. Lise était toujours assise sur lui, ses lèvres luisaient d'un rouge écarlate.

Elle recracha le bout de nez sur le carrelage sale.

Michel avait lâché son couteau, mais sa stupeur ne dura pas. Il évita de justesse le coup de poing que Lartéguy lui envoya dans les couilles, se prenant un coup de tampon dans l'aine, et se laissa tomber sur elle. Ses genoux écrasèrent ses cuisses, ses grosses mains se refermèrent sur sa gorge.

— Salope !

Lise suffoquait, sentait son cœur se bloquer. Sa main gauche partit vers le haut, trouva un fil électrique et tira. Un grille-pain lui tomba dessus. Elle s'en saisit d'une seule main et frappa à plusieurs reprises le visage de Michel, lui éclatant l'oreille et les arcades. Il relâcha son étreinte pour se protéger. Elle lui attrapa le bras gauche et roula sur elle-même à la vitesse d'une mangouste, on entendit les tendons lâcher comme des élastiques, et la tête de l'humérus se déboîta. Un cri jaillit de la gorge du gros. C'en était assez, Lise se releva et lui balança trois coups de Dr. Martens dans les parties. Il hurla, avant de pousser un long sifflement d'agonie qui se termina en couinement. Elle marmonna :

— Espèce de fils de pute !

Il fallait croire que ce putain de gros avait la rage. Il récupéra le couteau et, d'un geste au ras du sol, réussit à le planter dans la cheville de Lise. Le cuir de ses chaussures montantes en amortit la portée, mais la lame pénétra tout de même dans le gras du mollet. Elle s'affaissa sur le carrelage. L'homme se mit à genoux et fonça tel un buffle, donnant un violent coup de tête dans sa côte fêlée et la bloquant contre la gazinière. Forçant de sa tête baissée et lui coupant le souffle, Michel leva le couteau.

Lise attrapa la barre du four et fit claquer la porte sur ses doigts, l'obligeant à lâcher l'arme. Le gros se redressa et lui mit un violent coup de boule qu'elle détourna sur sa tempe. Du sang coula dans son œil gauche. Il était à genoux, sur trois pattes, son bras gauche ballant le long de son épaule, en appui sur sa main droite, doigts bien écartés sur le sol. Lise récupéra le couteau et trancha d'un coup les quatre doigts, faisant claquer l'acier sur le carrelage. L'hémoglobine s'étala à la vitesse de fourmis fuyant le feu, formant des flaques de sirop rouge.

L'homme hurla en secouant sa main, Lise le repoussa d'un coup de Doc et bondit sur ses pieds. Le sel et le fer se mélangeaient sur ses lèvres, sa respiration était bruyante, le sang coulait dans sa chaussure, dans son cou, ses cheveux étaient trempés, mais elle était bien.

Enragée, affûtée, à prendre et à donner des coups.

Elle avait juste besoin de reprendre son souffle.

Son regard fut attiré vers l'entrée de la cuisine. Une gamine s'y tenait, fardée et vêtue d'un dessous de nylon trop grand pour elle. La rage se décupla dans ses veines, elle se pencha vers le gros qui se tordait sur le sol.

— T'étais venu pour la petite fête, c'est ça ?

Elle se mit à le bastonner à coups de pied, lui massacrant les couilles, le visage et le reste.

Derrière, Bougeard commençait à remuer. La peau de son visage, qu'il s'efforçait de maintenir fermée, glissait entre ses doigts. Son nez n'était plus qu'un trou sanglant. À terre, les bouts de son appendice nasal s'étalaient comme des restes de boucherie. De sa main libre, il se tenait au bord du plan de travail en forçant pour se relever. La cocotte-minute se mit à siffler.

Lise se retourna, fit sauter le « tchitchou » et, alors qu'un jet de vapeur de plusieurs centaines de bars s'échappait, elle le dirigea sur la figure du maître des lieux. Il poussa un cri horrible, tandis que la peau sur ses mains et son visage se recroquevillait. Michel reprenait conscience, ses yeux roulaient d'horreur dans ses orbites. Il appela : « À l'aide, à l'aide ! » en tendant sa main aux doigts coupés vers Fabienne et ses gosses réfugiés sur le seuil de la cuisine. Aucun d'eux ne bougea ; au contraire, ils regardaient Lise avec insistance.

Même si elle poissait de sueur et de matières organiques, Lise n'ôta pas sa cagoule. Elle dévissa le couvercle de la cocotte et vida son contenu bouillant sur la gueule de Bougeard. Au-delà de l'odeur des légumes bouillis et de la viande rôtie, remontait celle de la merde et de la pisse. Michel s'était soulagé dans son survêtement alors que les intestins de Bougeard avaient lâché sous la douleur. Lise se tourna vers le gros et lui envoya une dizaine de coups de cocotte dans le visage, ahanant à chaque effort, jusqu'à ce que les os des pommettes, du nez et de la boîte crânienne craquent.

Mais elle ne le tua pas.

La gamelle alla rebondir dans un coin de la cuisine.

Lise se sentait mieux. Cependant, elle devait rester concentrée, ne pas relâcher la pression, laisser les vagues d'adrénaline lui masser les veines, débouler dans ses artères à la vitesse d'une rame de métro dont les freins auraient cramé, ne pas trop se détendre. Elle savait qu'à la moindre faiblesse le boomerang de la culpabilité lui reviendrait dans la gueule. Lise avait déjà vécu ça, elle s'était « réveillée » trop tôt, un raz-de-marée de dépression qui l'emportait, d'un coup, pour lui tordre les tripes et le cerveau. La jeter à terre comme une merde, une serpillière qui serait passée entre les mains d'un catcheur énervé. Elle avait retenu la leçon : il fallait continuer d'avancer, sans se retourner. Ces hommes avaient mérité leur sort, c'est pour cela qu'elle prenait autant de soin à les sélectionner, pour ne pas avoir à y penser par la suite.

Continuer. Avancer. Il s'agissait de justice pour certains, et de soins pour elle.

Sa vie allait pouvoir reprendre son cours, normalement, comme celle de toutes les jeunes femmes. Elle avait eu un coup de stress et elle s'était défoulée, voilà.

Elle récupéra une bouteille d'eau sur la table et s'en envoya une rasade. Avant de cracher un long jet sur le visage fumant de Bougeard. Puis elle ramassa un torchon et se dirigea vers la sortie. En passant, elle le déposa dans les mains de la gamine.

— Essuie-toi le visage. Tu n'auras plus besoin de maquillage. Et dites à ces connards que je ne veux plus les voir ici !

Elle avait prononcé ces derniers mots sans se retourner. Elle boitait, son corps n'était plus qu'une masse bleue tatouée par les coups, mais elle se sentait bien. L'air froid de la nuit fouetta son visage trempé et elle sourit en enfourchant sa moto. Lasse, détendue, elle arracha sa cagoule et enfila son casque. Un petit coup de blues vint rabaisser le bord de ses lèvres, comme à chaque fois. Elle avait besoin de chaleur, d'un corps à aimer, sur lequel se lover.

Manouche, c'était grillé. Et elle n'avait pas envie d'un mec. Lise avait une copine stripteaseuse qui faisait de la barre dans un bistrot de Pigalle. Un club friqué où traînait le milieu du showbiz et le milieu tout court. Sabrina. Une Libanaise de vingt-deux ans un peu ronde, un peu musclée, arrogante et fière, elles avaient déjà baisé toutes les deux.

Sa main gantée de noir fit tourner le coin de la poignée et la moto poussa un feulement rauque. Elle lâcha le frein, la bête fusa dans la nuit froide.

12

La courbe du cul de Sabrina évoquait un paysage de Toscane. Lise le recouvrit du drap et se tourna dans le lit. Le jour gris coulait par les verrières, donnant envie de se mettre un coussin sur la tête pour se rendormir. Dans son axe de vision, la bouteille de téquila vide réveilla son mal de tête. Ses doigts dégagèrent la masse de cheveux noirs qui lui couvrait le visage et elle s'assit au bord du matelas.

Il n'y avait pas que son crâne qui la faisait souffrir. Son corps était marbré de bleu. Mais c'était surtout lorsqu'elle remuait les doigts qu'elle douillait. Ses phalanges étaient en feu à force d'avoir cogné.

Elle aurait pu avoir la nausée en repensant aux morceaux de nez sur le carrelage, aux doigts qu'elle avait – malencontreusement – écrasés en quittant la maison, au sourire de Bougeard qui remontait jusqu'à son oreille et s'ourlait comme du bacon grillé, mais non. Son cœur battait calmement, son âme était en paix. La veille, elle avait sorti le Monstre qui sommeillait en elle, pour qu'il se défoule. À présent, si une image devait la hanter, ce ne serait certainement pas la gueule de Bougeard et de son gros copain, mais plutôt celle de la gamine de treize ans que son beau-père habillait comme une pute.

Elle tendit le bras, récupéra une culotte de nylon jaune et l'enfila, avant de se lever. Sa cheville la lança, à l'endroit où elle avait enroulé le bandage la veille, aidée par Sabrina, entre fous rires et téquilas frappées. Elle boita jusqu'à sa chaîne stéréo et posa la galette de *The Dark Side of the Moon* sur la platine, pas trop fort, juste pour se réveiller. Cela commençait par des battements de cœur, des bruits d'hélicoptère et des cris bizarres. Elle rejoignit le coin cuisine et mit en route la Nespresso. Ses doigts cueillirent une tige dans un paquet, une Malbeuche qu'elle coinça entre ses lèvres avant de l'allumer. Ses yeux bleus se plissèrent en un sourire quand elle vit Sabrina, dans le lit, qui remuait le bras en râlant.

— Putain, Lise, tu fais chier. Pas la clope au réveil.

— Viens boire un café.

La Libanaise se leva, nue, et se dirigea vers le bar. Lise ne put empêcher son regard de traîner sur sa touffe noire, les larges aréoles marron de sa poitrine, et sa bouche pulpeuse, qu'elle embrassa lorsqu'elle arriva à sa portée.

Sabrina secoua la tête.

— Tu pues.

— T'es belle, répliqua la fliquette.

Sabrina la détailla de haut en bas. Malgré les bleus qui couvraient son corps, elle trouva sa copine appétissante. Des seins relevés aux tétons agressifs, des cuisses fines et musclées, pour un cul haut et rond, cambré comme il le fallait, qui faisait se retourner les mecs dans la rue. Sans parler de ses lèvres pleines, qui remontaient comme ses seins, et de ses yeux sortis de l'océan Arctique.

La Libanaise colla la paume de sa main sur le renflement soyeux de la culotte de nylon jaune, envoyant un frisson secouer Lise.

— Toi aussi t'es pas mal.

— Putain…

Lise avait la gorge sèche, elle empoigna un des lourds seins et se pencha pour le sucer, tandis que Sabrina la caressait entre les cuisses.

Le téléphone sonna.

— Réponds pas.

Le visage de Lise remonta vers celui de son amie.

— T'en veux encore ?

Sabrina enfonça ses doigts dans sa chatte, Lise poussa un gémissement.

— Et toi ?

— Allez, viens.

Sans se détacher l'une de l'autre, elles retournèrent sur le double matelas posé sur le parquet. Cela tombait bien, le deuxième morceau de l'album de Pink Floyd venait de débuter, un voyage langoureux et tranquille. Beau et chaud, comme le baiser d'une Libanaise entre les jambes d'une Bretonne.

Un peu plus tard, elles buvaient leur café en regardant les toits couverts de bruine de l'autre côté du canal Saint-Martin. Lise jeta un coup d'œil sur son téléphone.

— Merde, la banque.

« Ces cons envoient des SMS, maintenant. »

Ils lui demandaient de rappeler « d'urgence » son conseiller. Des paiements par carte ou des virements allaient être refusés. Lise ne savait pas comment elle faisait. Pourtant, ce n'étaient pas les charges qui l'étouffaient. Elle était propriétaire et n'avait aucun crédit en cours, et avec les 2 346 euros mensuels (heures de nuit et dimanche compris) que lui donnait la police nationale, elle aurait dû avoir largement de quoi s'en sortir. Bon, d'accord, son dressing était imposant, et elle ne pouvait s'empêcher de craquer quand elle voyait un truc un peu rock et un peu mode qui lui plaisait. Et comme par hasard, ce n'était pas le genre de fringues qu'on trouvait chez H&M, et donc ça coûtait une blinde. Et puis, il fallait reconnaître qu'elle était généreuse. Lise sortait pas mal (quelle idée, aussi, d'habiter à Paris), et rien que la veille, par exemple, pour faire plaisir à Sabrina elle avait claqué quatre cent cinquante euros en bouteilles de champagne et shots de whisky. À croire que son banquier était présent pour qu'il l'appelle dès le lendemain. On était le 15 du mois, Lise n'avait pas le choix : elle allait devoir téléphoner à son frère Camille.

La famille Lartéguy n'était pas dépourvue, loin de là. Des immeubles dans Paris, quelques biens en province, des placements dans de vieilles usines de confection ou de jouets en bois, mais la tradition voulait que l'on n'en use qu'en extrême nécessité. Son père n'avait pas fait de donations avant sa mort, et même si leur mère était en maison de repos, elle détenait l'usufruit de la fortune familiale. Seul son frère, pourtant moins âgé qu'elle, disposait d'une procuration pour les jours de disette. Il n'y avait pas de rancœur à cause de ça, au contraire, les Lartéguy étaient élevés dans le rejet du pognon. Ils en avaient, c'était donc plus facile, mais son père et ses oncles avaient fait en sorte qu'une bonne partie des rentes aillent à des associations, des Restos du cœur aux Orphelins de la police en passant par Journalistes sans frontière et la Croix-Rouge.

Inutile, non plus, de jouer les hypocrites. Lise se doutait bien que son inconscient la poussait à dépenser car son « petit frère », quoi qu'il arrive, serait là pour la sauver. Mais ça la faisait chier.

En même temps, cela lui donnait l'occasion d'aller voir Camille. Avec lui, c'était ou les repas de famille avec ses deux marmots et sa femme architecte coincée du cul, ou rien du tout. Il n'y avait pas moyen de se faire un truc à deux, des vacances au ski ou des virées dans Paname. Ce n'était pas le genre de Camille, les virées, quant aux vacances au ski, ils avaient grandi. C'est ce qui minait Lise, ils n'avaient pas assez profité de leur enfance. Disons qu'ils en avaient mal profité, à cause de sa maladie. Le pauvre Camille avait dû subir les assauts de sa sœur pendant de nombreuses années, et rien que d'y repenser, elle avait envie de s'arracher le cœur. La mort du paternel les avait rapprochés, et le travail que Lise avait fait sur elle avait impressionné son frère. Elle semblait ne plus souffrir de ses « crises ». Dieu merci, ni lui ni personne ne se doutait des méthodes de « compensation » qu'utilisait Lise.

Camille était officier de carrière dans la gendarmerie, et sa sœur savait qu'il ne comprendrait pas.

Qui le pourrait, d'ailleurs ?

Elle secoua sa longue tignasse brune et composa son numéro – Sabrina était partie se doucher et se maquiller. La secrétaire lui répondit que le capitaine Lartéguy était en mission sur le terrain et qu'elle devait essayer de le joindre sur son portable.

Il décrocha au bout de six sonneries.

— Lise, ça va ?

Toujours cette voix inquiète lorsqu'elle l'appelait. Ça l'agaça.

— Oui, tout va bien. C'est moi qui t'appelle, j'ai le droit de me préoccuper de toi de temps en temps, non ?

— C'est gentil, mais là, tu vois, je suis en réunion. Je me suis éclipsé quand j'ai vu ton numéro. T'as besoin de quelque chose ?

Camille était tout sauf idiot, et ça aussi gênait Lise.

— Heu oui… Enfin, non, pas grand-chose. Il faudrait qu'on se voie. On peut déjeuner ensemble ? T'es où ? Ta secrétaire m'a dit que tu étais en mission.

— Tu parles d'une mission. Je suis chargé d'évaluer et de contrôler au niveau opérationnel les nouveaux radars double-face pour le ministère de l'Intérieur.

— Pour le ministère ! Yalla ! répéta sa sœur en prenant l'accent pied-noir.

— Eh oui… Je vais peut-être passer commandant plus tôt que prévu. Donc, je te disais, je passe ma journée à parcourir le département, j'ai réunion sur réunion. Et, pour finir, je dois superviser un exercice toute la nuit sur le terrain.

— Ah bon ? Où ça ?

— Sur l'A5 après la sortie de Fontainebleau, côté nord-sud. On teste un radar sur l'autoroute, je ne sais pas à quelle heure ça finira, le sous-préfet doit passer, tu vois le genre.

— Super, je ferai un saut dans la soirée.

— C'est gentil, je te payerai un café, on sera à l'embranchement de la station Esso. Tu ne peux pas la rater.

— OK.

— Ah, Lise, fais gaffe si tu viens en bécane. Le radar flashe six kilomètres avant la station.

Elle sentit le sourire ironique de son frère à l'autre bout des ondes.

— J'ai compris, mon capitaine. Ça va être bien de se voir.

— À ce soir, je te laisse. Le directeur de cabinet doit me chercher partout. Bises, ma sœur.

— Bises, mon frère.

Elle raccrocha. C'était parfait, Camille allait sûrement lui virer une dizaine de milliers d'euros d'un de leurs comptes d'épargne. Elle aurait pu en avoir l'accès, mais n'avait jamais osé le demander, et elle savait que son frère allait encore lui en faire la proposition dans la soirée. Elle avait peur de tout claquer.

13

Le dernier officiel venait de se barrer, ce n'était pas trop tôt. Le capitaine Camille Lartéguy regarda la Citroën de fonction s'éloigner sur le ruban noir de l'autoroute A5 avant de lever le nez vers le ciel. Une myriade d'étoiles recouvrait le plafond bleuté de cette nuit d'hiver, et le bruit des poids lourds passant dans son dos faisait remonter des souvenirs d'enfance, les départs en vacances dans le break de leur père et les longs trajets à travers l'Europe, avec des arrêts en pleine nuit, dans des endroits comme celui-ci. Il levait un œil de sous sa couverture, sa sœur toujours impatiente demandait : « On est arrivés ? », leur mère leur disait de se rendormir, que quand ils se réveilleraient, il y aurait la mer.

Et, chaque fois, la magie opérait : l'aube, la plage déserte sur laquelle leur père avait garé les roues avant de la Peugeot, et les vagues qui grignotaient le sable.

Des instants de communion en famille, dans ce petit habitacle de fer et de banquettes, les seuls moments où Lise était plus calme : lorsqu'ils partaient loin des autres, entre eux, les siens, ceux qu'elle avait appris, à force de pédagogie et de patience de la part de leur père, à ne plus agresser.

Ses yeux redescendirent sur le bitume. Il se trouvait le long de l'aire d'autoroute qui abritait la station Esso. Beaucoup de camions venus des entrepôts autour de Rungis s'y arrêtaient, peu de voitures, elles préféraient filer, à plus ou moins 130 à l'heure, sous l'œil vigilant du peloton autoroute de la gendarmerie de Fontainebleau. L'endroit semblait avoir été aménagé exprès pour eux. Un renfoncement herbeux s'étalait sur une cinquantaine de mètres le long de la bande d'arrêt d'urgence. L'équipe technique avait installé le tout dernier cinémomètre laser avec prise de vue vidéo. Il permettait de mesurer la vitesse mais aussi de filmer en infrarouge à plusieurs milliers d'images par seconde le véhicule en infraction. Une manière sûre d'obtenir les numéros de plaque des deux côtés – très utile afin de verbaliser les motards – et de tirer le portrait de ceux qui tenaient le volant au moment du délit. Ainsi, plus moyen de faire perdre des points à sa grand-mère en disant que c'était elle qui conduisait.

Le cinémomètre ressemblait à un phare de taille humaine, de gros câbles couraient de derrière l'engin jusqu'à deux fourgonnettes bleu marine de la gendarmerie. En avant du dispositif se trouvait une Subaru GT turbo du peloton d'intervention et, à l'autre bout, deux grosses motos BMW prêtes à prendre en chasse les contrevenants. D'autres voitures aux couleurs de la maison bleue et munies d'immenses antennes radio étaient garées au milieu de ce déploiement de gendarmes.

Il n'était pas loin de vingt-deux heures, et la Subaru était déjà partie trois fois en chasse pour des excès allant jusqu'à 160 à l'heure. Rien de bien méchant. Le capitaine Lartéguy retournait se réchauffer dans la fourgonnette qui servait de PC opérationnel, lorsqu'il entendit le vrombissement caractéristique de la KTM de sa sœur. Elle pénétra dans la station avec son bolide pour aller se garer devant la boutique. Camille passa par-dessus la barrière et traversa le terre-plein. Lise était en train d'ôter son casque quand elle l'aperçut. Un large sourire illumina son visage et elle se jeta dans ses bras.

— Camille, mon petit chou, ça va ?

Son cadet éclata de rire.

— Heureusement que mes hommes ne sont pas là, s'ils savaient que leur capitaine se fait appeler « mon petit chou » !

— Oh là là, toujours ce côté doigt sur la couture ! T'es bien un Lartéguy, toi. T'as le temps de boire un café ?

— Si tu l'offres, à moins que tu sois à sec ?

— Ah, ça y est ! Il n'y a rien à faire, t'es trop intelligent, tu devines tout, mais le café, je peux quand même te le payer.

— Je te connais surtout comme ma poche. Allons boire ce café, après je te ferai visiter mon dispositif. Ça ne te fera pas de mal de voir comment travaillent tes collègues de la gendarmerie.

— Ça me permettra aussi de repérer les nouveaux radars.

— Mouais. Toujours aussi casse-cou. J'ai entendu parler de ta petite intervention sur l'autoroute du Nord.

— D'abord un café, et je te raconte tout, promis. Ça caille, dans ton bled.

— Hé, c'est ça le vrai travail des forces de l'ordre !

L'intérieur illuminé de néons de la station était glauque et désert à souhait. Lise se retrouva comme une conne devant la machine à café : elle n'avait pas de monnaie. Elle jeta un coup d'œil vers le caissier quand Camille posa une main sur son bras.

— Laisse, j'ai ce qu'il faut.

— Mince, je te jure que…

— Tu prends quoi ? Un déca ?

— Tu déconnes ? Mets-moi un cappuccino, avec un max de sucre. Si c'est la même machine qu'au Bastion, je risque pas d'avoir des caries.

— Faudra que tu me le fasses visiter, un jour, ce nouveau super siège de la PJ.

— Tu serais déçu. On se croirait dans une immense banque, je parle pour les bureaux. On a aussi des vitres blindées.

— Tu verrais la gendarmerie de Fontenay, une vraie petite résidence pour retraités. On a même un potager.

— Et Louna, les gosses, ils vont bien ?

— Tu connais Louna, elle bosse comme une folle. Son cabinet a décroché un contrat avec les Émirats arabes unis, elle rentre tard, elle voyage beaucoup. Et moi, avec mes horaires décalés…

— Oui, c'est pas facile, le boulot de flic, surtout quand on est marié.

— C'est pour les gosses que c'est dur. Paul encore, ça va, il vient d'entrer au CP et s'est pris de passion pour les vignettes Panini. Par contre, Jade… Elle ne fait rien à l'école et passe son temps à nous mentir. Elle nous fait sa petite crise d'adolescence. Heureusement qu'il y a les parents de Louna, ils se sont installés à deux lotissements du nôtre et s'en occupent le soir, comme aujourd'hui.

— Tu aurais dû me le dire. Tu sais que tu peux compter sur moi, si jamais tu as besoin que j'aille les chercher ou quoi.

— C'est marrant, j'y pensais, justement. Ce serait bien qu'elle passe un peu de temps avec toi. Parce que avec Louna, on n'y arrive plus. On n'a pas la clé, comme on dit.

Il poussa un soupir.

— Elle me fait un peu penser à toi quand elle s'engueule avec sa mère. Mais je sais très bien qu'on est fautifs, on ne lui a pas consacré le temps qu'il aurait fallu ces deux dernières années, et ça ne va pas en s'arrangeant.

— J'irai lui parler, faire ma tata poule, et ma flic aussi, c'est l'âge où on est tenté par les conneries. Ce week-end, je travaille pas, je vais l'appeler. J'imagine qu'elle a un portable ?

— Depuis la sixième, on n'a pas eu le choix. Mais bon, ne t'inquiète pas… De mon côté, j'attends toujours une promotion, et peut-être qu'à ce moment-là ils me mettront dans un bureau et que j'aurai des horaires de père de famille.

Lise planta ses yeux bleus dans ceux, du même calibre, de son frère.

— Sauf que t'es pas pressé de l'avoir, ta promotion, j'ai pas raison ?

— Qu'est-ce que tu veux que je fasse ?

— Dis à Louna de lever le pied, mince ! C'est elle la mère, quand même.

— C'est pas si simple, elle est comme moi, elle aime l'action, le terrain. Et toi aussi, reconnais-le.

— Tu le sais très bien.

Le frère et la sœur échangèrent un sourire complice, puis le regard de Camille redevint sérieux.

— En parlant d'action, il paraît que t'as déconné grave il y a deux jours. J'ai vu le rapport, un collègue de Chantilly me l'a envoyé. Il m'a parlé de scène de guerre sur l'autoroute.

Il avait beau être son cadet, il ne pouvait s'empêcher de lui faire la morale. Après tout, il détenait les cordons de la bourse, mais ce n'était pas la seule raison. Camille avait repris le rôle de son père, enfin, il essayait. Pourtant, pour rien au monde Lise ne se serait confiée à lui. Elle voyait qu'il se faisait du souci, et pas seulement pour sa carrière.

Elle répliqua :

— Ce n'était pas Bagdad, non plus ! Juste une poursuite en voiture qui a fini dans la rambarde. J'ai quand même réussi à loger une balle dans le bras d'un des braqueurs.

Elle le disait d'un ton enjoué, en essayant de le faire rire.

Ça ne marchait pas.

— Tu as tiré des coups de feu dans une zone de circulation peuplée de civils.

— J'étais en opération, je te dis. Ces gars venaient de braquer une bijouterie, je me suis lancée à leur poursuite. J'essayais de rattraper des braqueurs armés de FAMAS, je te signale…

— Et tu les as rattrapés ?

— …

— Ces coups de feu, ces accidents, ces vies mises en danger… C'était vraiment nécessaire ?

Lise mourait d'envie de baisser la tête, comme elle le faisait lorsque son père l'attrapait par le bras et la secouait après qu'elle avait fait du mal à quelqu'un. Mais elle ne pouvait pas. Elle regarda le visage grave et inquiet de son frère, tentant de faire passer sa supplique par les yeux : « Pitié, Camille, soutiens-moi sans me juger, soutiens-moi… »

Mais en voyant la petite cicatrice en forme d'étoile, juste sous l'œil droit de son frère, là où, vingt ans plus tôt, elle avait planté des ciseaux parce qu'il ne voulait pas lui prêter ses crayons, elle se souvint de la colère de sa mère, alors que les chirurgiens s'affairaient sur le visage de Camille. « Tu es méchante ! Tu entends ! Méchante ! Et tu le seras toute ta vie, une sale méchante ! » Et son père : « C'est ton petit frère. Tu dois le protéger et non pas l'agresser. Tu es l'aînée. Tu comprends ? Le protéger ! »

Tout ce mal qu'elle avait fait, qu'elle lui avait fait.

Il y avait aussi la fois où ils jouaient à cache-cache dans cette ferme que ses parents avaient louée pour les vacances. Camille s'était planqué dans le vieux puits abandonné. Une échelle de corde permettait d'y descendre, Lise l'avait remontée et avait recouvert le puits de planches. Puis elle était partie se terrer dans le grenier, à attendre que ses parents rentrent du marché et qu'ils viennent la gronder. Son pauvre frère était resté dans le noir à l'appeler, terrorisé. Il y avait de grosses pierres sur le bord du puits, elle avait hésité… Elle aurait pu le tuer. Pourquoi ? Pour que ses parents la remarquent, comme avait dit un des psychiatres ? Son frère qu'elle aimait tant ! Qui l'aimait tant !

Comment avait-il pu lui pardonner ? Il lui faisait la morale, certes, mais Lise savait que c'était sa façon à lui d'exprimer ses inquiétudes. Sa peur qu'un jour elle fasse quelque chose de grave. Pour autrui, mais surtout pour elle.

Leur père était mort, leur mère avait fini à l'asile et refusait de la voir, leur famille était en morceaux.

Elle baissa les yeux ; des larmes en coulaient. Camille en fut bouleversé, il tendit la main et lui redressa doucement le menton.

— Lise… Excuse-moi, je ne voulais pas…

Elle se força à sourire.

— Vas-y, dis-moi ce que tu as sur le cœur. J'en ai besoin. Je te jure.

— Je sais que tu as fait énormément d'efforts depuis que tu es entrée à la PJ. C'était le rêve de papa, et tu l'as réalisé. Et en même temps, j'ai tellement peur de…

Lise ouvrit son blouson, dévoilant le holster contenant le pistolet automatique de marque autrichienne sous son aisselle.

— De savoir que je me balade avec ça sur moi ? C'est ça ?

— Oui, et en même temps, non. C'est de ta plaque que je voulais parler, du pouvoir qu'elle te confère. Tous les flics ont ce pouvoir d'agir à l'instant si jamais un délit se déclare ou si des personnes sont en danger. C'est même un devoir. Tes supérieurs t'ont dans le collimateur, et même à Chantilly on commence à te connaître comme une tête brûlée. Tu sais que chez les flics, ce terme est péjoratif. On n'est pas dans les films de Belmondo. La PJ, la Sûreté et la gendarmerie ont horreur des têtes brûlées, et si elles peuvent les foutre dehors, rien que pour l'exemple, elles le font. Il faut que tu apprennes à penser d'abord, je dis bien d'abord, à l'intérêt général plutôt qu'à ce que, toi, tu as envie de faire. Quand tu as poursuivi ces braqueurs, tu pensais au plaisir de les attraper ou bien… aux risques que la population allait courir ?

— Tu te trompes, ce n'est pas ce que tu crois, je… je ne prends pas de plaisir…

— Ce n'est pas ce que je voulais dire. Je ne parle pas de tes… pulsions. Tu sais que je dis ça par amour. Je vois bien que depuis que tu es revenue de l'armée et que tu es entrée à la BRB, tu as réussi à te… canaliser. Je ne sais pas si tu suis une thérapie ou si le « mal » est simplement passé, mais je pense que c'est en grande partie parce que tu as trouvé ta voie dans la police. Je me trompe ? Comme quoi, papa avait raison.

— Il avait raison, oui.

— Oui, et justement, tu as fait le plus dur, tu peux encore progresser.

— Je n'ai plus mes crises, je… Ça ne suffit pas ?

— Oh, mon Dieu, Lise, pardonne-moi. Tu as raison, j'essayais juste de t'aider, je suis désolé…

— C'est moi qui m'excuse. Tu as raison, je ne pense pas assez aux autres, et je me vexe alors que toi, tu veux m'aider.

Ils restèrent deux longues minutes à ne rien dire. Les gobelets de café vides devant eux. Le hall de la station était désert, même le caissier avait disparu. Les néons rendaient leurs visages blafards. Lise se racla la gorge avant de demander :

— Comment elle va ?

Camille la regarda, se rendant compte de l'effort qu'elle faisait pour aborder cette question.

— Bien. Bien, enfin, j'essaie d'y aller un dimanche sur deux, mais avec les enfants…

Il tentait de la déculpabiliser en se mettant lui-même en faute.

— Elle m'en veut toujours ?

— Elle n'a plus sa tête, tu le sais très bien, enfin, je veux dire… Ça serait arrivé, de toute façon.

— Oui, je sais, les germes de la folie sont dans la famille depuis longtemps. Et uniquement chez les femmes. Tu es gentil, mais je sais que je suis responsable de son état.

— Si ça te fait plaisir… Disons que tu as un peu précipité le processus. Je… Tu sais, cela fait au moins quatre ou cinq mois qu'elle ne parle plus de toi, ni de… Enfin… Peut-être, tu devrais aller la voir.

Lise sentit un liquide glacé couler le long de sa colonne vertébrale.

— Elle a souhaité ma mort. Elle me déteste.

— C'est notre mère. Elle t'a aimée pendant des années, et toi aussi.

— Je ne la déteste pas.

— Et s'il m'arrivait quelque chose ?

Lise se redressa, surprise.

— Comment ça ?

— Je veux dire, c'est notre mère. Ta mère. Elle n'a que nous. Et c'est réciproque. Tu n'as qu'elle. Le temps efface les choses, parfois. Tu ne veux pas essayer, juste essayer d'aller la voir ?

— Je… je vais y réfléchir.

Camille se fendit d'un grand sourire. Il farfouilla dans sa vareuse et en sortit une enveloppe.

— Bon, allez, on arrête la torture. Après ton appel de ce matin, j'ai contacté la banque et j'ai demandé une procuration à ton nom pour le compte d'épargne où se trouve l'argent qui te revient.

— Mais non, je… Je n'avais pas besoin de tant…

— Le compte reste à mon nom, mais tu n'as plus besoin de tuteur, et puis, s'il m'arrive quelque chose…

— Ah, arrête avec ça ! Dis plutôt que tu ne veux plus me voir tous les deux mois pour que je te fasse cracher au bassinet.

— C'est ce qui m'a fait hésiter. C'est pourquoi il y a une condition. Que tu viennes à tous les anniversaires et à toutes les fêtes à la maison.

Le piège. Noël, par exemple, quand Camille faisait venir sa mère. Un cap était en train d'être franchi. Camille la prenait au dépourvu, elle ne pouvait pas lui en vouloir, c'était de bonne guerre. Elle empocha l'enveloppe.

— D'accord, j'accepte. Au moins, j'aurai de quoi gâter mon neveu et ma nièce. Non, t'inquiète, je ne dépenserai pas tout.

Le capitaine Lartéguy sauta de son tabouret.

— Tu viens les visiter, ces installations, ou pas ?

Elle balança les gobelets dans une poubelle et le suivit.

— Avec plaisir. Je ne sais pas pourquoi, mais j'ai toujours voulu en savoir plus sur les radars.

14

Éclaboussés par le flot de lumière électrique qui flottait au-dessus des pompes à essence, le frère et la sœur se dirigèrent vers le large ruban où les phares s'effilochaient dans un vacarme incessant. L'humidité faisait briller le fleuve noir sur lequel les poids lourds grondaient, quelques voitures filaient dans le sifflement de leurs soupapes, et tout autour il n'y avait que l'obscurité profonde de la campagne.

Une dizaine de gendarmes se tenaient à l'extérieur des véhicules ; Camille présenta rapidement sa sœur comme officier de police judiciaire à la BRB de Paris, avant de lui montrer le cinémomètre TD756 de dernière génération. Il lui exposa le dispositif en lui désignant la Subaru et les deux motos sur béquille, prêtes à intervenir en cas de dépassement significatif de la vitesse autorisée. Pour l'instant, les motards étaient au chaud dans une des camionnettes bleu marine à boire du café au thermos. Lise les salua et suivit son frère dans une autre de ces fourgonnettes. L'intérieur ressemblait à une annexe de la NASA et un petit chauffage balançait un air chaud dans les jambes des deux jeunes brigadiers qui surveillaient la demi-douzaine d'écrans fixés aux parois. Camille fit coulisser la porte derrière lui en s'asseyant près d'un jeune blondinet à lunettes.

— Lise, je te présente Richard, il revient d'une formation de deux mois chez Matra et connaît ce radar mieux que sa femme, et aussi Eusèbe, qui l'assiste et apprend en même temps. Messieurs, voici Lise, ma sœur, lieutenant à la PJ de Paris.

Richard fit pivoter sa chaise en tendant la main.

— Enchanté, il fait meilleur dedans, pas vrai ?

Lise lui rendit son sourire en lui serrant les doigts.

— Ça ne me dérange pas, je suis venue à moto.

Camille sourit en voyant sa sœur jouer à la dure avec les autres flics. À cause de son mètre soixante-six ? Ou de ses yeux bleu arctique qui paralysaient l'expression des hommes l'espace de quelques secondes lorsqu'ils la voyaient pour la première fois ?

Ces quelques secondes passées, Richard se lança dans une démonstration de son joyau. Il montra à Lise les images au ralenti d'une voiture familiale qui venait de passer à 123 kilomètres-heure. La caméra semblait faire un demi-cercle autour de la Citroën. On distinguait clairement le chauffeur et sa compagne, et les enfants qui dormaient sur la banquette arrière. C'était la raison pour laquelle la tête du radar se trouvait à deux mètres du sol : afin de pouvoir filmer en plongée l'intérieur des habitacles. Il lui montra ensuite la façon dont on pouvait isoler la séquence pour l'envoyer par mail ou l'enregistrer sur une clé USB. Sous les images apparaissait la vitesse du véhicule en temps réel, passant de 123,5 kilomètres à 122,8 kilomètres.

Chaque fois qu'un bolide dépassait les limites et que les motards le rattrapaient, on montrait au conducteur, sur une tablette, les images avec les preuves de l'infraction.

Lise se tourna vers Camille.

— Vous rattrapez toutes les voitures qui dépassent les limites ?

— Pas que les voitures, les motos aussi. Mais on ne prend en chasse que ceux ou celles qui présentent un réel danger. De toute façon, au-delà d'un dépassement de 50 kilomètres-heure, c'est le retrait de permis direct.

— 180, c'est bon ?

— C'est bon pour nous, dans le cadre de cette mission, mais les autres pelotons autoroutiers te prendront en chasse, sois-en sûre.

— Et si le gars arrive à 250 ? Elle monte à combien, la Subaru ?

Camille n'en croyait pas ses oreilles.

— Ne me dis pas que tu as déjà roulé à 250 ?

— À quoi ça sert d'avoir ce genre de bécane, si c'est pour la pousser à la moitié de ses capacités ?

Lise s'imaginait en train de faire exploser le radar à son passage. Le temps que les gars sortent de la camionnette pour se sangler dans la voiture de poursuite, elle aurait déjà parcouru dix kilomètres. Impossible à rattraper, car une voiture, au contraire d'une moto, ne peut tenir à cette vitesse plus de quinze minutes d'affilée. À moins, bien sûr, de posséder une Ferrari ou une Porsche.

— C'est prévu, rétorqua Camille. On a une équipe en amont, à six kilomètres d'ici, dans une voiture banalisée. Ils ont un cinémomètre visuel. S'ils repèrent ce genre d'infraction, on peut anticiper et tenter d'arrêter les chauffards ici.

Il désigna la radio posée près des écrans et, comme par magie, celle-ci se mit à grésiller.

« Papa Alpha pour Sentinelle ? Papa Alpha pour Sentinelle ? »

Une lueur d'excitation s'alluma dans l'œil de Camille quand il saisit le micro.

— C'est eux, ils ont dû repérer quelque chose. « Sentinelle, je vous écoute, c'est Lartéguy.

— Capitaine, rien de grave, juste une intuition. On vient de voir passer trois véhicules suspects, trois Audi RS, si vous voyez ce que je veux dire. Distantes l'une de l'autre d'à peu près un kilomètre, pas de conduite excessive, mais ce qui est étrange c'est que les voitures se suivent en roulant exactement à la même vitesse de 140 kilomètres-heure.

— Un convoi ?

— Oui, comme un gofast, sauf qu'il y a trois véhicules au lieu de deux et qu'ils ne roulent pas à 200 à l'heure.

— OK, on va les contrôler.

— Soyez prudents, c'est peut-être rien, mais de les voir passer comme ça, les unes après les autres, avec leurs vitres teintées de noir… Le premier véhicule devrait être à vous d'ici deux minutes, maximum.

— Merci, lieutenant, c'est du bon boulot. »

Camille échangea un regard avec Lise en reposant le micro. Il aurait préféré qu'elle ne soit pas là, c'était clair. Elle leva les mains pour lui faire comprendre qu'elle ne bougerait pas une oreille.

La gendarmerie, c'était l'armée. Le capitaine se mit en mode opérationnel dans la seconde. Il changea de fréquence et donna ses ordres.

« À toute l'unité, on va bloquer véhicules en mode convoi, je répète, on va bloquer véhicules. Risque de code 32, peut-être des gofast. Je demande à tous les hommes d'enfiler leur GPB, aux conducteurs et motards de se tenir prêts pour départ poursuite si refus d'obtempérer. Trois voitures, type Audi RS, noires, de forte puissance, distantes l'une de l'autre d'un kilomètre. Nous allons leur demander de s'arrêter pour les contrôler et les verbaliser. Délit de vitesse à plus dix et moins vingt constaté. Je prends la première, lieutenant Saint-Elme la deuxième et le peloton mobile la troisième. Trois hommes par voiture, sur les côtés et derrière, en retrait des axes de tir. Au moindre doute, vous faites sortir les conducteurs. Je ne veux prendre aucun risque, tout manquement sera à justifier. Bien reçu ? »

Les pelotons autoroute avaient suivi des formations spéciales sur l'interpellation des gofast. Il s'agissait de missions à hauts risques. Les années précédentes, quatre gendarmes avaient perdu la vie sur ce type d'opération.

Lise sentit l'électricité envahir le dispositif alors qu'elle sortait du van à la suite de son frère. Les hommes marchaient à pas rapides en enfilant leur gilet pare-balles, certains installaient des projecteurs, d'autres sortaient les pistolets-mitrailleurs des coffres des voitures.

Un des motards se posta en avant, une paire de jumelles à infrarouge plantée sur le visage, alors que Camille se dirigeait vers l'autre bout, accompagné de trois hommes. Tous avaient des « storno », des radios portables. La voix du motard se fit entendre, faisant monter la tension d'un cran :

« Véhicule en vue, trente secondes, demande autorisation d'intercepter.

— Autorisation accordée, faites rabattre véhicule pour prise en main en bout de dispositif. »

Lise vit le motard faire de grands signes à l'aide d'un bâton lumineux et, bizarrement, l'Audi RS ralentit pour être dirigée jusqu'à l'extrémité où se trouvaient Camille et ses hommes.

Le capitaine Camille Lartéguy tendit le bras en avant, paume relevée, pour signifier à la grosse voiture allemande de s'arrêter. Les roues crissèrent sur le gravier tandis que la vitre du conducteur descendait dans un sifflement d'abeille. D'un regard, Camille signala à ses hommes qu'il prenait l'affaire en main.

Le chauffeur avait dans les trente ans. Brun aux yeux clairs, presque gris, blouson de cuir de bonne coupe sur une chemise bleu ciel, montre de joaillerie au poignet. Il gardait les deux mains sur le volant comme pour un contrôle dans une zone de guerre. Camille eut aussitôt l'intuition qu'il s'agissait d'un étranger, un Slave. Il avait par réflexe enregistré l'intérieur cuir et bourré d'options.

— Bonsoir, monsieur, papiers du véhicule, s'il vous plaît. Vous savez pourquoi je vous arrête ?

Il posait la traditionnelle question, histoire de tester la bonne – ou la mauvaise – foi du contrevenant. Dans le deuxième cas, cela facilitait le travail.

Le gars le fixa un long moment sans bouger, le regard vide. Il attendait que son patron lui fasse un signe.

Camille avait repéré le couple sur la banquette de cuir blanc au fond du véhicule. Un homme d'affaires au visage dur qui portait ses soixante ans comme un militaire de carrière ; quant à la femme d'une vingtaine d'années aux cheveux noirs coupés court et au décolleté jusqu'au nombril, il était clair qu'il ne s'agissait pas de sa nièce.

L'homme parlait dans son téléphone portable en fixant le gendarme dans les yeux.

Un regard tranchant, à la fois irrité et inquiet. Il semblait dire à son interlocuteur de patienter, comme s'il commentait la scène en direct. Et, bien sûr, il parlait dans une langue étrangère, ce qui eut le don d'agacer Camille.

Il lui fit signe de couper la ligne.

— Vous parlez français ? *Papers, driving licence, you understand ?* Posez votre téléphone, s'il vous plaît.

L'homme d'affaires aboya un ordre, et le chauffeur se pencha en soupirant vers la boîte à gants pour y saisir des papiers.

La radio de Camille se mit à grésiller.

« Deuxième véhicule en visuel, lui ordonnons de se garer. »

Le capitaine s'éloigna de quelques pas.

« Très bien, contrôlez les papiers de tous les occupants, j'ai l'impression qu'il s'agit d'une communauté…

— Le véhicule a ralenti mais continue en ligne droite sans s'arrêter, capitaine.

— Comment ça ? »

Camille leva les yeux pour voir la deuxième Audi arriver vers lui, roulant à 60 à l'heure environ, mais sans aucun signe de ralentissement. Elle allait lui passer devant, des gendarmes couraient en lui faisant signe de se rabattre.

Son attention fut attirée par l'intérieur de l'Audi à l'arrêt : l'homme à l'arrière parlait de plus en plus fort dans son téléphone. Le capitaine posa la main sur la crosse de son arme. Cette fois, le passager s'adressa d'une voix furieuse à son chauffeur. Celui-ci laissa tomber les papiers qu'il tenait tandis que sa main se dirigeait sous sa cuisse droite. Pour en revenir armée d'un pistolet automatique.

En voyant la deuxième voiture ralentir mais hésiter à s'arrêter, Lise Lartéguy sentit le danger, comme le cerf sent l'arrivée des chiens. Déjà, certains collègues gendarmes couraient vers leurs véhicules. La lumière rouge dans son cerveau lui intima de regarder à cinquante mètres de là, vers l'endroit où se trouvait Camille.

Un coup de feu claqua. Lise vit nettement la flaque de sang s'échapper du visage de son frère alors qu'il s'écroulait. Elle se mit à courir en arrachant le Sig Sauer de son holster, les gendarmes levèrent leurs armes. Tout doucement, la première voiture commença à s'éloigner.

La deuxième était déjà loin quand la troisième arriva dans leur dos.

La vitre arrière se baissa et le canon d'un fusil-mitrailleur apparut.

15

Les balles de gros calibre fusèrent de la troisième voiture dans un crépitement de guerre, fauchant les gendarmes. Le tireur, assis à l'arrière du véhicule, balayait le dispositif de ses rafales, faisant éclater les pneus des deux motos, arrachant le bras d'un militaire, crevant la poitrine d'un autre. Les ogives de 7,65 millimètres attaquèrent la ferraille de la première camionnette, y creusant des trous de la taille de balles de golf. Aucun homme n'eut la présence d'esprit de riposter : il s'agissait de courir, de se jeter derrière un abri. Les déflagrations retentissaient dans une ambiance de bombardement, la nuit s'allumait, des flammes sortaient de la gueule du fusil et les balles pleuvaient comme sur un champ de bataille.

Même le conducteur s'y était mis. Sa main sortait par-dessus la vitre avant, faisant tressauter le canon d'un calibre à chacun de ses tirs. Lise se roula dans l'herbe, son pistolet à la main. Le cœur serré, elle jeta un coup d'œil vers l'endroit où se trouvait Camille. La première Audi avait fait marche arrière et le chauffeur en sortait pour courir, l'arme à la main, en direction du corps de Camille.

Elle devait d'abord se couvrir.

Elle se mit sur un genou et tira une dizaine de fois en direction de la berline tueuse qui continuait d'avancer au milieu de l'autoroute. Une vitre explosa, la voiture fit une embardée et le hurlement de la mitrailleuse cessa. À présent, seul le bruit de ses propres détonations claquait dans l'air. L'homme qui se dirigeait vers son frère l'aperçut alors qu'elle pivotait pour le mettre en joue. Il ne lui restait qu'une dizaine de mètres à parcourir, il pointa le canon de son arme vers le capitaine allongé sur le sol et l'arrosa de balles. Lise tira deux fois dans sa direction. Cet enfoiré repartait déjà vers sa voiture. Une brûlure lui déchira soudain la cuisse, l'envoyant valdinguer. Elle tourna la tête vers l'Audi sur l'autoroute : le gars à l'arrière faisait de nouveau cracher sa machine de guerre.

Les yeux de Lise restèrent bloqués quelques millièmes de seconde sur le tireur. Il avait une grosse tête ronde et lisse, toute blanche, avec des petits yeux noirs qui s'allumaient chaque fois que sa mitraillette tressautait. Derrière cette tête, comme moulée dans de la cire molle, elle aperçut un autre visage. Puis les pneus crissèrent, les moteurs hurlèrent, et les Audi disparurent dans la nuit. Laissant derrière elles la fumée des douilles, les gémissements des blessés, de la tôle déchirée, et plus que tout : un calme pesant qui respirait la mort.

Lise tâta sa cuisse en serrant les dents ; on aurait dit qu'on venait d'y poser un fer rougi par les flammes, mais la blessure était bénigne. Seule la peau avait été arrachée. La balle de 7,65 millimètres l'avait, comme qui dirait, caressée. Une chance incroyable. Elle se releva et courut en boitant jusqu'à son frère.

L'avant de la Subaru avait pris feu, les flammes s'élevaient dans la nuit froide en envoyant des débris de sièges et de plastique planer comme de la neige fondue. De la neige noire. Le cœur battant, elle se pencha sur Camille. Un sillon de chair traversait le haut de son crâne, le sang dégoulinait dans ses yeux fermés. À la lueur des flammes, elle repéra des plaies d'impact sur son bras – peau éclatée et brûlée, sang, bouts d'os noircis – et surtout sur sa jambe gauche : la cuisse perforée. Elle tâtonna dans l'herbe, sa main s'enfonça dans une flaque épaisse et chaude… l'artère était touchée !

Elle releva la tête. Quelques survivants marchaient en titubant, on aurait dit des zombies, d'autres couraient d'un corps à l'autre. Elle hurla :

— Appelez les secours ! Vite ! Appelez les secours !

Un jeune aspirant se précipita.

— C'est fait, ils arrivent. Les hommes dans la fourgonnette ont immédiatement prévenu le SAMU et le PC, est-ce qu'il est…

— Non, mais la fémorale est touchée, juste sous la cuisse, il faut lui faire un garrot.

Le jeune gendarme arracha son ceinturon. Il se concentrait sur le garrot, mais des sanglots secouèrent son corps. Il se mordit violemment la lèvre en serrant le ceinturon d'un coup sec. Lise posa une main sur son épaule.

— Est-ce que ça va ? Vous êtes blessé ?

Il secoua la tête.

— Non… C'est juste que… Il y a des morts là-bas.

Elle regarda le désastre. Le réservoir d'essence de la Subaru explosa, illuminant la zone d'un grand flash rouge et éclairant la demi-douzaine de corps qui se tordaient sur le sol, les motos déchiquetées… Elle se redressa, porta la main à son col et tira de toutes ses forces, déchirant son tee-shirt, qu'elle ramena devant elle. Sa main fit glisser la fermeture de son cuir jusqu'en haut, elle n'avait plus que son soutien-gorge dessous. De toute façon, elle ne sentait pas le froid.

Appliquant les cours de survie qu'on lui avait donnés chez les parachutistes, elle attacha son tee-shirt blanc autour de sa cuisse, compressant la plaie, puis boitilla en direction de sa moto.

Le casque était resté sur le guidon, elle l'enfila, mit le contact et fit rugir le moteur.

Elle allait les rattraper ! Elle savait qu'elle le pouvait.

Les lumières et la triste mélodie des ambulances retentirent au loin sur l'autoroute. Elle enclencha la première, faisant claquer la vitesse comme un coup de feu, sa main gauche serra le frein avant de toutes ses forces alors qu'elle accélérait pleins gaz, son monstre pivota dans l'axe de la sortie. Ça lui faisait comme un rail de coke : l'odeur de la gomme brûlée, le poids de son arme contre son cœur.

Elle regarda en direction de la Subaru en flammes et coupa le contact.

Mon Dieu, qu'allait-elle faire ?

« Tu dois d'abord penser à l'intérêt général avant de penser à toi. »

Son frère était peut-être en train de mourir, d'autres hommes avaient besoin de soins, et elle…

Elle ôta son casque, le remit sur le guidon et se précipita en courant vers le chaos et la désolation.

16

Deux ans plus tôt

Totalement nue sous sa petite blouse bleue, la jeune fille avait froid. Elle serra les bras autour de sa poitrine en essayant de faire le moins de bruit possible. Elle s'était réveillée dans cette chambre aseptisée, sanglée sur un lit d'hôpital, avec des perfusions dans les bras. Cela faisait quatre ou cinq jours qu'elle avait été enlevée. On la droguait, elle ne se souvenait pas très bien, mais quelqu'un avait mal resserré ses sangles et elle avait pu libérer un de ses bras. À présent il faisait nuit, la fenêtre était verrouillée par un volet et elle s'était engagée dans le couloir. Cela ressemblait à l'intérieur d'un château, les murs étaient recouverts de tapisseries et les plafonds creusés de coffrages en bois. La pleine lune étalait une lumière de conte de fées au travers des fenestrons qui couraient à hauteur du plafond.

Elle avait longé le mur sur une trentaine de mètres quand une lumière au bout du couloir la fit sursauter. Il y avait une porte dans son dos, elle l'entrebâilla et se glissa dans un salon aux fauteuils brodés et aux meubles de bois foncé. Ses pieds nus foulèrent un parquet froid, pour se diriger vers la fenêtre. Derrière, apparut un parc planté de cyprès. Où était-elle ? Encore en Suisse, non loin de l'institution catholique qui l'hébergeait avant que des hommes ne l'emmènent dans une camionnette ?

Elle se pétrifia : quelqu'un venait d'ouvrir la porte du salon. Elle se jeta derrière une bergère du XVIIIe siècle et se roula en boule.

Heureusement, les lampes d'appoint que les hommes avaient allumées n'éclairaient qu'une partie du grand salon. Ils n'étaient que deux et parlaient en anglais. La jeune fille entendait tout.

Erik Wurtz épousseta les épaules de son costume bleu Klein d'un geste automatique, bien qu'il n'y ait aucune pellicule dessus, et se dirigea vers le bar agencé dans un globe terrestre. Il avait roulé toute la nuit. Le docteur fumait une cigarette sur le perron lorsqu'il était arrivé et lui avait proposé un verre avant d'aller se coucher.

Le jeune Autrichien se tourna vers le docteur.

— Cognac ? Il y en a un de trente ans d'âge.

— Rien que ça ? Avec plaisir, alors.

Erik Wurtz emplit deux verres et vint s'asseoir sur le fauteuil en face du docteur, près d'un orgue sur lequel une lampe au design anachronique diffusait une lumière orangée.

Le docteur tirait sur une cigarette électronique, envoyant dans l'air une vapeur huileuse aux senteurs indéfinies. Chauve, âgé d'une soixantaine d'années, il était français, mais Wurtz et lui avaient l'habitude de se parler en anglais. Il souffla un épais jet de fumée et se pencha en avant pour récupérer son verre.

— Merci. Alors ? Vous revenez d'un de vos repérages ?

Erik observa son vis-à-vis. Il y avait plus que de la curiosité dans sa question. Il y sentait une envie de s'instruire, quelque chose de professionnel. Le docteur n'était pas n'importe qui. Il s'agissait d'un éminent spécialiste qui pratiquait, entre autres choses, la psychiatrie, et qui avait la confiance absolue du grand patron. Il se racla la gorge avant de répondre :

— Cela fait une quinzaine de jours que je surveille un campement de Roms près de la ville de Giurgiu, en Roumanie. À vingt minutes à peine de la frontière bulgare et de l'autoroute E85 qui traverse les républiques slaves jusqu'à la France. Une fille sort de ce campement tous les jours en fin de matinée pour aller vendre ses œufs dans un supermarché à trois kilomètres de là. Vous savez que nous avons certains critères. Et le plus important, c'est cette histoire de virginité.

Une petite lueur s'était allumée dans les yeux de son interlocuteur.

— J'avoue que je suis fasciné par la disposition de notre employeur à trouver les hommes justes aux postes adéquats. Comment ? Comment…

— Comment m'a-t-il trouvé ? C'était à Vagen, dans le sud de l'Autriche, la ville où j'ai grandi, enfin, grandi, j'y suis arrivé à l'âge de dix ans, dans une famille d'accueil.

— Vous étiez orphelin.

— Un psychopathe sur deux a eu des problèmes d'affection dans son enfance…

Le docteur eut l'air surpris.

— Pourquoi dites-vous « psychopathe » ?

— C'est ce que je suis. Et c'est ce qui fait que j'ai acquis ce talent pour lequel le patron m'a embauché. Il m'a envoyé un des plus gros avocats d'Autriche quand j'ai été incarcéré pour la disparition de trois jeunes filles.

— Et… il a réussi à vous sortir de là ?

— Oui, les charges étaient faibles, les trois filles n'ont jamais été retrouvées. On m'avait vu rôder près du domicile de deux d'entre elles, mais le jour de leur disparition, rien, pas de témoin, aucun indice, parce que je préparais ces opérations pendant des semaines, voire des mois.

Erik émit un petit rire : il venait de remarquer la légère grimace sur le visage de son vis-à-vis. De la répugnance.

— Ne vous méprenez pas, docteur, je ne suis pas un pervers, un violeur, ni même quelqu'un qui ne prend son pied qu'en assassinant et en torturant, non, rien de tout cela. Je voulais juste… les avoir. Avec le temps et ce que je fais à présent, j'ai compris ce qui me motivait. La quête. La quête en elle-même. Lorsque vous arrivez dans une petite ville de province et que vos camarades savent que l'on vous a abandonné à la naissance, ils se posent la même question que vous vous posez depuis des années : pourquoi ? Il ne peut y avoir qu'une seule réponse, dans la tête d'un enfant dont les parents sont à l'égal des dieux : à cause de moi ! Enfin, tout ça pour vous expliquer que je désirais vraiment rencontrer ces jeunes filles, leur parler, les posséder. Je m'étais dit que le fait de les enlever accélérerait les choses. J'avais dix-huit ans, j'étais complexé, renfermé… destructeur et romantique. Oui, je prenais mon plaisir dans le rêve et l'espoir tout le temps que je les observais, que j'espionnais leur domicile, que j'étudiais leurs habitudes en sachant que je les enlèverais. Puis le grand jour arrivait, dans une forêt, près d'un chemin ou le long d'une ruelle obscure, je me débrouillais pour les kidnapper, et… je cédais à l'effroi. Au moment même où j'avais réussi, où je me retrouvais seul avec elles, je paniquais. Au lieu de leur parler, je les attachais ! Quelle ironie, n'est-ce pas ? À l'instant où je les avais attrapées, le plaisir s'enfuyait. Pire, je me rendais encore plus coupable. Vis-à-vis des autres : ils allaient me bannir, me fuir, me punir. Il n'y avait plus alors que la peur et le calcul. Qu'est-ce qui me plaisait, au fond ? La peur ? Ou le calcul ? Je savais que j'allais devoir à nouveau faire fonctionner mon cerveau et trouver des solutions. Pour que rien ne se sache, pour que tout disparaisse. Des solutions extrêmes. Car j'avais compris que pour que ces jeunes filles ne racontent jamais ce qu'il s'était passé, elles devaient disparaître. Corps et âme, comme on dit.

Le docteur ne tirait plus sur sa cigarette.

— Quelle ironie, en effet, et comme vous avez dû en baver pour faire disparaître ces corps.

Acide ? Découpage en petits morceaux et broyage ? Le docteur le regardait de biais, en essayant d'imaginer. Erik lui donna la réponse :

— La région de Vagen est entourée de forêts. Mes parents adoptifs vivaient dans une ancienne ferme, et ils m'avaient offert une mule à mon arrivée. Je transportais les filles sur cette mule au cœur de la forêt et je creusais le plus profond possible, jusqu'à quatre mètres.

Erik siffla le fond de son verre de cognac, avant d'ajouter :

— Je me suis massacré le dos à manier la pelle !

— Mais vous creusiez jusqu'à quatre mètres. Bravo, même une meute de chiens policiers ne pouvait retrouver de traces.

— Et, comme je vous l'ai dit, la forêt était immense.

— Donc, vous avez été remarqué par notre employeur qui vous a envoyé cet avocat ? Fabuleux. Vous correspondez vraiment à ce que l'on attend de vous.

Erik jeta un regard à sa montre ; il aurait dû aller se coucher.

— Oui, et à présent je fais ce que j'aime : espionner, repérer, préparer. Je me souviens de notre conversation, dans cette cellule. Je lui avais demandé : « Vous voulez me payer pour que je vous aide à enlever des jeunes filles ? Mais quelles jeunes filles, et pourquoi ? » Il m'avait répondu : « Des vierges, le reste, à part le fait que cela doit rester invisible, ne vous concerne pas. – Des jeunes filles vierges ? Des enfants ? – Non, cela a toujours fonctionné avec des jeunes pubères vierges »… Et vous, docteur, en quoi excellez-vous ?

— Je me charge de faire disparaître les traces. Si vous m'aviez connu à l'époque où vous étiez à Vagen, je vous aurais évité bien des problèmes de dos.

— Comment cela ?

— Notre employeur s'est rendu compte qu'il y a beaucoup trop de risques à tenter de faire disparaître des cadavres. Il a compris qu'il vaut mieux que la police retrouve les corps… sans aucune trace dessus.

Dès que nous avons la fille, nous la lavons et la confinons dans un endroit aseptisé dans lequel nous ne travaillons qu'en combinaison.

— Vous travaillez… pour l'Ultime.

— Oui, pour l'Ultime.

— Vous avez une… spécialité ?

— Disons que j'en ai deux désormais : gynécologie et chirurgie. Enfin, trois, si l'on inclut la partie chimiste pour le nettoyage des traces ADN. Gynécologue, car je dois m'assurer que la fille est bien vierge.

— Et après ? Chirurgien ?

— Après ? Cela ne vous concerne plus.

Erik se mordit les lèvres. Il se doutait de ce qui arrivait aux filles « après ». Mais de là à faire appel à un chirurgien ? Cela lui rappela quelque chose, et il ne put s'empêcher de le faire remarquer :

— Pour que ne se reproduise pas ce qu'il s'était passé à Sunny Beach, n'est-ce pas ?

Le docteur le regarda froidement, avant d'acquiescer lentement.

L'épisode de Sunny Beach avait été dramatique. Erik Wurtz avait entendu des hommes de main de l'organisation raconter l'histoire. C'était à leurs tout débuts, Erik ne travaillait pas encore pour eux.

Une boucherie.

Il ne fallait pas répéter les erreurs. Telle était la maxime du patron. Bien sûr, il était permis de se tromper : en voulant nous améliorer nous faisons des essais, des tentatives, et parfois cela foire. Comme à Sunny Beach. Ou en Tchétchénie l'année précédente, où l'organisation, grâce à ses relations, avait appris que la police locale était sur les traces de voitures immatriculées en France.

Le docteur se leva.

— Bien, je crois qu'il est maintenant l'heure d'aller se coucher.

Sous la bergère du XVIIIe siècle, la jeune fille tremblait comme une feuille au vent d'hiver. Elle se retourna à genoux et ses doigts firent jouer la poignée de la grande fenêtre donnant sur le parc. Quelques minutes plus tard, elle courait dans la nuit, ses pas crissant contre les petits cailloux blancs. Elle s'engagea à travers une immense pelouse jusqu'à une forêt. Ce n'était pas la Suisse, elle ne reconnaissait pas l'air des montagnes, et encore moins la végétation. Elle pénétra dans les bois, s'arrachant la plante des pieds sur des branches cassées ; la lune l'éclairait comme un gros projecteur, à la fois rassurante et effrayante. Enfin, elle atteignit le mur. Il devait faire trois mètres de haut. Il y avait une petite maison abandonnée, son toit se situait presque à la hauteur de l'enceinte. Les cadres des fenêtres avaient été cassés et la jeune fille n'eut aucune difficulté à s'introduire à l'intérieur. Il lui suffirait de grimper à l'étage et de trouver un moyen d'accéder au toit pour pouvoir sauter de l'autre côté, même si la hauteur était impressionnante.

Ensuite, elle s'échapperait le plus vite possible. Loin de ces malades qui kidnappaient des vierges et les confiaient à un « chirurgien », et qui ne se souciaient pas, ensuite, de faire disparaître leurs cadavres !

17

Le petit coin de campagne du côté de Fontainebleau ressemblait à un site en état d'urgence après un attentat de niveau national. L'autoroute avait été fermée, les ambulances et autres véhicules officiels allaient et venaient toutes sirènes hurlantes, des cars de CRS avaient été réquisitionnés, il y avait même des hélicoptères, balayant la brume éclairée de rouge et de bleu de leurs pales ronflantes. L'un d'eux venait d'ailleurs d'emmener le capitaine Camille Lartéguy – ainsi que deux autres gendarmes grièvement blessés – en direction de l'hôpital militaire du Val-de-Grâce. La violence d'une attaque avec des armes de guerre en direction d'un peloton de la gendarmerie avait fait l'effet d'une bombe au niveau des médias et des politiques. Les unités mobiles des chaînes d'information commençaient à déployer leurs paraboles un peu partout autour de la zone sécurisée, et le ballet des voitures officielles avait débuté presque en même temps que celui des secours. Les plus hautes instances de la sécurité publique, de la Sûreté, de la police nationale, de la gendarmerie, de la Justice, mais aussi de la DGSI (les services de renseignements) avaient fait le déplacement autour du préfet, du représentant de la garde des Sceaux, du ministre de l'Intérieur et de celui de la Défense, dont dépendaient les victimes. Quatre gendarmes tués et trois grièvement blessés dans une attaque à la mitrailleuse. Attentat terroriste ? Actes du grand banditisme international ? Ou riposte d'un gofast sur le point d'être arrêté ?

Pour l'instant, la réponse aux questions n'était pas la priorité des autorités. La priorité, c'était la traque et la collecte d'indices et de renseignements.

Escortant les officiels et leur cour, des dizaines de membres des services de sécurité ainsi que des escadrons motorisés avaient envahi les abords de la station Esso. De grandes tentes avaient été montées dans lesquelles se tenaient déjà des briefings sur le suivi de l'enquête et des opérations, des cordons avaient été déployés tout autour de la « scène de crime », et deux équipes de la Scientifique, après avoir installé des projecteurs tous azimuts, commençaient leur travail de prospection.

Lise était restée le plus longtemps possible auprès de son frère. Un médecin du SMUR avait essayé de la rassurer en lui disant que l'hémorragie avait été stoppée, mais le tracé de la balle qui avait foré le haut du crâne ne présageait rien de bon. Elle aurait voulu monter dans l'hélicoptère mais Boisfeuras, qui avait fait le déplacement avec Esclavier et d'autres pontes du Bastion, le lui avait interdit. Ils avaient trop besoin de son témoignage. Cependant, il lui avait promis une escorte motorisée dès que l'enquête la libérerait afin qu'elle puisse rejoindre le Val-de-Grâce le plus vite possible.

Son parrain s'était occupé d'appeler Louna, la femme de Camille, qui se trouvait à Londres. Il avait apprécié que sa protégée l'ait prévenu en premier, lui permettant de faire valoir la présence d'un de ses « hommes » sur les lieux de l'attentat – ainsi, ses services allaient pouvoir participer à l'enquête en compagnie de ceux de la gendarmerie. Un GIR (groupe d'intervention régional, mêlant PJ, douanes et gendarmerie) exceptionnel et dédié à cette affaire allait être créé, incluant les services du Bastion dans l'organigramme.

Le ministre de l'Intérieur était de mauvaise humeur. Il devait donner une conférence de presse d'un instant à l'autre et était en train de débriefer avec son service de communication sur la pertinence des mots à utiliser. En période préélectorale, le thème de la sécurité était des plus sensibles. Le politique savait déjà qu'il ne parlerait pas de « voyous » armés de kalachnikovs ni d'une tentative (réussie) de fuite face aux gendarmes, mais plutôt d'une « attaque » (sans pour autant ajouter le terme « délibérée ») contre nos forces de l'ordre par des « terroristes » (là, il ajouterait judicieusement : « Car il faut être un terroriste pour tirer lâchement sur ces membres de la gendarmerie qui étaient en mission de protection et de vigilance dans le cadre de la sécurité routière »), et il préciserait que tout était mis en œuvre pour les retrouver et, ainsi, les remettre entre les mains de la justice.

C'était pourquoi le témoignage du lieutenant Lise Lartéguy était primordial.

Mais Lise n'avait pas vu grand-chose. Pas grand-chose, mais quand même quelque chose.

À tel point que, après avoir pris la décision de rester auprès de son frère blessé, et s'être assurée que le jeune aspirant veillait bien sur lui, elle s'était absentée quelques minutes pour se rendre dans la camionnette bourrée d'informatique avant que les officiels ne rappliquent.

Elle se retrouva seule. Il ne lui fallut pas longtemps pour rembobiner les images du cinémomètre jusqu'à tomber sur celles qui l'intéressaient.

Lors de son passage, la première voiture avait ses vitres latérales fermées. On voyait le conducteur à travers le pare-brise, mais le fond du véhicule restait obscur. La seconde filait tout en ralentissant quelques secondes près du radar. Deux hommes se tenaient à l'avant du SUV. Visages crispés, bonnet sur la tête, vestes de cuir – il ne s'agissait pas de biznessmen. Impossible de voir l'arrière, la voiture possédait les mêmes vitres teintées d'un noir d'encre et résolument closes.

Restait la troisième.

Lise fit défiler le film image par image.

À l'avant, deux clones des hommes qui se trouvaient dans la voiture précédente – bonnets et blousons noirs, ils connaissaient leur travail. Le chauffeur descendait sa vitre pour tirer à l'aide d'une arme qui ressemblait à un pistolet automatique. Derrière lui, pointant le canon d'une mitrailleuse, se tenait le gros chauve au visage blanc comme de la cire. À chaque rafale de l'arme, les flashes éclataient, recouvrant l'écran d'une surexposition blanche qui cachait l'image. À croire qu'ils le faisaient exprès.

Le film ne durait que cinq secondes et six centièmes. Les premières images montraient l'avant de l'Audi, puis glissaient sur sa calandre et, l'espace d'une petite seconde, on voyait l'homme de cire positionner le fusil-mitrailleur. L'arme devait cracher cinq ou six balles à la seconde.

Mais juste avant que la caméra ne filme l'arrière de la voiture, l'homme cessait ses tirs.

Lise réussit à stabiliser l'image et à zoomer. Le visage glabre du gros chauve grossit de plus en plus ; ses minuscules yeux noirs avaient l'obscurité d'un caveau.

Derrière ce masque d'horreur apparut un visage flou, qui bougeait, qui voulait regarder ou bien se montrer. Les doigts de Lise retinrent la petite molette pour figer le cadre : le portrait d'une jeune fille, les cheveux d'un blanc lumineux, les yeux très clairs écarquillés, comme s'ils criaient, et le bas du visage recouvert d'un bandeau noir.

Un bâillon.

Ces hommes faisaient peut-être du gofast, mais ils ne transportaient pas de drogue.

Lise ne bougeait plus, le cœur harponné par les yeux de la jeune fille.

Elle avait croisé son regard.

C'était impossible. Avec la distance, la vitesse, l'obscurité et l'angle de vision.

Et pourtant…

Là, dans cette camionnette envahie par la froidure et la nuit, elle ressentit le choc du cri que ces yeux projetaient. La peur, la souffrance, et plus encore : la terreur.

« Je dois retrouver cette fille. »

18

Boisfeuras et Esclavier avaient tenu à interroger Lise en premier, alors même qu'elle était en soins pour sa cuisse, puis elle s'était proposée pour faire un deuxième rapport oral auprès du colonel Biblemont, le supérieur direct de Camille. Les grands flics du Bastion n'y avaient pas vu d'objection : ils ne savaient pas encore comment allait être menée l'enquête. Par la suite, Lise avait dû recommencer sa déposition devant un lieutenant muni de son ordinateur pour recueillir le moindre de ses mots. Elle avait aidé un spécialiste des portraits-robots à établir la physionomie des hommes qu'elle avait vus. Pendant tout ce temps, elle attendait des nouvelles de l'hôpital : Camille était sur la table d'opération et son patron avait promis de la libérer dès qu'ils n'auraient plus besoin d'elle.

Des véhicules partaient, d'autres arrivaient, les hélicoptères de la gendarmerie survolaient la zone avant de filer sur le ciel noir en direction du sud. Un plan de grande ampleur était en train de se déployer. Le ministre allait faire sa conférence de presse.

Boisfeuras retourna la voir. Il devait être deux heures du matin. Le vieux flic tira une chaise et se planta de l'autre côté de la table. Il détailla sa filleule, remarquant les bleus sur son visage, mais se contenta de hocher la tête en silence. Sa main se tendit vers le paquet de cigarettes.

— Je peux ?

Lise était fatiguée. Cela lui faisait du bien de savoir Boisfeuras près d'elle, elle lui adressa un petit sourire en faisant glisser le briquet dans sa direction.

— Sers-toi. Alors, on a quelque chose ?

Le directeur alluma sa Camel et tira une longue bouffée avant de répondre.

— Les plaques des Audi n'ont rien donné, on passe la photo du tireur au fichier de la PJ, mais rien non plus pour l'instant. On étudie toutes les disparitions de jeunes filles, tout le monde est sur le pont, des barrages ont été montés sur la plupart des grands axes, mais qui nous dit dans quelle direction ils sont allés ? Le sud, l'est, l'ouest, ou bien sont-ils retournés vers Paris ? Il est trop tôt pour le savoir. Ce qui est certain, c'est qu'ils ne sont plus sur l'autoroute, ils ont emprunté la première sortie, on est déjà en train de visionner les bandes vidéo des caméras. Des portraits-robots, voilà ce qu'on a, dont certains de gars avec des bonnets. On examine aussi le type d'armes utilisé, la machine se met en place. Mais on en saura plus quand on aura le témoignage de Camille. Lui seul a pu voir l'intérieur de la première voiture, et surtout il a parlé avec le conducteur. Les autres gendarmes étaient en retrait, ils ont juste entendu qu'il parlait d'une communauté. Une communauté de quoi ? De Gitans, de Russes, d'Italiens ?

— Le témoignage de Camille ?

Boisfeuras allait mettre sa cigarette entre ses lèvres. Il gela son geste. Se pencha vers Lise et lui toucha le dos de la main.

— Il va s'en sortir, j'ai parlé au médecin.

— Il a une putain de blessure à la tête.

Le flic recula, son regard redevint inflexible.

— Tu as fait ce que tu as pu. Maintenant, il faut retrouver ces salopards. N'oublie pas que… (il se retint de dire « toi aussi »), tu aurais pu y rester. Alors, au boulot. On a déjà un schéma de ce qu'il s'est passé, mais toi, tu étais sur place, et tu as eu le temps d'y réfléchir. Dis-moi ce que tu en penses.

Lise prit une clope à son tour et l'alluma. Oui, elle avait eu le temps d'y réfléchir.

— Les trois Audi roulaient ensemble, ça, c'est sûr, et elles devaient être en contact permanent. Et tu sais que, dans ce genre de gofast, la première joue toujours le rôle d'éclaireur. Elle ne transporte pas la marchandise. C'est pour ça qu'elle n'a posé aucun problème pour s'arrêter. En revanche, ce qu'elle n'avait pas prévu, c'est que les gendarmes allaient contrôler tout le convoi. C'est pourquoi la deuxième voiture a hésité, je pense qu'elle attendait un ordre. Leur chef était dans la première voiture. En voyant la tournure des événements, il lui a demandé de foncer. Et il a donné l'ordre à la troisième Audi d'empêcher toute poursuite. C'est-à-dire de sortir l'artillerie lourde et de détruire les motos et la Subaru. C'est à ce moment que Camille s'est fait plomber, il avait vu ce qu'il ne devait pas voir. Et tu sais comment je l'ai compris ?

Boisfeuras écrasa sa cigarette en répondant :

— Quand l'Audi a fait marche arrière et que son chauffeur en est sorti pour achever Camille.

— Exactement, mon frère a vu quelque chose d'important, et ces enfoirés le croient mort. Mais quand ils sauront qu'il s'en est sorti…

— Ils vont tout faire pour l'éliminer.

— Je dois le protéger.

Boisfeuras resta un moment silencieux, avant d'ajouter :

— Tu ne vas pas lâcher l'affaire, c'est ça ?

— Je veux participer à l'enquête.

— Tu es impliquée en tant que témoin et victime, et en plus l'enquête a été confiée à un GIR exceptionnel dont je fais partie. Le ministre a exigé que tous les services coopèrent avec ce groupe. Pour les armes lourdes, la PJ est sur le coup et je vais demander à Esclavier de mettre la BRB de Segura en avant sur cette enquête. Tu auras au moins quelque chose à ronger.

Lise soupira – c'était mieux que rien.

— Et pour l'instant ?

— Tous les flics, tous les douaniers et tous les gendarmes de France sont à la recherche de ces trois voitures. On pense qu'ils vont essayer de se débarrasser de la troisième, celle sur laquelle tu as tiré, les impacts risquent de la faire remarquer. On a aussi mis en branle les caméras de surveillance du sud de Paris jusqu'ici, mais ça va prendre du temps. Et il y a cette histoire de fille bâillonnée. Est-ce que c'était elle, la « marchandise » ? Et si c'était le cas, s'agit-il d'un kidnapping contre rançon ou bien d'un trafic d'êtres humains ? En attendant, le témoignage de Camille est primordial.

Lise se leva en prenant sa veste en cuir sur le dossier de sa chaise, planta ses yeux bleus dans ceux de son parrain.

— Je vais au Val, mais… rends-moi un service, encore, par pitié…

— Tu veux que je te tienne informée des suites de l'enquête et des événements, c'est ça ?

— Oui.

— S'il se passe quoi que ce soit dans la nuit, je te préviens, et demain… je nommerai un agent de liaison pour te tenir au courant, mais uniquement toi, et à condition que tu lui dises ce que tu comptes faire en retour. Tu me promets ?

Lise ne put se retenir de sourire.

— Tu vas me coller un agent de probation ?

— Lise… je ne peux pas te laisser faire n'importe quoi.

Il avait le droit d'être franc, Lise le savait, elle ne se vexa pas.

— D'accord, j'ai compris. Je suis peut-être folle, mais je suis pas conne. Trouve-moi un beau gosse, pas un croûton dans ton genre.

— Je vais essayer. Et, avant que tu ne t'en inquiètes, j'ai fait poster des hommes devant la chambre de Camille et sa famille est sous haute protection. À ton tour, maintenant : je veux que tu me tiennes au courant de son état, promis ?

— Promis.

Les sourires s'étaient envolés, comme la cendre noire qui flottait au-dessus de la Subaru brûlée.

19

À son arrivée à l'hôpital, on la dirigea vers les soins intensifs. Lorsqu'il s'agissait de protéger ses serviteurs, l'État ne faisait pas les choses à moitié. Quatre gendarmes et trois flics montaient la garde dans le couloir et à chaque point d'entrée et de sortie du service. Lise n'était pas la seule à attendre des nouvelles de Camille : un brigadier de gendarmerie et un homme en costume gris la dévisagèrent lorsqu'elle pénétra dans la salle d'attente. Elle se présenta et l'infirmière lui expliqua que son frère allait « remonter » de son opération d'un instant à l'autre.

Lise salua poliment les deux hommes présents et se posa sur une chaise. Son sang semblait courir le cent mètres dans ses veines, mais elle était sereine. Étonnamment éveillée, le cerveau comme empli de projecteurs à forte puissance. Chaque bruit qu'elle entendait était d'une limpidité exceptionnelle, chaque couleur devant ses yeux encore plus vive. Elle savait que ce n'était pas bon signe et tenta de se détendre en baissant les paupières.

Un vieux type qui trimballait son déambulateur passa près d'eux. Lise l'entendit râler : « Putain de flics de merde. » Sa tension grimpa d'un cran, elle jeta un coup d'œil à ses collègues, ils secouaient la tête d'un air accablé. Lise regarda le vieux se diriger vers les toilettes et se força à refermer les yeux.

Au bout de trois secondes, elle sentit de l'électricité vibrer dans l'air et envahir son corps. Elle se leva.

Les bras le long du corps, les poings serrés, elle marcha calmement vers les toilettes et pénétra dans celles réservées aux hommes.

Le vieux, vêtu de sa chemise d'hôpital, se tenait devant un urinoir. Il se tourna dans sa direction.

— Qu'est-ce que tu fous là ? Tu t'es sentie pousser une queue entre les jambes ?

Lise vint se coller tout près de lui. L'homme se recula légèrement pour exhiber son sexe d'où giclait l'urine.

— Tu veux la voir de près, c'est ça ?

Elle lui demanda d'une voix douce :

— T'aimes pas les flics ?

— Ces fils de pute, qu'ils aillent se faire enc…

Il ne put finir sa phrase : Lise le saisit par le col de sa chemise pour lui fracasser la tête contre le mur. Une fois, deux fois, puis elle le projeta vers l'arrière. Le vieux alla taper dans la porte d'une cabine qui se déroba derrière lui et il se retrouva le cul sur la cuvette. En deux pas, Lise fut sur lui. Elle lui envoya un direct du droit, trois fois de suite, en pleine face. L'homme glissa vers le sol, le nez en sang, l'urine coulant le long de ses jambes. Elle répéta :

— Des fils de pute, hein ?

Elle lui prit la tête pour la cogner de toutes ses forces sur l'émail de la cuvette. Il y eut un horrible craquement, et les yeux du vieux se retournèrent dans leurs orbites.

Lise se recula au moment où un infirmier arrivait en courant.

— Mais que… qu'est-ce que vous avez fait ?

Pétrifiée, elle se mit à trembler, la vague de haine et de douleur refluait en elle, l'étouffant. Dans son cerveau résonnaient les mots de sa mère : « Tu es méchante ! Méchante ! »

Elle entendit l'infirmier prononcer d'une voix blanche :

— Vous l'avez tué ! Vous m'entendez, mademoiselle ? Il est mort.

Lise Lartéguy vacilla, le souffle court, les mots martelant son crâne : « Méchante ! Méchante ! Méchante ! »

— Vous m'entendez, mademoiselle ?

Le corps glacé et recouvert de sueur, Lise leva la tête. Elle était toujours sur sa chaise dans la salle d'attente. Elle tourna les yeux vers les toilettes pour voir le vieux sortir en grommelant. Elle avait fait un de ces rêves éveillés, ça lui arrivait quand l'adrénaline coulait trop fort dans ses veines. La chaleur reflua sous sa peau alors que des frissons de dégoût la parcouraient. Quel rêve horrible.

L'infirmier était penché vers elle.

— Mademoiselle, vous êtes la sœur de M. Lartéguy ?

Elle acquiesça plusieurs fois en avalant sa salive.

— Le médecin désire vous parler.

Sous l'œil dévoré de curiosité des deux hommes de la salle d'attente, elle se laissa guider jusqu'à un bureau. Une jeune Malgache qui semblait sortir tout droit de sa deuxième année de faculté lui tendit la main.

— Bonjour, je suis le docteur Rivière. Vous voulez vous asseoir ?

La chirurgienne paraissait aussi intimidée que la fliquette. Lise fit non de la tête.

— Bon, l'opération s'est bien passée. On a extrait une balle qui s'était fichée dans l'omoplate, on a stoppé les hémorragies, recousu l'artère et la plupart des tissus abîmés, les organes vitaux n'ont pas été touchés. Des os, des muscles, des tendons, ça se répare. Enfin, de ce côté-là, ça devrait aller. En revanche, pour sa blessure à la tête…

En voyant Lise fléchir sur ses jambes, la médecin s'empressa d'ajouter :

— Il est stabilisé. Mais il a perdu beaucoup de sang et son cerveau a besoin d'être réoxygéné. Paradoxalement, nous craignons la formation d'un caillot qui pourrait provoquer un AVC. Mon collègue neurochirurgien qui s'est occupé des lésions au cerveau a recommandé l'immobilité totale pendant quelque temps.

Lise avait compris ; la question lui brûlait les lèvres. Malgré sa jeunesse, la médecin savait lire dans les regards.

— Oui, nous l'avons plongé dans un coma artificiel. C'est une procédure normale dans ce genre de cas, ne vous inquiétez pas. Combien de temps ? Eh bien… Au maximum une semaine, le temps que les tissus cérébraux se referment, c'est la meilleure des solutions. Mais dès demain nous en saurons plus.

— Il va s'en sortir ?

— Il est en soins intensifs, une demi-douzaine de professionnels veillent sur lui jour et nuit. Cela devrait bien se passer. Il faut patienter… Vous voulez le voir ? Je ne peux pas vous laisser entrer dans sa chambre, nous sommes en première phase de cicatrisation et ses plaies sont très vulnérables, mais à travers la vitre…

Lorsqu'elle vit Camille, le corps et la tête recouverts de bandages, des perfusions dans les bras, des sondes dans le nez et la bouche, Lise ne put retenir ses larmes.

Ses yeux restèrent accrochés sur le moniteur où défilait le diagramme des pulsations cardiaques. Le pic se formait très bas, environ toutes les deux secondes. Alors que, dans la tête de Lise, le sang battait au rythme d'un roulement de tambour. Un tambour de guerre.

Des hommes avaient tiré sur son frère, puis ils avaient tenté de l'achever. Et maintenant, ils risquaient de recommencer.

Elle devait prendre les devants et retrouver ces salopards, quels qu'en soient les moyens.

Ses yeux s'arrachèrent de la petite fenêtre carrée, et elle se dirigea vers la sortie en tirant son portable de sa poche. L'infirmier à l'entrée du service lui fit signe que c'était interdit, elle pénétra dans la salle d'attente, s'arrêta devant le gendarme et le jeune fonctionnaire qui l'accompagnait.

— Ils viennent de l'opérer, ils l'ont plongé dans un coma artificiel pour quelques jours. Il faudra attendre demain pour en savoir plus.

Le jeune en costume allait poser une question, elle l'en empêcha en remuant son portable sous son nez.

— Aucun civil, mis à part sa femme, ne doit entrer dans sa chambre, et je veux que chaque infirmier, chaque médecin qui le fera soit identifié visuellement et de la voix par un de ses collègues. Faites-leur comprendre que si jamais il arrive quelque chose au capitaine Camille Lartéguy, ils seront inculpés pour complicité d'homicide. C'est le problème des hôpitaux, on ne peut pas contrôler tous les badges, donc il faut impliquer le personnel présent, compris ?

Les deux hommes s'étaient levés de leur chaise. Le gendarme claqua presque des talons.

— Ne vous inquiétez pas, mademoiselle, je veillerai personnellement à ce que mes hommes soient briefés. Il n'arrivera rien à votre frère. Je le connaissais, et je… Vous pouvez compter sur moi.

Lise lui serra la main, émue. Quant à l'officiel, ce fut lui qui tendit la main.

— Lieutenant, je voulais vous transmettre de la part du ministre sa plus haute préoccupation et…

Elle ne le calcula même pas, le regard déjà vissé à son écran de téléphone, à la recherche du numéro de Louna, alors qu'elle s'éloignait vers les ascenseurs.

Le type en costard resta comme un con, la main tendue dans le vide, sous le sourire goguenard du gendarme.

20

Louna ne répondait pas, elle devait déjà être dans l'avion ou à l'aéroport. Il était presque cinq heures du matin. Lise lui laissa un long message, un peu haché par l'émotion. Elle essaya d'user d'un ton positif, mais elle était persuadée que Louna se rendrait compte qu'elle pleurait tout en parlant de l'état de Camille. Elle raccrocha et avisa la machine à café qui se trouvait dans le hall du rez-de-chaussée de l'hôpital. À l'autre bout du couloir, dans le bureau derrière la réception, une radio diffusait une vieille chanson des Smith, belle, mais triste à mourir.

Lise avait besoin d'une Camel. Accompagnée d'une boisson chaude, ce serait le top.

Sa main farfouillait dans la poche de son jean pour dénicher une pièce, quand son téléphone sonna. Un numéro qu'elle ne connaissait pas.

— Lieutenant Lartéguy ?

— Oui.

Elle avait reconnu le ton catégorique : un flic.

— Bonsoir, je suis le commandant Laugier. Le directeur de service Boisfeuras m'a chargé de vous tenir au courant.

— Je vous écoute, commandant.

— On a retrouvé la troisième voiture, avec les impacts de balles. Abandonnée à une trentaine de kilomètres de Monceaux. Les fuyards y ont mis le feu. C'est dans une zone boisée. La seconde équipe du GIR que je dirige est en route… Je vous rappellerai après les premières constatations.

— Est-ce qu'on a trouvé un corps dans la voiture ?

— Un corps ? Ah… Vous pensez à la jeune fille ? Non, enfin… pour l'instant, il n'y a que deux gendarmes sur place. Ils étaient de permanence à la brigade de Valrois qui se trouve à une vingtaine de minutes de l'endroit quand des fermiers du coin ont signalé les flammes.

— Donnez-moi la position GPS.

— Vous voulez vous y rendre ? Écoutez, appelez-moi dès que vous êtes à Valrois, je vous guiderai à ce moment-là.

— Vous ne comprenez pas le français ?

— Pardon ?

— Je répète : S'il vous plaît, commandant, donnez-moi la position GPS de la voiture.

Elle sentit le gars devenir rouge à l'autre bout des ondes. Lise avait cerné son homme : le jeune officier frais émoulu de l'école après avoir passé un master plus de droit avec mention.

— C'est un endroit nommé chemin des Coupes, dans la forêt de Frontone, en venant de Valrois. (Il lui fournit latitude et longitude.) Trois kilomètres après l'entrée dans le bois. Vous repérerez facilement les gyrophares. On emmène la grosse artillerie, avec la scientifique et tout le reste. Je vous attends là-bas, alors ?

Lise était sur le parking de l'hôpital, elle se dirigeait à grands pas vers sa bécane.

— J'y serai avant vous.

Elle régla rapidement le GPS de son téléphone, en vérifiant que les autorités avaient rouvert l'autoroute, avant de le caler dans le réceptacle fixé sur son guidon. Puis elle enfila son casque, dévida le fil audio de ses écouteurs pour le brancher sur le portable, et enfourcha sa bête. Son pied fit claquer le kick et sa main droite tordit la poignée, faisant monter les tours dans le moteur ; les soixante-quinze chevaux lâchèrent un long feulement à travers la nuit.

Elle pianota sur l'écran tactile de son iPhone *Sleeping with Ghosts* de Placebo. L'album démarrait par un maelström de guitares digne d'une charge de cavalerie, et ensuite, dès le deuxième morceau, la voix de Brian Molko lâchait les phrases avec une tonalité et un rythme aptes à faire danser les morts, tandis que le batteur jouait du charley en fouettant son balai métallique dans un tempo qui vous envoyait des décharges de taser dans le sang.

Lise pensa à ce qu'elle avait dit à son frère, plus tôt dans la soirée : « Tu vas voir si je ne peux pas rouler à 250 kilomètres-heure. »

Elle monta le volume aux deux tiers et appuya sur « play ».

Huit kilomètres de zone périurbaine, quarante-deux kilomètres d'autoroute et trente de départementales, une demi-heure plus tard elle arrivait à l'orée de la forêt de Frontone. Elle avait avalé la partie d'autoroute en dix minutes, persuadée que ça aurait épaté Camille. Dans ces moments-là, son esprit flottait au-dessus de son corps, contrôlant les moindres aspects de la conduite, de ce qui se passait sur la route, visualisant les mâchoires des freins contre le disque des roues, l'adhérence du bitume sous la gomme, jusqu'au moindre gramme du poids à déporter dans les virages. Son côté hyperactif avait des filiations avec l'autisme qu'elle devinait instinctivement mais ne maîtrisait pas. Dans ce cas précis, cela tombait bien : elle adorait conduire comme une « folle ».

Elle engagea la KTM sur la voie de terre qui partait dans la forêt. Au bout d'un moment, elle vit des banderoles rouge et blanc qui coupaient la route pour forcer les véhicules à prendre à droite. Les roues de la moto cahotèrent dans un sentier trempé sur trois cents mètres, jusqu'à ce qu'elle aperçoive les phares de la 409 des gendarmes garée sur le côté. Plus loin, le chemin était obstrué par la carcasse fumante de l'Audi. Un cordon de sécurité avait été tendu tout autour. « Une chance que l'endroit soit si humide en cette période de l'année. Ces enfoirés auraient pu foutre le feu à toute la forêt. »

Les gendarmes sortirent de leur voiture pour s'avancer vers elle.

Le jour était en train de se lever, ajoutant de la froideur sur la peau et piquant les yeux. Les hauts arbres aux allures de squelette qui se dressaient vers le ciel laissaient passer une lumière terne et le faisceau des lampes des gendarmes faisait comme des percées dans la semi-obscurité qui pesait encore dans le sous-bois.

Lise sortit sa carte barrée des trois bandes nationales.

— Bonjour, lieutenant Lartéguy, de la BRB.

— Bonjour, je suis le première classe Ahmed Fouazzi, et voici ma collègue, le brigadier Nadia Bechir. Nous sommes de la brigade de Valrois. Vous venez en éclaireur ?

Le jeune homme avait un sourire franc et sa collègue, malgré le fait qu'elle était engoncée dans la grosse parka réglementaire bleu marine, avait un visage d'une beauté rare, avec ses yeux d'un vert de rivière et ses cheveux au noir de soie tirés en arrière sous son képi. Certainement d'origine kabyle. Lise s'enthousiasma de voir que la gendarmerie des campagnes avait changé. C'était dans ce genre d'endroit, où il n'y avait pratiquement pas d'Arabes, que les gens votaient à l'extrême droite. Voilà qui allait faire évoluer les mentalités.

— Oui, en éclaireur. Une équipe du GIR est en train d'arriver. Vous pouvez me montrer ?

Elle s'avança vers le SUV en regardant où elle mettait les pieds.

— Un homme qui habite à trois kilomètres sur la lisière de l'autre côté a vu de la fumée et la lueur des flammes vers quatre heures du matin. On était en train d'appliquer les procédures du plan Épervier, lancées à la suite de l'attaque contre les collègues cette nuit. Nous étions censés partir monter un barrage sur la route de Châtelneau, mais avant on est quand même venus voir et on a trouvé le véhicule. Il correspond aux descriptions envoyées. Audi SUV de couleur noire avec impacts de balles.

Lise arriva à l'endroit où le ruban barrait la route, elle repéra la mousse blanche qui dégoulinait du bas des portières et du moteur.

— Vous avez essayé d'éteindre le feu ?

— Oui. Je sais, on a dû s'approcher de la voiture, mais on n'avait pas le choix. Il fallait bien tenter de préserver des indices. On est passés par l'intérieur du bois, pour minimiser nos traces.

— Vous avez bien fait. Vous me prêtez votre torche ?

Lise balaya la boue devant elle en soupirant. De profondes ornières maculaient le sol. Les gangsters étaient venus avec les deux Audi, et la deuxième était repartie en marche arrière.

Heureusement qu'elle portait ses bottes de motarde et non des mocassins Repetto. Ses pieds s'enfoncèrent jusqu'aux chevilles lorsqu'elle escalada le talus pour s'approcher de la voiture en passant par la forêt. Deux petites rides de concentration se formèrent au coin de ses yeux tandis que le faisceau de la lampe léchait le sol au niveau de la portière arrière. Des traces d'une profondeur exceptionnelle s'y enfonçaient. Elle imagina l'homme au visage de cire sauter dans la boue en trimballant sa mitrailleuse.

Tant pis, elle se ferait engueuler par l'équipe du GIR. Elle se glissa sous le ruban et s'approcha de la carcasse en faisant gaffe où elle marchait. La buée fusait en rafales d'entre ses lèvres serrées. À l'autre bout du chemin, les gendarmes l'observaient en silence. Le jour blanc s'étalait de plus en plus, emplissant de lumière crue ce trou humide de la France, mais les coins d'ombre persistaient. Comme dans l'intérieur de l'Audi. Lise se pencha pour mieux éclairer.

Des dizaines de douilles de gros calibre, bleuies par la chaleur, parsemaient le sol. Elle inspecta minutieusement l'habitacle ; pas d'armes, pas de documents – la boîte à gants était éventrée et emplie de mousse froide –, pas le moindre indice visible. Le coffre recelait les boîtes à outils et à pharmacie – calcinées – de rigueur sur ce genre de modèle et, du côté du tableau de bord, les clés n'étaient plus sur le contact.

Elle recula et regarda autour d'elle. À l'aide de sa torche, elle inspecta le sol au niveau de la portière arrière gauche. Des traces de pas assez profondes escaladaient le talus, et, tout à côté, d'autres marques, plus légères, semblaient glisser sur la boue.

Lise grimpa à son tour, la forêt se dévoila devant elle, avec ses arbres brûlés par l'hiver et son sol recouvert d'un tapis de feuilles. Une couche d'au moins trente centimètres qui faisait disparaître la moindre empreinte. Elle se tourna vers les deux jeunes flics qui la guettaient.

— Hé, vous deux, venez par ici avec la deuxième torche !

Les gendarmes la rejoignirent en faisant le grand tour. Elle leur montra les traces.

— Il y avait une femme dans la voiture, une otage ou une prisonnière. Regardez. Je suis certaine qu'ils l'ont traînée dans la forêt.

Les gendarmes acquiescèrent et commencèrent à quadriller le terrain, comme on le leur avait appris durant leur formation. Lise, de son côté, allait et venait tel un chien fou, en faisant des zigzags sur de grandes longueurs. Ce n'était pas la bonne méthode.

Ahmed passa après elle, dans une zone située à une centaine de mètres du sentier, balayant le sol de feuilles avec un bâton. Il tapa dans ce qu'il prit d'abord pour une pierre.

Il s'agissait d'une main, d'une blancheur de marbre, aux doigts à demi repliés. Il cria :

— Là, ici, lieutenant !

La lumière était à présent assez puissante pour dévoiler la forme du corps recouvert de feuilles. Seule cette main, comme tendue vers le ciel, émergeait. Lise allait faire une connerie, une grosse connerie, mais elle devait savoir, tout de suite…

Elle dégagea la tête de la femme. Sous ses yeux immenses et d'une clarté de Voie lactée, sous ses cernes d'un bleu pâle profond, le bâillon noir entourait encore le bas de son visage. Ses cheveux d'or blanc s'étalaient sous sa nuque. Lise dévoila sa gorge et y posa le bout des doigts. Il n'y avait plus de pouls, les veines du cou étaient blanches et creusées. Plus blanches encore que la porcelaine de sa peau ; on aurait dit un papier japonais qui se déchirerait d'un simple coup d'ongle.

Méthodiquement, Lise nettoya le corps des feuilles. Les hommes qui l'avaient tuée n'avaient même pas pris la peine de l'enterrer.

Deux balles dans la poitrine qui faisaient comme des œillets rouges sur sa robe de couleur crème. « Il a deux trous rouges au côté droit ». Sans savoir pourquoi, Lise venait de se rappeler cette phrase d'un poème d'Arthur Rimbaud. Les manches de la morte étaient relevées et, à l'intérieur des coudes, était collé un pansement. Elle déchira lentement le sparadrap pour laisser apparaître un trou de la largeur de la veine. Pas de croûte, et pas de sang qui en sortait.

Même chose sur l'autre bras.

La brigadière Nadia Bechir attira son attention :

— Regardez.

Dans le silence de l'aube où croassaient les corneilles, qui faisait tant penser à un champ de bataille après la fin des combats, lorsque, au milieu des morts, un calme terrible vibre sur la campagne, Nadia avait relevé la robe de la victime.

Juste en dessous d'une culotte de soie argentée, à l'intérieur de chacune des cuisses, le même pansement, et dessous, le même trou net et creux, comme une entrée de tunnel.

— Qu'est-ce que ça veut dire ? balbutia Lise.

Tout doucement, et tout en pensant : « Merde pour la PS », elle défit le foulard noir qui entourait le bas du visage de la morte. La fille avait un joli nez fin et une bouche large aux longues et belles lèvres. Des lèvres comme Lise n'en avait jamais vu, d'une blancheur de lait.

Nadia rompit le silence :

— J'ai fait deux années de médecine avant d'entrer chez les gendarmes, et aussi un stage aux services scientifiques de Bagneux.

Lise leva les yeux vers elle.

— Et alors ?

— Les lèvres blanches, les veines creusées, les cernes en demi-lune et profonds, il y a de l'anémie et, pire, quand je vois les quatre… pansements, j'ai l'impression qu'on l'a vidée de son sang.

— Une transfusion ?

— Je ne crois pas. Dans ce cas, on n'utilise que le sang des veines, dans les bras, là. Mais ils ont aussi « tiré » du sang de ses artères, dans les cuisses, comme s'ils en voulaient le plus possible, et vite. Ils ont dû faire ça avec des sondes et des grosses seringues hypodermiques, aspirant directement…

Ahmed ne put s'empêcher de demander :

— Comme si on lui avait sucé le sang, c'est ça ?

Un vertige envahit Lise. Quels étaient ces monstres capables de revenir sur leurs pas pour abattre froidement un serviteur de l'État ? Et qui torturaient et assassinaient une jeune femme ?

Des hurlements de sirène et des gyrophares envahirent le petit coin de forêt humide. Ils se levèrent pour se diriger vers la cavalerie qui débarquait. Lise se tourna une dernière fois pour croiser le regard de la femme. Ses yeux au fond bleu clair terrifiés dans la main serrée de la mort.

21

Quand le chef du deuxième GIR l'aperçut, il tira la gueule. Lise ne lui laissa pas le temps de faire la moindre remarque et l'emmena jusqu'à l'endroit où se trouvait le corps. Laugier était un vrai flic. La vue du cadavre excita son professionnalisme, il donna les consignes d'usage – cordon de sécurité, photographies, intervention de la scientifique et de la médecine légale. Lise resta dans un coin à l'observer. Le genre beau mec du Sud-Ouest. Brun, les yeux noirs, baraqué, et un sourire à faire fondre une mère célibataire. Pas plus de quarante ans, du style sportif. Et sûrement marié. Mais ce n'était pas un problème. Même si son cul musclé et son cou de pilier du XV de France intéressaient Lise, ce n'était pas pour passer sa vie avec lui.

Le commandant finit par s'avancer vers elle en fronçant les sourcils. Lise était crevée, elle était en train de fumer sa quatrième clope et avait envie de rentrer prendre une douche chaude et dormir. Elle lui fit un sourire de connivence.

— Alors, on tient quelque chose avec ce cadavre ?

— C'est vous qui avez débarrassé les feuilles du corps ?

Lise ne souriait plus. D'une pichenette, elle envoya voler le mégot de sa clope en direction de la zone protégée.

— Vous l'auriez fait, vous aussi.

— Non, jamais de la vie, j'aurais attendu…

— Si ces gars avaient tiré sur votre frère, vous l'auriez fait.

Le commandant remballa ses reproches. Il se trouva con. Depuis quand les flics se tiraient-ils dans les pattes lorsqu'ils étaient sur une affaire concernant un des leurs ? Lise le rassura :

— Y a pas de problème, Laugier. C'est bien Laugier ? À cause du ministre et tout ça, ils nous mettent une pression terrible, et si ça merde, on servira de fusibles. Mais il y a des salopards à retrouver, et ça, c'est pas le ministre qui va s'y coller, pas vrai ?

Le commandant se décontracta et lui tendit la main.

— Vous avez raison, lieutenant. Je ne vous ai même pas saluée. Vous pouvez m'appeler Franck.

— Et toi, tu peux me tutoyer et m'appeler Lise. T'es marié ? J'aime bien les mecs sportifs.

L'officier devint rouge comme une pivoine. Il éluda aussitôt :

— Je suis surtout sur cette affaire depuis à peine quelques heures, c'est Boisfeuras qui m'a fait nommer à la tête de ce groupe. J'aimerais en profiter pour te demander ce qu'il s'est passé sur l'autoroute. Ça m'aiderait.

— T'es de quel service ?

— Violence aux personnes, à Nanterre. Mais j'ai fait cinq ans à l'antigang avant, en région. C'est terrible, ce qui est arrivé à ton frère.

— C'est bon, arrête les violons. On a du boulot et je suis crevée. Je vais te raconter. En échange, promets-moi de me tenir au courant de l'autopsie et de la moindre avancée de l'enquête, d'accord ?

Laugier réfléchit un moment avant de répondre, un sourire condescendant sur les lèvres :

— OK, mais c'est juste pour information. Pas question qu'on sorte des procédures sur cette affaire. C'est du lourd et, comme tu l'as dit, le ministre a la gâchette facile.

— T'as pas compris ou tu fais semblant ? Pas question que je me tourne les pouces. Moi aussi je veux les retrouver, ces enfoirés.

Le sourire retomba aussi sec.

— Boisfeuras m'avait prévenu. On va faire autrement, alors. Je te donne des infos, et toi, tu me dis ce que tu comptes faire. Qu'au moins je sache qui piétine mes plates-bandes. D'accord, Lise ?

— On est d'accord, Franck. Alors comme ça, t'es marié ?

Cette fois, le commandant se marra. Il lui fit un clin d'œil.

— On en reparlera plus tard. T'es du genre mariolle mais je vois bien que t'es crevée. On va aller au chaud dans ma voiture. Raconte-moi vite fait ce qui est arrivé, et après tu pourras rentrer. Pour le reste, je t'appellerai demain. Il n'y a pas qu'à toi que je dois rendre des comptes.

Lise était contente. Boisfeuras lui avait envoyé un bon gars. Loyal et loin d'être con.

— Allons-y. Y a du café dans ta caisse ?

— Tu te crois dans une série américaine ? Y a surtout un téléphone radio et des tas de mecs qui attendent mon appel. Mais avant, je dois débriefer avec mes équipes qui sont en train d'inspecter le terrain.

— OK, j'ai compris, on va faire court.

Une heure plus tard Lise repartait vers Paris sous une pluie fine alors que le ciel gris étalait sa tristesse sur la campagne, pas plus de 160 à l'heure, et l'album d'Amy Winehouse dans les oreilles. La voix chaude de l'Anglaise défunte et les rythmes jazzy et bossa de ses musiciens la gardèrent éveillée jusqu'à ce qu'elle rejoigne le canal Saint-Martin.

22

Le lendemain le Bastion était en état d'« alerte générale ». Tous les congés étaient supprimés et les équipes de terrain passaient en mode 12/12 sur leurs vacations – douze heures de travail, douze heures de repos – pendant les trois jours à venir. Chaque brigade avait sa propre mission. Pour la BRB de Segura, il s'agissait des armes. Le commandant, qui gérait trois des neuf groupes du service, avait organisé un briefing dans la matinée. Lui-même sortait d'une réunion avec les pontes sur l'affaire des « gendarmes de l'autoroute ». Juste avant, il avait pris le temps de passer voir Lise afin de l'assurer de son soutien.

De son côté, après avoir dormi comme une masse, elle s'était réveillée vers midi, une boule au ventre. Sur son répondeur, Louna lui disait qu'elle était bien arrivée à l'hôpital. Lise la rappela aussitôt.

Puis elle reçut un message de Brigitte qui l'informait que « dès qu'elle pourrait, on l'attendait au service ». Ses collègues prenaient des gants avec elle, ça lui fit chaud au cœur.

Lise avait écouté l'album des Unwalkers en se tapant une cinquantaine de pompes et d'abdominaux, avant de boire un demi-litre de café et de filer sous la douche. Elle voulait être en forme pour affronter cette journée.

Le soleil faisait encore la gueule. Seule une sorte de brume transparente grise cognait contre les vitres pare-balles de la salle de réunion située au troisième étage du Bastion. Par la fenêtre, on voyait les toits des maisonnettes et des petits immeubles des Batignolles, mais aussi les grues en train de transformer ce quartier centenaire en pôle d'avenir multimodal. Les milliers de fonctionnaires de la PJ parisienne et du nouveau Palais de justice avaient éveillé l'intérêt des promoteurs immobiliers pour ce coin pittoresque de Paris.

La quinzaine d'officiers et d'agents de la BRB avaient les yeux braqués sur Segura, surnommé « le Gros ». C'était un pied-noir, avec l'accent, comme on dit. Pas un foudre de guerre, mais il avait trente ans de syndicalisme dans les bottes. Pas compétent, mais pas chiant, ce qui était rare dans la maison.

Ses hommes l'appréciaient pour sa nonchalance, justement.

Il se tenait debout sur la petite estrade de la salle de briefing, son ventre débordant sur la ceinture de son pantalon.

— Tout le monde est là ?

Un brouhaha de murmures répondit que c'était tout comme, faisant comprendre que, de toute façon, ce n'était pas grave. Il claqua dans ses mains avant d'attaquer :

— Des gendarmes sont morts. Je vous épargnerai le discours sur l'attaque faite à la République, mais c'étaient des collègues. Comme vous le savez, le frère de Lartéguy a été grièvement blessé…

Il y eut un silence. Des regards compatissants se tournèrent vers la lieutenante. Elle répondit par un sourire poli, et son visage se referma. Elle attendait la suite.

Le Gros reprit sa diatribe :

— Tôt ce matin, pour ceux qui ne sont pas au courant, on a retrouvé le cadavre d'une fille dans la forêt près de Valrois. On a mis des équipes sur les voitures. Elles font les loueurs, les vols, les concessionnaires. Des dizaines d'agents visionnent un maximum d'images de vidéosurveillance dans les vingt heures ayant précédé l'attentat, et ceux de l'antigang sont sur le terrain, ils vont aller voir les voyous, les tontons, les tapins, se renseigner, chercher, montrer la photo de la fille. On se repasse aussi les bandes des péages des quinze derniers jours, toujours à la recherche des Audi. La Crime enquête et même les stups sont impliqués. Quant à nous… nous allons nous occuper des armes.

Il récupéra un dossier sur une tablette et l'ouvrit.

— Grâce aux images du radar et aux douilles ramassées, on a distingué deux groupes d'armes. Des pistolets automatiques et une mitrailleuse de type Heckler & Koch. Comme vous le savez, Lartéguy était sur place, elle a fait l'armée et elle s'y connaît. Elle est catégorique, au bruit cela ressemblait bien au modèle MP5 de calibre 7,65. Quant aux autres armes, on visionne nettement un Makarov P24 de calibre 9 millimètres parabellum dans la main du conducteur du véhicule. Il y a aussi l'arme qui a servi à blesser le capitaine. Lise nous dit qu'elle est certaine qu'il s'agit d'un Glock, 22 ou 23, ce qui n'a rien d'extraordinaire. On en trouve à tous les coins de rue. En revanche, le fusil-mitrailleur et les armes de poing Makarov, c'est plus rare. Le groupe de Jean Max a attaqué ce matin des recherches dans nos fichiers. Il y a eu une descente l'année dernière dans le 91, la Grande Borne, tout le monde connaît. Nos collègues de Grigny ont trouvé un fusil-mitrailleur Heckler & Koch lors d'une perquise chez le frère d'un des plus gros caïds du coin qui serait parti se cacher en Syrie sous prétexte de faire le djihad. Six mois plus tard, toujours dans le sud mais dans le 92, le braquage d'une agence bancaire. Une patrouille de la BAC leur est tombée dessus et ils ont riposté. L'un d'eux a été blessé et arrêté. Il était armé de ce même fusil-mitrailleur. Je sais, c'est pas grand-chose, mais c'est quand même rare : ce genre de jouet coûte cher, beaucoup plus qu'un AK-47. Un des hommes de Jean Max est en train de remonter des pistes. Il y aurait eu un camion volé en provenance de Moscou bourré de ces flingues et destiné à des milices prorusses en Ukraine. C'était l'année dernière. Le camion contenait aussi des pistolets Makarov. Il semblerait que les armes aient ensuite essaimé en Europe, mais ce n'est pas sûr. Vous saisissez ?

Rachid, un des chefs de groupe, leva la main.

— On pourrait interroger le gars du braquage de l'agence bancaire. Il est toujours au trou ?

Segura adressa un regard à Jean Max, un grand blond à la moustache de Gaulois et à la voix grave de fumeur de Gitanes, qui répondit :

— Oui, il est en préventive à Fleury. J'ai plus son nom, mais on l'appelle le Criquet. C'est un multirécidiviste, il fait partie d'une bande de Fontenay-aux-Roses. De beaux voyous, braquage de fourgons, évasions, enlèvement…

Le patron lui coupa la parole :

— C'est OK, Rachid. Toi et ton groupe, vous vous mettez sur ce lascar et ses potes. Je te filerai le nom du juge en charge, pour que tu puisses demander une visite. Il faut qu'on sache qui lui a vendu le fusil. Quant à tes hommes, tu les envoies ratisser Fontenay. De leur côté, Jean Max et ses gars vont continuer d'éplucher les fichiers et les affaires comportant des armes lourdes. Faut pas rêver non plus, on va pas trouver du premier coup le mec qui a vendu ces armes à nos clients. Mais on y croit. Brigitte, il te reste le frère du caïd de la Grande Borne, tu vas t'y rendre avec Paulette et Lise. J'ai pu avoir trois brigadiers et trois gardiens que vous vous répartirez avec l'autre groupe. Vous mettez les gilets pare-balles et vous y allez franco. On a une commission rogatoire sur cette affaire pour les trois jours à venir.

Brigitte fit signe qu'elle avait enregistré la mission, tandis que Lise regardait Segura en soufflant :

— Oh non, pas les gars de la cité !

Elle n'était pas du genre raciste, loin de là, ayant assez souffert de sa différence depuis sa petite enfance, mais elle avait un problème avec les mecs des banlieues. Elle ne les supportait pas et cela se comprenait : son père était mort dans une de ces cités.

Le commandant claqua à nouveau dans ses mains.

— Bien, tout le monde a compris, on me rapporte des résultats ! Jean Max, Rachid et Brigitte, démerdez-vous, bonnes ou mauvaises nouvelles, vous me ramenez quelque chose, qu'on puisse avancer. Compris, les gars ?

Lise se rapprocha de Brigitte.

— Putain, Brigitte, pas la banlieue ! Tu ne veux pas demander à Rachid de changer les missions ?

La grande blonde ricana.

— Pourquoi tu crois qu'il s'est proposé pour aller à Fleury, le Rachid ? Il avait compris le topo. On s'est fait baiser.

— Comme d'habitude, ajouta Paulette.

Lise la regarda, à la fois surprise et admirative.

— Dis-moi, t'es en forme, là !

La petite brune la remercia du regard, avant de reprendre :

— Moi non plus, ça ne m'emballe pas de descendre à la Grande Borne. On va arriver à rien, avec cette histoire, vous allez voir. Non mais t'imagines ? Un camion volé en Ukraine ! D'où elle sort, cette info ? Il doit y avoir des milliers de fusils-mitrailleurs qui se baladent dans les caves de France, et nous, on va aller les compter un par un ?

Brigitte soupira.

— T'as raison, ma Paupiette, déjà faut qu'on retrouve le gars qu'on cherche. Bon, les filles, au boulot. Je passe voir Jean Max pour loger notre gars. Paulette, tu fonces chez le Gros et tu me récupères les deux brigadiers qu'il nous a promis avant que quelqu'un d'autre s'en charge, et toi, Lise, tu descends prendre cinq gilets à l'armurerie et tu nous bloques deux voitures, et pas des GT-sport-je-sais-pas-quoi. On se retrouve au garage dans trente minutes, d'accord ?

Les deux filles acquiescèrent. Lise se dirigea vers l'ascenseur en sortant son portable. La journée était bien avancée et Laugier avait peut-être déjà les résultats de l'autopsie et l'analyse du véhicule brûlé.

Le flic de Nanterre ne répondait pas. Messagerie, messagerie, messagerie !

Brigitte les retrouva une quarantaine de minutes plus tard dans le sous-sol du Bastion. Deux gardiens de la paix, dont un brigadier habillé en civil, étaient installés dans une Clio grise, alors que Paulette et Lise se disputaient à l'avant d'une Mégane blanche recouverte de poussière (le garage avait pour consigne de ne jamais laver les voitures de terrain).

La chef de groupe passa saluer les deux agents en leur filant ses recommandations, puis se glissa sur la banquette arrière de la Mégane.

— C'est bon, les filles, j'ai la fiche du gars, on peut y aller.

Les deux fliquettes, en train de se battre pour mettre un CD dans le lecteur, ne l'entendirent même pas. Paulette râlait :

— C'est toi qui conduis, alors c'est moi qui mets la musique.

— Mais y a que des trucs de daube ! Fous le CD de Julian Casablancas and The Voidz, ça déménage.

— Et si j'ai envie d'écouter Céline Dion ? Tu fais chier, on avait dit : tu conduis, je choisis la musique.

Brigitte les regardait d'un air accablé.

— Ho, les filles, on ne part pas en colonie ! Et virez-moi cette musique, il faut qu'on puisse écouter les ondes. Allez ! On roule !

Lise tenta :

— Non, mais je te jure, à peine t'écoutes le début tu t'arraches la tête ! Tu connais pas ? « Where No Eagles Fly », une tuerie…

— On roule !

La petite grosse à la place du mort ronchonna :

— C'est ta faute, si t'avais pas fait des histoires, on aurait pu écouter Céline.

Lise enclencha la première.

— Je préfère encore entendre les blagues pourries des cow-boys de la BAC dans la radio HF.

23

Les boulevards étaient bouchés, le périph aussi, elle mirent plus d'une heure et demie pour rejoindre Grigny. Des dizaines de bandes de jeunes traînaient aux alentours de la Grande Borne, et les deux voitures et leurs occupants se firent vite repérer. Brigitte décida de laisser tomber les gilets pare-balles et demanda à un des GDP de rester pour garder les véhicules. Elle sortit sa fiche et un plan du quartier.

— On va faire le tour de la cité. L'immeuble de notre gars est sur la place du Serpent. Je suis déjà venue, c'est de l'autre côté.

« Marrant, cette histoire de serpent », pensa Lise. Certains des bâtiments avaient une hauteur de quatre étages et une longueur de plusieurs centaines de mètres qui se cassait en faisant des ondes, comme de longs serpents. D'autres étaient beaucoup plus classiques, mais pas plus hauts. Ce qui impressionnait le plus, c'était la superficie et le nombre, une vraie ville à elle toute seule – la cité.

Les façades étaient propres et refaites depuis peu, mais Lise savait que les intérieurs étaient détériorés et que de nombreux appartements servaient de squat à plusieurs familles à la fois. L'immigration africaine était en train de supplanter la maghrébine des années 1970 et c'était toujours la même débrouille pour ces familles pauvres qui tentaient de s'installer en France histoire d'assurer un avenir convenable à leurs enfants.

Tant qu'ils tournaient autour des immeubles, tout allait bien. Les insultes et les regards noirs commencèrent à pleuvoir dès qu'ils pénétrèrent sur la place du Serpent. Un immense bac à sable dans lequel semblait ramper un serpent de béton, si grand que les gamins pouvaient se cacher dans sa gueule comme dans une grotte, en occupait le centre. Brigitte repéra l'immeuble 44.

— C'est là. Ne répondez pas aux insultes. On branche les radios. Je monte avec Paupiette. Lise et Karim, vous restez en bas. Essayez de discuter avec les jeunes, on ne sait jamais.

Lise fit la moue.

— C'est ça, je vais leur parler du prochain concours d'entrée dans la Nationale, ça va les brancher.

Sa chef lui lança un regard d'avertissement et Lise fit mine de se zipper la bouche.

— OK, je dirai rien. Tu peux y aller, ça va rouler.

La capitaine et sa lieutenante s'engagèrent dans l'immeuble à la porte défoncée. Lise sortit son paquet de Camel et en tendit une à son collègue.

— Tu fumes ? Tu sais, tu peux, t'es en civil.

Le gars fit non de la tête. Il avait l'air gentil, mais un peu stressé.

— Comme tu veux.

Elle s'alluma une cigarette et poussa un long soupir en soufflant la fumée de sa première taffe. L'après-midi risquait d'être long, elle avait les nerfs, persuadée qu'ils étaient en train de perdre leur temps.

Dans la cage d'escalier, Paulette était déjà essoufflée.

— Hé, attends, j'ai plus vingt ans, moi.

Elles avaient à peine grimpé deux étages. Les pas de Brigitte cessèrent leur montée alors qu'elle se tournait vers elle.

— C'est bon, je t'attends. De toute façon on y est, c'est au troisième.

La petite grosse rejoignit sa chef sur le palier.

— C'est quoi, le nom de notre client, déjà ?

Brigitte déplia la commission rogatoire autorisant la perquisition et récupéra ses lunettes dans la poche intérieure de son manteau.

— Hamid Mouffassa. Son frère a échappé à l'arrestation l'année dernière, il chapeautait un trafic de cannabis à six mille euros par jour, ici même, dans la cité, avant de disparaître en Syrie. C'est en cherchant des planques de drogue que nos collègues ont découvert le fusil-mitrailleur, mais Hamid a raconté qu'il n'était pas à lui. Il a quand même fait six mois de préventive, avant de sortir en mars dernier.

Paulette reprenait son souffle en regardant sa collègue, l'air pas convaincue.

— Donc, l'idée, c'est qu'il nous raconte à nous ce qu'il n'a pas voulu dire aux stups à l'époque ?

— On ne doit négliger aucune piste, t'as entendu le Gros. Allez, on y va.

Elle rangea ses lunettes et tapa sur la porte.

— Hamid Mouffassa ?

Pas de réponse. Les deux filles échangèrent un regard. Il y avait du bruit à l'intérieur. Du va-et-vient rapide, des objets qu'on déplace, des sons métalliques. Paulette n'avait pas l'air, comme ça, mais elle avait fait quinze ans de BAC à Grenoble avant de passer OPJ, et elle faisait confiance à son instinct autant qu'à ses réflexes. Elle s'écarta de la porte en faisant signe à Brigitte de l'imiter. Sa collègue obtempéra et frappa à nouveau.

— Hamid Mouffassa, c'est la police, nous avons des questions à vous poser !

Les mouvements derrière la porte cessèrent brutalement. Puis elles entendirent nettement un cliquetis métallique. Paulette jeta un coup d'œil vers Brigitte.

— Sors ton arme.

— Purée, j'aime pas ça.

— Moi non plus.

Elles avaient leur Sig Sauer à la main. Brigitte interrogea sa collègue :

— Qu'est-ce qu'on fait ?

— On tente encore une fois, s'il ne répond pas, on appelle un groupe de renfort et on planque devant l'immeuble.

— Putain, Paupiette, je suis sûre qu'il y a des armes là-dedans.

Elle se retourna pour frapper encore plus fort.

— Hamid…

— C'est bon !

La porte s'ouvrit vers l'intérieur et elles tombèrent nez à nez avec un jeune Black au visage couvert de sueur qui braquait un fusil à pompe sur elles.

— Bougez pas ! hurla-t-il. Bougez pas !

Il eut un moment d'hésitation en pensant : « C'est quoi ces flics, des ménagères ? », puis il remarqua les pistolets entre leurs mains et fit claquer la culasse de son arme, geste inutile mais démonstratif, tout en gueulant :

— Posez vos flingues par terre !

Paulette vit la cartouche pleine de chevrotine s'éjecter du fusil et aller taper contre le mur. Une autre se mit en place dans la chambre de tir et la bouche de ce putain de canon était braqué droit sur elle. Elle s'agenouilla vers le sol pour y poser son Sig en tentant de garder une voix calme.

— Calme-toi, petit, t'es en train de braquer des flics, ne va pas faire une connerie que tu pourrais regretter toute ta vie.

À sa grande surprise, le visage du garçon se recouvrit de larmes. Il chuinta plus qu'il ne cria :

— Je veux pas retourner en taule ! Je veux pas !

Il se força à souffler plusieurs fois pour se calmer, les deux filles étaient collées au mur face à lui.

— Jetez les radios sur le sol, allez ! Et rentrez dans l'appartement.

Les deux policières obéirent. Paulette jeta son talkie-walkie assez loin pour qu'il tombe dans la cage d'escalier, le garçon n'y fit même pas attention tant il était tendu. Il était déterminé, mais n'avait pas la folie des vrais méchants. Il voulait juste qu'on le laisse s'échapper, sauf qu'il avait un fusil à pompe entre les mains.

— Déconne pas, tenta Brigitte, pose ton arme. On ne dira pas que tu nous as braquées.

— Ouais, je vais vous croire !

Le Black les poussa à l'intérieur, claqua la porte dans leur dos et la verrouilla avec ses clés, puis il s'engagea en courant dans les escaliers.

Brigitte se précipita vers la fenêtre, tandis que Paulette essayait d'ouvrir la porte. Mais l'appartement donnait sur l'arrière de l'immeuble et la serrure était un modèle blindé.

— Merde ! Il faut prévenir Lise.

La grande sortit son portable ; son geste se gela lorsqu'elle vit la mine défaite de sa collègue.

Celle-ci regardait vers la cuisine, séparée du salon par un vantail coulissant grand ouvert. Sur la table, une dizaine de fusils-mitrailleurs étaient étalés, tous des modèles AK-47 de la firme Kalachnikov en Russie.

24

Lise venait de balancer le mégot de sa clope droit devant elle, quand elle entendit le bruit de la radio explosant sur le sol. Elle se tourna pour observer l'intérieur du hall et se rapprocha de la porte à double battant. Celle-ci s'ouvrit sous l'impact du jeune Black lancé à toute allure et la propulsa vers l'arrière. Son collègue Karim la reçut et bascula avec elle dans les escaliers de béton. Les deux flics virent passer une ombre devant eux. Dans la main de la silhouette, un objet aux reflets métallique fit se hérisser les poils de leur nuque. Lise se releva d'un coup.

Le gars était déjà à une trentaine de mètres, courant de toutes ses forces dans la grande allée entre les bâtiments gris. Le fusil à pompe se balançait au bout de son bras.

— Putain, mais qu'est-ce qu'il se passe ?

Elle jeta un regard inquiet vers l'intérieur. Karim était en train de se relever. Lise l'attrapa par le bras et le poussa vers le hall.

— Fonce voir là-haut s'il ne leur est rien arrivé, vite ! Et appelle des renforts !

Elle pensa ajouter : « et une ambulance », mais elle n'avait pas entendu de coups de feu. Non, cela devait aller. Brigitte et Paupiette s'étaient juste fait déborder par un jeune bourré d'adrénaline désireux d'échapper à la police.

Un jeune tout de même armé d'un fusil à pompe.

Elle se lança à sa poursuite.

Il avait déjà disparu de son axe de vision, bifurquant allez savoir où. Lise manqua se casser le nez au bout de cinquante mètres de course débridée – elle avait oublié sa blessure à la cheville qui s'était réveillée brutalement pour la faire valdinguer sur le ciment. Elle s'érafla les deux mains, ce qui décupla sa rage, et se redressa en scrutant de tous les côtés. Elle parcourut les grandes allées sous le regard des jeunes devant leur immeuble. Le Black semblait s'être volatilisé.

Elle passa devant une montée de marches menant à un des halls, une gamine d'une dizaine d'années y était assise, vêtue d'un survêtement bleu délavé et de baskets usées. La fillette la fixa durement tout au long de son passage. Lise ne baissa pas les yeux. Elles se scrutaient tels deux fauves séparés par les limites de leurs territoires respectifs, pourtant Lise ne décela nulle haine dans les yeux de la gosse. De la rage, ça, oui. Elle la reconnaissait.

Son téléphone sonna dans sa poche. C'était sa chef.

— Brigitte, ma grande, ça va ? Et Paupiette ?

— Oui, et toi ? T'es où ? T'as retrouvé le gars ?

— Non, chou blanc, il a réussi à disparaître dans un de ces putains d'immeubles. Je suis en train de revenir. Qu'est-ce qu'il s'est passé ?

— Il nous a braquées et enfermées dans son appartement. On a retrouvé un stock d'armes, pas le genre qu'on recherche mais ça va sûrement intéresser l'unité antiterroriste. Il doit trafiquer avec ses potes de la cité. En attendant, j'ai fait appel à la BAC de Grigny pour venir nous aider, et on va demander un mandat au juge. Le gars a du sursis. Avec l'agression sur les forces de l'ordre et les armes, il va plonger pour de bon. On finira par le coincer, c'est sûr.

— T'es sûre, pour les armes ?

— Ce ne sont que des kalachnikovs bas de gamme, des modèles fabriqués en Chine, pas le genre de nos clients de l'autoroute, plutôt des flingues de braqueurs ou de caïds de cité, et je ne pense pas que le gars soit un islamiste radical, mais on ne sait jamais, avec ce genre d'armes…

— Bon, OK, je fais un dernier tour et je vous rejoins. Le gamin se balade quand même avec un shoot-gun.

— Oui, on avait remarqué. Paupiette est furieuse de s'être fait avoir. Je ne l'ai jamais vue comme ça, on dirait un bouledogue. Sois prudente, il m'avait l'air perturbé, ce jeune. Et je te préviens, si t'es pas là dans un quart d'heure, on part sans toi, j'ai des trucs à faire ce soir.

— Tu crois qu'il n'y a que toi qu'a une vie ?

Elle imagina le sourire de sa collègue avant de raccrocher.

Elle fit demi-tour et remarqua que la gamine sur ses marches faisait un rapide mouvement de tête avant de la fixer à nouveau. Elles allaient encore se défier du regard, pensa Lise, mal à l'aise. La petite avait dû comprendre qu'elle était flic, et sa haine de sa situation dans cette cité pourrie se déversait sur les forces de l'ordre qui passaient leur temps à emmerder ses frères et ses cousins.

Tout en passant devant elle sans la lâcher des yeux, Lise sentit quelque chose lui grattouiller l'esprit. Une sorte d'oppression, doublée d'une mise en alerte de son instinct de flic. Elle repensa à ce qui était arrivé à son père, mort dans une cité durant des émeutes. Un parpaing jeté du haut d'un immeuble…

Lise s'immobilisa. C'était ça, la gamine regardait vers le haut, avant de baisser la tête en se rendant compte que Lise l'observait.

Le bâtiment juste en face.

Elle s'arrêta au milieu de l'allée et pivota lentement pour lever le nez vers le ciel. Elle ne quittait pas la gosse du coin de l'œil et la vit frémir. Cela aurait pu être un oiseau, l'ombre d'un nuage ou même une impression, mais Lise était persuadée d'avoir vu du mouvement sur le toit de l'immeuble de quatre étages.

Elle se rua à l'intérieur.

Ses jambes la propulsèrent à la vitesse d'un avion d'un étage à l'autre, elle fut sur le dernier palier en moins de deux minutes, avec l'impression d'avoir une hache plantée au milieu de la poitrine. Le gaz carbonique avait brûlé la moitié de ses poumons, mais ça allait, son cœur était en mode gestion et son sang lui envoyait des endomorphines dans le cerveau à la place des signaux d'alerte de douleur. Pas le temps de reprendre son souffle, l'échelle d'accès était encore en place, pointant vers une trappe de verre ouverte. Lise sortit son arme.

C'était de la folie, elle aurait dû prévenir ses collègues, mais l'adrénaline la guidait. Elle sortit la tête sous le ciel gris, face à un parterre de gravier qui s'étalait sur toute la surface de la terrasse du toit. Des cheminées de chaudière en ciment carré formaient comme des murets derrière lesquels devait se cacher son client. D'un mouvement souple, elle se hissa sur le toit tout en restant baissée.

— Je suis armée, si tu essayes de me tirer dessus, je te préviens, je te descends !

Un cri noyé par les sanglots retentit :

— Barrez-vous ! Laissez-moi !

On aurait dit l'appel d'un désespéré, et cela venait bien de derrière un des murets sur la droite. Lise s'avança en marchant en crabe, courbée vers le sol. Elle était tellement crispée qu'elle risquait de dégommer la moindre surface du gars qu'elle verrait apparaître. Ses mains serraient son flingue comme l'on serrerait la rampe alors que l'escalier s'écroule sous vos pieds. Son souffle était lent, ses yeux balayaient l'espace à la manière de rayons laser pointant au-dessus des fusils des snipers. Elle savait que là où son regard viserait, la balle toucherait. Le jeune dut le sentir, il jeta son fusil par-dessus le muret.

— Partez ! gueula-t-il. Partez, je ne vous ferai rien !

Elle se précipita en se relevant.

— Tu te rends ?

— Non.

Lise fut obligée de freiner en dérapant, elle baissa son arme, son visage s'emplit d'effroi.

— Non, petit, fais pas ça !

Le Black s'était mis au bord du toit, face à elle, en équilibre. Ses talons touchaient le vide. Il avait l'air de basculer d'avant en arrière.

— Fais pas ça, répéta Lise, déconne pas.

— Je ne retournerai pas en prison. Jamais…

Son visage dégoulinait de larmes, son tee-shirt était trempé de sueur, pourtant il grelottait. Ce sentiment de terreur, Lise le connaissait. La souffrance, la peur, les nuits à sangloter en tremblant dans son lit ou sur sa couche de taulard… Elle se baissa pour poser son arme sur le gravier, ne quittant pas le gamin des yeux.

— T'as quel âge ?

— Vingt ans.

— T'as déjà fait de la taule ?

Elle vit son regard se voiler. Il déglutit, les traits tordus par quelque chose de plus fort que la souffrance ou la peur : le dégoût. Le dégoût de lui-même et des autres. Les nuits d'abus, les coups, les sévices, les humiliations. Elle les vit dans cette grosse boule qui forçait le passage dans sa gorge pour descendre lui brûler les entrailles.

— Ne saute pas…

— Je ne veux pas retourner en taule.

Elle tendit le bras vers lui et risqua un pas.

— Non… gémit-il.

Il recula de deux centimètres et dut basculer vers l'avant, raide comme un automate, pour se rétablir d'un coup. Lise crut que son cœur allait s'échapper. Elle tenta :

— Je vais t'aider.

— Vous allez m'envoyer en taule, pas vrai ?

Son regard était las, déjà parti, ce qui causa encore plus de peur au lieutenant Lartéguy.

— Putain, mec… Qu'est-ce que tu veux que… Merde ! T'as braqué des flics !

— Je voulais pas y retourner.

— Pourquoi tu fais ces conneries, alors ?

Elle avait capté son attention. Il la fixa un moment, puis se mit à ricaner.

— C'est pas des conneries. C'est ma vie.

— Les armes ?

— Les armes, la drogue, c'est notre vie, ici, vous le saviez pas ?

Il se permit un sourire. Elle le lui rendit, puis insista, tout en avançant, le bras tendu :

— Allez, viens, t'auras peut-être que de la préventive…

Une fraction de seconde, et le corps du jeune disparut. Elle plongea en hurlant : « Nooooooon ! » et eut l'impression que son épaule venait de se déboîter. Elle avait réussi à saisir son poignet, mais fut emportée avec lui. Son autre main griffa le gravier, les ongles enfoncés jusqu'au sang dans le ciment, et ses doigts se raidirent sur le bord du parapet, haut de trois centimètres. Ce qui lui permit de s'accrocher de toutes ses forces. Ses muscles et ses tendons lui disaient de lâcher ce poignet. « Cet enfoiré doit peser dans les soixante kilos. » Son corps, couché sur la bande de ciment qui entourait le toit, dépassait presque de moitié dans le vide. Ses yeux croisèrent ceux, perdus, du Black. D'un mouvement de la tête elle désigna son bras ballant dans le vide.

— Je vais tirer d'un coup vers le haut, cria-t-elle en retenant les spasmes de souffrance dans sa bouche, et… tu vas t'accrocher au bord avec ton autre main, t'as compris ? T'as compris, espèce d'enfoiré ?

C'était plus fort qu'elle, cet abruti lui avait mis la rage, outre des larmes de douleur dans les yeux, la rage !

— T'es prêt ? Un… Deux…

— Lâchez-moi, putain ! Lâchez-moi ou je vous entraîne avec moi !

À nouveau, un torrent glacé secoua le corps de Lise. Elle ferma les yeux pour chasser les images de mort. Le vide. L'allée tout en bas, une voiture qui passe dans la nuit, dont le pare-brise éclate, envoyant du sang sur le capot. Une flaque de sang, comme celle que produirait un corps en s'explosant sur le goudron. Un corps, ou deux corps… Elle ne ressentait presque plus la douleur, ses yeux se mirent en panique.

— Laissez-moi, répéta-t-il en l'implorant du regard.

Lise se mit à pleurer, elle allait le regarder tomber et s'écraser.

— Non, accroche-toi ! Allez, je te laisserai partir ! Je te le jure !

— Quoi ?

Elle serra les dents un bon coup, histoire de raffermir sa prise et de se préparer à tirer un coup sec.

— Je te laisserai partir, je te dis ! Parole de flic.

« Mon Dieu, mes doigts sont en train de lâcher. Merde ! Merde ! Merde ! Maintenant ! » Elle tira en pivotant avec violence et eut l'impression que son épaule poussait un hurlement de douleur ; ses doigts glissèrent et son bras se replia contre elle.

Elle l'avait lâché !

Ses poumons ne fonctionnaient plus, incapables de prendre et de recracher de l'air. Lise avança à quatre pattes jusqu'au bord. Son cœur se souleva de joie. Le gamin avait réussi à s'accrocher, ses deux yeux écarquillés vers elle, dans un appel à l'aide. Elle le ramena et ils se retrouvèrent tous les deux recroquevillés sur le gravier à reprendre leur souffle.

Deux minutes plus tard, ils étaient adossés au muret de ciment, face à l'étalement des immeubles gris de la cité. Lise avait sorti son paquet de Camel. Elle en proposa au jeune, qui piocha dedans.

« Putain, ce qu'elle va être bonne, cette clope », songea-t-elle.

La fumée chaude s'infiltra dans sa poitrine et calma son cerveau.

— Merci, murmura le jeune Black.

Ses poumons reprirent une goulée de nicotine. Lise savait qu'il ne parlait pas de la cigarette. Elle se tourna vers lui et fit passer ses mots par un long regard, avant de les prononcer :

— T'en as bavé, pas vrai ?

Il secoua la tête.

— Je préfère ne pas en parler.

— T'as raison, tu ferais mieux d'oublier, même.

Ce fut au tour du garçon de l'observer sans rien dire, avant d'oser formuler sa question :

— Vous allez pas m'embarquer ?

Le visage de Lise se crispa, puis elle balança sa clope et poussa un gémissement en se remettant debout. Avant de planter ses yeux dans les siens.

— Tu finiras en taule, de toute façon. Tu sais… Attends.

Elle farfouilla dans son blouson pour en sortir un stylo, déchira un bout de carton de son paquet de clopes et écrivit dessus avant de le lui tendre.

— Tiens, mon numéro. Appelle-moi, je te donnerai quelques petits trucs pour ne pas te faire emmerder. Le krav maga, tu connais ?

— C'est quoi ces conneries ?

— Le genre de conneries où on t'apprend à tuer un mec avec un bout de carton et même tes dents ou tes doigts. Cela peut être utile en prison, tu ne crois pas ?

Il récupéra le papier en baissant la tête.

— Merci…

— Bon, c'est pas tout, mais j'ai quand même une question importante à te poser. Les armes, chez toi, dis-moi juste si c'était pour des terroristes ou pas.

— Des djihadistes ?

— Oui.

— Je traîne pas avec ces connards, et personne dans la cité le fait. Vous croyez qu'ils en font baver qu'aux petits Blancs catholiques ? Je suis musulman, et pour eux, je suis pire que vous, je suis un mécréant, parce que je ne pratique pas ma religion comme ils voudraient. Et en plus, c'est des tarés, des psychopathes, des petits merdeux qui se servent de l'organisation pour se faire une vie, un nom, avoir une femme, du pouvoir, des choses qu'ils auraient jamais eues s'ils avaient dû se bouger le cul comme tout le monde dans la vraie vie. C'est pour ça qu'ils sont mauvais, ils l'ont toujours été, en fait.

Lise l'observait d'un air à la fois surpris et appréciateur. En quelques mots, le jeune Black avait catalogué les radicaux à sa manière. Elle le remercia d'un sourire et regarda tout autour d'elle. De se trouver sur le toit d'un immeuble, embrassée par l'air, même s'il était froid et gris, ranimait sa rage de vivre. Elle allait s'éloigner, lorsqu'elle entendit le jeune lui dire :

— C'était pour des Corses, les armes.

Elle pivota lentement. Le Black avait toujours la tête baissée, il semblait se parler à lui-même.

— Pour un braquage, c'est mon frère qui les fournissait d'habitude, j'ai été obligé de le remplacer.

— Et l'année dernière, le Heckler & Koch, c'était pour eux, aussi ?

— Non, ça coûte trop cher. Les Corses détruisent les armes après chacun de leur braquage. Celui-là, il appartenait à mon frère, il se l'était payé, par plaisir.

— Des Corses, hein ?

Il releva le visage vers elle.

— Donnez-moi votre stylo et un bout de carton de votre paquet de clopes.

Quinze minutes plus tard, elle rejoignait son équipe sur le parking près de la Clio. Brigitte était en train de parler avec des collègues arrivés dans trois voitures banalisées. Des modèles récents et de catégorie supérieure, de celles qui équipent les groupes de la Crime et de l'antiterrorisme. Paulette était au téléphone, sûrement en train de raconter ses folles aventures à son René. Lise avait toujours été impressionnée par l'entente qui régnait dans leur couple. Ils se chamaillaient souvent, mais on sentait que pour rien au monde ils ne vivraient séparés l'un de l'autre. Une grande et belle histoire d'amour, en somme.

Quand sa supérieure la rejoignit, la lieutenante venait d'allumer sa troisième cigarette.

— Putain, Lise, t'en as mis, du temps ! Qu'est-ce que t'as foutu ?

— Je me suis tordu la cheville, j'ai mis trois heures à revenir en boitant.

— Et le gars ? Tu ne l'as pas vu ?

— Si, on a tapé la tchatche puis je l'ai laissé partir.

La chef de groupe la regarda un bon moment dans les yeux, essayant de déceler la moquerie. Elle poussa un soupir et fit le tour de la voiture en expliquant :

— J'ai refilé le bébé à la Crime et je me suis arrangée pour qu'ils nous fassent passer leur rapport dans la journée de demain, on verra si ça a un lien avec notre affaire, mais j'en doute. Raccroche, Paupiette, on rentre à la maison.

La petite équipe grimpa dans les véhicules, pour se taper, à nouveau, plus d'une heure et demie d'embouteillages avant de rejoindre le Bastion.

25

Dès qu'elles furent dans le bureau, Paulette se cogna le rapport, tandis que Brigitte prévenait Segura. Lise réussit enfin à avoir Laugier. À travers les fenêtres, la nuit pointait, chassant la lumière grise des anciennes fortifications de Paris. Un bleu irréel montait de l'horizon bouffé par les bâtiments, les lampadaires venaient de s'allumer, se reflétant comme des taches de peinture jaune dans les bassins du parc Martin-Luther-King. Le commandant lui parla d'un ton laconique, érodé par la fatigue.

L'autopsie avait confirmé la mort par balles, elle confirmait aussi que la jeune blonde avait été vidée de son sang. Une des marques de transfusion sur la cuisse droite, encore « fraîche », laissait croire qu'elle était en train de donner ses dernières gouttes lors du trajet en voiture. On était toujours à la recherche de traces d'ADN sur son corps. Sinon, le légiste n'avait pas constaté de rapports sexuels, au contraire, elle était vierge. Sa photo et sa description étaient en cours de comparaison avec toutes les disparitions de France, élargies à d'autres pays.

Aucune conclusion pour le moment. Laugier courait de réunion en réunion, et rendait compte par visioconférence. Il s'excusa de ne pas pouvoir donner plus. Il hésita :

— Il y aurait bien un os à ronger.

— Quoi ? s'exclama Lise. Dis-moi.

— On a trouvé un petit morceau de billet de banque, le reste était carbonisé. La scientifique a passé quatre heures dessus. Il s'agirait d'un rouble.

— D'un rouble ? Tu veux dire, de la monnaie russe ?

— Oui, mais bon…

— Une communauté.

— Ce sont les mots qu'a prononcés ton frère. Mais je te calme tout de suite. Rien qu'à Paris, on a dix-huit mille Russes, Tchétchènes, Géorgiens, Moscovites, et dans cette « communauté » une personne sur trois est susceptible d'appartenir à un gang.

— Je sais, mais c'est déjà énorme. Ce matin, Segura nous a parlé du camion d'armes volées. Des armes russes. Et la fille, elle avait tout d'une Slave.

— Oui, on tient peut-être quelque chose. On a envoyé sa photo à Moscou, via Interpol. J'ai eu un de leurs directeurs de la police. Leur territoire est si vaste qu'ils ont des dizaines de disparitions par jour, et encore, pour celles qui sont signalées. Bon, il va falloir que je te laisse.

— OK, on se rappelle ?

— À demain, Lise.

Laugier n'avait pas envie de badiner.

Lise rappela Louna, toujours rien de neuf pour Camille. Brigitte la libéra. Le lendemain, elles allaient devoir courir après un cousin du jeune de la Grande Borne, et essayer à nouveau de le loger. « Ça promet, pensa Lise, encore la banlieue et les cités. »

Elle non plus n'y croyait pas trop, à cette histoire d'armes. Elle en parla à Brigitte, sans dire d'où venaient ses informations.

— Et si les Russes avaient eux-mêmes volé les armes ?

— Raison de plus pour retrouver les vendeurs, lui asséna la chef de groupe. De toute façon, Segura doit être au parfum, et pour l'instant, c'est lui qui fixe les missions.

Lise n'insista pas, elle rentra à son appartement.

Ses bottes voltigèrent à l'autre bout du loft et elle alla tirer la porte de son frigo afin de récupérer une Leffe, un saucisson sec et un bout de gorgonzola qu'elle posa sur le bar de sa cuisine. Elle n'avait pas de pain mais des Krisprolls. La bière fraîche lui fit du bien, de même que les tartines de fromage agrémentées de tranches de saucisson. C'était sa valve de décompression, ces petits apéritifs solitaires. Après ça, une bonne cigarette et elle ne penserait plus au boulot.

Mais pas ce soir.

Elle farfouilla dans sa poche et sortit le bout de carton sur lequel le jeune de Grigny avait inscrit un nom.

Lino Franchi.

Elle avait rencontré un Corse lorsqu'elle faisait ses classes à l'École nationale supérieure de la police, ils étaient devenus copains. Le genre d'amitié qui se lie d'instinct. Son pote Raphaël avait réussi à retourner au pays après deux années passées à la PJ de Lyon. Lise récupéra son portable et composa son numéro. Il était en poste à la BRI d'Ajaccio et connaissait sur le bout des doigts le pedigree des truands corses, qu'ils soient de l'île ou du continent.

La voix du flic était enjouée au téléphone.

— Ho, Lise, que me vaut cet honneur ? Tu comptes venir un peu voir ton vieil ami dans son village de pêcheurs ?

— Et toi, pourquoi tu ne viendrais pas passer quelques jours à Paris, dans mon appart, je te ferais découvrir la civilisation, mon petit Raf. Qu'est-ce que t'en penses ?

Les deux amis se mirent à rire.

— Tu veux ma mort ou quoi ? rétorqua l'autre.

— Non, juste des infos sur des gars de ton île qui sont sur Paris.

— Ça m'aurait étonné que tu m'appelles pour me dire que tu attendais que je vienne te chercher à l'aéroport.

— Cet été, promis.

— Promesse de femme. Bon, vas-y, donne-moi les noms.

— En fait, il n'y en a qu'un, Lino Franchi.

Lise entendit un long sifflement à l'autre bout des ondes. Elle demanda :

— Tu le connais ?

— Oui, et pas que lui, ses frères et son père aussi. Une famille de brigands de père en fils, comme on dit ici. Lino est soupçonné d'avoir tué au moins trois personnes dans une guerre entre clans avant de partir pour le continent. Des gars de chez nous l'ont surveillé pendant un moment, à cause de son père, mais il devait s'en douter et se tenait à carreau. N'empêche que pendant plusieurs années il a été suspecté dans pas mal de trucs : braquages, cambriolages… Il aurait refroidi quelques types, des gars du milieu. Règlements de comptes, histoires d'honneur, ce genre de choses. On ne sait pas s'il travaille sur des contrats ou pour une bande, mais fais gaffe, c'est un tueur. Un vrai, qui sait effacer ses traces. Pourquoi il t'intéresse ? T'enquêtes sur les braqueurs corses ?

— Non, je travaille sur l'affaire de la fusillade sur l'autoroute. Camille, mon frère, a été touché, mais il va bien.

— Merde, ton frère, c'était lui l'officier touché ? Je n'avais pas fait le rapprochement. Quel con ! Je suis désolé.

— C'est pas grave, laisse tomber, il va mieux.

— Et tu penses que Lino Franchi aurait un lien avec ces tueurs ?

— Non, aucun lien, c'est juste qu'en faisant des recherches sur les armes on est tombés sur un stock dans une cité à Grigny. J'ai pu interroger un jeune, mais bon, pas officiellement, et il avait l'air de dire que les fusils étaient destinés à ce Lino, pour faire des braquages.

— Dommage que ton témoin ne soit pas officiel, on aurait pu lancer une demande d'enquête. De toute façon, t'inquiète pas, ce genre de mec recommencera à braquer, tu auras juste reporté son prochain coup, c'est déjà pas mal.

— Ouais, c'est déjà pas mal. Et pour son père, j'ai pas compris, c'est quoi, l'histoire ?

— Du lourd, du très lourd. Les frères de Lino ont été abattus dans une vendetta il y a plusieurs années et le père a pris les armes à son tour. C'est un vieil homme de soixante-quinze ans qui a quand même tué quatre personnes. Il a descendu des collègues de la Crime qui étaient venus l'interpeller. Une femme de vingt-huit ans, mère de deux enfants ; quant à l'autre lieutenant qui l'accompagnait, il était à trois ans de la retraite et c'était un compatriote.

— Un tueur de flics, merde ! Et il est toujours en cavale ?

— Il a pris le maquis. Quatre ans qu'on le traque sans relâche. On sait qu'il est sur l'île, on n'avait jamais réussi à le loger jusqu'à maintenant, mais…

— Mais quoi ?

La voix de son collègue redevint grave.

— Mais rien, voilà, j'espère que j'ai pu t'aider.

— Oui, Raf, t'es un amour, et je te souhaite bon courage.

— Et toi aussi, pour ton affaire. Prends soin de ton frère.

— Je le ferai. Je le ferai…

Elle raccrocha, songeuse. Son collègue était un professionnel, tout comme elle, et il n'avait pas voulu l'impliquer dans une affaire de haute importance, mais Lise avait compris. Les flics d'Ajaccio étaient sur le point d'attraper le père de Lino Franchi. Ce n'était plus qu'une question de jours ou de semaines. Ils avaient sûrement logé l'endroit où le brigand allait se ravitailler, ou bien la personne qui s'en occupait, et devaient surveiller l'un et l'autre en attendant que l'oiseau se montre. Bon, son coup de téléphone n'aura pas été inutile, elle avait la conscience tranquille. Lino

Franchi était déjà dans le collimateur de ses collègues et elle avait transmis les informations qu'elle possédait à son ami. Il en ferait l'usage qu'il voudrait. Il était temps de passer à autre chose.

Se détendre et se vider la tête.

Elle se fit couler un bain dans lequel elle resta presque une heure entière, manquant s'endormir. Ensuite, elle balança une pizza au four et se servit une autre Leffe. Son corps fumant enroulé dans un peignoir, les yeux traînant sur les eaux noires du canal Saint-Martin où dansaient les lumières des réverbères des années 1950. Elle hésitait à se rhabiller pour sortir. Ou pas.

Ses chaussons assortis au peignoir rose bonbon la poussèrent jusqu'à son téléphone posé sur le bar de la cuisine. Elle n'avait pas envie de rester seule. Elle composa le numéro du Twitty, le club où bossait Sabrina. Vu le métier qu'elle faisait – du strip dance avec ou sans la barre –, il lui était difficile de garder son portable sur elle.

— Bonsoir, j'aurais voulu savoir si Sabrina était dispo.

Dans le club, la voix de Lana Del Rey résonnait en fond à travers l'écouteur.

— Sabrina ? Je suis désolée, elle ne travaille pas ce soir.

— Ah, d'accord, merci beaucoup, bonsoir.

Elle raccrocha et composa le numéro de son portable.

— Yooo Sabrina, comment tu vas ?

— Pas mal, ma chatte, et toi ? Qu'est-ce tu fais ?

— Bah rien justement. J'ai vraiment pas envie de bouger ce soir. Je viens de mettre une pizza au four, et il nous reste quatre épisodes de la saison 3 des *Walking Dead* à se mater, ça te dit ?

— Ça tombe mal, ma chérie, je suis au club, je bosse ce soir, et après, tu sais comment c'est, je vais terminer à pas d'heure.

Lise ne répondit pas tout de suite.

— D'accord, OK, pas de problème… Une prochaine fois alors.

— Je te bise, ma chatte.

— Moi aussi.

Elle appuya sur « terminé » et balança le cellulaire sur le comptoir du bar. Le four sonna, la pizza était prête. Lise fit le tour du comptoir et ouvrit le tiroir congélateur de son frigo. Elle en sortit une bouteille de vodka Żubrówka et se servit une bonne dose, qu'elle avala cul sec avant de faire claquer le verre sur le bois. Le liquide, épais comme de la lave, tomba directement dans son estomac. L'alcool ne brûlait pas, loin de là, avec la vodka glacée, mais son effet remonta derrière ses yeux pour les voiler brusquement.

Lise avait envie de chialer.

Mais elle ne le ferait pas.

Elle allait se les mater toute seule, ses épisodes de morts vivants.

Toute seule.

Elle changea d'avis.

Elle balança ses chaussons et son peignoir et alla ouvrir son dressing. En deux minutes elle s'était vêtue d'un legging et d'un débardeur noir, elle enfila des socquettes et ses chaussures de cross Mizuno et accrocha son iPod sous son épaule à l'aide d'une bande à scratch.

Écouteurs sur les oreilles, elle dévala les six étages, s'échauffa quelques secondes sur le quai de Jemmapes en crachant de la buée au-dessus de l'eau froide, enclencha la musique, son au maximum, et commença à courir.

L'album, c'était celui du film d'Eminem, la bande-son tirée de *8 Mile*. Rares étaient les films qui symbolisaient aussi bien la rage de s'en sortir et de se battre grâce à une passion. En ce sens, *8 Mile* était un chef-d'œuvre.

Lise commença à allonger les foulées. Le premier morceau attaquait par une petite sonate, puis le son lourd d'une gratte de rock et de la boîte à rythme se faisait écraser par le flow puissant du rappeur blond. Le morceau s'appelait « Lose yourself ».

L'impression que son corps s'emplissait de violence.

Dans la nuit déserte, elle grimpa la rue de la Grange-aux-Belles.

« *Lonely roads, God only knows, he's grown farther from home... here goes the cold water.* »

Elle courait trop vite, le souffle commença à lui manquer, mais elle baissa la tête dans la montée pour en remettre un coup.

« *No more game, I'm changed in what you call rage.* »

Elle atteignit la PCF, la place du Colonel-Fabien, où se tenait le building d'Oscar Niemeyer, le siège de l'autre PCF, Parti communiste français. Lise était persuadée qu'un jour ce bâtiment serait vendu et repris par une grande banque, cela serait la logique de ce monde cynique où l'on s'enrichissait en mettant des gens au chômage. De quoi avoir encore plus la haine.

Elle se mordit les joues et attaqua l'avenue Mathurin-Moreau.

« *Tear this motherfucking roof off, like two dogs caged.* »

C'étaient ses jambes à présent qui criaient de douleur, mais la musique, et autre chose, la portait, elle contracta tout son visage dans un masque d'effort et continua.

Rue Manin... elle y était presque, une bande de jeunes marchaient en discutant, elle les traversa comme l'on traverse un nuage, dans une sorte de rêve. Elle atteignit l'endroit où un petit muret permettait d'accéder plus facilement aux grilles longeant le parc, grimpa, se mit en équilibre et sauta sur le gravier, pour repartir aussi sec.

Les Buttes-Chaumont la nuit. Un endroit à la fois enchanté et effrayant.

« *All the pain inside amplified by the fact.* »

Un sourire se dessina sur son visage.

« *And I can't provide the right type of life for my family.* »

Elle accéléra de toutes ses forces.

« *So here I go. It's my shot.* »

La douleur dans ses jambes, dans sa poitrine était insoutenable. Son cœur battait à tout rompre, elle courait dans une obscurité presque complète, sous les arbres menaçants, dans la brume montant du lac, au son de la musique et des paroles qui lui explosaient le crâne. Elle courait.

« *It's my shot !* »

Elle courait, elle souffrait, elle avait mal. Elle pensait : « Je veux juste qu'on m'aime. »

Maintenant, elle pouvait pleurer.

Une heure plus tard, elle rentrait chez elle. Son corps fumait dans les rues froides, on aurait dit qu'elle sortait d'une maison en flammes.

Elle passa les deux jours suivants à secouer des mecs de banlieue, à traverser et retraverser le périph avec ses collègues, à taper dans un sac de cuir, à courir comme une dératée dès six heures du matin, à soulever de la fonte et des pneus de tracteur à la salle de fitcross, à faire des pompes avec des kilos de ferraille sur le dos, à envoyer des coups de genou dans les côtes de son prof de boxe et à se recevoir des directs dans le ventre et des frappes de pied dans les mollets. Elle avait besoin de se dépenser, de muscler son corps, ses abdos, de frapper, du coude, du genou, et surtout de prendre des coups. L'équipe de Laugier n'avançait pas, l'enquête n'avançait pas. Cette histoire d'armes commençait à la rendre folle, quand, au bout du troisième jour, son frère Camille se réveilla de son coma.

26

Au début, il y eut cette lumière blanche derrière ses paupières, puis des petits bruits parvinrent à ses oreilles, des chuchotements, des sons électroniques qu'il reconnaissait : un monitoring d'électrocardiogramme. Il papillonna des yeux, une infirmière et une femme médecin se trouvaient au-dessus de lui. Il était à l'hôpital.

— Il est réveillé.

— Le pouls est bon.

— Prenez sa tension toutes les heures jusqu'à ce soir, je passerai voir s'il peut manger quelque chose.

L'infirmière se retrouva seule, elle lui parla :

— Bonjour, monsieur Lartéguy. Vous me comprenez ?

Camille baissa lentement la tête.

— Je vais vous faire quelques tests, si vous permettez. Est-ce que vous voyez ma main ?

Elle lui passa la main à côté de l'oreille droite, puis de la gauche, et lui fit le coup du nombre de doigts.

— Trois ? Quatre ? Faites non ou oui de la tête.

Le capitaine ne parlait pas ; il aurait pu, mais sa bouche était fatiguée. Ses lèvres collées par un flegme terrible. La jeune fille lui précisa :

— N'essayez pas de parler. Cela va venir tout seul, d'ici une heure ou deux. Vous étiez dans le coma, depuis trois jours. Vous êtes à l'hôpital du Val-de-Grâce. Vous avez été blessé, et vous avez été opéré. À présent, vous êtes en soins intensifs. Votre femme est là. Je vais vous laisser vous réveiller une petite heure et je reviendrai vous voir avec elle. D'accord ?

À nouveau le mouvement affirmatif du menton.

Pendant qu'elle lui prenait la tension, il sentait vaguement son bras se soulever. Il fit une sorte de scanner mental de son corps. Il n'éprouvait aucune douleur, ce qui l'inquiéta. Discrètement, il fit bouger ses doigts de pieds et de mains, cela allait, mais Dieu que les ordres mettaient du temps à parcourir son système nerveux ! Cela devait être normal, après un coma. Il repensa au mot qu'elle avait dit : « opération ». De quoi l'avait-on opéré ? Il voulut remuer les membres et perçut une gêne au niveau de son bras gauche et de sa cuisse. Mais il y avait autre chose.

La lumière douce de la chambre d'hôpital, l'odeur des tulipes sur la table, le silence aseptisé. Il fut pris d'un frisson. Il fallait qu'il se rappelle, pourtant quelque chose lui disait qu'il ne voulait pas. Qu'il allait retrouver une sensation, une douleur. Un traumatisme qui lui avait fait atrocement mal.

Il ferma les yeux. Et il les revit.

Les hommes dans la voiture. Celui qui s'énervait au téléphone, un visage en lame de couteau, des yeux noirs baignés de haine. La peur qui irradiait de sa compagne. Le chauffeur avait sorti l'arme de sous sa cuisse, un pistolet Makarov. Et sa propre main qui allait sur son étui de hanche. Au lieu de reculer, de se mettre à l'abri.

Cet énorme flash dans son œil gauche. Son tympan qui explosait, cette douleur, comme un coup de brique sur son front, paralysant la moitié de son visage. La peur avait pris son cœur dans ses doigts griffus pour serrer, serrer, l'empêcher de respirer, il était tombé en arrière, puis plus rien.

Une sorte de trou noir, mais il combattit. Il se força à rester conscient. Les coups de feu, des armes lourdes, et les cris. Il se réveilla complètement. La nuit au-dessus de lui était si belle, ses étoiles un peu plus étalées, irréelles, elles tanguaient. Il entendit sa sœur crier son nom : « Camille ! » Et ressentit un atroce déchirement dans le bras, puis comme un coup de poignard dans la cuisse. Il tenta de relever la tête, il ne pouvait pas. C'était trop dur de garder les yeux ouverts. Il pouvait à peine voir la station, là-bas, illuminée par les néons. Puis à nouveau le calme. Le silence. La voix de sa sœur. « Camille, Camille ! »

Elle allait s'occuper de lui.

Et là, le fait d'avoir Lise près de lui, ces voiles noirs qui tentaient d'effacer son regard… la peur revint. Une peur infantile et terrible. Mêlée au sentiment d'abandon et à l'incompréhension. La terreur ! Il se revit au fond de ce puits que sa sœur avait recouvert de planches. Dans le noir absolu, seul, les yeux braqués vers le haut. Il l'avait appelée, au début, de toutes ses forces, puis s'était souvenu des grosses pierres sur la margelle. À cette époque, Lise était si incontrôlable, si mauvaise, si… méchante. Il avait cessé ses cris pour se plaquer au mur moisi. Et trembler, trembler à claquer des dents et en avoir des crampes dans les bras et les jambes, jusqu'à ce que ses parents viennent le libérer.

Lise s'était fait hurler dessus, elle le regardait avec tant de regret, comme chaque fois, comme si une autre personne avait fait le mal. Et son père, comme chaque fois, était venu lui parler, le convaincre. Il s'agissait de sa sœur, de son sang. Elle souffrait et faisait souffrir. Il devait tenir, ne pas se laisser aller à la rancœur et à la haine. Il devait continuer de l'aimer.

Puis sa mère lui avait dit que Lise était un fléau, un monstre, et qu'elle désirait détruire la famille. Qu'il devait s'en méfier, la détester, la rejeter. Pire : la neutraliser et la détruire, pour se venger de tout le mal qu'elle faisait à sa famille, à lui et à sa mère.

Lorsque son père était mort, sa mère avait voulu à nouveau le convaincre, mais Camille avait une foi inexpugnable en ce que disait, en ce qu'était son père. Il avait tenu bon, pour se rendre compte, au final, que le paternel avait raison. Lise avait changé, elle ne faisait plus le mal volontairement.

Elle était là, au-dessus de lui, dans cette nuit qui devenait de plus en plus froide. Elle lui serrait la main. Les coups de feu cessèrent, il entendit des bruits de moteur et de pneus qui mordaient l'asphalte, et Lise enleva sa main de la sienne.

Son corps s'enfonça un peu plus dans l'herbe humide et chaude, un lit de sang qui l'aspirait. Son cœur se mit à battre de peur, de manière désordonnée, une sorte de yoyo à la ficelle emmêlée qui faisait partir en vrille la roulette. Il était dans ce puits, à nouveau dans ce putain de puits et, à tout moment, une des grosses pierres sur la margelle allait lui fracasser le crâne. Ce n'était pas possible, Lise n'allait pas partir ! Pas encore !

Il redressa la tête et la vit. Elle courait vers la station-service. Elle montait sur sa moto. Elle enfilait son casque.

Elle l'abandonnait.

Il faisait tellement froid. Camille tendit la main, et sa peur se mua en douleur, une douleur si forte qu'il crut qu'on l'avait frappé au cœur. Il allait couler pour de bon dans cette tombe de sang, pourtant son effarement avait jeté des crampons de chaque côté, il le maintenait. Il serra les dents, serra les yeux, ses larmes coulaient. Lise l'abandonnait, elle partait jouer les cow-boys, poursuivre les méchants, alors qu'il était en train de crever.

Seul.

Avec la mort au-dessus de lui.

Comme dans le puits.

Encore une fois, elle ne pensait qu'à elle.

Il l'aimait tant, si violemment… Et cet amour se retourna à la vitesse d'une voiture faisant des tonneaux sur la route. Cette douleur si forte qui frappait sa poitrine chassa le froid, lui donna envie de hurler. Il allait crever ! Et il désira à son tour frapper, cogner, faire mal. Après tout ce qu'il avait fait pour elle ! Tout ce qu'il avait accepté, enduré ! Elle se barrait sur sa moto de merde !

Elle disait qu'elle l'aimait, qu'elle regrettait, qu'elle avait changé, qu'elle voulait se rattraper…

Des mensonges.

Sans la douleur, il aurait pu en pleurer. Quelle déception pour lui, pour son père. Sa mère avait raison : Lise était mauvaise, méchante, c'était un fléau.

Cela fit comme une énorme vague, un hoquet qui secoua tout son corps, puis le rideau sur ses yeux tomba dans un vacarme brutal.

Il rouvrit les yeux en suffoquant, le corps poisseux de transpiration. Quel horrible cauchemar.

À présent, dans cette chambre d'hôpital, tout était calme et blanc. Il était seul, et en vie. Bel et bien en vie, la mort ne l'avait pas emporté dans son lit de sang. Pourtant, il avait encore ce goût amer sur la langue. Et ces frissons lorsqu'il pensait à sa sœur Lise.

Des frissons de haine.

Il se mit à y réfléchir. Longuement. Il avait tout le temps.

En fin d'après-midi, il pouvait parler mais avait du mal. Les mots sortaient comme des bulles de sa bouche. Certains éclataient, d'autres s'envolaient et on ne pouvait les saisir. La jeune médecin revint le voir. Elle lui parla de ses opérations, de ses blessures, et notamment de la plus grave, celle à la tête. On avait imbibé son corps de morphine, mais les doses allaient baisser graduellement, et la douleur apparaîtrait. Au niveau du cerveau, on ne savait pas trop. Elle lui signifia qu'une série de tests psychomoteurs seraient effectués le lendemain matin.

Louna lui rendit visite, seule, sans les enfants. Il la rassura un peu. Il l'aimait. Il ne lui restait plus qu'elle.

Les vraies visites commencèrent le lendemain après-midi, avec son accord, et parce que les tests s'étaient révélés positifs. Camille ne souffrait d'aucun trouble lié à sa blessure à la tête. Il pouvait parler normalement et mangeait même des haricots en souriant. Les collègues de Champigny vinrent lui rendre visite, accompagnés d'un officiel du ministère qui avait l'air d'être le puni de la classe mais tâcha de faire de son mieux. Et le commandant Laugier, du deuxième groupe du GIR, qui enquêtait sur l'« attaque ».

Le flic de Nanterre lui fit un bref résumé de ce qu'il s'était passé et des conclusions auxquelles ils étaient arrivés. Il insista sur le fait que Camille avait dû voir quelque chose d'important pour que ces hommes reviennent en arrière avec l'intention de l'achever. Ce qui l'amena à la nécessité d'une protection et à la présence des policiers devant sa porte.

Il l'informa ensuite des derniers résultats : la voiture retrouvée, la fille et le morceau de billet brûlé.

— Vos hommes vous ont entendu parler d'une « communauté » dans la radio, s'agissait-il de Russes ?

Dans son lit à demi relevé, Camille regardait fixement en direction de la fenêtre.

— Je suis désolé, commandant, j'essaye de me souvenir, mais à chaque fois que je revois le moment où la vitre du véhicule descend, je suis aveuglé par ce flash blanc et j'entends cette détonation.

— Comment ça ? Vous ne vous souvenez de rien ?

— Je me souviens parfaitement du début de l'opération de contrôle des véhicules, je vois l'Audi se garer, je me vois approcher, je vois la vitre se baisser et là… le noir complet. Jusqu'à ce que je me réveille dans cette chambre. Je pense que je souffre d'une amnésie post-traumatique. Vous imaginez ? On veut me tuer pour une chose dont je ne me souviens pas.

Pour avoir fréquenté et interrogé des victimes de violences ou d'attaques, Laugier et Camille connaissaient le symptôme : perte de mémoire post-traumatique. Le cerveau refusait de se souvenir de tout ce qui était lié à l'agression. En ce qui concernait Camille, il s'agissait des visages et des actions des agresseurs. Ce genre d'amnésie localisée était courant chez certains adultes ayant souffert de traumatismes sévères durant leur enfance : l'inconscient refusait de se rappeler certaines scènes, événements ou même personnes liées à l'enfance.

Les seuls remèdes résidaient dans la psychothérapie et le temps. Comme les croûtes d'une blessure, les traces profondes d'un traumatisme s'évacuaient lentement avec le temps ; la thérapie aidait à accélérer le phénomène, si le sujet était volontaire.

Laugier regarda longuement le capitaine Lartéguy. Il était déçu. Ses supérieurs attendaient tellement de son témoignage. Il secoua la tête.

— Ce n'est pas grave. Cela prendra un peu plus de temps, voilà tout. On va suivre la procédure habituelle, je vais vous montrer des photos et vous laisser les transcriptions à lire, et, si vous le permettez, je vais demander une prise en charge thérapeutique avec les services de la préfecture, on a de très bons psys…

— Je préférerais voir ça avec ma hiérarchie, si vous le permettez, vous aussi, le coupa Camille.

— Heu, oui, oui, bien sûr.

Laugier y pensa si fort que Camille dit à haute voix les mots à sa place :

— Et le plus tôt sera le mieux. Je sais, ne vous inquiétez pas. Je veux moi aussi retrouver ces hommes le plus vite possible. Mais je suis gendarme, je ne suis pas marié à la PJ, ma propre « famille » dispose de tous les moyens nécessaires.

— Et avant le coup de feu, avant que vous approchiez de la voiture, il y a peut-être des choses qui vous ont marqué ?

— Je vais essayer d'y réfléchir, mais à part ce que vous ont déjà dit mes collègues et ma sœur, je ne vois rien de plus. Je suis vraiment désolé.

— Non, non. C'est normal, vous venez à peine de vous réveiller. Mon assistant, le lieutenant Feunard, va vous montrer les photos sur le PC portable que nous avons apporté, cela risque de prendre du temps.

— Justement, je voulais vous demander de bien vouloir me laisser l'ordinateur. Je suis assez fatigué, et…

— Pas de problème. Feunard va vous connecter et vous montrer.

— Merci, commandant.

— Je vous laisse ma carte, et, de toute façon, je repasserai demain, on ne sait jamais.

— Je l'espère aussi.

Laugier le salua et quitta la chambre, alors que le lieutenant Feunard installait le PC sur la table de chevet tout en expliquant comment l'utiliser. Il était directement relié par Internet sécurisé aux principaux fichiers des personnes surveillées par les forces de police du territoire mais aussi par Europol et Interpol. Les dossiers étaient classés par nationalités. En premier apparaissaient les portraits photographiques et il suffisait de cliquer dessus pour accéder à la fiche d'identité.

Le flic du GIR afficha la page « Personnes fichées d'origines russe, géorgienne, ukrainienne, tchétchène et des Balkans opérant en territoire européen ».

Il devait y avoir deux mille photos, au bas mot. Heureusement, des sous-menus permettaient d'accéder aux pays concernés. Camille cliqua sur « France » – il ne restait plus que trois cents photos. Il remercia le lieutenant, lui disant qu'il regarderait plus tard et, montrant son portable posé sur la tablette, qu'il appellerait si jamais il découvrait quelque chose.

Deux minutes plus tard, il se retrouva seul. Il savait que Lise attendait dans la salle des visiteurs, mais il demanda à l'infirmière de la faire patienter encore un peu. Son excitation de gendarme venait de prendre le dessus. Il était curieux de connaître le nom de l'homme qui désirait si chèrement lui faire la peau.

Et il ne mit pas longtemps à le découvrir.

La trentième photo.

Camille ne s'était pas trompé lors de sa première impression, il s'agissait bien d'un ancien militaire.

Cyril Affanasiev, ex-général de l'armée russe qui opérait en Tchétchénie pendant les guerres de 1994 à 2001, jusqu'à ce que la Russie envahisse définitivement le pays. Il avait fourni des stocks entiers d'armes de ses propres troupes aux rebelles en échange de concessions sur les champs de pétrole et de gaz. Pétrole qu'il avait revendu à outrance aux pays lettons. Par la suite, à la nationalisation des concessions tchétchènes, il avait cédé ses parts à l'État russe contre une sorte d'amnistie de la part des autorités. Poutine était devenu son ami. Affanasiev avait su trahir ses relations tchétchènes au moment opportun et on ne comptait plus le nombre d'atrocités dont il s'était rendu coupable pendant le conflit. Le président lui avait proposé un poste à Grozny, mais l'ancien général avait préféré investir dans les mines de diamants en Oural, l'immobilier sur la Côte d'Azur et les trafics d'armes et de drogue à l'international. Cela faisait maintenant plus de dix ans qu'il vivait entre Moscou, la région parisienne et Antibes où il possédait une sorte de château sur la presqu'île.

La France et l'Europe l'avaient dans leur ligne de mire pour du blanchiment d'argent, et une bonne dizaine de personnes travaillant, ou ayant travaillé, au sein de ses entreprises avaient été mêlées à des histoires de meurtre – dans la peau de suspects ou de victimes.

« Un milliardaire russe, un trafiquant, pensa Camille. Seulement, quand on possède des hôtels particuliers à Neuilly on ne joue pas les gofast sur l'autoroute pour transporter de la drogue. Cet Affanasiev cache autre chose. Une chose qui devait se trouver dans la deuxième voiture, celle qui ne s'est pas arrêtée. »

Ses adresses et numéros de téléphone étaient indiqués en fin de dossier, ainsi que ceux de certains de ses collaborateurs et avocats. Camille enregistra toutes ces données dans son cerveau, puis il appela l'infirmière.

27

Lise croisa Laugier dans la salle d'attente, qui l'informa de l'état d'amnésie de Camille. Elle revit la scène, le coup de feu dans le visage de son frère, et eut envie de s'arracher la peau. Les salopards ! Ils couraient toujours. Heureusement, sa discussion avec Louna la remonta à bloc.

Sa belle-sœur rayonnait d'espoir – elle avait eu tellement peur de perdre Camille. Lise en éprouva presque de la jalousie. Elle salua son neveu, Paul – le prénom de son grand-père –, et remarqua que Jade n'était pas là.

Louna hocha la tête d'un air gêné.

— Je l'ai prévenue que son père allait mieux, elle… elle était contente. Mais, en ce moment, elle est un peu… comment dire ? pénible.

Lise se souvint de ce que lui avait dit son frère dans la station-service au bord de l'autoroute.

— Je sais. J'avais promis à Camille d'aller la voir, je vais l'appeler.

Et aussitôt elle eut envie de se mordre la langue, car elle avait failli ajouter : « Dès que j'aurai le temps. » Elle savait que ce ne serait pas possible. Pas tant que ceux qui en voulaient à son frère seraient dans la nature.

Louna la rassura :

— Ne t'inquiète pas. Je te donnerai son numéro. Mais c'est vrai qu'avec ce qui arrive à Camille, j'ai du mal à la gérer, et ça fuse un peu entre nous deux. Elle me fait des crises parce qu'elle ne supporte pas d'avoir un garde du corps qui la suit partout. Comme, en plus, elle était en conflit avec Camille, elle lui met tout sur le dos. Mais on est fautifs, nous aussi. Pour te dire la vérité, ça m'arrange, cette histoire de surveillance : elle avait tendance à rentrer de plus en plus tard sans qu'on sache où elle se trouvait. Et puis j'ai pris quinze jours de congé, on va pouvoir passer du temps ensemble.

Lise posa la main sur celle de sa belle-sœur.

— Je sais que tu es une mère parfaite, aimante... Et le docteur, alors ? Qu'est-ce qu'elle a dit ?

Le sourire revint éclairer leurs visages.

Louna lui fit part du compte rendu du médecin. Camille ne souffrirait d'aucune séquelle grave. Son tympan avait perdu trente pour cent de ses capacités et ses cheveux, à l'endroit de sa cicatrice, repousseraient certainement gris ou blanc, mais l'os de l'arcade avait été ressoudé avec des plaques de titane et l'œil n'était pas touché. Quant aux autres blessures, une immobilité totale pendant une quinzaine de jours suivie d'une lente rééducation, et il ne resterait que des balafres de flic à montrer à ses petits-enfants quand il serait vieux.

L'infirmière fit signe à Lise qu'elle pouvait aller voir Camille.

Son frère l'accueillit d'un franc sourire.

— Lise, mon Dieu, tu es passée entre les balles !

Elle le détailla. La moitié de sa poitrine et son épaule gauche étaient bandées, et des perfusions s'enfonçaient dans son autre bras qui reposait sur le drap. Elle ne voyait pas sa jambe blessée, mais tout le haut de sa tête était entouré de bande Velpeau, avec de grosses compresses rougies de Bétadine au-dessus de l'œil gauche. Le teint pâle, les joues creuses... Il avait morflé.

— Camille, ça me fait tellement plaisir de te voir en... forme.

Elle s'approcha du lit.

— Je vous ai fait peur, je sais. Je suis désolé. J'aurais dû me méfier plus que ça.

Il avait la voix pâteuse. « Morphine », pensa la lieutenante, mais elle se rassura. Les yeux de son frère pétillaient de malice, comme lorsqu'ils étaient gosses.

— Ne dis pas de bêtises, ça aurait pu être moi, ou un autre de tes hommes. Tu sais qu'ils ont vraiment essayé de te tuer ?

— Je sais, le commandant du GIR, Laugier, m'a tout expliqué. Et toi ? Est-ce que tu as vu quelque chose ?

— J'ai vu... j'ai vu qu'ils te tiraient dans le visage. Ensuite la voiture a fait une marche arrière et le chauffeur en est sorti pour t'achever... C'est un miracle qu'il t'ait raté. J'ai eu tellement peur.

— C'est fini, ils ne m'ont pas eu, et avec toutes les forces de police aux trousses, ils doivent avoir d'autres chats à fouetter.

Lise fronça les sourcils.

— Non, ils n'abandonneront pas. Quand ils sauront que tu es réveillé, ils feront tout pour t'empêcher de parler. Tu as vu... Enfin, non, tu ne t'en souviens plus, mais je t'assure qu'il s'agit de professionnels, pas de petits voyous en panique. Je suis certaine que tu as pu voir la tête de leur chef, et que celui-ci est fiché chez nous.

— J'ai commencé à regarder les photos, ça va sûrement me revenir. Tu sais combien il y en a ? Deux mille. Mais je ne lâcherai pas, on va les retrouver.

— *Je* vais les retrouver.

Une barre de contrariété plissa le front de Camille. Il se redressa pour se pencher vers elle.

— Lise, ne dis pas n'importe quoi. Tu me fais peur. Laisse faire nos services, tu les connais et…

— J'ai confiance en la PJ et dans les gendarmes, mais je connais aussi le système judiciaire. Les avocats qui savent faire libérer leur client en deux temps, trois mouvements. S'il s'agit bien de Russes, ils pourront s'expatrier et s'échapper, et tu resteras en danger.

— Mais enfin, tu n'as pas les prérogatives pour ça. L'enquête a été confiée au GIR. Tu vas encore risquer ta carrière ?

— Oui, mais cette fois, ça sera pour te protéger.

« C'est ça. En vérité, tu meurs d'envie de jouer les cow-boys, comme d'habitude », pensa Camille. Il lui fit signe de s'approcher, afin de parler à voix basse.

— Lise, tu as raison. Il ne faut pas que ces salauds s'en sortent. J'ai des gosses, et c'est pour eux que je m'inquiète. Je connais les méthodes de ce genre de gangsters, tu saisis ?

D'avoir ainsi le soutien de son frère gonfla Lise à bloc.

— Personne ne touchera à Jade et à Paul, je te le promets. Personne ! Je vais m'en occuper, les retrouver. Tu me connais…

Il posa sa main sur la sienne.

— Pour une fois, c'est moi qui vais te demander d'être… d'être toi.

Lise en eut les larmes aux yeux. Elle voulait lui dire merci, leurs doigts se serrèrent sur le drap marqué aux initiales du Val-de-Grâce.

— Tu peux me faire confiance, Camille.

Cela lui faisait bizarre dans le corps, de pouvoir laisser aller ses fantasmes, ainsi, devant quelqu'un de proche, d'avoir le goût du sang sur la langue, la sensation de la chair qui éclate, des os qui craquent sous ses poings, d'entendre les grognements, les gémissements, tout ce qui faisait battre son cœur plus lentement.

Camille se retint d'avoir un mouvement de recul. Il avait l'impression de serrer la patte d'un loup affamé. Ces flammes d'un bleu un peu plus foncé qui brûlaient dans les prunelles de Lise, il les avait déjà vues. Elles le fixaient, le dévoraient, tandis que la pointe d'une paire de ciseaux se précipitait vers son visage. Il se racla la gorge en se remettant droit sur ses oreillers.

— Lise, il y a autre chose. Quelque chose d'important.

— Dis-moi ? Quoi ?

Cette fois-ci, on aurait cru un jeune chien regardant son maître au moment où celui-ci était sur le point de lui jeter un bâton.

Elle voulait tant lui faire plaisir.

Sa déception fut terrible, comme si, au final, le bâton lui tombait à coups redoublés sur le dos.

— J'ai failli mourir, et cela m'a fait réfléchir. Si j'étais parti, tu te serais retrouvée sans personne. Bien sûr, il y a Louna et les enfants, ils sont ta famille, ils t'aiment et je sais que c'est réciproque. Mais je m'en serais voulu de te laisser seule, et surtout de laisser seule… notre mère.

Lise eut du mal à avaler sa salive.

— Et alors ?

— Il faut que vous vous réconciliiez.

— Tu dis ça comme si tu étais mort. Ce n'est pas le cas.

— Mais ça aurait pu arriver. Et après, c'est trop tard. Je vous connais, toutes les deux, bornées comme vous êtes. Je vais appeler maman et lui parler. Lui dire que tu as chan… que tu n'es plus comme elle le croit. Et toi, je veux que tu ailles la voir.

— C'est hors de question !

— Lise… Fais-le pour moi.

Elle soupira, on aurait dit un canot pneumatique qui se vide et qui coule.

— Si tu insistes…

— J'insiste. Et je ne te demande pas seulement d'essayer et de te sauver à la première contrariété. Non, je veux que tu fasses des efforts, que tu essayes de comprendre son point de vue, que tu l'écoutes. Et alors, peut-être qu'elle le fera à son tour.

— Tu veux que je m'excuse d'avoir causé la mort de papa ?

— Pourquoi pas ?

Il y eut un silence. Lise sentit ses pupilles lui brûler et les larmes lui montèrent aux yeux. Camille posa à nouveau une main sur la sienne.

— Tu sais que ce n'est pas ce que je pense. Mais si ça peut aider à vous réconcilier ? Tu n'as pas envie qu'elle redevienne celle que tu as connue quand tu étais petite ?

— Je n'ai jamais connu… cette mère-là. Je ne me souviens de rien.

— Raison de plus. Bon, allez, ce n'est pas grave. On en reparlera. Je te tiendrai au courant. D'accord ?

— Si tu veux.

Elle pensa : « Il veut que je me jette d'un pont ou quoi ? »

— En attendant, promets-moi encore une chose : pour l'enquête, tiens-moi au courant de tout, du moindre détail. Surtout de ce que tu feras, toi, même si… ce n'est pas très légal. Ça me soulagera, de savoir que tu fais quelque chose pour la sécurité de mes enfants.

Elle prit une grande inspiration et redressa les épaules en souriant.

— Ne t'inquiète pas, je te dirai tout..

— Merci, Lise, merci.

— Tu vas encore me faire pleurer.

— Il faut que tu me laisses, j'ai hâte d'étudier toutes ces photos. Mais j'ai beau chercher, essayer de revoir l'intérieur de cette putain de voiture, c'est le trou noir.

— Je comprends, c'est ce que je te disais à propos de maman, ça me fait pareil. J'ai beau essayer de me souvenir de ma petite enfance, rien, le black-out complet.

— Raison de plus pour aller la voir, répéta-t-il.

« Sauf que je ne sais pas si j'ai vraiment envie de me souvenir. »

28

Le ciel avait des teintes de serpillière humide alors qu'un petit vent empli de crachin tentait de s'insinuer dans sa nuque. Lise leva la visière de son casque intégral, passa la barrière et fit vrombir le moteur en prenant la descente menant à l'immense sous-sol de la préfecture de police. La KTM glissa en rugissant entre les véhicules floqués de bleu, blanc, rouge et marqués « Police nationale ». Son portable sonna alors qu'elle posait son engin sur béquille.

— Lise ? C'est Paulette. Qu'est-ce que tu fous ? On t'attend pour partir en mission.

— C'est bon, y a pas le feu, là.

— Si, y a le feu. Brigitte s'est fait larguer par sa copine et ça l'a pas rendue plus tendre. Elle dit que sa chatte est en jachère.

— Sa chatte est en jachère ? Merde. OK, je suis en bas, j'arrive.

Elle ouvrit délicatement la porte du bureau. Paulette était assise devant son écran, alors que Brigitte tournait en rond dans la pièce.

— Ah te voilà, toi ! Qu'est-ce que tu foutais ?

— Je ramassais les feuilles sur le Champ-de-Mars. Qu'est-ce qu'y a ? T'es énervée ?

Brigitte s'arrêta d'un coup de marcher, puis fondit en larmes. Lise la prit dans ses bras.

— Ça va aller, ma Gigi, ça va aller.

Elle jeta un coup d'œil à Paulette, qui la regardait avec désarroi. La petite grosse se lança quand même :

— Tu sais, à nous aussi, ça nous est arrivé de nous disputer, avec mon René. Tiens, l'autre fois dans la voiture, en allant à notre mobil-home de Crouston, il ne m'a pas parlé pendant trois heures. Tout ça parce que j'avais fait des sandwiches au pain de mie, et monsieur, lui, il veut de la vraie baguette. J'avais oublié d'en congeler. Je peux pas tout faire, aussi.

Brigitte, au milieu d'un torrent de larmes, essayait de sourire.

— C'est gentil, Paupiette, mais là, c'est plus qu'une dispute.

Lise la fit asseoir, récupéra une chaise et se planta face à elle.

— Raconte-moi. Ça allait pourtant bien avec Nathalie ? Y a pas deux mois vous parliez de vous faire le mariage gay.

— On s'est pris la tête sur la date. Elle voulait le faire cet été, mais moi j'ai pas de congés, je lui ai proposé novembre. Elle a pété un câble, et là, c'était parti. Elle a vidé son sac.

— Elle a vidé son sac ?

Lise jeta un regard vers Paulette qui faisait oui de la tête.

— Elle m'a dit qu'il y en avait que pour mon boulot, que je ne prenais pas soin d'elle, qu'on ne sortait plus, qu'elle... Qu'elle s'emmerdait avec moi.

Ce matin, je me suis levée, elle était plus là. Les placards, ses affaires, elle avait tout embarqué.

— Elle a besoin de prendre l'air, c'est normal.

Lise se tourna vers Paulette et ajouta :

— Pas vrai ?

— Heu… Je sais pas.

— Merci, Paupiette. Tu nous es d'un grand secours.

Brigitte éclata de rire en séchant ses larmes.

— Arrêtez les filles, vous êtes connes.

La capitaine se redressa, portant instinctivement la main sur la poche de son jean où se trouvait son portable. Mais elle se retint de le sortir.

Lise lut le trouble dans ses yeux.

— Elle répond pas à tes messages ?

Nouvelle bouffée de sanglots de la part de la grande blonde.

— Non.

— Il est à peine deux heures, laisse-lui le temps. Regarde Paupiette, l'autre fois, son René il lui a fait la gueule pendant trois heures, tu vois ?

Elles pouffèrent à nouveau. Brigitte se ressaisit :

— Bon, assez pleuré, on a du travail, les filles.

Lise lui lança un regard.

— T'as du nouveau ?

— Malheureusement, non. Rien, que dalle, on est toujours au point mort. Segura veut qu'on retourne secouer les petits gars de banlieue.

Elle s'interrompit d'un coup.

— Au fait, j'ai appris pour Camille, il s'est réveillé ?

— Oui, ça va beaucoup mieux.

— Je suis contente.

Le sourire de Brigitte était sincère ; Paulette enchaîna sur un sujet plus pragmatique :

— Il a pu dire quelque chose ? Reconnaître un suspect ?

— Rien, que dalle, comme dit Brigitte. Il a été trop choqué, le mec lui a quand même tiré en pleine face.

Devant l'air inquiet que ses propos avaient provoqués Lise s'empressa d'ajouter :

— Mais ça va, sinon, ça va, ils vont lui réparer tout ça. En revanche, les filles, les vadrouilles dans les cités, ce sera sans moi, j'en peux plus de tourner en rond. Je vais aller fouiner du côté de la Crime. Ils travaillent sur la fille morte, ils l'ont peut-être identifiée, je sais pas.

La chef de groupe se leva pour prendre son blouson, faisant signe à Paulette de la suivre.

— OK, chérie, fais comme tu le sens. Nous, on a rendez-vous avec la BAC de Melun, on leur a parlé d'armes qui circuleraient dans leurs cités. Allez, Paupiette, courage, cette fois je te laisserai mettre la musique dans la voiture.

— Génial, tu vas voir, Céline en concert, c'est divin.

— Ouaaaaaaais, super…

Les filles échangèrent des sourires avant de se quitter, et Lise grimpa directement au quatrième étage, le saint des saints, la brigade criminelle de la PJ de Paris.

29

Il était très difficile d'entrer à la criminelle, sorte d'élite de la PJ. Pendant un moment, Lise avait pensé y postuler, avant de se rétracter. Un collègue lui avait expliqué que quatre-vingt-dix pour cent des homicides étaient dus à des drames conjugaux, des bagarres de bandes, des histoires de jalousie ou des actes de barbarie incompréhensibles qui finissaient par la mort d'un homme ou d'une femme, et souvent d'un enfant. Lise avait déjà fort à faire avec ses démons, elle savait qu'elle ne supporterait pas de croiser son propre regard dans celui d'un de ces meurtriers.

Les couloirs étaient déserts, les portes ouvertes, les bureaux vides. Lise comprit pourquoi en arrivant au bout du service. Une vingtaine de personnes étaient en train de sortir d'une salle de réunion, alors que les autres flics de la Crime interrogeaient leurs collègues pour savoir ce qu'il s'était dit. Elle aperçut Laugier, une pile de dossiers empilés sous le bras, en train de discuter avec un jeune type en costard cravate qui ressemblait plus à un énarque qu'à un flic. Elle se dirigea droit sur eux, interrompit leur conversation :

— Bonjour, commandant, je ne savais pas qu'il y avait une réunion de service cet après-midi.

— Bonjour, Lise, des réunions, j'en fais quinze par jour, si ça t'intéresse, et rassure-toi, ce ne sont pas elles qui vont résoudre cette affaire. C'est le travail sur le terrain.

Il lui faisait comprendre que c'était à chacun son boulot et qu'elle ferait mieux de courir après les armes dans les cités plutôt que de traîner dans les couloirs. Mais il enchaîna aussitôt en matière d'excuse :

— Tu veux savoir si on a du nouveau ? J'étais en train d'en parler avec M. Manuel, il s'occupe des services techniques de coordination au ministère.

Le technocrate se fendit d'un sourire en tendant la main vers Lise.

— Jérôme Manuel, et vous, mademoiselle, vous devez être le lieutenant Lartéguy. J'ai lu votre rapport au sujet de l'agression sur l'autoroute et je comprends que vous vous sentiez impliquée dans cette affaire. Mais nous en sommes tous là, des gendarmes sont morts, ils étaient au service de l'État, nous faisons tout notre possible…

Elle le coupa, s'adressant directement à Laugier :

— Oui, j'aimerais bien savoir s'il y a du nouveau. Qu'a dit la Crime ?

— Du côté de la fille, rien, elle n'a pas été identifiée. On a une piste pour la voiture. Grâce à sa plaque interne on a retrouvé le vendeur, à Francfort, un garage d'occasion. L'acheteur a payé en cash en donnant une fausse identité. Je pars pour l'Allemagne ce soir, j'ai une commission rogatoire et les flics allemands sont décidés à nous aider.

Les yeux de Lise s'éclairèrent.

— On va peut-être savoir à qui appartenait le véhicule, alors ?

— Oui, on travaille, on avance… Bon, faut que j'y aille.

Lise recula en faisant un petit salut militaire.

— Commandant.

Cela fit sourire Laugier ; il lui rendit son salut et s'éloigna avec l'officiel collé à ses basques. Celui-ci ne disait plus un mot depuis que Lise lui avait coupé la parole.

Lise resta un moment à réfléchir au milieu du couloir, puis fit le tour des bureaux en regardant à l'intérieur. Lorsqu'elle trouva celui du groupe qui s'occupait de l'affaire, elle frappa doucement sur l'intérieur du panneau.

Face à la baie vitrée, quatre tables se partageaient l'espace, une seule était occupée. Un inspecteur tapait sur son ordinateur, tandis que son supérieur, penché au-dessus de lui, suivait son travail. Sur le mur derrière eux étaient punaisés des clichés de la jeune morte et du véhicule calciné, ainsi que des cartes et des photos aériennes de la région. Le capitaine Delrieux leva les yeux vers Lise, grimaça, grommela un : « Putain, ils ont pas fini de me faire chier ! », puis replongea le nez sur l'écran de son collègue.

Lise ne le connaissait pas personnellement. Il avait la réputation d'avoir mauvais caractère et de râler en permanence auprès de la direction afin d'obtenir ce qu'il réclamait. Il gueulait aussi contre ses hommes, preuve qu'il se donnait à fond dans ses enquêtes.

Elle se rapprocha du tableau en silence pour examiner les photos. Le vieux flic ronchonna :

— Putain, ça donnera rien. De toute façon, j'ai personne pour aller enquêter.

— Si je peux aider ?

Delrieux se redressa pour dévisager Lise.

— La fameuse synergie entre les services. Le rêve de la direction générale pour faire des économies ! La BRB donne des hommes à la Crime, les stups en donnent à la BRI, et pourquoi le mec qui nettoie les chiottes, il irait pas préparer nos repas à la cantine, tant qu'on y est ? Non, merci, Lartéguy. Si tu veux aider, va voir ta lesbienne de chef, elle a sûrement du boulot pour toi.

— Je vois que t'es de bonne humeur ! Vous avez quoi ?

— De quoi je me mêle ?

Elle durcit son regard, juste un instant. Delrieux décida de lâcher prise.

— Rien. Tu peux regarder. J'ai de la paperasse à remplir.

Il se dirigea vers un bureau et se colla sur sa chaise pour commencer à taper sur son clavier.

L'inspecteur se retourna pour lui serrer la main.

— Lieutenant Janvier, heureux de faire ta connaissance. Fais pas attention au chef. Tu veux t'asseoir ?

— Non, ça ira. Tu bosses sur quoi ?

— Les meurtres non résolus, les similitudes… On a peut-être un truc intéressant.

Le dossier d'une enquête défilait sur l'écran. Datant de l'année précédente, à quelques mois près.

— C'est quoi ?

— Une fille retrouvée morte, égorgée, son visage couvert de sang. Marlène Weber, seize ans, interne à Orléans. L'établissement avait déclaré sa disparition le matin même. Les gendarmes l'ont retrouvée le soir dans un bois. Le rapport dit qu'elle avait les pieds et mains liés et qu'on lui a tranché la gorge avec une telle force que les os de la colonne vertébrale ont été entaillés par la lame du couteau.

— Le visage couvert de sang ?

— Oui, a priori, elle était attachée à un arbre par les pieds, la tête vers le bas, au moment où on lui a ouvert le cou.

— Est-ce qu'ils auraient récupéré le sang ?

— Ils ?

— Je veux dire, s'il s'agissait des mêmes personnes que l'on cherche.

Le lieutenant Janvier hocha la tête.

— Le rapport médical ne le dit pas. Mais je vais leur demander de me faxer le dossier. On a au moins vingt cas de jeunes filles assassinées ou portées disparues sur ces trois dernières années dans des conditions qui pourraient avoir des similitudes avec la nôtre. À Épinal, Maubeuge, Perpignan, Valrois, Belfort, et j'en passe. La moitié de l'équipe est en déplacement, à la recherche du petit truc qui ferait la différence. Là, nous parlons d'une fille égorgée, pas d'un cadavre tué par balles avec des traces de transfusion.

— On en a, des filles qui auraient été…

— Vidées de leur sang ? Quelques-unes, comme celle-ci, mais aucune avec des traces de piqûre dans les bras. Tu peux regarder si tu veux, j'ai une flopée de rapports sur lesquels on travaille, ils sont sur la table, là. Et encore, ce ne sont que les affaires répertoriées en France. J'ai vingt kilo-octets de comptes rendus qu'Interpol nous a envoyés : des cas similaires et non élucidés qui concernent toute l'Europe.

Il lui désigna une petite tablette où s'empilaient des dossiers.

Lise alla chercher une chaise à roulettes contre le grand mur où se trouvaient les clichés. Une photo par satellite de la zone où avait été retrouvée l'Audi attira son attention. Elle revint s'installer devant la pile de dossier.

— Tu as parlé de Valrois, c'est dans la zone où l'Audi a brûlé. C'est quoi, l'histoire ?

— C'était à dix kilomètres, un squelette retrouvé dans les bois il y a huit mois. Inexploitable, laisse tomber.

— Je peux quand même jeter un œil au dossier ?

Janvier la regarda de travers et Lise comprit qu'elle était allée trop loin. Elle s'empressa de préciser :

— Hé, je ne dis pas que vous faites mal votre boulot ! Je veux juste savoir comment ça fonctionne à la Crime, et ce qui fait qu'un dossier est classé et un autre examiné avec plus d'intérêt.

L'inspecteur soupira, mais se pencha pour farfouiller dans la pile. Il lui tendit le rapport avant de reporter son attention sur son écran.

Lise commença à sortir les photos du dossier. Des feuilles mortes, des arbres. Elle situa le lieu à environ douze kilomètres du coin où l'Audi avait été incendiée et la fille tuée. Mais il s'agissait d'une autre forêt, séparée de la première par tout un tas de routes et de hameaux.

Les clichés montraient des os déterrés, un crâne, puis un squelette reconstitué sur une table d'autopsie. Elle regarda Janvier et lui lança en forme d'excuse :

— Une jeune fille, d'après le légiste, dix-sept, dix-huit ans…

Le lieutenant afficha un air narquois en faisant rouler sa chaise jusqu'à elle.

— Oui, le squelette d'une jeune fille retrouvé par des ramasseurs de champignons. Le corps devait être là depuis à peu près douze mois, il ne restait que des os. En fait, elle n'avait pas été enterrée. D'après la disposition des ossements, il semblerait qu'elle se soit blottie dans un trou pour se recouvrir de branches et de terre. Impossible de déterminer s'il s'agit d'un crime : il n'y a pas de trace de coups sur les os, ni d'entailles, mais elle était blessée, regarde sur la reconstitution du squelette. Elle a la cheville cassée, fracture ouverte, hémorragie, sans aucun doute.

— Elle se cachait, elle fuyait. Elle a dû se blesser en fuyant.

— Oui, ou bien elle avait fugué et décidé de vivre dans les bois. Elle s'est fracturé la jambe et est morte en perdant son sang dans un trou perdu.

— Vivre dans les bois ?

— Je plaisante.

— On l'a identifiée ?

— Oui et non… Elle pourrait correspondre à une trentaine de jeunes filles disparues les années précédentes dans la région. Il y avait des restes de cheveux bruns. Les gendarmes ont fait quelques comparaisons d'ADN, ça n'a rien donné.

— Elle portait des bijoux, des vêtements ?

— Bonne question. On n'a rien retrouvé, elle semblait être nue, pas de chaussures, rien. Seulement une sorte de fine bande en fibre de coton. Un peu comme celles qui ourlent les blouses d'hôpital qu'on donne aux patients, malheureusement elles sont fabriquées dans une sorte de papier mâché biodégradable, donc c'est une supposition, pas un fait.

— On peut « supposer » qu'elle se serait enfuie d'un hôpital ou d'une clinique. Peut-être même qu'elle y était à cause de sa fracture à la jambe ?

— Il y a eu des recherches dans ce sens. Regarde, la gendarmerie les a tous contactés. Et je sais ce que tu vas me dire : il y a une route à deux kilomètres, elle aurait pu s'enfuir d'une ambulance. Toutes les compagnies de la région ont été appelées, aucune déclaration ne va dans ce sens… Un sacré mystère, pas vrai ? Mais rien qui corresponde avec notre affaire.

— Au moins deux éléments : la proximité avec le lieu où on a découvert l'autre fille, et la similitude des victimes.

— Deux filles jeunes retrouvées à dix kilomètres l'une de l'autre. D'accord. Sauf que pour lancer des recherches sur un dossier, il nous faut au moins trois faits semblables. A-t-elle été vidée de son sang, et même assassinée ? Était-elle vierge ? Et surtout…

Lise afficha un grand sourire.

— Et si on ajoute la blouse d'hôpital ? Les transfusions sanguines sur notre victime correspondent à un acte médical, pas vrai ? Ça fait quand même pas mal de coïncidences, enfin, je veux dire, de similitudes.

— Et merde…

À l'autre bout de la pièce, le chef de groupe releva la tête de son clavier pour lancer :

— Prends-en de la graine, Janvier, ça, c'est du flic comme je les aime.

Le lieutenant ne se démonta pas.

— C'est l'avantage d'avoir un œil extérieur, chef. J'ai la tête dans le four depuis deux jours.

Delrieux s'était levé de son bureau, il se marrait. Il ramassa le dossier et se planta devant Lise.

— Tu le veux, ce dossier ?

— Je suis censée faire quoi ?

— À la Crime, on marche à l'instinct et à la collecte d'informations : petit bout de papier, poussière, un mec qui aurait vu passer une voiture ou entendu un bruit… On cherche le fil qui va nous mener du cadavre au meurtrier. Mais surtout il faut qu'on sente qu'il y a quelque chose. Est-ce que tu sens quelque chose, Lartéguy ?

— Euh… Peut-être, oui.

— Moi, je sens quelque chose. La plupart du temps, ça ne mène à rien, mais au moins on aura essayé et effacé une piste. C'est important. Ça nous permet d'avancer. Dans ce genre d'enquête, tout est bon à prendre. Alors ?

Lise se saisit du dossier.

— Je vais aller jeter un coup d'œil sur place, pour commencer, je ne vois pas quoi faire d'autre.

— C'est un bon début. Tu me fais un quatre pages pour ce soir. Ce dossier, faut qu'on sache ce qu'il devient, compris ?

« Quel emmerdeur. »

— Compris, chef.

30

L'après-midi était bien avancé, Lise s'était mise en pleins phares à cause de la brume persistante. Elle avait roulé sans musique, concentrée sur la vitesse, avec, dans la tête, les images de ces filles égorgées et de ces squelettes planant comme les volutes de brouillard que sa moto déchirait. La route était déserte, grise et mouillée comme le ciel, elle repéra le hameau indiqué sur sa carte et ralentit pour prendre un sentier à la lisière du bois. Les mottes de terre giclèrent. L'humidité transformait le chemin en rivière de boue et plus encore à l'intérieur de la forêt, le brouillard s'effilochait, laissant une lumière blanche s'évaser entre les arbres.

Elle coupa le contact. Le silence était à la mesure des lieux : morne et puissant. Seuls les cris des corneilles perçaient, comme des avertissements. Elle déplia sa carte et régla le GPS de son téléphone ; c'était le bon endroit. Elle accrocha son casque au guidon puis s'enfonça dans la forêt.

Le dossier roulé dans la poche arrière de son jean, Lise repensait aux photos tout en creusant la terre flasque de ses bottes. La lumière était différente, les ossements avaient été découverts au début du printemps. Des ramasseurs de champignons. Elle soupira en songeant que le coin ne devait pas être terrible lorsque la pluie se mettait à tomber. Qu'est-ce que cette jeune fille pouvait bien y faire ?

Son GPS lui indiqua qu'elle se trouvait à présent à la transversale du lieu où reposait le squelette. Elle quitta le chemin et marcha entre les branches griffues. Il y avait peu de grands arbres, plutôt une multitude de petits troncs pas plus gros qu'un bras, dont les branches formaient comme des toiles d'araignée sur son passage. De loin elle repéra un gros rocher recouvert de mousse et s'approcha : c'était là que la fille s'était blottie. Pour se protéger ? Se cacher ?

Lise secoua la tête en pensant : une personne qui avait fugué, qui voulait vivre dans les bois ? N'importe quoi !

Comment s'était-elle cassé la cheville ? En trébuchant dans un trou ?

Lise redéploya la carte, l'étudia quelques secondes et se remit en marche. Elle savait qu'elle s'éloignait de la moto, mais il fallait qu'elle se rende compte. Au bout de vingt minutes elle aperçut enfin une masse grise tachée d'humidité qui barrait l'horizon. Elle s'approcha d'un long mur qui semblait ne jamais s'arrêter. Il devait mesurer trois mètres de hauteur et sa construction évoquait ces enceintes de château ou de domaine que l'on trouvait dans ces régions de chasse.

Un frisson la parcourut lorsqu'elle observa le faîte de la muraille. On y avait cimenté des tessons de verre, et le travail était récent. Pas plus d'une année, estima-t-elle.

La droite, la gauche ? Lise hésita et décida de longer le mur dans la direction de la route, qui devait se trouver à deux ou trois kilomètres.

Ses yeux allaient du haut de l'enceinte à ses pieds, à la recherche d'un indice. Elle remarqua quelques branches cassées, des traces de bottes, de pattes de chien. Des chasseurs ? Enfin, elle atteignit un angle, mais de l'autre côté le mur continuait vers une sorte d'infini. La propriété devait être immense.

Quelque chose dépassait de l'enceinte, une vingtaine de mètres plus loin. Un rouleau de fil barbelé en acier brillant était étalé sur son arête. En se reculant, Lise put apercevoir une cheminée dépasser derrière. Il y avait une petite maison collée au mur à cet endroit, et son toit était à la même hauteur. Un toit qui devait être accessible par l'intérieur. Les barbelés n'étaient pas là pour contrer une tentative d'intrusion, au contraire, ils servaient à empêcher de s'échapper en grimpant sur les tuiles puis en sautant par-dessus le mur. Si on en avait le temps, et qu'il faisait jour, et qu'on était muni de chaussures et de vêtements chauds.

Les barbelés étaient flambant neufs, ils n'existaient pas quelques mois auparavant. Elle se mit à fouiller le sol au pied du mur : c'était là que la jeune fille avait sauté et qu'elle s'était brisé la cheville. Lise était prête à le jurer. Il devait pleuvoir, ses poursuivants avaient tenté de la rattraper, et ils avaient dû croire qu'elle avait réussi à s'échapper. Puis ils avaient fait installer ces fils barbelés. Pourquoi ? Pour que cela ne se reproduise pas ?

L'esprit bouillonnant, à moins que cela soit l'instinct, comme disait Delrieux, Lise sortit à nouveau la carte. Une petite route menait à l'entrée de la propriété, de l'autre côté, à plus de quatre kilomètres de distance.

31

Trente minutes plus tard, sa KTM s'arrêtait devant le portail de fer truffé de caméras. Le nom indiqué sur l'interphone était celui d'une société, S. A. Numilex. Lise regarda à travers les fentes et ne vit que des arbres et de la verdure. L'habitation devait se trouver beaucoup plus loin. Elle décida d'attendre un peu et alla se garer derrière un arrêt d'autocar en béton situé une trentaine de mètres plus loin.

La brume se transforma en une bruine dense alors que la nuit commençait à obscurcir le ciel et la forêt alentour. Une ambiance cafardeuse à souhait. « Le domaine doit être inhabité en cette période de l'année », pensa Lise.

Elle sortit son téléphone pour appeler Paupiette – si elle était encore au bureau, elle pourrait faire des recherches sur Numilex. Elle le remit aussitôt dans sa poche : le portail de la propriété était en train de s'ouvrir.

Une Ford Mustang rouge pointait le nez pour s'engager sur la route. La voiture accéléra en passant devant l'abribus. Lise eut le temps d'apercevoir les cheveux clairs d'un moustachu d'une trentaine d'années au volant de la GT. Elle enfourcha sa bécane, enfila son casque et fit claquer le kick dans une explosion rauque. La roue arrière dévissa dans le démarrage alors que la moto fusait. La Mustang prit de la vitesse ; pas de problème, Lise tordit la manette des gaz, veillant à garder sa distance – elle voulait juste le suivre.

Alors qu'elle s'éloignait sous la pluie, le portail s'ouvrit à nouveau. Deux grosses Audi noire de type 4 × 4 quittèrent la propriété pour partir dans la direction opposée.

La Mustang rejoignit la porte de Montreuil pour entrer dans Paris et prendre les boulevards. Il devait être dix-huit heures et il pleuvait à verse. Lise restait concentrée sur les feux arrière de l'américaine que les filets d'eau floutaient. Elle la vit remonter vers le 17e et eut soudain un doute. Le moustachu n'allait tout de même pas la ramener au Bastion ? Puis la voiture rejoignit la porte de Clichy pour se garer devant un bar de quartier. Le moustachu descendit de la GT, il portait un costume sur mesure ainsi qu'un gros sac de cuir noir à la main. À travers la vitre, Lise le vit passer derrière le comptoir et embrasser le barman avant de disparaître derrière un rideau. Inutile d'être Einstein pour deviner qu'il s'agissait de Corses : le bar s'appelait La Belle de Calvi, et Lise avait beau ne pas avoir de préjugés, ces gars-là sentaient les gangsters à plein nez. Elle avait ce qu'elle voulait, elle refit hurler son moteur en prenant la direction du Bastion.

32

Paulette mettait un point d'honneur à taper ses rapports tous les jours avant de rentrer chez elle. Un fusil Remington était posé devant elle de l'autre côté de son ordinateur : la journée n'avait pas été vaine. Ce n'était pas le genre de flingue qu'elles recherchaient, mais cela faisait quand même du bien d'avoir des saisies et des interpellations, Segura allait être content. Elle leva la tête en voyant entrer Lise, son cuir dégoulinant de flotte et puant le chien mouillé.

Sa collègue se débarrassa de son blouson en le jetant sur un vieux canapé en tissu qu'elles avaient récupéré sur un trottoir un soir de cuite, et chercha Brigitte des yeux.

— Elle est déjà rentrée chez elle, Gigi ?

— Non, elle est allée voir Segura pour lui faire un compte rendu. On a saisi un Remington à Melun.

— Vous avez mis le gars en garde à vue ?

Paulette comprit où voulait en venir sa collègue et poussa un soupir.

— Ça n'a rien à voir avec notre enquête. Il s'agit d'un raciste parano qui voulait soi-disant se protéger de la racaille. Il est parti directement au dépôt, et on va refiler l'affaire à l'OCRB pour pouvoir continuer à bosser avec le GIR. Et toi, t'as pu glaner quelque chose ?

Brigitte poussa la porte du bureau à ce moment-là. Les yeux rivés sur le cadran de son portable, elle tirait une gueule de vingt pieds de long. Lise comprit tout de suite ce qu'il se passait : toujours pas de nouvelles de Nathalie. Il fallait faire diversion.

— Brigitte, tu tombes bien, j'ai peut-être du nouveau.

— Putain, Lise, on dirait que tu sors d'une machine à laver ! T'as vu l'heure qu'il est ?

On ne savait pas si elle le disait avec reproche ou avec humour. Les filles restèrent un instant silencieuses. Le vent envoyait la pluie fouetter les grandes vitres du bureau, la nuit était tombée, dix-neuf heures approchaient et aucune n'était de permanence. Elles auraient dû rentrer chez elles. Brigitte allait se retrouver seule. Paulette posa la première question :

— Vas-y, déballe, qu'est-ce que t'as ?

Lartéguy sortit le dossier qu'elle avait glissé sous son pull. Il était un peu chiffonné, mais elle en tira la carte et l'étala sur un coin du bureau.

— Ça concerne la fille tuée et vidée de son sang. Les gars de la Crime font des recoupements. Les ossements d'une jeune fille ont été retrouvés dans cette forêt il y a moins d'un an, à dix kilomètres de l'endroit où l'Audi a été incendiée. Je sais, c'est super léger de relier les deux affaires, mais d'après le rapport les deux filles avaient à peu près le même âge. Je suis allée voir. En reconstituant le corps avec les ossements, les gars de la légale ont vu qu'elle s'était brisé la cheville, je pense qu'elle devait s'enfuir et que…

Brigitte l'interrompit en faisant de gros yeux.

— Attends, attends, attends ! On n'a retrouvé que des os. On sait de quoi elle est morte ?

— Non, on ne sait pas.

— Il n'y a pas de traces de violence, rien ?

— Elle était pratiquement nue, blottie sous un rocher. Elle a dû mourir de sa blessure à la jambe, ou de froid…

— Ou bien dévorée par des loups. Et toi, tu penses qu'il y aurait un rapport avec la fusillade sur l'autoroute ?

La capitaine chercha les yeux de Paulette. Ils émettaient un scepticisme au moins équivalent au sien. Lise elle-même se demandait ce qu'il lui avait pris, mais Brigitte avait de l'expérience.

— Tu marches à l'instinct, c'est ça ? Ce vieux bouc de Delrieux t'a bourré le crâne et t'a envoyée enquêter à la place de ses hommes. Je le connais, il n'aime pas laisser une piste, même fantaisiste, inexploitée, c'est sa méthode. C'est quoi, ta théorie ?

Lise posa un doigt sur la carte.

— J'ai repéré une propriété à moins de deux kilomètres. Un mur de trois mètres de haut en fait le tour. Et il y a un endroit où la jeune fille aurait pu sauter par-dessus pour s'enfuir.

Paulette eut une illumination :

— Et c'est comme ça qu'elle se serait cassé la cheville !

Leur chef doucha son enthousiasme :

— Quel rapport avec notre morte et pourquoi cette fille se serait enfuie ?

— Elle était nue, mais on a retrouvé des fibres de coton qui pourraient provenir d'une blouse d'hôpital, celle qu'on donne aux patients. Notre fille a été transfusée, il s'agit d'un acte médical, enfin… Bon, je te l'ai dit, c'est léger, mais je suis allée voir et j'ai un peu espionné.

— Et alors ?

— Une Mustang est sortie de la propriété, le gars au volant avait tout du truand. Je l'ai suivi jusqu'à un bar à Paris. Je veux juste qu'on fasse quelques recherches, au cas où. Je l'ai promis à Delrieux.

Brigitte soupira.

— Tu as trop bon cœur, ma petite Lise. Quoique… ça peut toujours servir d'avoir un chef de la Crime dans la poche. Alors, on commence par quoi ?

Lise se tourna vers Paulette.

— J'ai le numéro de la Mustang.

— Je m'en doutais, je suis déjà connectée au service des cartes grises.

Lise et Brigitte vinrent se coller derrière leur collègue.

Le nom du propriétaire de la Mustang était Stéphane Paoli. À présent, Paulette faisait des recherches dans les fichiers de la police nationale pour voir s'ils avaient quelque chose sur lui.

— Je l'ai ! Stéphane Paoli, trente ans, deux frères et une sœur. Il est fiché pour quelques actes de violence et un incendie criminel, entre ses dix-huit et ses vingt-deux ans, en Corse. J'ai aussi une procédure classée sans suite alors qu'il s'était fait arrêter dans une voiture volée après le cambriolage d'une villa de Porto-Vecchio. Le propriétaire aurait retiré sa plainte, prétendant qu'il avait oublié avoir prêté sa voiture au jeune et l'avait déclarée volée par erreur. Il a d'ailleurs été poursuivi pour fausse déclaration. Après, plus rien jusqu'à il y a deux ans. La cellule Tracsin s'est intéressée à son train de vie. Voitures de luxe, appartement dans le 16e arrondissement, achats de bars et de restaurants. Il l'a justifié grâce à ce que lui rapportait un camping dont un ami lui aurait fait donation du côté de Calvi. Peu de temps après, cet ami est décédé d'un accident de chasse en Balagne. Je vois qu'on n'a jamais retrouvé le tireur qui avait causé l'« accident ». Le jour où les flics de la cellule financière sont allés l'interroger, un des officiers a remarqué qu'il portait une arme. Il avait un permis de club de sport et était donc en infraction. Non seulement le pistolet aurait dû rester chez lui, mais en plus il ne s'agissait pas du modèle et de la marque déclarés. Ils ont réussi à avoir une perquisition de son domicile et sont tombés sur d'autres armes, ainsi que sur une demi-douzaine de clés de véhicules de luxe. Les voitures devaient être dans un garage, on ne les a jamais retrouvées. Il avait du sursis qui traînait de ses histoires en Corse, il a pris six mois ferme. Il est sorti l'année dernière. Et depuis, plus rien.

— Regarde la liste des établissements qu'il possède, s'il te plaît. Le bar où je l'ai vu entrer s'appelle La Belle de Calvi.

— Il y est, rue Pouchairet, dans le 17e, en son nom propre. Il est aussi associé à des restaurants et une boîte de nuit en Corse, plus le camping de son ami le chasseur.

— Il n'a pas des parts dans une entreprise qui s'appellerait Numilex ?

— Numilex ? Non, c'est quoi ?

— C'est le nom qu'il y avait sur l'interphone du domaine en question.

— Je vais faire une recherche sur Internet. Numilex, Numilex… Ah, voilà, c'est une régie immobilière, elle possède une douzaine de propriétés : immeuble à New York, villa à Antibes, même une île en Grèce. Attends… Oui, c'est ça, le domaine de La Treille, à Valrois, en fait partie, c'est là où tu étais. Numilex appartient à Ouzkal Investissement qui possède aussi des parts dans des gisements de pétrole en Sibérie et une mine de diamants dans l'Oural. J'ai le nom du propriétaire d'Ouzkal Investissement : Cyril Affanasiev.

— Fais voir.

Lartéguy se pencha pour étudier la photo d'un quinquagénaire en smoking aux bras d'une poupée russe. Il avait les cheveux grisonnants courts, le visage taillé au burin, le regard dur, malgré la fine grimace sur ses lèvres qui tentaient d'imiter un sourire. Lise reconnaissait quelque chose dans ce regard… Affanasiev avait beau apparaître à la soirée annuelle de la Croix-Rouge monégasque, dans une atmosphère d'argent et de luxe apprivoisé, il respirait la violence et la mort.

— Retourne sur les fichiers de la PJ et rentre son nom.

Paulette jeta un coup d'œil rapide sur sa collègue, dont la voix était devenue sèche, puis elle s'activa sur son clavier.

— Cyril Affanasiev, citoyen russe né à Kachinsky le 6 août 1960, à une trentaine de kilomètres de Moscou. À seize ans il obtient un diplôme d'économie qui équivaut à notre bac et entre à l'École des officiers de Saint-Pétersbourg. Il a passé les deux tiers de sa vie dans l'armée, pour finir colonel. Afghanistan et Tchétchénie, où il est soupçonné d'avoir participé à des crimes de guerre et à des trafics d'armes. Comme beaucoup, la perestroïka l'aura enrichi, et pas qu'un peu. Il a commencé dans le pétrole puis a fondé Ouzkal et Numilex. Il possède des maisons dans le monde entier, et pas des petites. Un manoir à Bilouk, en Tchétchénie, un immense domaine à Tchernaïa, en Crimée. La villa d'Antibes et le domaine de Valrois apparaissent comme ses résidences. Il y a un rapport de la cellule financière pour du blanchiment d'argent, il semblerait que sa mine de diamants n'ait jamais produit la moindre pierre, pourtant elle rapporte de l'argent. Et aussi des demandes de procédures de l'Office central de lutte contre le crime organisé – il y aurait eu des morts suspectes dans son entourage. Affanasiev est soupçonné d'investir dans des trafics d'armes et de drogue à grande échelle, mais bon, le gars a réussi à avoir un visa diplomatique en tant que conseiller à la présidence russe. C'est du lourd, finit par conclure la policière.

Brigitte échangea un regard sceptique avec Lise, mais celle-ci semblait toujours aussi déterminée à suivre sa piste. Elle demanda :

— Est-ce qu'on a des cartes grises à son nom ?

— Rien à son nom, en revanche Numilex possède une trentaine de voitures immatriculées en France, il y a des Audi RS… Six véhicules.

Lise bondit sur place.

— Il faut demander à les voir.

Sa supérieure tempéra son enthousiasme :

— Des voitures comme celles-ci, il s'en vend des milliers chaque mois, et puis tu te doutes bien, dans le cas où on imaginerait que ce soit eux, qu'ils ont dû faire ce qu'il fallait pour les remplacer. Ce gars est milliardaire, et diplomate par-dessus le marché, tu n'obtiendras jamais le moindre mandat contre lui. Non, si tu veux continuer sur cette piste, il vaut mieux s'intéresser à l'autre, le Corse, là, Paoli. Quel rapport peut-il y avoir entre un petit voyou parisien et un oligarque russe ?

Paulette fut encore plus pragmatique :

— Entre un petit voyou, un milliardaire et des jeunes filles retenues contre leur gré et assassinées…

Il y avait de quoi décourager le plus chevronné des enquêteurs, mais pas Lise Lartéguy. Elle avait encore envie de secouer le bout de piste qu'elle tenait entre les dents. Elle se pencha sur sa collègue, envoyant son souffle faire voler les mèches brunes dans son cou. Paulette frissonna en poussant un petit rire.

— Tu me chatouilles ! Qu'est-ce que tu veux ?

— Attends, laisse-moi voir quelque chose.

Lartéguy posa ses mains sur le clavier et alla chercher la petite icône du fichier SALVAC, le logiciel de recoupement d'affaires de la PJ. Un rectangle s'afficha au milieu de l'écran. Elle se tourna vers sa supérieure.

— Brigitte, le code.

— On n'a pas le droit, il nous faut une réquisition du juge ou alors être officiellement sur l'affaire.

— Tu as raison, mais ça, c'est dans le cas où les données utilisées nous serviraient à avancer sur une enquête et qu'il faudrait le justifier. Alors que nous, on veut juste se renseigner. Je veux voir si on peut choper quelques biscuits sur ce Paoli. C'est le seul moyen d'aller au bout de cette piste, tu l'as dit toi-même. Allez, sois sympa, après je vous fous la paix.

Brigitte leva les yeux au ciel en soupirant, mais finit par abdiquer.

Elle tapa le code. Lise reprit le clavier en main. Elle entra le nom du bar de Paoli, La Belle de Calvi. Le logiciel rechercha tous les rapports, procédures et comptes rendus dans lesquels ces mots-clés apparaissaient.

— Son bar revient dans trois affaires, toutes liées à du gros gibier. Là, dans le cadre d'une action du GIR de Créteil sur une procédure d'enlèvement, on y a suivi un des membres du gang des motards, c'était l'année dernière. Ici, ce sont deux gars de la bande des Manouches d'Ivry qui s'y sont retrouvés, une équipe de Nanterre enquêtait sur la mort d'un gitan de Bondy. Et là, il y a six mois, un mec a été tabassé à quinze mètres du bar, aucun des clients n'a rien vu.

Brigitte avait enfilé ses lunettes.

— C'est l'équipe de Nanterre qui a enquêté le plus, ils citent même le nom de Stéphane Paoli.

Paulette releva la tête.

— Il nous faudrait les procès-verbaux.

Cela commençait à ressembler de plus en plus à une enquête, et de moins en moins à une recherche de renseignements.

— Pas la peine, répliqua Lartéguy, il y a le nom du chef de groupe qui était sur l'affaire, et je connais un de ces gars.

Brigitte lui décocha un regard ironique.

— Aaaaaah, comme ça, tu connais un des membres de la « Super Crime » à la DC !

Les services de la Direction centrale de la police judicaire, DCPJ.

Lise était en train de sortir son portable, elle piqua un fard.

— C'est pas ce que tu crois, enfin… Si, mais c'était juste comme ça.

— Et comment s'appelle ce tombeur ?

— Makowski, je me rappelle pas son prénom parce que tout le monde l'appelle Mako. Tu dois le connaître, il se traîne des casseroles depuis ses débuts. Je l'ai rencontré quand j'ai fait mon stage à la BAC, il y a trois ans, on tournait du côté de La Courneuve, et j'avoue qu'il a du style.

Brigitte se renfrogna.

— Quoi ! Mako ? C'est un putain de macho, une brute, un taiseux !

— C'est ce que je te disais, il a du style.

— Pas le mien, en tout cas.

Lise lui fit un clin d'œil.

— On avait compris. J'appelle la DC, pour voir s'il est là. Tu permets ? On a des trucs à se dire en privé.

Lise quitta le bureau pour faire quelques pas dans le couloir et s'arrêter devant les toilettes de l'étage. Au bout de huit sonneries, les bureaux de Nanterre daignèrent décrocher.

L'officier qui répondit lui indiqua que Makowski était en planque sur une affaire. Lise hésita – il pouvait s'agir d'une procédure d'interpellation, comme de surveiller un quidam des heures durant de l'intérieur d'un « soume » garé au coin d'une rue. Elle envoya tout de même un SMS. De toute façon, dans le premier cas, le flic de la Crime aurait éteint son portable. Quelques secondes après, son téléphone se mit à vibrer. Le nom

« Mako/Boncou » apparut sur le petit écran lumineux. Le lieutenant avait l'air surpris.

— Lise ? Tu cherches à me joindre ?

Elle éclata de rire.

— T'affole pas, mon gros, c'est pas pour ce que tu crois.

À l'autre bout des ondes, Mako souffla de soulagement.

— Je préfère ! La dernière fois que je suis sorti avec toi, j'ai failli avoir deux côtes cassées.

— Eh bien, mon salaud, tu ne disais pas ça à l'époque. Je te rappelle que de mon côté, j'ai boité pendant une semaine.

— Boité ?

— C'est pas ce que tu crois, tu m'avais tordu une cheville.

Lise sentit le sourire dans le récepteur.

— Tu m'appelles pour quoi, alors ?

— Paoli, ça te parle ?

— Paoli ? Lequel ?

— Pourquoi ? Y en a combien ?

— Deux. Les frères Paoli, Stéphane et Dominique. Sur lequel tu enquêtes ?

— Stéphane. J'ai vu que t'avais travaillé sur son bar et je cherche à savoir le genre de relations qu'il pourrait avoir. Mais son frère est dans le milieu, lui aussi ?

— Oui, les deux. Des beaux mecs, comme on dit. Ils traînaient sur Nice il y a trois ans, ensuite, pour une raison mystérieuse, ils sont venus s'installer à Paris. Mais ça ne m'étonne pas que tu n'aies pas entendu parler de Dominique, il n'est pas fiché. Ces gars sont encore jeunes et pourtant ils ont l'air de connaître leur boulot comme de vrais cadors.

— Qu'est-ce qui te fait dire ça ?

— J'ai collé Stéphane pendant un moment, j'enquêtais sur un meurtre chez les Manouches. J'ai découvert qu'il se rendait régulièrement dans un club tenu par son frère rue de Lappe. L'After. Pour y faire des rencontres, si tu vois ce que je veux dire. Mais ces gars sont des bons et ils m'ont tout de suite repéré. N'empêche qu'ils fréquentaient du beau monde, comme la bande du Manouche, justement, mais pas qu'eux, à croire que la boîte servait de salle de réunion pour les plus gros truands de la capitale. Quant aux Paoli, ils se retrouvaient régulièrement à plusieurs, toujours les mêmes mecs. Mais impossible d'en savoir plus.

— Dans quoi ils turbinent, à ton avis ?

— Braquages, cambriolages de villas ou d'appartements cossus, attaques de bijouterie… j'étais persuadé qu'ils appartenaient à un gang. On m'a même parlé d'un chef. J'ai essayé de faire suer tous mes cousins, et même ceux de chez vous, mais rien à faire, les gars étaient terrorisés. En plus, au bout du compte, Paoli n'avait rien à voir avec mon affaire de meurtre. J'ai été obligé de laisser tomber. En tout cas, ce ne sont pas des petits joueurs. Ces gars connaissent bien le milieu. Pour inspirer une telle crainte aux indics, c'est qu'ils sont respectés.

— Comment ça se fait ? Stéphane Paoli a à peine trente ans, et tu dis que ça ne fait pas longtemps qu'il est sur Paname.

— Je pense à leur chef. J'ai entendu parler d'un gars, une légende. Un braqueur mais aussi un tueur, un mec qui en impose. Il serait à l'origine des plus gros casses de ces dernières années. Une sorte d'homme de poids dans le milieu. Certains viennent le voir pour lui demander des jugements, des conseils quand il y a des conflits, ce genre de trucs.

— Putain, Mako, tu délires ! Tu nous joues quoi, là ? La Camorra en plein Paris ?

— Ouais, je sais. Mais tu es mieux placée que moi pour savoir qu'il y a eu quelques gros coups ces derniers temps, et qu'il s'agissait de boulot propre. Le braque de la place Vendôme l'année dernière et l'attaque de la limousine du fils de l'émir du Qatar, il y en avait pour trois millions de bijoux. Puis le home-jacking chez l'ambassadeur du Togo, avenue Foch, les gars sont partis avec vingt lingots d'or, à trente mille euros le kilo, je te laisse faire le calcul. Et pas une trace d'ADN, pas d'empreintes, rien, quant aux infos dans la rue, le silence radio.

— Oui, je sais, on a enquêté comme des fous sur ces affaires, et on est toujours persuadés que les responsables venaient de l'étranger. Et toi, tu me dis que ce seraient les Paoli ?

— Oui et non. Ils sont malins, j'ai entendu dire qu'à chacune de leur grosse opération ils engageaient des mercenaires, des gars d'autres pays ou d'autres régions de France. En tout cas pas des membres du milieu parisien ou corse. Fais ton enquête et tu verras. Dès que tu essayes de te renseigner sur lui ou sur ses amis, c'est la terreur dans les yeux des indics. D'ailleurs, à ton avis, pourquoi Dominique n'est pas fiché ? Quant à Stéphane, à part une histoire d'armes il y a un an, il est blanc. Pour un mec qui roule en Porsche et se balade en permanence avec un Glock sur lui, je trouve ça léger. Bon, ma poule, faut que je te laisse, je vois que ça bouge de mon côté. On se rappelle.

Lise regarda la lumière s'éteindre sur son cellulaire tout en réfléchissant. Des truands qui braquent pour des millions, font des kidnappings et inspirent la terreur dans le milieu parisien. Ces hommes seraient capables de tirer sur des gendarmes pour protéger leur fuite. Elle était tombée sur du lourd. Elle pourrait en parler à Laugier, mais elle hésitait.

Bon, d'accord, Paoli faisait partie d'un gang de braqueurs, et alors ? Cela allait relancer l'enquête ? Le Corse n'était même pas fiché au grand banditisme, quant au témoignage de Mako, inutile d'y penser. Il était encore plus grillé qu'elle à la PJ. Seuls les vrais flics du bitume connaissaient sa valeur et le respectaient, les autres ne rêvaient que de le voir en taule, les mains entravées par deux bœuf-carottes.

Lorsqu'elle retourna dans le bureau, Brigitte la bombarda de questions, alors que Paulette la regardait avec suspicion. Et elle avait raison, car Lise éluda les réponses, parlant à peine du frère et pas du tout des intuitions de Makowski. En revanche, elle sentait qu'il se passait quelque chose dans son corps, et ce n'était pas bon signe. « Merde, pas ce soir. » La grosse dépression, et la crise de violence qui s'ensuivait, pointaient le bout de leur nez. Il fallait qu'elle se calme, qu'elle aille courir, faire quelque chose. Elle stoppa net les questions de sa supérieure et amie :

— Faut que j'y aille.

— Quoi ? Lise, tu me caches quelque chose. Qu'est-ce qu'il t'a raconté, ce con de Mako ?

— Rien, je te dis, il m'a parlé du frère de Paoli qui tient un club du côté de Bastille, c'est tout.

— Et j'imagine que tu as l'intention de t'y rendre ?

— Je vois où tu veux en venir, Gigi. Je vais peut-être aller y faire un tour, mais je ne veux pas que toi ou Paupiette, vous m'accompagniez. Ne me fais pas ça.

Brigitte remarqua la mâchoire contractée de sa lieutenante et les efforts qu'elle faisait pour rester en place. Les yeux de Lartéguy étaient braqués sur la porte.

— D'accord, je baisse les bras. On dirait que t'as besoin de prendre l'air. Va faire un tour. Et n'oublie pas, si t'as le moindre pépin, et à n'importe quelle heure, tu m'appelles. Promis ?

— Promis Gi, et merci, Paupiette.

— Bah… j'ai rien dit.

— Justement.

Lise récupéra son blouson de cuir et se précipita dans le couloir. Au moment où elle grimpa dans l'ascenseur, son téléphone bipa.

— Merde !

Delrieux attendait son rapport. Elle appuya sur le bouton du quatrième étage.

Le bureau du groupe de la Crime était bourré de flics de retour d'enquête. La journée touchait à sa fin et les gars rentraient pour finaliser leurs rapports avant de se carapater chez eux. Le patron discutait avec deux officiers en civil. D'un regard, il lui désigna Janvier qui était en train de ranger des dossiers dans sa musette. Il avait déjà enfilé sa parka et poussa un soupir en voyant débarquer la lieutenante de la BRB.

— Putain, Lise, t'as tapé quelque chose, j'espère.

— Je viens à peine de rentrer. Je te fais un compte rendu vite fait, si tu veux.

Janvier se laissa tomber sur sa chaise, faisant remonter son col en fourrure sur son menton, ramassa un stylo et un carnet Expédia à la couverture orange.

— Vas-y, je vais prendre des notes, je le ferai à ta place, le rapport. J'imagine que toi aussi, t'as envie de rentrer ?

Il tiqua en remarquant le regard fuyant et embarrassé de Lise. Elle ne cessait de tourner la tête tout en sautillant sur place. Il ajouta :

— Putain, Lartéguy, si t'as envie de pisser, tu peux y aller !

— Je préfère en finir tout de suite, avant que tu changes d'avis.

Le flic pensa : « Merde, elle est en manque ou quoi ? », mais étant donné qu'il en avait vu d'autres dans sa courte carrière, il décida que ce n'était pas ses affaires.

— Je t'écoute, lieutenant.

Elle lui raconta sa promenade dans la forêt puis sa découverte du mur d'enceinte et sa filature de Stéphane Paoli. Elle commençait à lui parler de son CV et de ses fréquentations, quand Janvier l'interrompit : il semblait plus intéressé par le domaine que par le gangster.

— Le domaine, tu dis qu'il appartient à quelle société ?

— Numilex. En fait, il s'agit d'une des résidences d'un nommé Cyril Affanasiev, un milliardaire russe qui pourrait tremper dans le trafic d'armes et de drogue.

— Je jetterai un œil. T'as regardé s'il avait d'autres propriétés ?

— Oui, il possède des maisons à Bikoul ou Bilouk, en Tchétchénie, à Antibes et aussi une île en Grèce. Ah… et un appartement à New York.

— Attends une minute.

D'un coup, Janvier plongea les mains dans sa musette pour en sortir son ordinateur portable. Il tapota dessus quelques secondes.

— T'as bien dit Bilouk, en Tchétchénie ?

— Oui, ça doit être ça.

Il tourna l'écran vers elle.

— J'ai trouvé ça, en étudiant les rapports d'Interpol cet après-midi. Un cas similaire à celui d'Orléans dont on parlait ce matin. Une jeune fille égorgée, pendue par les pieds à un arbre. Les meurtriers auraient récupéré son sang. Je l'ai classé sans suite, je pensais pas qu'il y aurait un rapport avec notre affaire, mais… regarde l'endroit où on l'a retrouvée, à cinq kilomètres de Bilouk, en Tchétchénie.

— Et je viens de réaliser qu'Orléans se trouve à moins d'une heure de Valrois.

— Oui, ça commence à en faire, des similitudes. Bouge pas.

Il se leva pour aller parler à l'oreille de Delrieux. Lise vit le vieux flic la regarder avec surprise, puis une sorte de gêne déforma ses traits, il se mordit les lèvres en hochant la tête. Il prononça quelques phrases à l'oreille de Janvier avant que celui-ci ne revienne vers elle. Visiblement ennuyé, lui aussi.

— Euh, Delrieux dit que t'as fait du super boulot. À cause de toi je vais devoir me taper des heures supplémentaires, il veut que je ponde un rapport et que je fasse des recherches sur Affanasiev avec des recoupements sur les trois crimes pour demain matin. Il a une réunion avec Laugier et compte bien lui parler du Russe, et aussi…

Lise ne comprenait pas.

— Quoi ?

— Il s'excuse. Il se foutait de ta gueule quand il t'a envoyée sur l'affaire des ossements. On était persuadés que ça ne mènerait à rien mais il voulait se débarrasser de toi et te donner une leçon, c'est pour ça qu'il t'a demandé de remonter faire ton rapport. On pensait que tu reviendrais la queue entre les jambes.

L'enfoiré ! Elle avait encore été trop naïve, mais à cause d'une mauvaise blague, le service semblait tenir quelque chose.

33

Après avoir quitté le Bastion elle rentra chez elle et se changea pour immédiatement aller courir. Au bout d'une heure, elle en eut marre et retourna à son appartement taper sur son sac de sable à coups de poing et de pied. Cela sembla faire effet, elle put prendre une douche chaude et se vider quelques bières en dégustant des spaghettis à la sauce tomate arrosés de gruyère râpé. Lise pianota ensuite le nom de L'After sur son ordinateur pour se faire une idée de l'endroit. Un vieil article de magazine disait que la boîte pouvait accueillir jusqu'à mille personnes le samedi soir. Il y avait même des photos postées par des sites de fêtards, on y voyait des étudiants, mais aussi des banlieusards et des touristes. Sur Facebook, certains clients se plaignaient que le whisky et le gin étaient coupés d'eau – le patron prenait soin du taux d'alcoolémie de la jeunesse parisienne. Quelques histoires de drogue dans les années précédentes, mais rien d'extraordinaire, en revanche, à plusieurs reprises on avait retrouvé des hommes grièvement blessés le long de la rue de Lappe, à l'heure de la fermeture, et quelques disparitions en lien avec la boîte avaient été signalées.

Le registre du commerce indiquait que le club appartenait à une société dont les deux principaux actionnaires étaient Dominique Paoli et un dénommé Lino Franchi.

Des étoiles pétillèrent dans son cerveau : Lino Franchi, le braqueur corse à qui les armes de Grigny étaient destinées.

À force de recherches sur Google, elle finit par dénicher une photo de Dominique Paoli, lors d'une soirée organisée par le club automobile Ferrari dans un de ses restaurants. Il avait la même gueule que son frère, arrogant, jeune, et portant des costumes sur mesure. Mais impossible d'avoir une photo de son associé Lino.

Et si c'était lui, le fameux chef de bande dont avait parlé Makowski ? songea Lise, de plus en plus excitée. Comme toute bonne flic, elle ne croyait pas aux coïncidences, et le fait que le nom de Franchi apparaisse à nouveau dans cette affaire voulait peut-être dire qu'elle tenait quelque chose.

Elle regarda sa montre.

— Bon, c'est l'heure de me déguiser.

Elle se décolora les cheveux en blond presque platine, laissant volontairement des racines noires, et en sacrifia une partie à coups de ciseaux, puis elle se rasa les côtés, au-dessus des oreilles et derrière la nuque, juste ce qu'il fallait, de manière que ce ne soit pas visible lorsqu'elle laissait ses cheveux tomber. Ainsi, elle pouvait se refaire sa coupe d'adolescente : les cheveux imbibés de gel levés en crête sur sa tête, à la Kim Wilde. Elle savait que son casque allait tout aplatir, mais elle se referait sa coiffure avant d'entrer dans la boîte. Elle se peignit ensuite les ongles en noir, puis pinça deux anneaux dans sa narine gauche – même si les trous s'étaient bouchés depuis longtemps, cela faisait illusion. Un coup de crayon noir fit ressortir ses prunelles bleues comme des saphirs et un rouge carmin ensanglanta ses lèvres.

Elle alla ensuite foutre le bordel dans son dressing, où elle récupéra une paire de bottines cloutées achetée à Londres et un Perfecto Schott qui devait peser dix kilos. Pour le reste, pantalon en cuir taille haute et brassière de même teinte sur la poitrine, laissant son ventre musclé à l'air libre. Elle avait hésité à enfiler son vieux tee-shirt des Clash, mais ç'aurait été moins sexy.

Quelque chose continuait de la démanger, comme si des milliers de petits serpents couraient sous sa peau. Elle mourait d'envie de s'allonger et de faire une trentaine de pompes.

Ce n'était pas le bon soir pour sortir, Lise le savait. Elle alla vers son sac de sable pour y balancer un grand coup de poing, avant de revenir dans le salon et de farfouiller dans le haut de son armoire. Ça non plus, ce n'était pas une bonne idée, pourtant elle attrapa tout de même le pistolet Beretta 66 extraplat récupéré lors d'une perquisition chez des Albanais six mois plus tôt, en vérifia le chargeur et le glissa juste au-dessus de ses fesses dans son pantalon en cuir.

34

Trente minutes plus tard, après avoir attaché sa bécane devant l'opéra Bastille et recoiffé sa crête blonde, Lise remontait la rue de Lappe en direction de L'After.

Devant un des passages qui ouvraient vers des cours intérieures, elle remarqua trois gars parlant affaires dans la pénombre. Un air d'incrédulité se peignit sur son visage et ses bottines s'engagèrent dans la ruelle.

— Marcus ! Qu'est-ce que tu fous là ?

Le dealer, un Turc d'une trentaine d'années qui portait une parka de montagne comme s'il allait escalader l'Everest, se figea en reconnaissant la voix de la lieutenante de la BRB.

Il tourna la tête dans sa direction, et ses yeux s'écarquillèrent. Il avait l'impression de voir une choriste de Billy Idol à la grande époque de « White Wedding ».

Lise faisait mine de sourire, alors qu'intérieurement elle fulminait. Ce con de Marcus n'était pas méchant, mais il avait vendu de la dope à des jeunes deux ans auparavant, et l'un des gars était mort. Et à présent, elle le retrouvait dans une ruelle face à deux lycéens qui tenaient des billets de vingt euros dans les mains.

— Qu'est-ce que je t'avais dit ?

— Mais m'dame, vous savez que j'ai ma mère et ma sœur à charge, je ne trouve pas de travail, et je vous jure que je ne vends plus de dope.

Les deux gamins la détaillaient de haut en bas en bavant presque. Avec son pantalon moulant et son Perfecto ouvert sur son nombril, elle était hypersexy. Ils se demandaient pourquoi le dealer appelait cette bombe aux cheveux blonds et aux racines noires « madame ».

Lise le leur fit comprendre :

— Je suis flic. Alors si vous voulez pas que vos vieux viennent vous chercher au poste une paire de mandales à la main, vous dégagez fissa. Compris ?

Les deux garçons remballèrent la thune et firent oui de la tête.

— Oui, m'dame, on y va.

Ils détalèrent sans demander leur reste.

Lorsque Lise se retrouva seule avec Marcus, elle posa la question rituelle :

— Bon, qu'est-ce que t'as sur toi ?

— Pitié.

Elle repéra une grille d'égout sur le sol et la désigna du menton.

— Vide tes poches là-dedans.

— Et merde.

Lise continuait de sourire – un sourire crispé. Elle retenait les tremblements le long de ses bras. Il ne fallait pas qu'elle s'énerve, ou alors, cette fois, Marcus se ferait bel et bien démonter. Le Turc l'avait immédiatement senti, et commença à sortir la drogue sans se faire prier. Elle comprenait pourquoi il portait ce genre de parka de montagne : il y avait des poches partout, dans le dos, dans les manches, à l'intérieur. Lise repéra une fine fermeture Éclair, collée à celle du manteau à hauteur de poitrine. Elle s'approcha et la zippa.

— Tu as oublié celle-ci, qu'est-ce que tu caches, là ?

Elle plongea la main et ressortit une seringue neuve dans un sachet sous blister et deux petits carrés de papier. Elle devint livide.

— C'est quoi, de la putain d'héroïne ?

— Non, je vous jure, c'est de la coke. Et la seringue, c'est… c'est pour la vendre.

Lise ouvrit un des paquets et passa un doigt dessus avant de le glisser sur ses gencives. C'était bien de la coke, extrapure.

— Putain, je le crois pas, tu vends même des seringues ! T'es quoi ? Un bazar ambulant ? T'es vraiment un enfoiré !

Elle le saisit par le col pour le plaquer contre le mur. Il lui suffirait de le tirer d'un coup vers elle et de le repousser de toutes ses forces pour que son crâne explose. Alors elle lui serrait le cou, elle serrait pour se retenir. Marcus commença à devenir rouge, il était en train d'étouffer. Lise vida ses poumons et le relâcha. Il tomba le long du muret, elle lui balança des coups de botte dans les côtes.

— Dégage ! Dégage, je te dis !

Le garçon rampa pour se redresser et, sans jeter un coup d'œil en arrière, prit ses jambes à son cou.

Lise resta un moment à recouvrer son souffle. Son pied balaya le sol pour envoyer les sachets de dope dans la grille d'égout alors que ses yeux fixaient sa main qui tremblait. Il y avait toujours la seringue et le paquet de coke. Elle les glissa dans la poche de son pantalon et quitta la venelle.

Après avoir remonté la rue, elle finit par arriver à L'After, paya son ticket d'entrée et passa la porte.

Ambiance feutrée et son qui frappait fort, ça la détendit. Elle pénétra dans la salle bondée de monde comme l'on entre dans un bain chaud. Les corps hachés par les flashes d'un stroboscope semblaient se mouvoir au ralenti alors que les lumières rouges et bleues floutées par les fumigènes donnaient l'impression de se trouver au cœur d'un volcan. Les enceintes balançaient « Shoot to Thrill » d'AC/DC, exactement ce qu'il lui fallait pour se sentir bien. Elle alla s'accouder au bar pour commander une téquila. Puis commença sa mission d'observation.

Elle repéra assez vite le coin VIP, plongé dans la pénombre comme par un fait exprès. Ses yeux commencèrent à scanner tout ce qui concernait le personnel, les serveurs, les barmans… Elle finit par remarquer une porte cachée dans le mur à l'autre bout du bar, par laquelle entraient et sortaient des gars qui ressemblaient à tout sauf à des banlieusards et des touristes.

Enfin, elle repéra Dominique Paoli. Il sortait de la porte en question pour se diriger vers le coin VIP. Il s'assit à une table où se trouvaient quatre hommes en costume. Ils n'avaient pas l'attitude de gars qui fêtent l'enterrement de vie de garçon d'un de leurs potes, au contraire. Penchés en avant, ils formaient un cercle et chuchotaient. L'un d'eux portait un sweat à capuche sous sa veste de costard et sa capuche recouvrait sa tête jusqu'au-dessus des yeux. Impossible de voir son visage. On aurait dit un de ces personnages de *Star Wars*, les fameux guerriers Sith.

Lise avait décidé de se concentrer sur ces quatre personnes, quand elle repéra le manège du grand Black au bar. Le gars hurlait dans son téléphone en s'approchant de deux gamines fardées comme des toiles de Chagall. Il raccrocha, commença à leur parler de press-book et de casting, puis leur offrit une tournée. Deux Bloody Mary atterrirent sur le comptoir. Lise le vit balancer de la poudre dans les verres en se cachant des filles.

« Putain, comprit-elle, il les drogue au GHB ! »

Au même moment, l'homme à la capuche se leva du coin VIP. Aussitôt, deux de ses compagnons l'escortèrent jusqu'à l'étage. Des hommes calmes et déterminés. Une vague d'excitation envahit Lise. Il devait s'agir de leur chef. Elle repensa aux paroles de Mako – il avait parlé d'une légende, d'un gangster respecté et redouté.

D'un geste elle commanda un autre verre et se déplaça sur la piste de danse pour essayer de voir son visage à son retour. Ça tombait bien, elle avait envie de bouger. À présent, le DJ passait « Ace of Spades », de Motorhead. Lise avait une manière de danser un peu bizarre, un mélange de pogo et de danse *new wave* véhémente. Les jeunes autour d'elle étaient obligés de s'écarter pour ne pas se prendre un coup. Du coin de l'œil, elle vit réapparaître l'homme à la capuche et pensa aller le bousculer, mais un gars d'une trentaine d'années à la moustache blonde et fine lui barra la route en souriant.

Stéphane Paoli, l'homme à la Mustang.

La « légende » lui passa devant, tête baissée, pour retourner dans le coin sombre des tables VIP. Le jeune Paoli continua d'afficher un air affable, puis il suivit son chef.

Nom de Dieu, elle ne l'avait pas vu arriver, celui-là ! Ça allait être compliqué de s'approcher de cette bande. Des yeux elle chercha le Black et les deux filles. Il semblait leur foutre la paix, les deux gamines dansaient. Fini le rock, on passait à la phase techno-pop. De dépit, Lise décida de passer au whisky. Elle sirota un Laphroaig de douze ans d'âge, ses yeux bleus braqués sur la table dans la pénombre.

Au bout d'une heure, et de trois Islay coupés d'eau, elle vit les gamines tituber. Le grand Black, accompagné de deux jeunes qu'on avait décrochés d'un mur de cité, se rua sur elles.

« Ça y est, les poules sont prêtes à passer au gril. » Lise frissonna de tout son corps. Cette putain d'excitation qui la prenait à l'approche de la bagarre. Ce n'était pas bon, pas ce soir. Lise soupira en voyant les deux gars emmener les filles vers la mezzanine. Le grand Black ne lui disait rien qui vaille, et elle fut soulagée lorsqu'il dévala les escaliers pour se diriger vers la sortie. C'était le moment d'aller dire aux deux banlieusards de redescendre les filles. Ensuite, elle demanderait à Paoli de prendre soin des gamines. Finalement, elle venait peut-être de trouver un moyen d'approcher le patron de la boîte.

En arrivant en haut des escaliers, elle se rendit compte qu'elle avait sous-estimé la taille de la mezzanine. Il devait y avoir une cinquantaine de tables plongées dans le noir. Elle repéra des ombres dans l'endroit le plus éloigné. Ils avaient bien choisi leur coin, ces enfoirés ! Il était pratiquement impossible de les voir, et encore plus de les entendre, avec le bruit de la musique qui montait.

Elle s'approcha, à demi baissée, se mouvant tel le félin dans les hautes herbes de la savane. Un des gars avait posé son portable allumé sur le sol qui diffusait une petite lumière sur un mètre de pourtour. Il était déjà en train d'entreprendre la grande maigre, tirant sur sa jupe, pendant que l'autre pelotait les seins de la petite grosse. Elle n'était pas autant dans les vapes que sa copine et tremblait de peur. Pourtant la drogue la privait de toute volonté : elle voulait se débattre, crier, résister, et elle ne le pouvait pas.

Lise se redressa, fit deux pas, attrapa le jeune penché sur la fille et le balança vers l'arrière. Aussitôt, son copain relâcha la grosse.

— Qu'est-ce que tu fous là, toi ? Barre-toi, c'est pas tes affaires.

L'autre s'était remis debout, et son regard noir disait qu'il n'avait pas du tout apprécié d'être dérangé. Lise se força à rester calme, ces mecs la faisaient gerber.

— Écoutez, les garçons, vous allez gentiment raccompagner ces filles en bas, sinon ça va mal finir.

— Quoi ? Tu vas appeler le patron et les videurs ?

— Pas besoin.

Le plus gros se marra, son pote l'imita : il venait de sortir un couteau à cran d'arrêt. Elle les supplia presque :

— Allez, soyez raisonnables.

Le gars tiqua, cette fille n'avait pas du tout peur. Il y alla à la grande gueule, comme d'habitude :

— Je vais te niquer ta race, salope ! Je vais… Ouch !

La lieutenante de la BRB venait de lui envoyer un coup de botte dans le bas-ventre. Le jeune se plia en deux pendant qu'elle se jetait sur le deuxième et lui attrapait la tête pour la fracasser contre une des tables. Elle répéta son geste quatre ou cinq fois, jusqu'à ce qu'il ait le nez éclaté, la bouche en sang et les bras ballants. Son pote reprit ses esprits et se jeta sur elle par-derrière, le couteau en avant. Elle eut juste le temps de pivoter. La lame pénétra sous son blouson et lui trancha la peau sous l'aisselle. Elle lui coinça le bras, le tordit et lui démit le coude. Le garçon poussa un hurlement, couvert par la musique. Le DJ passait un remix des Clash, « London Calling » version techno. « C'est quoi, cette merde ! » Ça la rendit encore plus enragée. La folie illumina ses yeux. Le gros se redressa et la regarda avec terreur ; elle lui envoya son pied en plein visage. Le nez, déjà cassé, explosa en miettes, aveuglant le mec de sang. Elle se tourna ensuite vers son copain qui gémissait en se tenant le bras et commença à le massacrer à coups de poing. Il crachait du sang en l'implorant du regard, mais il n'y avait plus de pitié en elle. Elle allait lui enfoncer les yeux dans le crâne.

D'un coup, une douleur intense la transperça.

Son corps se raidit, tressauta, et elle se retrouva allongée sur le sol. Tremblotante et paralysée. Une deuxième décharge électrique la fit bondir et se contorsionner, infligeant comme un immense coup de massue dans sa poitrine. Elle ouvrit la bouche pour respirer et vit le grand Black penché sur elle, son taser serré dans son poing.

— Espèce de salope ! Je vais te griller le cerveau.

Il plaqua les deux embouts de cuivre contre sa gorge, juste au niveau de la carotide. Elle savait que, s'il appuyait, elle risquerait de perdre la vue, d'avoir la langue, l'artère et le cerveau brûlés. Elle se concentra pour reprendre des forces. Mais son corps refusait de lui obéir. Elle se contraignit, et sa main se jeta en avant pour empoigner le Black par le col de sa chemise. Il recula, lui envoyant une nouvelle décharge dans le bras. Lise sentit son cœur se retourner à la vitesse d'une toupie. Cela s'arrêta et, à nouveau, les deux pointes de ferraille vinrent s'enfoncer contre son cou. Tout près d'elle, elle entendit son pote marmonner entre ses dents cassées :

— Tue-la, cette salope, John ! Tue-la…

Le grand Black transpirait. Lise le fixait dans les yeux. Elle avait l'impression d'être dans un immense bloc de glace.

Elle entendit une voix avec un lourd accent corse :

— Oh, connard, tu te crois où ?

Il y eut un choc sourd, et le dénommé John s'écroula.

Derrière, apparut le visage souriant de Dominique Paoli, accompagné d'un homme trapu, les traits rudes et les oreilles décollées. Une vraie tête de tueur avec ses petits yeux noirs. Paoli l'appela par son prénom :

— Putain, Lino, t'as vu l'état dans lequel elle les a mis ?

Lino ne répondit pas ; il continuait de fixer Lise d'un air méfiant. Il se pencha vers elle et l'aida à se redresser, pour qu'elle puisse s'adosser à un pouf. Paoli continuait de parler :

— Ça va aller, mademoiselle. Vous allez sentir vos membres revenir dans quelques secondes.

John commençait à se réveiller. Le Corse l'étala à nouveau d'un coup de crosse de son arme. Un Glock 21.

Des hommes étaient en train d'arriver, munis de lampes torches, dont l'autre Paoli, Stéphane. Il siffla en voyant les deux jeunes.

— Pfffff… C'est la miss qui a fait ça ?

— Ouais, elle avait la rage, une féministe à tous les coups, rigola Dominique.

Lise se passa l'avant-bras sur les lèvres pour en ôter le sang et la salive et se remit debout. Elle planta ses yeux dans ceux du Corse.

— Je t'emmerde.

— Je vois que tu vas mieux.

Quatre serveurs commençaient à emmener les filles, Paoli les interpella :

— Foutez-les dans un taxi et payez-le pour qu'il les emmène à l'hôpital. Ensuite vous reviendrez me chercher ces trois zozos. Les deux jeunes, vous me les jetez dans la rue, mais pas devant la boîte, hein ?

Les hommes du Corse firent signe qu'ils avaient compris. « Il n'a pas parlé du Black », nota Lise.

Lino se rapprocha d'elle pour planter son visage à quelques centimètres du sien, comme s'il la flairait.

— T'es qui ? T'es flic ?

Elle le toisa aussi durement qu'il le faisait.

— Je sors de prison.

— C'est bon, les interrompit Paoli. On devrait plutôt la remercier. Si elle n'était pas intervenue, ces enfoirés se seraient payé une petite fête dans notre boîte.

Il fit un grand sourire à Lise et ajouta :

— En plus, regarde comme elle est charmante, on dirait la petite sœur de Sid Vicious. Mademoiselle, avec mon associé Lino, on aimerait vous remercier. Qu'est-ce qui vous ferait plaisir ? Un magnum de champagne, une bouteille de whisky de vingt ans d'âge ?

Lise tiqua, Paoli savait qu'elle avait commandé du Laphroaig, à moins que cela soit une coïncidence. Seulement, une occasion pareille, ça ne se refusait pas.

— Le champagne, pourquoi pas, mais à votre table. Je veux que vous me présentiez à votre patron. Je cherche du boulot.

— Quel genre de boulot ? demanda Lino avec son accent traînant.

D'un mouvement de la tête Lise désigna l'arme automatique que Dominique Paoli avait toujours en main.

— Ce genre de boulot.

Lino fit non. Paoli interrogea son frère du regard.

— Elle aurait pu ne pas intervenir, et elle l'a fait. C'est le genre de truc qui pourrait « lui » plaire.

Dominique acquiesça lentement.

— Mademoiselle, si vous voulez bien nous suivre.

Elle jeta un dernier coup d'œil sur les videurs qui étaient en train de soulever sans ménagement le garçon au nez en confettis et au bras cassé pour le traîner vers une porte au fond de la salle. Les hommes la regardaient d'un air bizarre, à la fois impressionnés et effrayés. Lise savait qu'elle avait déconné. Et ce n'était pas fini : sa tension était montée d'un cran, mais elle n'avait pas réussi à évacuer toute la bile, ce poison qui lui brûlait les veines. Et le regard que Lino lui portait aiguisait son agressivité. La haine appelle la haine.

Stéphane Paoli partit devant. Elle le vit rejoindre le coin VIP et se pencher vers l'homme à la capuche tout en la désignant d'un geste. Sur la piste, les garçons et les filles virevoltaient des hanches en s'envoyant des sourires sur le swing ensorcelé de la trompette du morceau « Johnny Come Home » de FYC.

Dominique la guida vers leur groupe, petit îlot de calme au milieu des autres tables entourées de gens qui criaient et riaient en se donnant des tapes dans le dos. Le Corse se pencha vers Lise.

— Je vais te présenter, t'as un nom ? Un surnom ?

Elle hésita avant de répondre :

— En Afrique, on m'appelait la Foudre.

Paoli plissa des yeux d'un air ironique.

— La Foudre ? Ah, je comprends mieux la coupe de cheveux.

C'était vrai qu'avec sa tignasse blonde dressée sur sa tête, son Perfecto de cuir, son pantalon moulant et ses bottes cloutées, on aurait dit un personnage de *Mad Max*. Et avec ses abdominaux de boxeuse et son regard qui vibrait d'électricité, elle dégageait du danger.

Dominique la fit asseoir et se posa près de son boss.

— Gosta, je te présente la Foudre. Elle rêvait de te rencontrer.

35

L'homme à la capuche releva doucement la tête, dévoilant à la lumière pourpre son regard noir et profond, son nez busqué, sa barbe de trois jours sur son menton carré, et une impressionnante trace de brûlure séchée, rougeâtre et palpitante sous les effets de l'éclairage, qui recouvrait l'ensemble de sa joue gauche.

Lise eut un réflexe de recul, l'homme sourit. Il la dominait par le dégoût et la peur qu'il inspirait, mais aussi l'incroyable aura qu'il dégageait. Lise sentit que la partie était pliée, elle pouvait lire dans ses yeux noirs : « C'est bon, je t'ai vue, dégage maintenant. » Comment résister, comment ne pas baisser les yeux ? Elle releva la tête en le fusillant du regard.

— Putain, t'es qui, toi ? Le comte de Peyrac ?

Le sourire de l'homme s'élargit, formant une petite patte d'oie sur le côté droit de son visage. Tout autour de la table, ses hommes de main se taisaient.

— On m'appelle le Cramé.

La voix était grave et nuancée. Lise en fut ébranlée. Un frisson glacé parcourut l'ensemble de son dos, de ses épaules jusqu'à la raie de ses fesses. Elle sentit ses seins frémir, son ventre, et se rappela soudain qu'elle avait une chatte entre les cuisses. Cette fois, elle détourna le regard.

« Une voix incroyablement sexy. »

Ça semblait amuser le Cramé.

— Il y a un problème ?

— Non, c'est juste que…

« Que t'es beau comme un putain de pâtre grec ! »

— C'est juste que c'est quand même impressionnant, quand on te voit pour la première fois.

Le Cramé apprécia la franchise.

— Un souvenir d'enfance. Celui qui m'a fait ça…

Cette fois, le ton n'était plus chaud et mouillé, mais sec et dur, du bois dont on fait les cercueils. Il ajouta :

— Tu voulais me voir ?

— Je cherche du travail.

Il baissa la tête, faisant disparaître son visage dans l'ombre, et ses doigts firent rouler son verre sur la table.

— C'est la crise. Y a pas d'embauche.

Lino, qui s'était affalé à la gauche de son patron, sa chemise noire ouverte sur un pendentif en or – le portrait moulé du Christ – se pencha pour l'accrocher de ses yeux sombres.

— Tu nous as vus, tu peux te casser maintenant.

Dominique, de l'autre côté du Cramé, jeta un regard à Stéphane, qui hocha la tête avec gentillesse. Il s'adressa à Lino :

— Écoute au moins ce qu'elle a à dire. Elle vous a quand même tirés d'une belle merde. T'imagines si ces gars avaient réussi à se taper les gamines dans ta propre boîte ?

Lino émit un grognement.

— On les avait à l'œil et on allait s'en occuper. Mais cette fille aussi nous intéressait, ça faisait deux heures qu'elle nous observait. Comme une flic. Et elle est intervenue comme une flic.

Ils se parlaient entre eux. Comme si Lise n'était plus là. Dominique se tourna vers son chef.

— Gosta ? Tu veux que je la raccompagne ?

Le Cramé ne répondit pas tout de suite, et tout le monde respecta le silence qu'il imposait, puis il regarda Lise.

Elle se tenait droite comme une barre de strip-tease. Serrant poings et fesses à cause de la tension qui commençait à remonter le long de ses muscles. Si jamais une bagarre éclatait, elle se sentait de massacrer une dizaine de gros bras. Le Cramé opina du chef en la jaugeant. Il y avait quelque chose dans son regard. De l'espoir, du rêve, de la désillusion et des mauvais jours. Pas de demi-mesure. Du genre à tout donner et à tout prendre.

Elle rompit le silence :

— Laissez-moi parler, juste deux minutes, et après je me barre. C'est vrai, je vous observais. On m'a parlé d'une bande de gars sérieux qui montent sur des gros trucs, et c'est ce que je cherche. Je sais fermer ma gueule et je sais me servir d'une arme.

Stéphane l'interrompit :

— Et tu sais te tenir dans une boîte où les patrons n'aiment pas les histoires. Hein, la Foudre ? Tu te rends compte que t'aurais pu les tuer, ces deux gamins ? Et puis, on te connaît pas. Je veux dire, une fille comme toi, dans le milieu, on en aurait entendu parler.

— Je n'ai jamais travaillé en France, je viens d'Afrique. Quant aux deux gamins, c'était le but, de leur défoncer la gueule. Je peux pas saquer ce genre d'enflures, et je savais pas que vous les surveilliez.

Dominique intervint :

— On t'a parlé d'une bande ? J'en crois pas un mot. Quelle bande ? Quels gros trucs ? Il va falloir que tu nous en dises plus.

C'était l'instant de vérité, Lise s'y attendait. Restait à voir si son baratin allait marcher.

— Je viens d'Afrique, je te dis. Là-bas, j'ai rencontré un abruti qui était venu combattre pour une soi-disant religion. Il venait de Paris et il connaissait du monde avant de partir en sucette. Je lui ai demandé des infos sur des cadors, je savais que je reviendrais et que j'aurais besoin de bosser. Il m'a donné une série de noms, que j'ai plus ou moins suivis, beaucoup de gars de banlieue, ça puait les emmerdes. Il me restait un nom, un endroit, L'After. D'après mon gars, il s'y montait des coups. Il avait entendu dire qu'une bande embauchait des mercenaires. Des mecs sérieux. Je suis venue et je vous ai repérés, je cherchais une occasion pour vous parler, et… voilà. J'ai l'impression que je ne me suis pas trompée, pas vrai ?

Lise cessa de parler. Il se passait une chose étrange et assez flippante.

Autour de la table régnait un silence de mort.

Une fille venue de nulle part était remontée jusqu'à eux à cause d'un gars qu'ils ne connaissaient pas. Ça ne leur plaisait pas du tout.

Dominique grinça des dents.

— Donne-moi le nom du gars, ton fou de Dieu que tu as rencontré en Afrique.

— Mouffassa, il avait un prénom mais je ne m'en souviens pas.

Cette fois, ce fut Lino qui l'interpella :

— Et tu dis que cette « chanteuse » est partie combattre ? Il ferait mieux de penser à ne pas revenir. Comment ça se fait qu'il t'a raconté tout ça ?

Ce fut au tour de Lise de le prendre de haut.

— L'Afrique, mon gros. Toi, ton territoire, ta maison, c'est ici. Mais là-bas, c'était bibi la patronne. Et pas mal de gus devaient passer par moi et mes potes pour traverser des frontières, avoir des armes, des voitures, baiser, fumer ou se faire buter.

Elle vit qu'elle avait poussé le bouchon un peu loin en traitant le Corse de gros. Lino était sur le point de lui sauter à la gorge. Le Cramé posa une main sur son genou.

— OK, c'est bon. On a compris comment tu étais arrivée jusqu'à cette table. Maintenant… Comment dire…

Il regarda Stéphane Paoli, qui suivit le cours de ses pensées en terminant à sa place :

— On n'a besoin de personne. Ni dans le « travail » ni pour se faire des nouveaux amis, désolé.

Lise jura intérieurement. Elle planta ses yeux dans ceux du Cramé.

— D'accord. Mais vous m'aviez promis un verre. Et il y a autre chose.

Elle se pencha au-dessus de la table et colla sa bouche à l'oreille du Cramé.

— On n'est pas obligés de bosser ensemble ni d'être copains, mais j'ai une troisième proposition à te faire. Comme je t'ai dit, je reviens d'Afrique, et là-bas j'ai fait ceinture pendant un bout de temps. Si tu vois ce que je veux dire…

Elle fut heureuse en constatant qu'elle avait réussi à le troubler, et reprit sa place.

— Alors, ce verre ?

Gosta la contemplait avec un nouvel intérêt.

— Lino, sers une coupe à la Foudre. Et pour ta proposition… Ça donne à réfléchir, je ne te connais pas assez. En plus, il y a des maladies, en Afrique.

Les hommes éclatèrent de rire – ils avaient bien saisi le manège de la punk et sentaient que leur chef était sous le charme. Mais Gosta voulait des informations.

— Parle-moi de toi.

« Putain ! il a une manière de dire ça, cet enfoiré, avec sa voix grave et chaude. » Ça lui descendait directement dans la culotte. Il fallait qu'elle se calme. Elle était en train de partir en vrille. Dans l'état où elle était, il n'était pas question de faire l'amour. La dernière fois qu'elle avait tenté le truc, elle avait massacré le gars. Trop d'émotions, trop de tension, elle lui avait disloqué un poignet et arraché des touffes de cheveux jusqu'au sang au moment de jouir. Non, trop risqué.

Et il y avait pire. Elle n'était pas là pour penser à ce genre de conneries. Ces gars avaient peut-être tiré sur son frère.

Qu'est-ce qu'elle foutait, nom de Dieu !

En attendant, le regard scrutateur et méfiant de Lino ne la lâchait pas.

La bande voulait connaître son histoire.

— J'étais chez les paras, j'ai fait cinq ans, avant de déserter. Opération Licorne, en Côte d'Ivoire, puis le Mali et la Centrafrique. Des combats, des missions de protection, d'élimination, c'était déjà une sorte de mercenariat. Avec des potes, on a réussi à mettre la main sur la solde d'un régiment tchadien, c'est là que j'ai déserté. Des chefs de famille, des politiques embauchaient, alors j'ai tourné un peu, Congo, Nigéria, quelques braquages, quelques coups plus ou moins tordus, mais ça puait de plus en plus.

Dominique voulait en savoir davantage :

— Tu as déserté pour piquer du cash ? Tu as quitté les paras pour ça ?

Lise fit une grimace, faisant comprendre qu'elle avait été démasquée.

— OK, c'est pas la vraie raison. Disons que je me suis embrouillée avec certains gars du troisième RIT, l'infanterie tchadienne. On était cantonnés au Sahel. Ils voulaient qu'on fasse des pompes ensemble, ça s'est terminé à coups de baïonnette. Il y a eu un mort. Les autorités devaient me rapatrier ici, du côté de Fleury-Mérogis, si tu vois ce que je veux dire. C'est à ce moment-là que j'ai mis les voiles avec deux bons amis.

— T'as dit que t'avais fait de la taule. Où ça, alors ?

Cette fois, il s'agissait de Lino. Il était curieux.

« C'est bon signe. »

— On bossait pour des trafiquants, voitures volées, ordinateurs, téléphones, puis ils ont voulu s'occuper de chair humaine. Des clandestins qu'ils allaient recruter dans des camps de réfugiés, hommes, femmes et enfants, qui se faisaient piéger, avec toutes les saloperies qui vont avec. On a voulu se barrer, avec mes potes. Ils nous ont balancé aux flics de là-bas. Addis-Abeba, en Éthiopie. Je peux te dire que leurs prisons, ce n'étaient pas des camps de vacances. Mes deux amis ont essayé de s'échapper. Ils y sont restés.

Le Cramé pointa son regard noir sur elle.

— Et toi ?

— J'ai castré un garde et je me suis barrée.

— Castré ?

— Avec les dents. Tu veux les détails ?

Une température de banquise s'abattit sur la table.

Gosta la fixa de longues secondes, puis désigna le magnum de champagne.

— Tu veux boire quelque chose ?

— Vodka glacée, Żubrówka, si vous avez.

Il fit un signe de la main, et Stéphane Paoli se leva pour aller chercher une bouteille.

Lise sc servit un shot qu'elle descendit cul sec, avant de s'en envoyer un autre derrière la cravate. Elle vit que les hommes en face d'elle échangeaient des regards sceptiques. Le Cramé prit la parole :

— Une bien triste histoire, il y a sûrement beaucoup de vrai là-dedans.

Lino croisa les bras contre son torse en se renfrognant.

— Et moi, je n'en crois pas un mot.

— Moi si, ajouta son chef.

Et, à l'intention de Lise :

— Enlève ton blouson.

Lise avait compris où il voulait en venir. Elle fit glisser le Perfecto de ses épaules jusqu'au bas du fauteuil, pour dissimuler l'arme collée dans sa ceinture. Le Cramé sourit en la désignant de son verre de whisky.

— Tu vois.

Sur le haut du bras droit de Lise apparaissait en tatouage le fanion du 1er RPIMa, avec le parachute et le glaive suspendu – le premier régiment de parachutistes d'infanterie de marine. Sur celui de gauche, on voyait seulement le dragon ailé se déployant autour de la flamme. Lino fit un mouvement de tête en direction du dragon.

— Je reconnais l'emblème, mais il n'y a pas le nom du régiment.

— T'es corse, c'est normal. C'est le signe du 2e REP, il est basé à Calvi. Un hommage pour mes deux potes, c'était de là qu'ils venaient.

— Des légionnaires qui désertent ?

— Ils avaient déconné en butant le patron d'une boîte à Bamako qui avait essayé de les arnaquer sur un poker. C'étaient mes amis, c'est tout ce qui comptait.

Dominique remarqua :

— T'es fidèle en amitié, c'est bien.

Lise sauta sur l'occasion :

— Alors, toujours pas d'embauche ?

Les hommes échangèrent à nouveau de longs regards. C'est Stéphane qui prit la parole :

— Tu nous laisseras ton numéro, on verra.

Et merde ! Elle braqua ses yeux dans ceux du Cramé, il l'observait par en dessous comme s'il avait dévoilé son jeu. Elle en avait des frissons dans tout le corps.

Et maintenant ?

À cet instant, elle sentit une présence dans son dos. Autour de la table, la tension grimpa. Les hommes s'étaient redressés, les mains près de leurs flingues dissimulés sous leurs vestes.

Lise tourna légèrement la tête pour voir un grand chauve encadré de deux bruns teigneux. Ils étaient tous trois vêtus de costumes à deux mille euros, mais seul celui du milieu le portait avec naturel. Les deux autres étaient des nervis de bas étage. La position de leurs mains indiquait qu'eux aussi se trimballaient des calibres dans leur holster.

— Monsieur le Cramé, commença le chauve d'un ton que son accent russe rendait encore plus froid. Je reviens vers vous car vous n'avez pas donné suite à notre petite affaire. Que dois-je en conclure ?

Gosta était affalé vers l'arrière, sa capuche sur ses épaules. Il répondit en montrant les dents dans un sourire carnassier :

— Que vous vous êtes encore dérangés pour rien.

Le calme qui suivit la déclaration du Cramé – malgré les cris de joie des danseurs, la voix de Bono qui hurlait son tube « New Year's Day », les rires des filles et les exclamations – était empli de mort. Le grand Russe se contenta de basculer lentement la tête du bas vers le haut, comme quelqu'un qui tire ses propres conclusions, faisant dégouliner des vagues froides sur les épaules de Lise. Elle n'aimait pas le sentir au-dessus d'elle.

— Comme vous voudrez.

Il avait détaché ses mots un à un, pour bien en faire comprendre la signification. Le Cramé le fixait d'une manière qui vous aurait fait quitter la ville, le pays et le continent dans la minute, en emportant votre femme, vos gosses, votre chat et votre chien ; quant à votre maison, il aurait été inutile d'essayer de la vendre, vous saviez qu'elle finirait brûlée. Vous saviez aussi que votre vie ne serait plus qu'une longue cavale jusqu'à la délivrance, jusqu'à la mort. Car juste avant vous auriez vu périr votre femme, vos gosses, votre chat et votre chien dans d'atroces souffrances.

Le Russe tourna les talons, ses nervis jetèrent des regards appuyés qui auraient pu ressembler au geste de se passer le tranchant de la main sur la gorge. Ils s'éloignèrent dans le brouhaha de la boîte.

Un petit gros aux cheveux frissonnants, avec une moustache et des pattes sur les joues qui le faisaient ressembler au personnage de Coluche dans *Tchao Pantin*, apparut à leur table ; il était déjà en train de se pencher pour embrasser un à un les membres de la bande. Quant à Lise, il se contenta de la saluer, puis il désigna du menton l'endroit vers lequel les Russes avaient disparu.

— Qu'est-ce qu'ils voulaient ?

— La même chose que d'habitude, lui répondit Gosta. Il faudra être prudents, ils ont l'air à cran. Assieds-toi, Tino.

Le Cramé leva la tête vers Lise.

— Tu laisseras ton numéro à Stéphane, il viendra te voir plus tard.

L'enfoiré !

Lise se leva en enfilant son blouson pendant que le dénommé Tino prenait sa place. Un regard de Stéphane Paoli lui fit comprendre qu'il la remerciait de la fermer, mais aussi qu'il ne l'oubliait pas.

36

Lise repéra les Russes au moment où ils allaient disparaître en haut des marches menant à la sortie. Elle remonta la fermeture de son Perfecto et se précipita à leur suite. Lorsqu'elle arriva sur le trottoir, le trio remontait vers le boulevard Richard-Lenoir. Ils bifurquèrent dans une sorte de venelle, et elle fut obligée d'attendre qu'ils en atteignent l'extrémité pour s'y engager à son tour.

Le bout du passage donnait sur une ruelle plongée dans la pénombre. Elle aperçut les silhouettes des trois hommes collés à un gros 4 × 4, probablement un Dodge, jugea Lise. Elle ne pouvait pas sortir de l'ombre, mais elle les entendait parler en russe. Il y eut des claquements – le bruit d'armes automatiques que l'on recharge. Son sang se figea dans ses veines. Elle se pencha légèrement et vit le canon d'une mitrailleuse dépasser de la fenêtre du Dodge. Aussitôt, lui revinrent en mémoire les images du carnage sur l'autoroute. Elle aurait parié trois mois de sa solde contre un dé à coudre qu'il s'agissait d'un fusil-mitrailleur Heckler & Koch. C'étaient eux, les hommes du gofast, il n'y avait pas de doute !

« Putain, qu'est-ce qu'ils foutent ? » Elle tourna la tête vers l'autre bout de la ruelle, et elle comprit. Il s'agissait de l'arrière de la boîte. Il devait y avoir une sortie qui donnait sur cette rue, et c'était ce que les Russes surveillaient.

Ils attendaient.

Ils attendaient que le Cramé et sa bande se pointent pour pouvoir leur régler leur compte et, vu la largeur de la ruelle, il allait y avoir un carnage.

Courant le plus vite possible, elle retourna sur ses pas pour atteindre la rue de Lappe et bifurquer en direction de L'After. Elle se donna quelques secondes afin de reprendre son souffle et descendit dans l'antre de la danse. En arrivant dans la salle du bas, elle eut un pincement au cœur en reconnaissant la voix de Tracey Thorn sur le tube « Missing » des Everything But the Girl. Il s'agissait d'un de leurs morceaux électro, mais Lise possédait des albums du groupe où la chanteuse laissait aller sa voix sur une musique à la fois chaloupée et triste. Des chansons qui lui parlaient lorsqu'elle était adolescente. Ses yeux firent un panoramique fouillé du coin VIP et elle poussa un juron. Le Cramé et sa bande avaient fichu le camp. Qu'est-ce qu'elle croyait ? Qu'ils avaient marché dans son histoire de braqueuse africaine ?

Elle chercha une sortie dans le fond de la salle, avant de se rendre compte qu'elle se trouvait sous le niveau de la rue. Elle avait vu les videurs de la boîte ouvrir une porte dans la mezzanine lorsqu'ils avaient évacué les jeunes… Il ne lui fallut pas deux minutes pour grimper les escaliers, traverser la mezzanine et arriver devant la porte au-dessus de laquelle était inscrit « Sortie de secours ». De la main gauche, elle poussa le battant, les doigts de son autre main serrés sur la crosse de son arme.

L'odeur de pisse lui percuta les narines, elle fit une grimace en laissant la porte se refermer sans un bruit. Elle tenait son Beretta vers le sol et scrutait l'endroit où devaient se trouver les Russes. Rien ne bougeait, bien qu'elle soit persuadée d'apercevoir la forme massive du Dodge parmi les ombres. Elle regarda dans l'autre direction : quatre silhouettes venaient de s'arrêter à hauteur de deux Range Rover – le Cramé et sa bande.

Il y eut un vrombissement de moteur et elle fut éblouie par l'énorme projecteur qui s'allumait sur le toit du Dodge. Elle eut juste le temps de hurler :

— Couchez-vous !

Et elle se mit à tirer.

Face à elle, les flashes d'un fusil-mitrailleur crépitèrent. Le vacarme des détonations se mêla à celui des douilles qui explosaient dans la culasse de son Beretta, elle vit la ligne rouge des balles traçantes passer devant elle pour aller au bout de la rue. Le canon de son arme visa le haut du Dodge. *Bam ! Bam ! Bam !* Le projecteur éclata, plongeant la ruelle dans la nuit et laissant de grandes taches blanches flotter devant ses yeux. Une voix cria dans son dos :

— Hé, la Foudre ! Pousse-toi contre le mur !

Elle s'exécuta avant d'entendre le bruit sourd d'un fusil à pompe, puis des tirs de Glock à répétition, une vraie fusillade de western ! On n'y voyait que dalle, mis à part les flashes aveuglants des armes qui crachaient la mort.

En face, le fusil-mitrailleur continuait de lâcher ses balles au rythme d'un roulement de tambour. Des boules d'étincelles grésillèrent sur la calandre du Dodge et l'un des Russes hurla – il venait de s'en manger une. Il y eut des cris, le moteur se remit à vrombir et les phares s'allumèrent. Plaquée dans son renfoncement, Lise vit le Dodge reculer à toute allure, alors que les balles continuaient de lui dévorer la tôle. Le 4 × 4 dérapa en marche arrière et disparut dans une longue accélération.

Les tirs cessèrent, des étoiles papillonnèrent sur ses pupilles, et le cœur de Lise dérailla lorsqu'elle entendit une voix à quelques centimètres à peine de son visage.

— Ça va ? Tu n'es pas blessée ?

Le Cramé se tenait à côté d'elle, l'air inquiet.

— Ça va aller, merci, répondit-elle en faisant mine de se recoiffer, alors qu'elle avait failli mourir d'une crise cardiaque.

— Merci à toi. Tu nous avais suivis ?

Elle se força à sourire, cela ressemblait à une mimique de Gremlin.

— T'avais oublié de prendre mon numéro.

— C'est plus la peine, j'ai réfléchi à ta troisième proposition. Si t'es libre pour la soirée ?

Cet enfoiré savait y faire, il disait ça en la fixant dans les yeux, un léger sourire au coin des lèvres. Lise était trop tendue, il y eut du froid et du chaud dans son corps. Du froid sur sa peau, du feu entre ses cuisses. Elle prit un air crâneur en retenant les tremblements dans sa voix.

— Seulement pour la soirée ?

Puis regretta aussitôt ses mots. « Quelle conne ! » Ses yeux furetèrent de droite et de gauche, à la recherche d'un mur à défoncer, d'une voiture à casser. Le Cramé l'observa bizarrement, puis il s'éloigna vers le Range Rover en lançant :

— Je t'attends dans la voiture.

Lise en profita pour reprendre ses esprits. C'était de la folie, elle ne devait pas y aller. Mais elle n'avait pas le choix, le Cramé était la pièce maîtresse qui la mènerait aux Russes. Elle s'imagina en train de l'embrasser, de relever son tee-shirt, et elle se vit lui faire une clé de bras et lui balancer un coup de boule. Comment allait-elle gérer ça ?

Elle remisa son flingue encore brûlant contre le bas de son dos, remonta la fermeture de son Perfecto jusque sous son menton, redressa un peu sa crête et prit la direction du SUV.

Stéphane était au volant, il roulait vite, personne ne parlait. Les deux Range Rover traversaient les rues désertes comme s'il fallait fuir une ville où tout était mort. Lise était assise à côté du Cramé, il avait repris son visage fermé, dur et violent, on aurait pu croire qu'il se repassait des images en boucle, celle de l'homme qui aurait violé sa mère, tué son père et torturé son petit frère. Ce n'était pas plus mal. Elle n'avait pas envie de parler, juste de se calmer.

Elle posa le regard sur les trottoirs éclairés de jaune qui défilaient à travers la vitre. Ils suivaient l'autre Range Rover dans lequel étaient montés Dominique et Tino. Lino conduisait. Les deux gros 4 × 4 prirent le périphérique.

Lise se tourna vers le Cramé.

— On va où ?

— Je t'emmène au Crillon, tu connais ?

— Pas mal, sauf que c'est pas la bonne direction.

— On a un truc à faire.

Elle haussa les épaules et se mit à regarder à travers le carreau d'un air vide. Ils sortirent à la Porte Maillot, puis s'enfoncèrent dans le bois de Boulogne, avant de bifurquer sur une des petites routes qui partaient dans la forêt. Est-ce qu'ils comptaient se débarrasser d'elle ? Pourtant, elle n'éprouvait aucune peur. Elle se fiait à son instinct. Le Cramé n'était pas le genre de mec à distribuer des pochettes-surprises, alors, qu'allaient-ils donc bien foutre au milieu d'une forêt à une heure du matin ?

Le tout-terrain qui les devançait braqua sur la gauche et commença à bringuebaler sur un sentier de terre. Le deuxième Range le suivait, les phares montant et descendant dans la nuit, balayant les arbres et faisant fuir des corbeaux dans de sombres bruissements. Ils s'arrêtèrent dans un endroit coupé du ciel par un plafond de branches entrecroisées. Stéphane laissa le moteur tourner, phares allumés et braqués sur l'autre Range. Lise vit les trois hommes descendre du véhicule et marcher jusqu'au hayon. Leurs silhouettes se découpant dans la fumée du pot d'échappement, ils sortirent une pelle et une pioche, comme s'ils s'apprêtaient à déterrer des cadavres. Mais Lise comprit qu'il allait s'agir de l'inverse quand une grande silhouette se déplia du coffre pour en sortir.

Elle reconnut le dénommé John, mains liées dans le dos, un bâillon de chatterton barrant sa bouche, seuls ses grands yeux dont le blanc se reflétait dans la lumière des phares indiquaient le niveau de panique dans lequel il se trouvait. Il tenta de crier à travers son bâillon, secouait la tête pour dire non. Non ! Non !

Non à qui ? À quoi ?

Il avait déconné, et il était tombé sur les mauvaises personnes.

Lino pointa son calibre dans son dos, tandis que Dominique le prenait par l'épaule pour l'inviter à s'enfoncer dans la forêt.

Tino s'adossa à la portière et s'alluma un cigarillo en les regardant s'éloigner. Dans le deuxième 4 × 4, le Cramé ne disait rien ; il se tourna vers Lise et la fixa. Elle fit une moue en se mordant les lèvres, cela voulait dire qu'elle avait compris. Inutile de parler. Le regard de Gosta se fit désolé.

Il détourna son visage vers son ami à l'avant du véhicule.

— Stéphane, passe-moi une cigarette.

Le jeune moustachu lui tendit un paquet de Marlboro avec un briquet dessus. Gosta en proposa une à Lise, qui piocha dans le paquet. Elle la tint entre ses lèvres, tandis qu'il approchait la flamme du briquet. Sa main ne frémit pas lorsque retentit la première détonation. Puis les deux autres. La flamme attendit patiemment que Lise aspire. Celle-ci sursauta au premier coup de feu. Se retint de trembler et tira longuement sur sa clope, faisant crépiter le bout embrasé.

Elle était flic, et on était en train d'assassiner un homme dans les bois. Pendant qu'elle se fumait une Marlboro avec le chef des tueurs.

« Pense à Camille. »

C'était de la provocation de leur part, comme un jeu.

Un jeu avec ses nerfs.

Lino et Dominique revinrent et balancèrent pelle et pioche dans le hayon. Ils n'avaient pas dû creuser profond, mais dans un endroit pareil, à part des junkies et des sportifs dépressifs, on ne croisait pas grand monde. Stéphane passa la marche arrière et les deux 4 × 4 repartirent, le jeune homme eut l'amabilité d'enclencher un CD – Gilberto Gil, d'un commun ! – mais avec le son qu'ils avaient à bord on ressentait le souffle chaud du musicien traverser son saxophone. Ils refranchirent la Porte Maillot, prirent l'avenue des Ternes, la place de l'Étoile où s'illuminait l'Arc de triomphe, puis descendirent les Champs-Élysées, glissant le long de ses trottoirs larges et de ses vitrines de rêve. Il y avait du monde, il y avait toujours du monde. À la terrasse du Fouquet's, à l'entrée du Queen, aux bars de nuit du Rond-Point… des êtres vivants.

Enfin, l'immense obélisque de la Concorde se dressa devant eux. Le puissant éclairage qui le recouvrait faisant ressortir l'or de ses hiéroglyphes. Le Range se gara devant l'entrée de l'hôtel Crillon.

37

Le Cramé regardait Lise avec son petit sourire, l'air de dire : « Alors, toujours partante ? » Elle lui jeta une œillade en guise de réponse, du style : « Plutôt deux fois qu'une. » Alors qu'en vérité elle sentait revenir la torsion dans ses muscles à vitesse grand V.

Le Cramé donna une tape sur l'épaule de Stéphane.

— On se retrouve demain.

L'autre fit oui de la tête et se tourna vers Lise.

— Au revoir, la Foudre.

— Merci pour cette… balade.

Il haussa les épaules, faisant comprendre qu'il était désolé.

— Ça sera mieux la prochaine fois.

— J'espère bien.

Elle se retrouva devant la façade recouverte de moulures d'or, le Range Rover de Lino n'était plus derrière eux. Lise sourit comme une gosse en regardant vers l'intérieur du palace – elle avait toujours rêvé de pénétrer dans ce genre d'endroit. Le Cramé lui fit signe de passer devant et un portier tira la poignée cuivrée en s'inclinant. Leurs pieds foulèrent la moquette épaisse, feutrée comme le silence. Douce chaleur, sourires distingués et aimables du personnel… « Ça ne va pas, c'est trop grand, trop beau. » Le fait de se retrouver seule avec un homme générait trop de tension. Sa mâchoire commençait à se contracter dangereusement. Elle risquait de se faire péter une molaire. « Souffle, souffle, détends-toi. » Elle avait l'habitude de cacher ses envies de frapper, de se frapper. Alors elle souriait en se répétant : « Ce n'est pas une bonne idée, ce n'est pas une bonne idée. »

Le Cramé marchait le visage découvert, sa capuche sur ses épaules, le concierge sembla le reconnaître, ils se firent un signe amical. Lise le suivit jusqu'aux ascenseurs. Tandis qu'ils s'élevaient dans les étages, Gosta faisait la conversation au liftier, tout en s'adressant à Lise de temps à autre.

— On va commander du champagne et des huîtres, tu aimes les huîtres, la Foudre ?

— Heu, oui.

— Oh, et puis j'ai envie de m'amuser et de t'en mettre plein la vue. Il faut que tu retrouves tout ce que la France a de bon. On va aussi prendre du foie gras, du caviar, de la vodka glacée, Żubrówka évidemment, et des pâtisseries de chez Fauchon. Tu as faim, la Foudre ?

« Il se fout de ma gueule ou quoi ? »

— Arrête de m'appeler la Foudre et demande-moi mon prénom.

— Pardon, et… c'est quoi, ton prénom ?

— Lise.

Elle était un peu agressive et s'en rendait compte. « Putain, il faut que je me calme. » Gosta énuméra sa commande au garçon d'ascenseur.

— Tu peux nous avoir ça en combien de temps, José ?

Le liftier fit un grand sourire.

— Votre ami a appelé pour dire que vous veniez… accompagné. Je me suis permis de faire partir une première commande. Le room service attend dans le couloir avec le chariot.

— Parfait, José, tu es parfait.

Lise vit le Cramé sortir de sa poche un rouleau de billets aussi gros qu'une balle de tennis et en tirer un de deux cents qu'il glissa au garçon. Il refit la même chose avec le gamin qui leur apporta le chariot dans la grande suite qui donnait sur la place de la Concorde. Dès que la porte se fut refermée, Lise se précipita sur le balcon de pierre pour savourer la vue. Le palais des Tuileries, l'ancienne maison royale, se découpait le long de la Seine sur leur gauche, alors que du côté droit resplendissait l'avenue menant à l'Arc de triomphe.

Gosta la rejoignit, lui offrit une clope et l'alluma. Lui aussi souriait comme un gamin. Il aimait la présence d'une femme, et pas seulement pour faire l'amour. Pour s'amuser, rire, parler, boire un verre, ou fumer une clope en regardant une des plus belles places du monde. Il regagna l'intérieur de la suite.

— Je vais nous servir du champagne, à moins que tu ne préfères de la vodka ?

— Vodka.

— Alors vodka pour moi aussi.

Il avait ôté sa veste et desserré son holster pour le déposer, avec le Glock qu'il contenait, sur le bras du canapé. Il se tenait devant elle, son verre à la main, souriant, détendu, et tellement sexy avec son pull à col roulé noir. Et Lise savait que ce qui montait dans ses veines, électrifiait ses nerfs, rendait ses muscles durs comme du bois, jusqu'à lui faire mal… que tout cela n'était pas bon.

Elle le désirait. Comme le naufragé désire du secours.

Elle secoua la tête.

— On va à l'intérieur, j'ai froid.

Elle se rendit au milieu du salon et tira le zip de sa fermeture Éclair pour faire tomber son blouson de cuir sur le parquet. Gosta se rapprocha d'elle, jusqu'à ce que leurs corps ne soient qu'à un souffle l'un de l'autre. Il vit une sorte de brume dans les yeux bleus de Lise. Elle fut prise de froid, puis de transpiration. Elle n'avait qu'à tendre les bras, mais elle savait que ses mains serreraient trop fort, que ses baisers seraient des morsures et que chacune des caresses qu'il lui prodiguerait lui donnerait envie de le frapper, jusqu'à le tuer. Rien que d'imaginer sa brûlure sur sa peau, elle en perdait ses moyens, un bouillonnement partait de son vagin pour remonter à travers son ventre jusqu'à son cerveau. Elle était capable de jouir dans la seconde, tout en lui arrachant un bras dans un hurlement.

Elle recula, alors que des larmes glissaient sur ses joues.

— Ça ne va pas, Lise ? Tu veux partir ?

— Non. J'ai juste besoin d'un peu de temps. Excuse-moi, je vais prendre une douche, j'en ai marre de cette coupe de cheveux.

Elle se forçait à sourire en avalant ses sanglots. Gosta la dévisageait. « Merde, cette fille a un problème. »

Ça le bouleversait.

Après qu'elle se fut enfermée dans la salle de bains, il s'assit au bord du lit et fit glisser son pull par-dessus ses épaules noueuses. Le tatouage d'un dragon rouge s'affichait sur la moitié de sa poitrine et un gros pansement s'étalait sur son épaule gauche. Puis il fixa des yeux la porte derrière laquelle se trouvait Lise. Des yeux à la fois inquiets et impatients. Il avait beau la sentir dangereuse, cette fille l'excitait.

Dans la salle de bains, Lise pensait exactement la même chose à son endroit. Sauf que ce n'était pas le bon soir. La bonne période. Elle était en manque, et le fait de se retrouver excitée sexuellement par une brute comme le Cramé la rendait cinglée. Il fallait qu'elle trouve une solution. La douche glacée, elle avait déjà essayé, c'était un coup à se briser une arcade contre le carrelage. « Respire, respire. Essaie de te souvenir. Tu t'es déjà trouvée dans ce genre de situation, non ? Et comment t'as réagi ? » Elle eut encore plus envie de chialer. La fuite, voilà ce qu'elle avait fait, avant d'aller trouver un maquereau sur les grands boulevards et de lui défoncer la gueule. Ou un dealer d'héroïne.

Ses pupilles s'illuminèrent. Elle venait de penser à Marcus. Elle passa les mains sur ses poches et se permit enfin un sourire. Cela devrait marcher. Oui.

Lise enleva ses bottines et posa son arme sur le côté du lavabo. Elle glissa ses doigts au fond de la poche de son pantalon en cuir et en revint avec la seringue emballée et le petit paquet de coke. Elle arracha le blister de la seringue et récupéra le capuchon, dans lequel elle versa un bon tiers du gramme de coke, puis elle le remplit d'eau jusqu'à ras bord.

Ses yeux firent un panoramique de la salle de bains. Les robinets et poignets de l'évier étaient en plaqué or et la sortie d'eau ressemblait à la tête d'un cygne. Sur une étagère de verre trônaient des ustensiles de toilette d'un luxe insensé, ainsi que des produits de soin de la marque La Prairie. Lise récupéra le sachet de coton en « fibre naturelle ». Après avoir touillé quelques secondes avec la pointe de l'aiguille dans le capuchon, elle envoya une minuscule boule de coton au fond du mélange et commença à aspirer. La seringue se remplit presque entièrement d'un liquide blanchâtre. Elle donna des coups d'ongle en poussant le piston pour en chasser l'air et récupéra la ceinture d'un peignoir pour se faire un garrot. Plus de dix ans qu'elle ne s'était pas shootée. Mais, a priori, c'était comme le vélo, ça ne se perdait pas. Elle choisit de se piquer près du poignet, sur l'intérieur de l'avant-bras. L'aiguille neuve pénétra dans la peau comme dans du beurre, traversant le tissu de la veine dans la foulée. Lise n'eut pas à pomper, une tache rouge de la forme d'un petit papillon s'élargit dans la seringue, elle commença à pousser le piston en serrant la mâchoire de peur que l'aiguille ne bouge.

En regardant le liquide disparaître dans son sang, elle pensait : « Pourvu que la coke ne soit pas trop pure. » Pourvu qu'elle ne fasse pas une overdose alors qu'un demi-dieu du sexe l'attendait dans la chambre d'à côté.

Son poing se crispa sur la seringue, tous ses muscles tétanisés. « Merde ! Merde ! Merde ! » Elle l'arracha dans un jet de sang avant d'être prise d'un violent spasme qui la fit se plier en deux. Les yeux écarquillés, elle ne parvenait plus à respirer. Son cœur battait vite, très vite, de plus en plus vite. Elle l'entendait, tel un staccato de mitraillette, marteler ses tempes. On aurait dit que son muscle cardiaque s'était lancé dans un sprint suicidaire, comme s'il essayait de déchirer ses artères. Lise fut prise de panique, ses ongles s'enfoncèrent dans ses cuisses. Une douleur terrible brûlait sa poitrine.

Putain de merde ! Putain de merde !

Son cœur allait exploser.

D'un coup, une immense vague tiède la submergea. Ça lui remonta dans la gorge, jusqu'à voiler ses yeux, et son corps se réchauffa. Les battements de son cœur grondèrent encore un moment, avant qu'un rythme plus serein ne prenne le relais. Elle se laissa aller en arrière contre le mur des toilettes. « Mon Dieu… » Ses yeux étaient brouillés de larmes. Ses épaules s'affaissèrent, deux pépites d'or s'illuminèrent à l'intérieur de ses prunelles.

Elle souriait.

Toute contrainte, fureur ou violence, avait disparu.

Elle se sentait forte et légère en même temps. Sa peau palpitait, son toucher était exacerbé, alors que le haut de sa tête flottait dans du coton. En revanche, l'intérieur de son cerveau turbinait à la vitesse d'un Mac de dernière génération. Pour l'instant, elle se passait un kaléidoscope de couleurs un peu floues en se massant lentement l'intérieur du bras. Elle était bien, cela aurait pu durer des heures. Puis elle remarqua son flingue posé sur le marbre du lavabo et une association d'idées la fit se redresser. Elle repensait à son frère Camille, aux Russes qui s'étaient à nouveau échappés et au Cramé qui attendait.

Le Cramé…

Nom de Dieu !

Elle se leva, roula la seringue dans une boule de papier-toilette pour la jeter dans la poubelle et alla mettre la douche en route. Un nuage de vapeur commença à envahir la salle de bains, alors que Lise jetait ses fringues par terre.

Elle avait soif, soif de vodka, et faim. Faim de sexe.

38

Gosta était en train de sélectionner un morceau de musique avec la télécommande lorsque la porte de la salle de bains s'ouvrit. Un épais nuage de vapeur apparut, au sein duquel la silhouette de Lise se découpait. Dressée droite, les cheveux mouillés plaqués en arrière dégageant ses yeux comme deux billes d'opale, elle portait ses bottines à clous de rockeuse. Pour le reste, elle était totalement nue.

« Cette fille est complètement barge », pensa le Cramé tout en appréciant les fesses charnues, les seins agressifs et ronds, le ventre plat et les longues et fortes cuisses, musclées, tout comme le reste de son anatomie, souple et bien en chair.

Un avion de chasse, avec tout l'armement compris.

Inconsciemment, le Cramé redressa les épaules, rentra ses abdominaux et pointa sur elle un regard de prédateur. Assis sur le lit, il lui faisait face. Il appuya sur la touche « play » de la télécommande. Le son de la guitare de « Young Lust » déchira l'air, alors que la voix grave de David Gilmour lâchait :

« *I'm just a new boy, a stranger in the town* ».

Lise sentit son corps se tendre un peu plus, ses yeux se firent félins et elle marcha vers l'homme comme elle avait vu faire Beyoncé sur la scène du Superbowl. Poitrine en avant et un pied devant l'autre. Elle n'avait pas besoin de réfléchir, la musique rock rythmait ses mouvements, et la coke faisait office de pilote automatique dans son cerveau.

« *Where are all the good times*
Who's gonna show this stranger around ? »

Des deux mains elle repoussa la poitrine de l'homme et se mit à califourchon sur lui. Elle ne le quittait pas des yeux.

— Pas mal, le tatouage.

Le Cramé ne répondit pas, troublé par le regard emporté de la fille. Elle lui faisait penser à une princesse vaudou en plein rite. Lise, pour sa part, se sentait plutôt en rut.

Ses longs doigts commencèrent à détacher la ceinture de Gosta, la basse du morceau de Pink Floyd rythmait les battements de son cœur. Elle tira les boutons du jean et plongea la main dedans. Aussitôt, elle sentit sa bite souple et chaude palpiter entre ses doigts. Il avait la peau incroyablement douce.

Gosta s'était redressé, les mains cramponnées aux fesses de Lise, et il commença à l'embrasser. On aurait dit qu'il voulait lui manger les lèvres. Elle relâcha son emprise sur sa queue pour le prendre par la nuque et enfouir sa langue dans sa bouche. Ils roulèrent sur l'épaisse couette blanche. Lise fit sauter ses bottes, collant son corps à lui, prise de frissons chaque fois que la joue brûlée du Cramé frôlait la sienne. Il avait dégagé son sexe de son jean et elle le sentait dur comme le fer pousser contre sa peau. Ça lui remontait telles des braises le long du dos, en même temps que les mains de Gosta qui la caressaient, puis elle se figea.

Gilmour gueulait dans le haut-parleur :

« *Ooooooooooh I need a dirty woman !* »

Gosta venait de poser la main entre ses jambes, et deux doigts pénétraient sa chatte.

Lise retint son souffle, crispant tout son corps et serrant les cuisses pour emprisonner cette main. Soudés l'un à l'autre, leurs deux corps ondulaient lentement. Le Cramé commença à la caresser, à frotter, à effleurer, elle sentait son souffle contre sa bouche, il était tout autant excité qu'elle.

« *Ooooooooooh I need a dirty girl !* »

Cette fois, un vent brûlant soufflait du bas de son ventre, entre ses côtes, jusqu'à entourer son cœur et y envoyer des décharges électriques. Ils s'embrassaient à la limite de l'apnée, Gosta avait trouvé la partie la plus sensible de Lise, une partie d'une sensualité extrême, et il se laissait guider par d'infimes soubresauts, alors que le corps de Lise essayait de s'enrouler autour de son bras. Elle sentit le raz-de-marée monter, les flots du torrent secouer ses nerfs, faire frémir ses cordes vocales et jaillir la sueur sur sa peau. Elle en eut presque mal et se mordit la lèvre, le sang perla, puis elle se mit à rire. À rire et à pleurer, les yeux plissés, elle secouait la tête dans tous les sens pour accompagner le feu d'artifice qui s'y déroulait.

Gosta, qui la sentait ondoyante comme un serpent, eut soudain l'impression d'avoir une anguille électrique contre lui. Le corps de Lise claqua comme un coup de fouet et elle poussa un long gémissement, agrémenté d'un son rauque sorti du fond des âges, puis ses yeux partirent vers l'arrière, son être comme disloqué, elle s'étala sur le dos, les bras en croix pliés vers le haut, un sourire d'illuminée sur les lèvres.

Gosta rampa sur elle, lui léchant le ventre, les seins, les tétons, le cou, puis elle sentit la chair dure et chaude appuyer contre son ventre. Les paupières à demi closes, de la main droite elle alla chercher sa bite pour la guider en elle.

La musique avait cessé, elle entendait la respiration de l'homme, le son profond de son plaisir contre son visage. Ses mains remontèrent pour lui caresser les joues. Celle qui était brûlée lui envoyait des étincelles dans la caboche. Il accéléra le mouvement, il massait ses seins, griffait ses côtes, Lise avait l'impression d'être sur un tapis volant, non, plutôt d'être un tapis volant, alors que Gosta représentait le vent qui la portait et la secouait. Elle sentit à nouveau le plaisir rouler en elle, un autre plaisir, plus complice. Gosta lui mordit l'épaule jusqu'à la faire saigner, s'accrochant à ses bras comme à une échelle afin de s'enfoncer le plus loin possible, et se rejeta en arrière tandis qu'il jouissait. Lise serra son poing droit, le vent chaud reflua dans son ventre avec une telle intensité qu'elle en eut un hoquet de plaisir et, sans qu'elle puisse le contrôler, son poing partit tel un missile cogner dans l'épaule de Gosta. Il ne relâcha pas sa prise sur ses bras et l'onde de choc secoua leurs deux corps.

Le Cramé poussa un « Ouch ! » en plissant des yeux, puis se rapprocha du visage de Lise. Elle le regardait avec honte, il lui renvoya un grand sourire essoufflé. Ils se mirent à rire tous les deux comme des idiots, puis il se serra contre elle en enfonçant sa tête dans le creux de son cou.

Ils restèrent collés, gluants et chauds, l'un contre l'autre. Lise émettait des petits rires de temps à autre, et Gosta continuait d'embrasser son visage et sa gorge, ses cheveux noirs balayant ses yeux. Il se détacha, elle se retourna, et leurs deux corps se lovèrent l'un contre l'autre, l'homme dans le dos de la femme, dans cette position fœtale qui les rendait indivisibles. Gosta ramena la lourde couette au-dessus d'eux et ils sombrèrent dans le sommeil.

39

Lorsque le Cramé se réveilla, il faisait froid, Lise n'était plus dans le lit. Il se leva en frissonnant et rejoignit le salon. On entendait le bruit et les klaxons des voitures sur la place de la Concorde, le ciel gris des petits matins parisiens s'affichait entre les rideaux de la porte-fenêtre entrouverte.

Lise était en train de manger les huîtres sur la table nappée de blanc. Juste vêtue de sa culotte, elle lui avait emprunté son col roulé noir.

Le Cramé alla fermer la fenêtre. Aussitôt les doubles vitrages ramenèrent la paix et la douceur dans la grande pièce. Il fit un sourire à Lise et se dirigea vers le téléphone près du canapé.

— Oui ? C'est la 404, apportez-moi du café, noir.

Il jeta un coup d'œil à Lise pour lui demander : « Tu veux quelque chose ? », elle tendit un petit verre de vodka qu'elle avait devant elle – « J'ai ce qu'il faut. » Il raccrocha, hésita un instant, et alla vers elle pour l'embrasser. Tout au long, Lise ne quitta pas des yeux sa queue qui se balançait mollement. Il se mit à rire.

— Arrête, on dirait que tu vas me bouffer.

Elle lui sourit.

— Va mettre un caleçon, sinon je vais devoir finir la bouteille de vodka pour me calmer.

Lise était un peu honteuse. Elle se doutait qu'il s'agissait du contrecoup de la coke dans son sang, et le fait d'avoir fait l'amour juste après, ça l'avait mise dans une sorte d'état euphorisant. Quand le Cramé revint s'asseoir devant la petite table, elle lui fit un sourire gêné.

— T'inquiète pas, c'est juste que… ça faisait longtemps.

Il la dévisagea sans rien dire. Cela en devenait embarrassant, quand on frappa à la porte.

— Ah ! Le café.

Gosta alla récupérer le plateau à la porte de la chambre. Inutile que le garçon d'étage entre et voie le Glock posé sur le bras du canapé. Il revint se poser en face de Lise. Il se servit une grande tasse fumante et la descendit presque en une seule gorgée. Puis il se resservit et s'alluma une cigarette. Lise aspira sa dernière huître, s'essuya la bouche, descendit cul sec son petit shot de vodka avant de se servir un café à son tour. De même qu'elle piqua une Marlboro dans le paquet.

« Y a pas, il est beau, ce con. »

Il était face à elle, le torse recouvert de poils noirs, un vrai Wolverine, ses épaules musclées, ses avant-bras noueux et bruns, son torse épais, et des abdominaux de boxeur par-dessus. Avec son tatouage de dragon rouge qui ressortait sous ses poils, sauf qu'il avait les cheveux qui lui tombaient sur les yeux, filtrant ce regard sombre qui semblait cracher des balles. Lise frissonna.

— Il y a un problème ?

— Oui.

Elle tira une taffe sur sa cigarette.

— Quoi ?

Il hésita, puis il écrasa sa clope dans le cendrier et se leva. Elle le vit aller et venir dans la chambre et la salle de bains : il rassemblait ses affaires à elle. Il ramassa même le Beretta, puis posa le tout sur la moquette devant la porte.

— Finis ton café et barre-toi. Le pull, tu peux le garder.

Lise ne bougea pas.

— C'est quoi, le problème ?

— OK.

Il revint s'asseoir en face d'elle, se ralluma une cigarette, la fixa dans les yeux.

— T'es flic.

Ce n'était pas une question.

— Tu le sais depuis quand ?

— Depuis que je t'ai vue.

— Pourquoi tu m'as ramenée, alors ? Ton pote Lino avait l'air de dire que les flics et les balances, vous n'aimiez pas ça. Tu aurais pu t'occuper de moi en même temps que du Black, dans le bois, ou bien me buter dans la ruelle au moment de la fusillade.

— Je te l'ai dit. Je ne tire pas sur les jolies filles.

Et là, Gosta ne put se retenir de sourire en voyant la surprise défaire le visage de Lise. Elle écrasa à son tour sa clope, rageusement.

— Putain, mais quelle conne !

— Tu pensais que je ne te reconnaîtrais pas ?

Lise réfléchissait. Bien sûr, cette blessure à l'épaule. C'était elle qui la lui avait faite. Le Cramé était le chef des braqueurs de la bijouterie de Ménilmontant. Lise se doutait bien que son maquillage et sa teinture n'avaient pas dû faire illusion longtemps. Sa voix l'avait trahie. Ce ton parigot, légèrement agressif et provocateur, qu'elle avait eu dans la boîte. C'était le même dont elle avait usé lorsque les deux gangsters la braquaient dans l'Audi TT. Le Cramé devait croire qu'elle avait remonté leur piste.

Pourtant il s'était passé quelque chose entre eux. Bon, ils n'allaient pas courir à la mairie partager les alliances, mais quoi ? Il s'agissait juste d'un soir de baise ?

— Je ne savais pas que c'était toi, et je n'enquête pas sur le braquage de la bijouterie. L'affaire a été confiée à l'antigang et moi, je fais partie de la BRB, répondit-elle.

Gosta fut surpris par sa sincérité, et cela enflamma sa curiosité.

— Tu es là pourquoi, alors ?

— C'est une longue histoire… C'est personnel.

« C'est une flic et elle a les couilles de le reconnaître, et surtout elle a quelque chose de spécial. » Le Cramé connaissait ce genre de vie cassée, perturbée par le destin et par les autres. Il en avait croisé dans sa jeunesse, en prison, dans les cités. Dans son milieu, cet homme n'était pas une légende pour rien. On respectait ses principes, parce qu'il les imposait. Il ne supportait pas l'injustice et surtout ceux qui s'en prenaient à plus faible, qui violaient, abusaient, exploitaient… Combien d'hommes avait-il tués ou tabassés parce qu'ils essayaient de forcer un gars dans des douches ou de racketter un gamin qui venait d'arriver en taule ? De même qu'il respectait les personnes qui avaient souffert. Qui, comme lui, avaient un idéal – l'amitié, la parole donnée, l'honneur. Principes que l'on pourrait penser démodés, mais que lui et sa bande plaçaient au-delà de toute chose.

Il se leva pour aller dans la chambre. Lise l'entendit ouvrir des placards – il était en train de s'habiller. Elle en profita pour récupérer ses chaussettes et les enfiler, ainsi que son pantalon en cuir et ses bottines ; elle laissa tomber la brassière, ses seins s'en sortaient très bien tout seuls, pointant sous la laine du pull. Elle avait déjà remarqué le regard rapide de Gosta, il avait du mal à la fixer dans les yeux et ça l'amusait. Il revint, simplement vêtu d'un jean et d'un tee-shirt noir – moulant – pour s'asseoir et se resservir du café.

Il tapota sa clope sur la table avant de la glisser entre ses lèvres et de l'allumer. La flamme faisait ressortir la rougeur de la cicatrice sur sa joue.

— Lise, écoute, on a passé un bon moment, et je t'aime bien. Mais dans mon milieu, on ne parle pas avec les flics, même s'ils ont des jambes d'enfer. Je préfère que tu ne me racontes pas ton histoire.

Il ajouta, comme pour expédier l'affaire :

— Et il vaut mieux qu'on ne se revoie plus.

Lise se leva, fit le tour de la table pour venir s'asseoir sur lui. Ses fesses calées sur son entrejambe, sa poitrine frottant contre ses pectoraux, elle se pencha sur son visage. Gosta pouvait sentir l'odeur de cigarette et de vodka dans son haleine, mais aussi celle de sa peau, comme un parfum étourdissant. Il pouvait surtout sentir ses tétons durcir et son cul frotter sur sa queue. Elle lui chuchota :

— Tu déconnes, pas vrai ? On va se revoir ?

Il avait envie de la sauter, à nouveau. Ses mains glissèrent sous le pull, sa chair était chaude et souple. Il pensa : « Ferme-la, tu vas dire une connerie. »

Ce fut Lise qui reprit la parole :

— Je veux juste que tu écoutes mon histoire.

— Et après ? Je te filerai des tuyaux ?

Elle se releva pour le toiser.

— Je ne te demanderai rien. Tu feras ce que tu voudras, dis-moi au moins que tu n'es pour rien dans l'attentat contre mon frère.

— Quel attentat ?

— La fusillade sur l'autoroute, les gendarmes tués, la semaine dernière.

Lise souffla de soulagement en voyant que le Cramé était sincèrement surpris. Il fit non de la tête, et surtout il prononça ces mots :

— Raconte-moi.

Elle se reposa sur sa chaise et commença à parler.

Son frère gendarme, le rendez-vous sur l'autoroute et la tentative d'arrêter les trois Audi. Puis le carnage à la mitrailleuse, la voiture retrouvée, la fille tuée et vidée de son sang, le rouble brûlé, les enquêtes sur les autres filles assassinées, le domaine de Valrois et la voiture de Paoli qu'elle avait suivie jusqu'à son bar. Puis ses recherches sur Affanasiev et sur Stéphane, jusqu'à sa venue dans la boîte de Dominique et de Lino et sa tentative pour lier contact avec eux. À la fin, elle lui exposa ses conclusions :

— La société d'Affanasiev possède des Audi noires, on a retrouvé des filles égorgées ou tuées à proximité de ses résidences, je sais que c'est très léger mais Stéphane Paoli était chez lui et il fait partie de ta bande. Je suis certaine que tu le connais. Il s'agit d'un

Russe, comme ceux d'hier soir. Ce sont eux, ça ne fait pas de doute. Qui sont-ils ?

Le visage de Gosta redevint grave.

— Le monde auquel j'appartiens possède des règles, et ne pas parler à un flic, même s'il a le plus beau cul d'Europe, fait partie de ces règles. Il y a aussi autre chose. Les hommes que tu as vus hier, ils croient en moi, et c'est réciproque, ce sont les membres de ma famille, comme ton frère l'est pour toi. Et pour eux, je ferais n'importe quoi. Si je me mets à parler avec un flic, je les trahis.

Lise se mit debout, ses yeux jetant des éclairs en direction du Cramé.

— Mon frère est en danger de mort. Tu comprendras que tes petites histoires de tapettes qui jouent aux gangsters avec leurs règles tout droit sorties d'un mauvais polar, je m'en bats les couilles. Je te demande juste une piste, un nom, un indice !

Il avait beau avoir une patience infinie, Gosta n'aimait pas la provocation.

— Tu ne sais pas de quoi tu parles ! Pourquoi j'interviendrais ? Et qu'est-ce qui te dit que je pourrais ?

— À aucun moment tu ne m'as parlé de ce que foutait ton pote Paoli à Valrois. Dis-moi juste si c'est Affanasiev qui était dans cette Audi ce soir-là. Ton nom n'apparaîtra nulle part, je te le promets.

Le voyou éclata de rire.

— Tu es vraiment incroyable !

— Comment ça ?

— Je ne peux pas.

Lise était face à un mur.

— Tu ne vas pas m'aider, c'est ça ?

— Non.

Tous deux savaient ce que cela signifiait. Inutile de s'échanger son 06.

Lise redevenait ce qu'elle était vraiment : une flic de la BRB, et elle vit que Gosta s'était mis sur ses gardes. Elle tenta :

— Et si je te foutais mon arme sur la tempe ? Et si je t'emmenais au poste ?

— Après la nuit qu'on a passée ?

— T'es qu'un enfoiré.

Elle l'avait vu jeter un œil sur son flingue, qui se trouvait à même pas deux mètres de sa pogne sur le bras du canapé. Alors que le sien à elle était posé sur son blouson à côté de l'entrée. Cette conne avait oublié de le glisser dans son dos quand elle s'était rhabillée. En même temps, à ce moment-là, elle n'aurait pas un instant imaginé qu'elle aurait à braquer l'homme avec qui elle avait fait l'amour quelques heures plus tôt.

— C'est bon, j'ai compris.

Elle se leva et alla ramasser son blouson. Gosta en profita pour récupérer son arme. Il la garda au bout de sa main tandis qu'il se rapprochait d'elle.

— Lise, c'est pas contre toi.

Elle lui jeta un regard assassin.

— Je suis flic, donc c'est contre moi.

— Putain, mais va te faire foutre !

Elle glissa son flingue dans son dos avant d'enfiler son blouson et de lui faire un doigt.

— Toi, va te faire foutre !

Il ne répondit rien, il se contenta de faire son petit sourire énervant, tandis qu'elle tirait la porte et s'engageait dans le couloir. Elle avait des douleurs dans le ventre et la tête qui tournait – la vodka, mais aussi le fait de s'être énervée. Mais cela allait, pas de pulsions violentes en perspective. Après le traitement de la veille, shoot de coke puis partie de baise avec un truand baraqué, elle avait de quoi être tranquille pour une dizaine de jours. Cela ne l'empêchait pas d'être furieuse. Contre lui, mais aussi, comme d'habitude, contre elle. Elle s'y était prise comme une quiche et venait certainement de perdre une des seules chances qu'il lui restait de remonter jusqu'au Russe. En revanche, elle avait vu quelque chose dans le regard du Cramé quand elle avait parlé de la fusillade et d'Affanasiev. Il savait quelque chose, elle en était certaine. À moins qu'elle ne se raccroche à cette idée parce que c'était l'unique piste qu'elle avait. En attendant, elle avait besoin de prendre une douche, de se changer et de faire le point.

40

Erik Wurtz avait toujours aimé l'élégance. Dès qu'il en avait eu les moyens, il avait commencé à se faire confectionner des costumes sur mesure, ainsi que des paires de chaussures en cuir souple et coloré. Il aimait les couleurs, surtout une, le bleu. Son manque d'expérience en la matière avait été compensé par son intelligence et son sens de l'observation. Erik s'était rendu compte que certains de ses costumes jaune canari ou bien d'un violet aux frontières de la migraine provoquaient des regards étonnés, parfois dégoûtés et, pire, amusés, lorsqu'il sortait dans les bars et restaurants branchés. Sauf lorsqu'il se vêtait de son costume bleu Klein, assorti à des mocassins en veau d'un jaune pâle. Depuis, son dressing ne contenait plus que des costumes de cette teinte. La seule fantaisie provenait de ses chemises ; col en flanelle ou Mao, verte, blanche ou noire, tout allait bien avec le bleu Klein.

Il était dans une immense chambre au plafond à caissons de bois ouvragés et au lit à baldaquin. On disait qu'une duchesse y avait dormi. Assis à un petit bureau en bois marqueté du XVIIe siècle, il rédigeait quelques notes à propos de la mission qui l'occupait lorsque la ligne intérieure du domaine sonna. Le patron désirait le voir. Il récupéra sa veste bleue sur le dossier de sa chaise et l'enfila pour se diriger vers le rez-de-chaussée.

Bien que ne formant qu'une seule entité, le domaine était divisé en plusieurs parties – celle destinée aux bureaux et aux logements des membres clés de l'organisation, plus deux annexes de chaque côté. Dans l'une résidaient les hommes de main, dans l'autre se tenaient les « Événements ». Tout avait été mis en place pour que la concordance des actions devant mener à la réussite finale de ces Événements soit établie de manière pratique dans une logistique sans faille. C'était la raison pour laquelle une des ailes de cette partie servait de clinique aseptisée. Erik décida d'y faire un saut avant de rejoindre le bureau du patron.

Il traversa la salle aux haltères et appareils de sport et arriva devant la grande double porte de bois menant aux « patientes ». Deux gardes armés de pistolets-mitrailleurs surveillaient le passage. Erik savaient qu'il y en avait d'autres à l'extérieur, devant chaque fenêtre et porte donnant accès au parc. Deux ans plus tôt, une des filles avait réussi à s'échapper. Ils ne s'en étaient rendu compte que le lendemain. Le patron avait lancé quelques recherches, mais d'après le docteur la fille était dans un tel état de faiblesse qu'elle avait dû mourir dans les bois. Étant donné qu'ils avaient pris la précaution de la « nettoyer » scrupuleusement, il n'y aurait aucun moyen de la relier à ses ravisseurs. Quelques semaines plus tard, ils avaient repris leurs activités.

Il voulait juste s'imprégner de l'atmosphère, ce côté magique et funeste qui l'intriguait et l'excitait. Il passa les portes et se retrouva devant un sas de plastique transparent dans lequel chaque personne devait revêtir une combinaison aseptique et des chaussons en plastique. Un infirmier passa, porteur d'un plateau-repas, et pénétra dans une chambre. La dernière patiente… Erik avait passé des jours et des jours à l'observer dans son petit village de Slovénie. Une beauté pure, vierge.

Elle allait bientôt mourir. Et les problèmes recommenceraient.

Il aurait dû y avoir une deuxième fille. Ils revenaient d'un Événement important qui avait eu lieu dans le château d'un milliardaire allemand en Basse-Saxe et, une fois de plus, l'Organisation avait tout raflé. Mais sur le chemin du retour ces maudits gendarmes avaient voulu les contrôler ; ils avaient dû agir et tirer. À présent, la situation était tendue, car un autre de ces Événements devait se produire, ici même, au domaine, dans quelques jours. Le patron avait été tenté de tout annuler, mais sa « passion » l'avait, une fois encore, dévoré, et il avait tenu à ce que tout reste en place. Erik avait repéré une proie de substitution non loin. La jeune fille faisait son footing à heure fixe, elle était musulmane et, à moins qu'un des membres de sa famille n'ait abusé d'elle, sa virginité était acquise. Au pire des cas, ils pourraient en faire venir une de leur domaine en Tchétchénie, où ils « stockaient » en permanence des jeunes filles. En cas d'urgence.

Il vit passer le docteur, qui lui lança un regard entendu et inquiet. Les deux hommes n'aimaient pas rester en France : trop de risques. Une police, des élus, des magistrats incorruptibles, des réseaux de caméras partout, c'était de la folie de se livrer à leur genre d'occupations dans un tel pays. Mais les Événements attiraient de l'argent, énormément d'argent, et on ne pouvait pas, en permanence, faire se déplacer les plus grosses fortunes du monde dans des bleds insalubres et dangereux.

Il soupira et prit la direction du bureau de son patron.

Lorsqu'il pénétra dans la grand pièce au parquet lustré et aux murs recouverts de tapisseries anciennes, Affanasiev était en train de congédier un de ses hommes de main. Il lui présenta ses dents blanches dans un sourire chaleureux.

— Erik, entre, entre, je voulais te parler.

Youri Affanasiev avait survécu à la guerre et à la trahison. Pour cela, il avait su s'entourer d'hommes fidèles et bornés, tout comme lui, mais il appréciait le sens de l'observation et l'intelligence d'Erik. Et son absence d'états d'âme. Il savait qu'il pouvait compter sur lui pour l'aider à assouvir sa passion, et à présent il désirait l'intégrer à ses affaires.

— Erik, je voulais te dire que, ces derniers temps, tu m'as aidé à prendre les bonnes décisions sur de nombreux sujets. Tu sais que je m'occupe de faire transiter de l'héroïne d'Afghanistan vers le nord de la Russie afin d'inonder les pays baltes. C'est une branche où je suis associé : je me contente d'investir et cela me rapporte de l'argent. De l'argent que je dois blanchir. Pour cela, j'ai une combine toute simple, mais qui demande, encore une fois, de faire confiance à des personnes. De les engager et de traiter avec elles. Et de l'argent, il y en a de plus en plus, avec ce que rapportent nos Événements, tant que nous raflons la mise. Je désire investir davantage dans cette branche. Tu sais pourquoi ? Parce qu'il s'agit d'un domaine sans compromission aucune et parsemé de risques. J'aime ça. Nous aimons ça. Prendre des risques calculés quand cela en vaut la peine. Nous jouons avec la vie d'hommes et de femmes, oui, nous jouons, et nous gagnons, parce que nous y allons de la façon la plus horrible qui soit. Tout cela pour te dire que la prochaine échéance est primordiale. Il va y avoir énormément de gains que j'aimerais justifier. Tu comprends ?

Erik sortit une fine cigarette d'un boîtier plat en argent qu'il portait sur lui et l'alluma avant de répondre :

— Vous voulez que je vous aide dans vos opérations de blanchiment, n'est-ce pas ?

— Exactement. Voilà comment cela fonctionne : je possède des mines de diamants dans l'Oural ; elles ne produisent rien, mais cela n'a aucune importance, car je paye des gens pour voler des diamants et me les vendre à la moitié de leur valeur. Ensuite, je fais retailler les pierres en disant qu'elles sortent de ma mine, et je les mets sur le marché. Il y a des pertes, mais c'est rentable. Je veux que tu deviennes mon mandataire, en quelque sorte, et que tu traites à ma place avec ces gens.

— De quel genre de personnes s'agit-il ?

— Des braqueurs, des voyous, français, allemands, russes. Mes informateurs m'avertissent quand des transferts de diamants ont lieu et eux se chargent de les récupérer. En ce moment, une grosse opération se prépare, avec des Français et peut-être des Russes, à toi de voir. Je les ai déjà mis en concurrence sur un coup, et cela a bien fonctionné.

— Vous n'avez pas peur que ces voyous ne tentent de vous doubler à leur tour ?

— C'est là que tu interviens. Bientôt nous pourrons quitter la France et rentrer en Tchétchénie nous mettre à l'abri et il faut que le prochain coup rapporte le maximum. Es-tu partant pour m'aider ?

— Bien sûr.

— Il y a aussi ce problème avec ce gendarme français. Qu'en penses-tu ?

— Que nous avons bien fait d'anticiper. C'est étrange, qu'il ne vous ait pas reconnu sur les photos des fichiers d'Europol. J'ai une informatrice à l'hôpital, elle le trouve plutôt bien en point pour quelqu'un qui a subi un choc post-traumatique. Je pense qu'il nous prépare quelque chose. Voulez-vous que nous l'éliminions ou bien que je démarre l'opération ?

— Quels sont les risques ?

— Si nous l'éliminons, l'État français investira encore plus de moyens pour nous coincer. De plus, nous avons besoin d'informations, et cet homme peut nous en fournir. En revanche, pour la deuxième option, les risques sont minimes. Je l'ai observée hier et aujourd'hui. Elle ne demande qu'à se cacher de son garde du corps, je suis certain que si l'occasion se présente, elle tentera de fuguer. C'est là que nous interviendrons. J'ai déjà une équipe prête.

— Très bien, occupe-t'en. Pas de risques, pas de bavures, compris ?

Wurtz acquiesça lentement en regardant la fumée de sa cigarette grimper en douceur vers le plafond. Pas de risques, pas de bavures, toujours cette crainte, après ce qu'il s'était passé en Bulgarie des années plus tôt.

À Sunny Beach…

41

Lise voulut récupérer sa bécane qui était restée place de la Bastille. Mauvaise idée. Heure de pointe, métro bondé, Parisiens et banlieusards qui se pressent les uns contre les autres avec ce visage fermé et stoïque. Et cette impression d'avoir une tripotée d'oursins qui jouaient la finale de la Coupe du monde de rugby dans ses intestins. Le métro commença à ralentir à Hôtel-de-Ville. Elle pressa le bouton pour s'éjecter sur le quai.

Deux minutes plus tard, elle sortait sur l'esplanade. Le ciel était gris, il faisait frisquet, mais c'était Paris. Une horde de jeunes filles se pressaient devant un kiosque à crêpes avant d'aller prendre leurs postes de vendeuses au BHV, des gars habillés comme des banquiers se dirigeaient d'un pas décidé vers la mairie, alors que des gamins passaient en skate sur les trottoirs. Lorsque les portes des bars s'entrouvraient, cela sentait le café au lait et les croissants chauds. Lise marchait vite, tête baissée, puis elle ralentit en voyant devant elle une maman accompagnée de son fils et de sa fille. La mère tenait le garçon par la main tout en lui parlant, alors que la gamine marchait derrière, à quelques pas. De temps en temps, la maman se retournait pour lui crier quelque chose sur un ton excédé, puis son sourire revenait lorsqu'elle se penchait sur le garçon. La fille devait avoir douze ans, peut-être qu'elle faisait sa petite crise d'adolescence et cela énervait sa mère. Ou bien sa mère ne l'aimait pas, tout simplement. Lise se maudit d'avoir ce genre de pensée. Mais non, c'était la gosse qui faisait sa tête de cochon, voilà. Elle avait dû en faire voir de toutes les couleurs à ses parents. Puis son cœur se noua quand elle vit que la mère finissait par aller vers la fillette. Mais au lieu de lui allonger une beigne, elle se mit sur un genou en lui faisant un grand sourire, prononçant les mots qui réchauffent le cœur des enfants, car la môme riait, avant de plonger entre les bras de sa maman.

— Putain de douleur à l'estomac, maugréa Lise en accélérant le pas.

Elle pensait à sa mère : elle ne parvenait pas à se souvenir de ce genre de geste – d'amour, ou même d'attention. Et si Camille avait raison ? Si elle se trompait ? Ce n'était pas le jour, elle le savait, mais elle avait promis. Et puis elle avait besoin de se vider la tête, de se sortir de cette enquête pendant quelques heures. C'était décidé, elle appellerait le bureau pour prendre sa journée, et elle irait voir sa mère.

En arrivant chez elle, à peine eut-elle posé son cuir et son casque sur une chaise qu'elle se précipita aux toilettes en se tenant le bas du ventre. Tout s'expliquait, c'étaient les chutes du Niagara mais en plus coloré. Elle avait eu du bol, sa petite soirée d'amour aurait pu tourner à la catastrophe. Elle alla prendre une douche puis commença à farfouiller dans les placards de la salle de bains.

— Je n'y crois pas… Non, c'est pas possible !

Elle se trouvait dans une situation délicate. Elle attaqua la fouille des sacs à main, ce qui fut assez rapide – elle ne les utilisait jamais. Enfin elle se décida et enfila un peignoir pour sortir de l'appartement et frapper chez la voisine. Personne ne répondit.

— Putain, la poisse !

Deux heures plus tard, elle faisait rouler sa bécane sur le gravier du grand parc de l'hôpital Sainte-Marie, à Fontenay-aux-Roses. Elle ne fut pas mécontente de poser la KTM sur sa béquille et de descendre de selle. Ses yeux remontèrent sur la façade recouverte de lierre séché. Le bâtiment datait du début du XXe siècle. On imaginait sans peine les allées et venues des camions chargés de blessés de la Grande Guerre sur le parvis de cette immense bâtisse de quatre étages au toit d'ardoise rousse planté de cheminées en grès provenant des carrières du Havre. Depuis quelques années, l'établissement était devenu une institution de soins et de repos pour les malades qui souffraient de troubles psychiatriques. Le parc était cloîtré, les chambres du troisième étage étaient spacieuses et meublées comme des petits appartements. Une sorte de maison de retraite spécialisée, mais pas seulement. Beaucoup de vieux étaient « séniles », en fait atteints de la maladie de Parkinson ou d'Alzheimer, mais il y avait d'autres cas plus complexes. Comme sa mère.

Les visites étaient autorisées toute la journée, en dehors des heures de repas, et jusqu'à dix-huit heures. Il s'agissait de sa première venue, Lise était morte de trouille. En toute sincérité, elle aurait mille fois préféré se trouver entourée d'une bande de loubards armés de barres à béton dans une ruelle désaffectée que de franchir la double porte vitrée de l'hôpital comme elle était en train de le faire.

42

La jeune fille à l'accueil la regarda bizarrement, un mélange de pitié et de respect.

— Vous êtes la fille de Mme Lartéguy ?

— Oui. J'aimerais la voir, c'est possible ?

Elle espérait le contraire de toutes ses forces.

— Bien sûr… Attendez, j'appelle ma collègue qui s'occupe de son service.

Lise la vit prendre le téléphone et se reculer sur sa chaise à roulettes pour que la flic n'entende pas leur conversation. Au bout d'une ou deux minutes, elle raccrocha.

— Elle va venir vous chercher pour vous accompagner.

— Ah… Merci.

« Et merde ! »

Une jolie brune qui devait avoir dans les vingt-cinq ans se présenta quelques instants plus tard. Essoufflée, elle lui tendit la main.

— Bonjour, je suis Solveig, je m'occupe de l'étage de votre mère. C'est la première fois que vous venez, n'est-ce pas ? Mon Dieu, vous avez exactement les mêmes yeux qu'elle !

Il y avait une sorte d'excitation teintée de curiosité dans ses prunelles vertes. Elle se racla la gorge et reprit :

— Elle est dans le parc, je vous accompagne. Ça va ? Vous vous sentez bien ?

« Comme une fille qui a ses règles et qui vient de se taper vingt kilomètres à moto avec huit couches de papier-toilette coincées entre les jambes », faillit répondre Lise, mais elle se retint.

L'infirmière ne cessait pas de la dévisager, et Lise comprit que sa mère avait dû parler d'elle. Solveig s'arrêta subitement pour planter ses yeux dans les siens.

— Mademoiselle Lartéguy, vous êtes sûre que…

Lise la trouvait sympathique, mignonne et un brin sexy. Elle décida d'être franche et afficha un air de chien battu.

— Que je veux la voir ? Pas vraiment, mais j'ai promis à mon frère de le faire, au moins une fois.

— Vous savez, vous n'êtes pas obligée.

Ce fut au tour de Lise de la fixer.

— Pourquoi ? Elle me déteste tant que ça ?

— Euh… Oui. Mais on commence à la connaître, depuis toutes ces années, et le médecin a établi un diagnostic un peu plus équilibré qu'au début.

— Ah oui ?

— Je vous expliquerai après. Mais je veux juste vous dire que… ce n'est pas votre faute.

Solveig avait l'air sincèrement touchée.

— Elle vous l'a dit ? demanda Lise, une boule dans la gorge.

— Elle ne fait que répéter : « C'est sa faute, c'est sa faute », en parlant de la mort de votre père, mais c'est faux.

— Vous êtes gentille, Solveig, malheureusement... elle a raison. J'étais dans la voiture le soir où il a eu son accident. Je me droguais, j'avais fugué, je... j'avais des problèmes. Si j'étais restée tranquillement à la maison, il ne serait pas mort.

— Oui, je suis au courant pour vos « problèmes », il y a tout un laïus sur votre parcours dans le dossier de votre mère. Mais... vous êtes-vous demandé d'où pouvaient venir vos problèmes ?

— Comment ça ?

— Il faudrait que vous voyiez le médecin, je peux vous organiser un rendez-vous. Ah, justement, la voici. Je vous laisse la saluer. Je vous attendrai dans le hall.

Maria Lartéguy était seule sur un banc, les yeux dans le vide. Ces yeux magnifiquement bleus qui avaient fait craquer son père. Maria Falva, épouse Lartéguy, était d'origine espagnole, son père l'avait rencontrée à Paris lorsqu'il était encore jeune commissaire au 36, quai des Orfèvres. La jeune femme était à l'époque modèle et muse du monde de l'art, une Espagnole au teint mat et aux yeux bleus, une œuvre à part entière. Paul Lartéguy lui avait mis les menottes lors d'une rafle dans une boîte, après une histoire d'overdose dans les toilettes. Ils avaient eu un coup de foudre et ils s'étaient mariés. Il était breton. Brun, lui aussi, les yeux bleus, calme et dur alors qu'elle était plutôt du genre fougueuse et caractérielle. Ils étaient jeunes. Il risquait sa vie après la bande à Mesrine et ça excitait sa femme. Jusqu'à ce que l'homme à l'instinct de mort rencontre son destin porte de Clignancourt et que Paul Lartéguy ait une promotion dans un bureau avec secrétaire. Par la suite, elle lui avait toujours reproché son milieu de flics et de fonctionnaires, tandis qu'elle continuait de fréquenter un monde de l'art un peu désuet. L'annonce de la naissance prochaine d'une fille l'avait consternée, elle s'était remise à boire et à fumer. Certains médecins pensaient que les symptômes de Lise venaient de là.

Lise s'approcha de cette femme qui l'avait créée. Sa mère. Dès que celle-ci l'aperçut, sa fille vit de la frayeur dans son regard, et ça lui brisa le cœur. Lise s'efforça de la rassurer en souriant, mal à l'aise. Mais ça ne dura pas. Sa mère s'était mise à sourire à son tour. Le vice avait poussé la peur dans ses yeux. Ils s'affinèrent comme le tranchant d'une lame de rasoir.

— Lise ?

On aurait dit un crachat.

— Bonjour, maman. Tu vas bien ?

— Maman ?

Lise était déboussolée. Elle regardait de tous côtés, cherchant de l'aide, mais le grappin que formait le visage de sa mère posé sur le sien la retenait.

— Qu'est-ce que tu fais là ?

— Je pensais qu'on pouvait discuter.

— Tu as fait quoi de ta vie ? Tu l'as détruite, hein ? C'est ça ?

— Non, maman. Camille ne t'a pas dit ? Je suis entrée dans la police, comme le voulait… papa.

Le regard de sa mère se chargea de flammes. Lise eut soudain l'image de ce dragon dans le dessin animé de *La Belle au bois dormant*, qui est en fait une sorcière. Maléfique !

— Tu crois vraiment que c'était ce qu'il voulait ? Oui, Camille m'a appelée, il m'a raconté l'accident. Tu étais là, tu n'as rien fait.

— Mais…

— Tu n'as rien fait ! Tu étais là, et comme par hasard ton frère s'est retrouvé blessé, presque mort ! Tu as failli réussir à le tuer ! Tu ne te rends pas compte, à la fin ? Tout le mal que tu fais ?

Lise décida de prendre sur elle. Elle chercha les mots, tout en entendant au fond d'elle une petite voix lui crier : « Merde, qu'est-ce que t'en as à foutre, de cette conne ? »

Mais elle avait promis à Camille.

— Maman, je crois que nous sommes parties sur de mauvaises bases.

— Ne m'appelle pas maman.

— Pardon ?

— Tu n'es plus ma fille. Tu as tué ton propre père.

— Mam… Maman… Oui, c'est ma faute, mais…

— Tu vois ! Et maintenant, quels sont tes plans ? Tu veux tuer ton frère ? C'est ça ? Et après tu t'occuperas de moi ?

— Au contraire, je veux me rapprocher de toi. Demande à Camille, il te dira.

— Camille, mon fils, mon enfant chéri, je ne veux plus que tu l'approches. Regarde ce que tu as provoqué !

— Enfin, merde, je fais tout pour le protéger.

— Ah ! Tu vois, tu culpabilises, tout est ta faute !

Sa mère lui saisit soudainement le bras..

— Je n'ai jamais voulu de fille, et ton père était en extase devant toi. Et moi ? Hein ? Et moi ? Qu'est-ce que je devenais ? Il disait que j'étais violente ! Et alors ? Je le frappais, oui. Il m'avait interdit de te toucher. Voilà où ça l'a mené ! À la mort ! Maintenant, il ne me reste plus que Camille. Alors, Lise, ne lui fais pas de mal ! Souviens-toi de ce que je te disais quand tu étais petite, ceux qui te veulent du bien, tu dois les repousser. Tu es maudite ! Maudite !

Lise sentit quelque chose déchirer sa poitrine, elle avait envie de se cacher, de frapper le premier qui s'approcherait, de montrer qu'elle savait se défendre, prendre le dessus, faire mal. La tête lui tournait. Sa mère la regardait d'un air implorant.

— Éloigne-toi de mon fils. Tu es incapable de le protéger.

— Excuse-moi, maman, il faut que j'y aille.

— C'est ça… Dégage.

Lise s'éloigna, un peu perdue. Elle repéra l'entrée de l'hôpital et se dirigea droit dessus, sans se retourner.

Solveig l'attendait dans le hall. Les yeux écarquillés par la compassion, elle balbutia :

— Je suis désolée.

Lise lui fit un petit sourire.

— Vous n'y êtes pour rien, c'est moi qui l'ai rendue comme ça.

— Non, votre mère a une dégénérescence chronique, un problème cérébral marqué.

— Oui, je sais, elle est devenue maniaco-dépressive.

— Maniaco-dépressive à tendance paranoïaque et agressive. Elle ne peut s'empêcher de manipuler et de contrôler les autres. La deuxième année où elle se trouvait ici, sa compagne de chambre a tenté de se suicider. C'était une petite mamie qui n'avait aucun problème. Après sa tentative, elle semblait terrorisée, nous avons dû la changer d'hôpital. Par la suite, une autre de ses compagnes est subitement devenue violente et méchante envers les infirmières. Vous comprenez ? Je vous ai parlé du diagnostic du médecin psychiatre, nous avions d'abord cru que le comportement de votre mère était lié à la mort de votre père. Nous nous trompions. Elle n'est pas devenue maniaco-dépressive, elle l'était déjà, depuis sa naissance.

— Comment ? Vous voulez dire que mes problèmes seraient d'origine génétique ?

— Vos problèmes ? Non. J'ai vu votre dossier, syndrome d'hyperactivité lié à de l'hyperviolence, cela s'atténue généralement à la préadolescence, lorsque la pression sociale se fait plus forte sur les jeunes sujets et que leur désir d'intégration prend le dessus sur leur mal-être et leur refus de l'autre. Mais cela n'a pas fonctionné avec vous. Souffrez-vous de tensions psychiques, enfin, je veux dire, dépression, phobie ? Faites-vous des cauchemars ? Des cauchemars qui seraient liés à votre petite enfance ?

— Pourquoi vous me demandez ça ? Quel est le rapport avec mes… problèmes ?

— Votre mère. Ce genre de personne peut causer beaucoup de mal, surtout à des enfants. Elle aurait pu vous affecter dès votre plus jeune âge.

— Je… je ne comprends pas.

— C'est pour ça que j'aimerais que vous rencontriez le médecin, il pourrait vous expliquer. Je peux essayer de vous obtenir un rendez-vous…

Lise était ébranlée, mais pas seulement à cause de ce qu'elle venait d'apprendre. Elle regarda l'infirmière différemment. Il y avait tant d'émotion et d'empathie dans sa démarche… Cela allait plus loin, et la fliquette s'en rendit compte lorsque Solveig se mit à rougir. Son téléphone sonna.

— Excusez-moi.

Elle s'éloigna dans le couloir. Il s'agissait de Louna.

— Lise…

La voix de sa belle-sœur était éraillée.

— Louna ? Ça va ?

— Non, ça ne va pas. Jade a disparu.

— Comment ?

Lise ne dit même pas au revoir à l'infirmière ; quelques minutes plus tard, elle fonçait à plus de 160 sur la départementale en direction de Paris. Jade avait disparu la veille, en fin d'après-midi. Le flic chargé de la surveiller l'avait perdue dans un centre commercial. Depuis, elle n'avait donné aucune nouvelle et son téléphone était inactif. Louna avait appelé toutes ses amies, les cousins et les cousines, mais cela n'avait rien donné. Les équipes de Laugier étaient sur le coup, Lise lui avait téléphoné juste après le coup de fil de sa belle-sœur. Il s'était immédiatement excusé de ne pas l'avoir prévenue plus tôt, mais ils avaient espéré qu'il s'agisse d'une fugue et préféré attendre une douzaine d'heures avant de déclencher les recherches.

Comment cet abruti de flic avait-il pu laisser disparaître sa nièce ? Et ce con de Laugier, à quoi pensait-il ? Une fugue ! Et puis quoi encore ? Il ne savait pas que Lise avait vu les Russes à l'œuvre. Ces gars étaient des tueurs. Elle n'osait pas appeler Camille – il comptait sur elle.

Et si sa mère avait raison ? Si Lise se plantait à nouveau ? Elle qui avait promis à son frère de les protéger, lui et sa famille.

Il ne lui restait pas cinquante solutions. Il n'y avait qu'une seule personne qui pourrait la mener aux Russes et à Jade. Et cette personne s'appelait le Cramé. Il fallait qu'elle arrive à le convaincre de coopérer.

43

Lise gara sa bécane juste en face de La Belle de Calvi et poussa la porte. Elle repéra Stéphane, toujours aussi classe avec sa moustache et son costume sur mesure, assis seul à une table en train de pianoter sur son portable. Il leva des yeux étonnés mais ne broncha pas tandis qu'elle posait violemment son casque devant lui.

Lise désigna le téléphone du regard.

— Appelle le Cramé, dis-lui que j'ai des informations pour sauver un membre de sa famille.

Son corps était parcouru d'électricité et elle se mordait les joues de toutes ses forces en se disant : « Je suis en train de faire une connerie. Sors de ce bar. Sors de ce bar tout de suite ! »

Elle tira une chaise et s'assit face au jeune homme, puis elle tourna la tête vers le barman.

— Y aurait moyen d'avoir un truc à boire ? Un truc fort ?

Stéphane la regarda un long moment, avant qu'un sourire ne se forme sur ses lèvres.

— OK, je vais l'appeler.

Il leva le bras vers le comptoir.

— Rémy, apporte-lui une myrte, et pour moi aussi, s'il te plaît, merci.

Sa chaise racla le sol lorsqu'il la tira en arrière pour se lever et s'éloigner, le portable collé à l'oreille. Elle entendit quelques bribes de la conversation : « Mouais, la fille d'hier soir… Elle dit qu'elle a des infos pour sauver un membre de la famille… J'en sais rien… Non, elle est seule… OK. »

Il revint s'asseoir au moment où le garçon posait les deux petits verres emplis d'un liquide brunâtre devant eux. Il se saisit du sien et fit un signe à Lise.

— Goûte, ça vient de mon pays.

Elle but cul sec et fit claquer le verre sur la table.

— La petite dose, c'est pour vous faire croire que c'est fort ?

— Non, c'est pour apprécier.

Lentement, il fit glisser le liquide dans sa gorge et demanda qu'on les resserve.

— T'en veux encore ?

— J'aime bien. C'est parfumé et sec en même temps.

— Là, je t'apprécie, la Foudre. Et j'avoue que je préfère quand t'es coiffée comme ça, même si…

— C'est bon, j'ai compris. Te fous pas de ma gueule. Il t'a dit quoi, le Cramé ?

— D'attendre.

Stéphane sirota son verre du bout des lèvres sans la quitter des yeux. Elle ne toucha pas au sien : elle venait de se rappeler qu'elle avait laissé son flingue chez elle.

Cinq minutes passèrent et une grosse BMW noire se gara devant le bar. Stéphane Paoli désigna la voiture.

— C'est lui.

Lise n'aimait pas son sourire. Est-ce que le Cramé lui avait dit qu'elle était flic ? Elle prit son verre, le vida à nouveau cul sec et le posa sur la table.

— C'est parfumé et goûteux, mais c'est quand même léger. La prochaine fois, j'aimerais mieux un bon whisky.

Elle n'attendit pas de voir la réaction de Paoli. Elle sortit sur le trottoir et tira la portière avant côté passager. Le Cramé était au volant. Il lui jeta un regard froid.

— Monte.

Elle s'installa en posant son casque à ses pieds. L'intérieur de la BMW était en cuir blanc, une vraie bagnole de ministre, bonjour la discrétion ! Elle ne put empêcher un pincement au cœur en voyant la brûlure qui lui barrait la moitié du visage. Cet enfoiré lui fit son petit sourire.

— T'as appelé pour faire des galipettes ?

— T'es vraiment un connard ! Non, je t'ai appelé au cas où tu aurais envie de sauver la mise d'un de tes proches. Un gars qui risque de se retrouver en taule pour le restant de ses jours.

Gosta prit le temps de réfléchir, les yeux braqués sur le pare-brise.

— Et ce serait en échange de quoi ?

— Ma nièce a été kidnappée, pour pas que mon frère parle, j'imagine. Alors les conditions ont changé, tu vas m'emmener chez Affanasiev. C'était lui, sur l'autoroute, pas vrai ?

Le Cramé regardait toujours droit devant lui.

— Ce sont les bruits qui courent.

— J'en étais sûre ! Putain ! Et ces filles ? Cette fille qu'on a retrouvée ?

Il poussa un long soupir avant de se tourner vers elle.

— Je n'étais pas au courant. Personne n'est au courant.

— Mais putain, tu le connais ! C'est ton chef, hein ? C'est ça ?

Gosta ne put retenir un sourire.

— Mon chef ? Non, on travaille pour lui, c'est tout.

— Des kidnappings ? Des jeunes filles ? Espèce d'enfoiré ! Tu sais où est Jade ?

— On est des voleurs, des gangsters, c'est vrai, mais pas des pervers. On a des règles, même si c'est dur à croire, et le genre de trucs dont tu parles, on n'y touche pas. Des braquages, c'est ce qu'on fait pour lui. Rien d'autre !

— Tu vas m'aider alors ?

— Je ne peux pas aider un flic, je te l'ai déjà dit.

— Et si je sauve un proche d'un membre de ta famille ?

— Qu'est-ce que tu racontes ?

Il se redressa pour sortir un paquet de clopes de sa poche de jean. La crosse d'un automatique dépassait de sa ceinture. Gosta s'alluma une cigarette et tira une longue taffe avant de poursuivre :

— C'est du sérieux ?

— Oui.

— OK, je ferai ce que je pourrai, mais à mes conditions.

Le cœur de Lise se mit à battre plus fort. Et tant pis si les conditions du Cramé étaient drastiques. Elle savait à présent le nom de l'homme qui avait fait tirer sur son frère, et elle avait peut-être le moyen de l'approcher pour le confondre ou lui régler son compte.

Pourtant, le goût de la trahison pesait sur sa langue. Même si elle pensait que jamais on ne saurait que cela venait d'elle, quelque chose dans la voix de son ami Raphaël, lorsqu'il lui avait parlé des deux flics assassinés, lui faisait déjà regretter ce qu'elle s'apprêtait à faire.

— Donne-moi une cigarette.

Elle pinça la Marlboro entre ses lèvres, le Cramé la lui alluma, puis elle souffla un long jet de fumée devant elle.

— Ton ami Lino. Son père est en cavale dans le maquis depuis quatre ans. Les flics de l'île sont sur le point de le serrer.

Gosta resta un long moment sans répondre. Lise planta ses yeux dans les siens.

— Tu vas m'aider ?

— Il y a un problème.

— Lequel ?

— Si Lino apprend que son père a évité la taule parce que j'aurais coopéré avec les flics, il est capable de le dénoncer lui-même juste pour sauver son honneur.

— Merde ! Tu ne vas pas m'aider ?

— Si. Je ne peux pas laisser le vieux Gino finir ses jours à l'ombre. Il est atteint d'un cancer, il n'en a plus pour longtemps, un an maximum, et tes amis les flics ont dû repérer le médecin qu'il va voir. Ce n'est vraiment pas le moment pour qu'il tombe entre leurs mains. Il veut mourir dans son lit, dans une cabane au milieu du maquis, comme un vrai Corse. Je vais t'aider, mais il faudra se démerder pour que personne ne sache que tu es flic, d'accord ?

— Tout ce que tu voudras.

— Tu veux aller chez le Russe, c'est ça ? OK, je vais t'y amener. Tu tombes à point, ça fait deux semaines qu'on prépare un coup pour lui et il nous manquait un gars. T'en es ?

— Euh… Y aurait pas un autre moyen ?

— Si tu veux venir avec Lino et moi au moment où on lui apportera le magot, il faut que tu fasses partie de l'équipe. Je ne vois pas d'autre solution. Si tu ne te sens pas, dis-le tout de suite et on laisse tomber.

— Et tu préviendras quand même le père de Lino ?

— À ton avis ?

— En fait, je n'ai pas le choix.

— Non. Mais on passera du temps ensemble. Ça ne te fait pas plaisir ?

Il le disait en se foutant de sa gueule. Ou pas.

Elle se contenta de répondre :

— Parle-moi du Russe, pourquoi vous bossez pour lui ?

Gosta fit descendre la vitre électrique de la BMW pour jeter sa cigarette.

— On va faire un tour ?

44

La berline s'engagea sur le boulevard en direction de la place de Clichy. Quelques minutes plus tard, ils roulaient entre la place Blanche et celle de Pigalle. Le Cramé bifurqua dans une des ruelles qui montaient vers la butte Montmartre, les pneus chuintèrent sur les pavés alors qu'une multitude de passants et de touristes se poussaient pour les laisser passer, il emprunta une autre venelle et Lise eut l'impression de pénétrer dans un autre pays. De part et d'autre, des cours intérieures apparaissaient sous des porches où l'on pouvait voir des commerces de tissus, des bouis-bouis ou des épiceries, il y avait de la musique orientale et la quasi-totalité des hommes et des femmes qu'ils croisaient venaient d'Afrique ou du Moyen-Orient. La voiture stoppa devant un petit restaurant dont le nom la fit sourire : La Belle de Casablanca. Un gamin d'une douzaine d'années se précipita au moment où le Cramé descendait de la voiture, il grimpa à sa place et posa les mains sur le volant en riant. Lise le salua, un peu surprise, et rejoignit Gosta. Il était en train de s'allumer une clope et désigna le restaurant du menton.

— Je t'offre un thé ?

Le restaurant était bondé. Elle le suivit entre un fatras de petites tables recouvertes de services à thé en cuivre. Sur le comptoir, des plateaux garnis de pâtisseries marocaines côtoyaient des bouquets de feuilles de menthe et de coriandre, la radio passait du raï mixé avec un petit mélange de techno et de rumba. Ils rejoignirent une salle au fond, derrière un rideau. Quatre hommes entouraient une des trois tables qui s'y trouvaient. Ils étaient en train de démonter et de nettoyer des fusils-mitrailleurs. Au milieu des cartouches et des culasses, un cendrier débordait de mégots encore fumants. Des étrangers, jugea Lise en repensant à la fusillade, six jours plus tôt. Mais ils avaient davantage l'air de Libyens ou de Turcs que d'hommes des pays de l'Est. Ils levèrent les yeux vers le Cramé, qui les salua d'un signe de tête avant d'inviter Lise à s'asseoir à une petite table dans un coin. Une jeune fille arriva dans la foulée pour déposer un plateau garni d'une théière et de tasses, mais aussi d'une bouteille de Jameson à demi pleine.

Le Cramé s'en servit une rasade dans une des tasses en proposant à Lise :

— Tu préfères du thé ?

Elle fit non de la tête et piocha dans son paquet de cigarettes pendant qu'il la servait.

Elle montra la pièce du regard.

— Qu'est-ce qu'on fait là ?

— Le coup est prévu dans deux jours. Il faut qu'on te voie avec moi dans des endroits que les flics ne connaissent pas.

— Et eux, là, ils vont faire partie de l'opération ?

— Pas du tout, ils appartiennent à une autre bande. Mais je ne suis pas là pour faire le guide.

— OK. Parle-moi du Russe, alors.

Le Cramé fit descendre la moitié de son whisky au fond de sa gorge, avant de tirer une grosse bouffée sur sa clope, enfumant encore un peu plus la petite pièce.

— Il nous a contactés il y a deux ans. Au début, il nous envoyait des émissaires qui cherchaient des diamants sur Paris, mais pas seulement. J'ai l'impression qu'il a fait la même chose dans d'autres villes d'Europe. On a travaillé pour lui, ça a bien marché, et j'ai fini par le rencontrer. C'est un homme très prudent, mais aussi un joueur, un parieur qui aime se mettre en danger, défier les règles ou les tester, enfin bref, j'ai pu déjeuner avec lui lors d'une transaction et il m'a expliqué sa combine.

— Je ne comprends pas, le Russe est milliardaire, non ?

— Ces gars-là en veulent toujours plus. Il a des affaires légales mais il trafique aussi dans la drogue et la vente d'armes. Il veut que le pognon serve à des investissements immobiliers, tu comprends ?

— Du blanchiment d'argent ? Mais comment ?

— Les diamants. Il possède une mine dans un bled en Russie, sauf qu'elle ne produit rien. Alors il travaille avec des bandes de braqueurs comme nous. On vole des diamants et lui nous les rachète à la moitié du prix. Ensuite, il les retaille et les met sur le marché en disant qu'ils sortent de sa mine.

— D'où le braquage de la bijouterie…

— Oui, mais aussi de grosses opérations, souvent très dangereuses, c'est pour ça que sur certains coups je n'engage que des mercenaires. Je les paye très cher, mais ils savent qu'ils risquent leur vie.

— Et là, vous allez encore travailler pour lui ?

— Ce sera la dernière fois, parce que j'ai l'impression qu'il ne joue pas franc-jeu.

— Comment ça ?

— Il a des informateurs et il connaît bien le milieu des pierres précieuses. Qui achète quoi et qui vend. C'est lui qui nous signale les gros coups. Dernièrement, on est intervenus pendant une transaction dans des entrepôts près d'Évry. Il y avait une centaine de pierres détournées par des membres d'un gouvernement d'Afrique, un truc courant. Ces gars étaient en train de les vendre à une bande de Russes. Ceux que tu as vus dans la boîte de nuit.

Lise était estomaquée.

— Vous les avez braqués ?

— Oui, et ça s'est mal passé, les Russes étaient armés. Ils n'auraient pas dû être là. On s'est renseignés sur eux, ils ne sont en France que depuis quelques mois et ils cherchent des diamants, comme nous. Ils ont attaqué un transport de cailloux sur lequel on avait des vues. Un coup qu'il nous avait donné.

— Tu penses qu'ils travaillent pour lui ?

— Je ne sais pas. En tout cas, ça devient de plus en plus risqué et compliqué. On a décidé d'arrêter après le prochain coup.

— Eh bien, je tombe au bon moment, on dirait. Et les filles ? Est-ce que tu as entendu dire qu'il retenait des filles ?

— Non, jamais. Stéphane s'est rendu dans sa propriété à plusieurs reprises pour négocier le prix des diamants et il n'a rien remarqué, par contre…

— Oui ?

— Ils ont fait venir un médecin dans leur domaine de Valrois. Le genre qui intervient quand un gars a été blessé par balle et qu'il ne peut pas se rendre à l'hôpital. C'était la nuit où les gendarmes se sont fait dégommer. Depuis, des bruits courent que ce seraient eux les auteurs du carnage, et aussi qu'il va bientôt quitter la France, définitivement. Sauf qu'il doit rester encore quelque temps.

— Pourquoi ?

— J'ai entendu dire que c'était un fou des combats illégaux à poings nus. Ceux qui vont jusqu'à la mort du perdant. Les Ultimate Fights, ils appellent ça. Il serait en train d'en organiser un ici, en France, peut-être à Valrois. Beaucoup de monde se déplace pour parier sur ces combats. Des parrains de Naples, des milliardaires chinois, des traders new-yorkais, des producteurs d'Hollywood. C'est pour ça qu'il est encore ici. Le combat doit avoir lieu dans une semaine.

Un vent glacé remonta le long de la colonne vertébrale de Lise. Elle connaissait ces combats. Juste avant d'intégrer l'armée, elle boxait pour un bookmaker et on lui avait proposé d'en faire. Le vainqueur pouvait gagner des centaines de milliers d'euros, à condition de tuer son adversaire. Elle se rappelait ses propres combats, même s'il n'y avait pas de mise à mort : les parieurs encourageaient les boxeurs à frapper comme on encourage des bêtes sauvages à mordre. Ils hurlaient et prenaient leur pied chaque fois que le sang giclait.

Avec tout ce que venait de lui raconter le Cramé, elle se rendait compte que même les flics auraient eu du mal à interpeller Affanasiev. Un diplomate russe, autant rêver ! Et dire que Jade était entre ses mains…

— Des Ultimate Fights ? J'en avais entendu parler, mais j'aurais jamais cru qu'il y en avait en France.

— Le Russe fait boxer son propre poulain, il est réputé invincible. J'ai fait semblant de m'intéresser et il m'a promis de me le présenter la prochaine fois que j'irai le voir.

Gosta rapprocha son visage de celui de Lise.

— Voilà ce que je te propose : on fait le braquage et ensuite tu viens avec Lino et moi livrer les diamants chez lui. Il voudra sûrement nous montrer son boxeur, ce sera l'occasion pour toi de repérer les lieux, mais bon…

— Je sais à quoi tu penses. Ça ne rime à rien, mais si j'arrive à m'introduire dans le domaine, et surtout à capter sa confiance, j'apprendrai peut-être quelque chose.

— Qu'est-ce que tu appelles capter sa confiance ?

— J'ai mes méthodes, ne t'inquiète pas, s'il détient Jade, je le saurai.

— Pourquoi toi et tes amis flics vous n'allez pas l'interroger ? Et fouiller sa baraque, si tu es persuadée que c'est lui ?

— Je n'ai pas de preuves, et il s'agit d'un diplomate. Le jour où il recevra sa convocation, tu peux être sûr qu'il prendra l'avion pour Moscou. Non, et puis c'est comme ça que je le sens. Et toi, pourquoi tu me donnes toutes ces infos ? Le médecin le soir de la fusillade, tout ça ?

— Si le Russe trempe dans des meurtres de jeunes filles, ça change beaucoup de choses.

— Comme quoi ?

— Notre manière de négocier, par exemple.

— Tu vas m'aider à retrouver Jade ?

— On verra. Maintenant, parlons du braquage. Ça va être dangereux, tu es certaine de vouloir participer ?

Lise en avait la nausée. Elle venait de trahir son ami Raphaël et à présent elle parlait d'aller pointer une arme sur des citoyens afin de leur voler leur bien. Elle craignait surtout de participer à des meurtres d'innocents.

— Comment ça, dangereux ?

Le regard du Cramé était toujours aussi dur, cependant elle y vit une pointe d'amusement.

— Ne t'inquiète pas, ce sont des gangsters qu'on va braquer. Tu te sens mieux ?

Elle siffla d'un coup son verre de Jameson.

— Beaucoup mieux.

— En revanche, tu saisis ce que ça veut dire. Ces hommes seront prêts à tuer pour défendre leur fric… Et nous…

— Si un truand me tire dessus, ça ne me dérange pas de le descendre. C'est quoi, le plan ?

— Il s'agit d'un Corse de Corte. Lui et ses frères possèdent des plages, des restaurants et des boîtes de nuit. Ils font du trafic de drogue et il a décidé de transformer le paquet d'argent liquide qui dort dans ses coffres en centaines de diamants. Il va se rendre à Anvers ce week-end, et quand il aura échangé l'argent contre les diamants, il retournera sur son île. C'est à ce moment-là qu'on lui tombera dessus.

— Vous n'avez pas peur des représailles ?

— Qui saura qu'il s'agit de nous ? Je t'ai déjà parlé des mercenaires. Ensuite, cet homme n'est pas très apprécié, disons, par chez lui.

— Comment ça ?

— Il aime les petites filles. D'ailleurs on pense que l'une d'elles sera du voyage.

— Quel voyage, celui du retour ?

— Notre homme a loué une cabine sur le ferry de nuit qui relie Nice à Ajaccio. On connaît la date. On pense qu'une vingtaine d'hommes armés l'accompagneront pour son retour au pays. Mais ne t'inquiète pas, on a tout prévu. Alors, toujours partante ?

Lise avait encore besoin d'une rasade de Jameson. Elle se resservit une tasse et l'engloutit, puis secoua la tête pour s'éclaircir les idées.

— Si vous avez tout prévu…

Le Cramé sortit son téléphone portable.

— Tiens-toi prête, on partira la veille pour Nice, demain soir. On a une villa sur place. Et juste après le coup on remontera directement sur Valrois pour livrer les diamants. Donne-moi ton numéro, je t'appellerai en fin de journée pour te donner rendez-vous.

— Quoi ? Demain ? Mais, mon boulot…

— C'est comme ça. Tu peux encore laisser tomber.

Lise se leva, le whisky lui échauffait les joues, mais elle avait l'habitude de ce genre de discussion. Sans compromission.

— C'est bon, je viendrai.

— Je te raccompagne, tu as ta bécane à récupérer.

45

L'aide-soignante était une petite femme d'une trentaine d'années, les cheveux bruns attachés dans la nuque et les sourcils noirs formant de grands arcs au-dessus de ses yeux. Camille comprit immédiatement qu'elle avait peur. Elle fit pivoter le chariot où était posé son repas par-dessus le lit et demanda d'une voix contrainte :

— Je vous remonte les coussins ?

Le capitaine de gendarmerie posa un regard perplexe sur la femme en blouse bleue : elle mourait d'envie de quitter la pièce, ses yeux étaient braqués sur le plateau-repas. Il lui fit signe que cela allait, et elle s'échappa.

Il jeta un coup d'œil vers la porte qui venait de se refermer. Le dos et la nuque du gros flic en uniforme apparurent dans la petite vitre de communication. Il savait que quelques mètres plus loin, dans le couloir, un officier de la PJ était de permanence, en liaison directe avec le service des écoutes téléphoniques, au cas où les ravisseurs appelleraient sur son portable ou sur la ligne de l'hôpital. Tout en lançant un nouveau regard vers la porte, il glissa les doigts sous la serviette pliée sur le plateau. Il sentit le verre froid d'un téléphone cellulaire ultra-plat et le fit tomber sur le drap. D'un geste rapide il le récupéra pour le mettre dans la poche de son pyjama.

Camille avait déconné : il aurait dû donner l'identité de l'homme qu'il avait vu dans l'Audi à ses collègues. Ainsi, sa fille chérie ne se serait pas fait enlever. Mais il était trop tard. Tout cela à cause de Lise, tentait-il de se justifier, elle était censée protéger Jade !

Il s'était dit qu'il contacterait Affanasiev pour leur proposer un marché. Il comptait manipuler le Russe, le faire chanter, mais celui-ci l'avait peut-être compris en voyant qu'on ne le recherchait pas. Et il avait donné l'ordre d'enlever Jade. À présent, il tentait de joindre Camille.

Deux minutes plus tard, il fermait le verrou de la salle de bains et s'asseyait sur la cuvette des toilettes. Il n'y avait qu'un numéro en mémoire, il appuya sur la touche d'appel et attendit que la personne décroche sans prononcer le moindre mot.

— Monsieur Lartéguy ?

— Vous détenez Jade ?

Sa voix était assez déterminée pour faire comprendre qu'il tuerait le premier qui s'en prendrait à sa fille.

— Ne vous inquiétez pas, vous la reverrez bientôt, saine et sauve.

Camille soupira de soulagement. L'homme qu'il avait en ligne avait l'air raisonnable.

— Qu'est-ce que vous voulez ?

— Vous m'avez reconnu ?

— Je n'ai reconnu personne. Alors, qu'est-ce que vous voulez ?

— Pourquoi ne m'avez-vous pas reconnu ?

C'était donc ça, pensa Lartéguy. Qu'est-ce qu'il avait été idiot ! En voulant monter son propre plan, il les avait intrigués et s'était mis en danger.

— Je voulais vous proposer un marché.

— Trop tard. C'est moi qui vais vous proposer un marché.

— Vous allez libérer Jade ?

— Évidemment. J'ai un besoin primordial de temps. Il doit se passer quelque chose d'important dans quelques jours. Ensuite, je libérerai votre fille. Vous me comprenez ?

— Vous voulez du temps, c'est ça ? Et vous libérerez ma fille ?

— Je vous en donne ma parole.

— À condition que je ne vous reconnaisse pas, ni aujourd'hui ni… demain.

Il y eut un petit silence. Camille sentit la menace qui planait au-dessus de lui.

Ce n'était pas fini. Il demanda :

— Il y a autre chose ?

— J'imagine qu'après ce qu'il s'est passé sur l'autoroute, vous êtes en droit d'exiger des informations sur l'enquête en cours.

— Je suis capitaine de gendarmerie, vous ne pouvez pas…

— Vous êtes aussi père de famille, ne l'oubliez pas. Et il y a cette histoire d'amnésie : un capitaine de gendarmerie qui ment à ses supérieurs ? Tttt… Tttt… Tttt… Non, monsieur Lartéguy, n'essayez pas de discuter. J'ai besoin de ces renseignements. J'ai cru comprendre que votre sœur faisait, elle aussi, partie des forces de police et qu'elle s'intéressait de près à cette enquête… Ne vous inquiétez pas, je ne vous demanderai pas de vous impliquer personnellement. Débrouillez-vous juste pour que les informations puissent transiter, disons, par votre chambre.

« L'aide-soignante ! Elle espionne depuis le début. » Un vent de panique commença à envahir Camille.

Affanasiev n'en avait pas terminé :

— Vous parliez d'un marché ?

Camille ne savait plus. N'avait-il pas fait assez de mal en mettant Jade en danger ? Mais était-ce vraiment sa faute ? Pourquoi serait-il le seul, encore, à subir le chaos ? Le Russe lui tendait une perche : écraser sa honte par sa haine.

— Oui, il aurait fallu s'occuper d'une personne…

— C'est dans mes cordes. Nous en reparlerons. Et n'oubliez pas : si je ne parviens pas à obtenir les quelques jours dont j'ai besoin, il se pourrait que votre fille Jade en soit tenue pour responsable.

— Il n'y a pas d'enquête contre vous, je suis le seul à vous connaître !

— Alors tout va bien, vous reverrez bientôt Jade.

— Saine et sauve ? Vous lui avez fait du mal ? Comme… Comme à cette fille ?

— Non, aucun mal. Nos médecins l'aident juste à dormir, pour que le temps lui paraisse moins long. Quand à « cette fille », elle n'a rien à voir avec elle. À ce sujet… vous saviez que Jade n'était pas vierge ?

— Que… Quoi ?

— Je vous laisse. Je compte sur vous pour que tout se passe bien.

La ligne fut coupée.

Camille regarda l'écran comme s'il s'agissait d'un de ces foutus trous noirs de l'espace. Le front perlé de sueur, il entendait battre son cœur dans ses doigts crispés. « “Nos médecins” ? Mon Dieu, pourvu qu'ils ne lui fassent pas de mal ! »

Il ne connaissait pas les habitudes du groupe d'Affanasiev, et c'était préférable. L'organisation criminelle avait pour règle absolue de ne jamais laisser de témoins vivants derrière elle, que cela soit des hommes, des femmes… ou des adolescentes.

Camille frôla la crise cardiaque en entendant taper à la porte de la salle de bains.

— Camille ? Camille ? Ça va ? Il faut que je te parle !

La voix de sa sœur.

Lise.

46

Elle le vit apparaître dans l'encadrement de la porte, une serviette éponge à la main, essuyant la transpiration sur son visage. Lorsqu'il la dégagea, un sourire crispé s'affichait sur ses lèvres.

— Lise, tu es là !

La fliquette esquissa un geste de recul devant l'air hagard de son frère. Puis le rouge lui monta aux joues. « Il est fou d'inquiétude à cause de Jade. » Elle se sentait responsable.

— Je suis désolée pour Jade.

Il l'embrassa en lui serrant les épaules. Ses mains moites laissèrent des traces humides sur le cuir du blouson de sa sœur. Il fallait qu'il se calme.

— Ce n'est pas ta faute. Viens t'asseoir.

Il retourna se poser sur son lit, fixant ses yeux bleus dans ceux de Lise. Il eut du mal à garder son sang-froid lorsque celle-ci lui annonça :

— J'ai peut-être une piste pour la retrouver.

— Comment ça ? croassa-t-il.

Lise se rendit compte à quel point il était bouleversé.

— Enfin, ce n'est pas encore complètement certain, mais… Attends.

Elle s'empara de l'ordinateur portable de la DCPJ posé sur une table et revint se coller à son frère. Elle ouvrit le PC et alla fouiller dans les fichiers de la police.

— Je veux te montrer un truc. Voilà, regarde cet homme, est-ce que sa tête te dit quelque chose ?

Le dos du pyjama de Camille s'imbibait de sueur alors qu'il faisait mine de se concentrer sur le visage de Cyril Affanasiev.

— Non, toujours rien, le noir complet. Tu penses que ce serait lui ?

Un peu déçue, elle referma l'écran. Merde, elle était sur le point de rejoindre un gang de braqueurs et de tirer sur des gars dans un ferry à cause de la rumeur d'un médecin du milieu !

— On a fait des recoupements sur des meurtres et on a pu remonter à un domaine près de l'endroit où a été trouvée la fille morte. Il appartient à cet homme. J'ai mené une enquête. D'après la rumeur, ce serait lui et ses hommes qui t'auraient tiré dessus ce soir-là.

— Et Laugier ? Qu'est-ce qu'il en pense ?

— Je ne sais pas, je ne lui en ai pas encore parlé. D'ailleurs, il vaut mieux que ça reste entre nous. Je vais tenter de pénétrer dans ce domaine pour être sûre.

— Lise, je ne veux pas que tu prennes des risques inutiles, et surtout que tu te mettes hors la loi.

— Tu es gentil, mais Jade est en danger.

— Laugier dit qu'elle aurait fugué.

Elle le regarda bizarrement.

— Tu plaisantes ?

— Je… euh… non, j'essaye juste de me raccrocher à quelque chose, après ce qu'ils ont fait subir à cette fille dans la forêt.

Lise se mordait la lèvre inférieure, ne supportant pas de voir son frère dans cet état.

— Je vais te la ramener, je te le promets ! Tu as peut-être raison, je vais aller voir Laugier pour essayer de le convaincre qu'il s'agit d'Affanasiev.

— Surtout pas ! Si jamais c'est vraiment lui qui la retient, tu connais les gars de Nanterre, ils vont envoyer la cavalerie et les Russes la tueront. Non, dis-moi plutôt ce que tu comptes faire.

— Tu te fais du souci pour moi, tu ne devrais pas. Je préfère ne rien te dire, ce serait encore pire…

— Si, je dois savoir exactement ce que tu vas faire. Je peux te conseiller, t'aider. Tu comprends ? Je veux être avec toi ! Et si je te perdais, toi aussi ?

Lise sentit les larmes lui bouffer les yeux, elle serra la main de son cadet un peu plus fort.

— Alors n'essaye pas de me faire changer d'avis, tu me le promets ?

— Promis.

Elle lui parla de son enquête et de sa rencontre avec le Cramé. Puis elle en vint à ce plan stupide et dangereux : le braquage sur le ferry et le rendez-vous qu'elle allait avoir avec Affanasiev. Elle lui expliqua qu'elle n'avait pas le choix, car le Cramé lui avait dit que le Russe comptait quitter la France définitivement d'ici quelques jours.

Lorsque Lise fut partie, Camille remarqua l'aide-soignante ; plaquée à côté de la porte entrouverte, elle attendait que sa sœur parte pour entrer avec son chariot de soin. Il détourna le regard, une envie de vomir au ventre.

47

Lise retourna au Bastion. Elle savait que Brigitte et Segura ne se souciaient pas de ses retards ou de ses absences. À la BRB, ils avaient l'habitude d'enquêter chacun de leur côté, et même si elle était censée rendre des comptes, ses supérieurs ne doutaient pas de son implication dans une affaire où son frère était une des principales victimes.

Ce n'était pas pour taper un rapport qu'elle revenait.

Elle ne pouvait pas ne pas le prévenir. Il avait toujours été là pour elle.

Sa secrétaire lui expliqua qu'il était en réunion avec les services financiers afin de mettre en place le budget de l'année à venir. Lise lui annonça simplement :

— Dites-lui juste que Lise Lartéguy demande un congé de cinq jours et qu'elle désire le voir.

Vingt minutes plus tard Pierre Boisfeuras la faisait pénétrer dans son vaste bureau du sixième étage du Bastion.

Lise sourit en le voyant serré dans un de ces costumes de ministre avec ses boutons de manchettes en argent aux armes de la République. Elle qui savait à quoi il ressemblait lorsqu'il s'affichait en bermuda et polo pendant les vacances. Il se tenait debout devant une des grandes baies vitrées qui donnaient sur les Batignolles. Il était si grand que la tête de Lise arrivait à peine à hauteur de ses épaules lorsqu'elle se posta près de lui pour contempler la ville. Il se tourna vers elle et ne put retenir un petit sourire.

— Tu as changé de coiffeur, ma chérie ?

— Mission d'infiltration.

— J'ai connu ça.

— J'imagine.

Le visage du grand flic redevint grave lorsqu'il se refléta à nouveau dans les baies vitrées.

— Tu as demandé cinq jours de congé ?

— Oui… Il faut que je te parle.

— À propos de l'enquête, c'est ça ?

— J'ai peut-être une piste.

Il la regarda.

— C'est hors de question.

— Donne-moi mes congés.

— En congé, un flic est toujours un flic, cela ne changera rien.

— Je sais…

Il l'observa un bon moment, puis il se dirigea vers un coin de la pièce pour ouvrir une vieille armoire normande.

— Tu sais que je suis un flic à l'ancienne, et je crois que tu as besoin de boire un coup…

— Oui.

— … avant de raconter ton histoire.

— Tu sais faire parler les suspects.

— Erreur, je sais faire parler mes hommes. Je ne paye jamais de coup à un truand, surtout pour le faire parler. Les seules fois où je l'ai fait, les gars étaient déjà foutus.

Il sortit une bouteille de Baron Otard cuvée spéciale et en remplit deux verres. Lise se rapprocha de lui et récupéra celui qu'il lui tendait. Boisfeuras l'invita ensuite à s'asseoir à son bureau. Il extirpa un paquet de Gitanes d'un de ses tiroirs et l'alluma tout en humant le liquide brun dans son verre.

— Il a soixante-dix ans d'âge, tu te rends compte, presque comme moi. Un jour ou l'autre, ils finiront bien par me mettre à la retraite.

— Ça sent le message subliminal, rétorqua Lise qui venait de siffler son verre cul sec. « Je ne serai pas toujours là pour toi » et blablabla…

Elle ramassa une des Gitanes et l'enflamma avec un briquet Bic qui traînait sur la table. Boisfeuras n'avait plus envie de sourire. Il planta ses yeux gris dans les siens.

— Dis-moi tout.

C'était pour cette raison qu'elle était venue : elle savait que son parrain ne la jugerait pas.

Elle recommença de zéro – Boisfeuras aimait les détails –, de son entrée dans le bureau de Delrieux jusqu'au Jameson qu'elle avait bu dans des tasses à thé dans un boui-boui de Pigalle. Au fur et à mesure qu'elle racontait, le regard de son parrain se faisait de plus en plus grave.

À la fin, elle tenta de le rassurer :

— Je serai prudente, je te le jure.

— Lise, je m'inquiète pour Jade. Et si ton opération la mettait en danger ?

— Ça ressemble à une opération policière, je ne vois pas la différence.

— La différence, c'est toi. Tu es sa tante, tu ne peux pas te permettre de lui faire courir de risques.

Elle resta un moment silencieuse avant de rétorquer :

— Affanasiev a l'intention de quitter la France dans quelques jours. Tu as vu ce qu'il a fait de la jeune fille qu'on a retrouvée ?

— Si c'est bien lui.

— Il y a des rumeurs dans le milieu.

— Ce fameux médecin qui aurait soigné un de ses hommes le soir de l'attaque ? C'est lui qu'on devrait retrouver, et à ce moment-là on pourrait monter une procédure contre Affanasiev et fouiller son domaine.

— Oui, je n'y avais pas pensé.

— Je vais mettre une équipe là-dessus.

— Tu ne préviens pas Laugier ?

— On vient de lui donner toute latitude pour enquêter sur un gang d'Allemands qui traverse la France avec des Audi. Il a remonté la piste de la voiture brûlée et le garage de Francfort a des accointances avec ce gang.

— Mince, je me planterais sur toute la ligne ?

— Toutes les pistes sont bonnes à suivre. Et pour t'avouer mon sentiment, Laugier s'est lancé un peu précipitamment sur cette piste, histoire de montrer qu'il fait quelque chose. Mais tes éléments m'ont l'air tout aussi, si ce n'est plus, sérieux. Il nous faudrait juste quelques jours.

— On ne les a pas.

— Je vais contacter le pôle financier et leur demander de monter une procédure de blanchiment ou d'évasion fiscale sur Affanasiev, j'essayerai ensuite d'avoir la perquisition dans son domaine. Qu'est-ce que t'en penses ?

— Cela pourrait prendre combien de temps ?

— Une semaine, peut-être deux.

— Non.

— Tu dois le rencontrer dans deux jours, c'est ça ?

— Oui.

— Alors, écoute. Je vais mettre une brigade du GIGN en poste dans le secteur, prête à intervenir. On verra après pour les détails, on pourra dire que tu étais en mission de renseignements chez ces braqueurs et que tu étais en danger. Je m'arrangerai avec Segura pour qu'il te couvre, tu es censée chercher des armes, après tout. Et si on peut faire tomber la bande du Cramé par la même occasion.

— Je préférerais ne pas… les trahir.

— Lise, tu plaisantes ? Il t'a tourné la tête ou quoi, ce Cramé ? Ressaisis-toi, ta famille, c'est la PJ ! Il s'agit de la vie de Jade et de celle de ton frère. Tu devrais laisser tomber, je te promets que je vais faire tout ce qu'il faut de mon côté.

Elle se leva, la mine renfrognée.

— Tu me les donnes, ces cinq jours ?

— Ça va… Te vexe pas. Rassieds-toi.

Lise ne bougea pas d'un pouce. Son parrain poussa un long soupir.

— Bien, c'est d'accord. Mais promets-moi de réfléchir à ce que je t'ai dit.

— Oui. Merci, parrain.

— Dans deux jours je serai en contact avec l'équipe dont je t'ai parlé. Appelle-moi si jamais tu es en danger. Promis ?

Elle acquiesça en silence.

Boisfeuras la regarda quitter son bureau, en pensant : « Quelle tête de mule ! », puis il se ralluma une Gitane en se saisissant de son téléphone.

Lise rentra chez elle. Vingt-quatre heures, il lui restait vingt-quatre heures avant que cela ne commence. Elle allait partir en mission, comme lorsqu'elle était à l'armée. Elle devait se préparer.

Elle se doucha, se changea, et partit courir. Le reste de la soirée, elle le passa à sauter à la corde et à faire des pompes et des abdos en écoutant l'album de Body Count, elle perdit un millier de calories en tapant sur son sac de sable sur le morceau « Born Dead ». Le lendemain, elle recommença jusqu'à midi, puis déjeuna d'un plat de pâtes au ketchup et s'écroula sur son lit, jusqu'à dix-huit heures, lorsqu'un appel du Cramé résonna sur son portable.

48

Sunny Beach, en Bulgarie.

Je me souviens de Sunny Beach.

Il y avait tellement d'excitation, à l'époque. Le patron venait d'acquérir son nouveau jouet, l'argent coulait à flots, mais il fallait être prudent, et organisé.

Or on était dans l'improvisation.

Il était difficile d'imaginer les hordes de touristes trimballant leur parasol sur la plage et les jeunes hurlant et buvant devant les boîtes de nuit sous le ciel étoilé et chaud de l'été. L'hiver, c'était une ville déserte et sombre, comme absorbée par le front de mer pluvieux. On aurait dit que la ville était recouverte d'une de ces vieilles couvertures grises de l'armée – j'avais servi avec le patron en Tchétchénie –, l'eau tombait comme d'une gouttière sur nos têtes et, en permanence, un rideau pluvieux et compact écrasait les rues.

Malgré le fait que ce soit la morte-saison et que les deux tiers des habitants de la ville semblaient s'être volatilisés, le Grand Hôtel, avec son casino, son spa et ses deux restaurants, avait été pris d'assaut par quelques-unes des plus grosses fortunes du monde.

Le voiturier n'avait jamais vu autant de Ferrari, Rolls-Royce, Porsche et Lamborghini. Il y avait des banquiers, des vedettes de la télévision et du cinéma mondial, des hommes d'État venus d'Asie ou d'Afrique, des gangsters, des mafiosi de Colombie, d'Italie, d'Ukraine et de Bulgarie. Tout ce petit monde s'était donné rendez-vous à Sunny Beach pour le grand frisson.

Et pour l'argent.

Les paris.

La soirée était à peine entamée ; l'Événement devait commencer à l'aube, après les interminables parties de poker et de roulette, et nous étions dans la merde.

Le patron nous avait envoyés chercher une fille, jeune – pubère – et vierge. Il nous la fallait avant le lever du jour. Une de ses relations lui avait laissé les clés de son restaurant, planqué dans une ruelle derrière l'hôtel. Le patron devait venir récupérer ce qu'il fallait quand on l'appellerait.

Nous étions trois : moi, le major Boris Filov, qui avait servi avec nous pendant la guerre – ce n'était pas sa première fois et il savait comment faire –, et un petit nouveau, un gars du coin, Ivan je ne sais plus comment. Il n'a pas survécu. On ne saura jamais ce qui n'a pas fonctionné ce soir-là. Le fait était qu'il y avait urgence, le patron comptait sur nous. On a pris la grosse Audi et on a commencé à écumer les rues de Sunny Beach.

On avait l'impression de rouler dans un décor de film d'horreur. À partir du moment où nous avons quitté la place du casino où se trouvait le Grand Hôtel, la nuit s'est abattue sur nous. La lumière des rares réverbères qui longeaient les ruelles de la vieille ville était étouffée par la pluie. Cela résonnait sur le capot et le plafond du 4 × 4 jusque dans nos têtes. Toutes les fenêtres sur les façades étaient éteintes. Une ville morte et grise, noyée sous l'eau froide. Nous roulions au pas, faisant des cercles concentriques vers l'extérieur de l'agglomération. C'était de pire en pire. Nous avions pensé aller dans une autre ville, mais… quelle autre ville ? Nous étions dans un des coins perdus de la Bulgarie. Il y avait quand même quelques âmes en peine dans cette furie orageuse, des hommes seuls qui rentraient chez eux en titubant, des femmes aux épaules voûtées par le travail et la lassitude, quelques couples, des personnes âgées…

Je tenais le volant, Ivan était assis à côté de moi, ses mains caressaient l'acier noir d'un pistolet-mitrailleur israélien. Derrière, Boris valsait au rythme des cahots en se tenant à la poignée du plafond. On avait ôté les sièges afin de mettre l'Audi en mode camionnette, c'était la règle pour les enlèvements. Il portait un Glock 22 à sa ceinture et une kalachnikov améliorée bringuebalait à ses pieds. J'étais le seul à fumer, clope sur clope. On sentait la pression de la mission que le patron nous avait confiée. Il était interdit de revenir sans le « produit ».

— Grimpe sur les collines, m'a ordonné Boris. C'est le quartier des bourges, il doit bien y avoir des gens qui vivent, dans cette putain de ville !

Je lui ai obéi, rejoignant le coin où d'anciens palais de monarque le disputaient aux immeubles rococo, tout aussi sombres et vides que le reste de Sunny Beach. Nous avons emprunté des allées plantées de palmiers et de pins, leurs ombres s'agitaient dans la pluie, comme déchaînées.

Et nous avons vu de la lumière.

Cela faisait comme un écran de cinéma dans cet endroit recouvert de nuées. Le portail était ouvert, la demeure se trouvait trente mètres après, et quatre voitures étaient garées devant. C'était le genre de villa à la californienne, sur un seul niveau et avec d'immenses baies vitrées. Nous avons arrêté l'Audi sur l'allée déserte et j'ai coupé les phares. Une douzaine de jeunes discutaient, riaient et dansaient à l'intérieur. Il y avait des filles. Les garçons avaient ces coupes de cheveux d'étudiants branchés et aisés, les voitures ne trompaient pas – un coupé Mercedes, une Audi TT, une BMW cabriolet et une Ford Mustang de dernière génération.

J'ai jeté un regard à Boris, il a poussé un grognement qui pouvait s'assimiler à un soupir de frustration. Lui aussi avait compris : dans ce coin de Bulgarie, les seules familles fortunées étaient celles des mafieux. Les parrains devaient être au Grand Hôtel, ils avaient laissé les jeunes organiser une fête en attendant que les anciens aient terminé leurs affaires.

Boris avait déjà ses jumelles à vision nocturne sur le nez. Je me suis allumé une énième cigarette en demandant :

— Tu crois qu'il y a de la drogue ? Le patron a dit : pas de drogue.

— Je sais, a marmonné mon vieux compagnon d'armes. Je connais ces familles, un de mes cousins travaille pour eux. Ce sont des chrétiens orthodoxes, ils sont très à cheval sur la coutume. Surtout en ce qui concerne les filles. On a peut-être une chance.

— Tu veux dire qu'il y aurait de la vierge dans le secteur ?

Ivan s'était mis à transpirer. Il a livré le fond de sa pensée :

— Faites pas ça, les gars. Je suis du coin, je les connais, moi aussi. Ils nous retrouveront, c'est sûr, ils nous retrouveront.

Avec Boris, nous avons échangé un regard, et aussi un sourire. On n'aimait pas se faire dicter les règles. J'ai tenté de rassurer Ivan :

— On ne t'a pas embauché pour préparer des feuilletés à la saucisse. Alors, si tu dois te prendre une balle, tu te prendras une balle. T'as compris ?

Ivan a soupiré en secouant la tête.

— Comme vous voulez, mais si on fait ça, ce sera plus qu'une balle qu'ils nous mettront.

Boris a grommelé :

— Tant mieux, j'ai toujours eu peur d'avoir une mort ennuyeuse.

Puis il a ajouté :

— Le patron va nous augmenter, les gars.

J'ai tendu la main vers ses jumelles.

— Fais voir ?

J'ai fait un panoramique du grand salon éclairé comme l'intérieur d'un aquarium. Malgré la pluie battante, la musique faisait vibrer jusqu'aux vitres de notre voiture. De l'électro française, à tous les coups. Certains des garçons avaient l'air éméchés, ils criaient en faisant de grands gestes – cocaïne. Deux blondes magnifiques, pas plus de vingt-cinq ans, riaient avec eux. L'une d'elles secouait une bouteille de vodka dans la main droite. Plus loin, autour d'une table, trois jeunes gars jouaient aux cartes et, assises sur un canapé derrière, trois filles papotaient. Deux brunes, une un peu grosse avec des lunettes qui rougissait au discours de sa voisine de même teinte, et la troisième aux cheveux châtains tirés en arrière, col roulé, jupe longue, un grand verre d'eau à la main, semblant s'amuser comme un banquier à l'annonce de la liquidation de sa boîte. La grosse et la châtain étaient les moins jolies du groupe, mais cela pouvait ne rien vouloir dire. J'ai rendu les jumelles à Boris.

— Tu penses à laquelle ?

— Je ne sais pas.

J'ai sorti mon Beretta et vérifié que la première balle était en place.

— On a une chance sur deux.

— C'est déjà une chance.

Je l'ai fixé un moment en silence.

— OK, j'ai compris, on prend les deux.

À mes côtés, Ivan semblait pris d'une subite envie de pisser. J'ai tapoté l'acier de son Uzi avec le canon du Beretta.

— T'es prêt ?

Derrière, j'ai entendu le claquement sec de la kalachnikov que l'on recharge.

— La grosse et la fille aux cheveux châtains, a tranché Boris.

Et il a ouvert la portière de la voiture.

La pluie avait transformé l'allée en un immense caniveau. L'eau tapait jusqu'au-dessus de nos chevilles, se précipitant vers la ville basse comme pour la noyer. L'orage grondait presque en permanence, on avait l'impression que quelque chose allait se casser la gueule de là-haut, et que cela ferait des dégâts. Nous avons marché vers la lumière blanche et la musique qui tapait dans un rythme de tachycardie.

En trois secondes, mon slip et mes chaussettes étaient trempées, je tenais mon arme contre mon ventre, Boris marchait devant, je me suis tourné vers Ivan.

— Surveille nos arrières, et tu monteras en dernier dans la caisse, compris ?

Il avait beau être jeune et trembler de tout son corps, il a acquiescé gravement, faisant comprendre qu'il connaissait le boulot. Les kidnappings étaient une des spécialités des Balkans.

Boris aussi avait de l'expérience. Nous avons fait le tour par le côté de la villa et nous nous sommes dirigés vers une des baies vitrées ouvertes, à quelques mètres de l'endroit où se trouvaient les deux filles. Il est entré dans la grande pièce. Je me suis engagé à sa suite. J'ai tout de suite repéré les gars qui jouaient aux cartes : ils n'étaient pas si jeunes que ça et des flingues dépassaient de leurs ceintures. Boris a lâché une rafale sur eux au moment où ils se levaient en sortant leurs armes.

Les filles se sont mises à hurler, des garçons étaient en train de s'échapper.

— Vite ! a gueulé Boris.

Il a attrapé la grosse par le poignet et l'a tirée vers lui en reculant, j'ai agrippé l'autre fille. Elle a tenté de me frapper et je lui ai allongé un coup de crosse pour la calmer.

Nous sommes ressortis au milieu des grondements du tonnerre. Ivan était entré dans le salon et le bruit de rafale de son Uzi a déchiré l'air – il était en train de vider son chargeur.

— La voiture ! j'ai hurlé. La voiture !

Ivan est passé en courant devant moi pour aller ouvrir les portes de l'Audi, Boris criait :

— Vite ! Vite !

On y était. J'ai jeté ma fille dans la caisse, laissé la place à Boris et ai fait le tour pour passer à l'avant. D'un coup, mes épaules se sont crispées : des coups de feu venaient d'éclater en provenance de la villa. Je me suis installé derrière le volant en oubliant de respirer et me suis tourné vers l'arrière. Boris était affalé sur le tapis de sol, le visage contracté par la douleur, Ivan le regardait, l'air complètement hagard, la portière était fermée, les filles hurlaient. J'ai gueulé :

— Putain, Ivan, fais-les taire !

Et j'ai appuyé sur l'accélérateur.

L'Audi était équipée d'un turbo, en trois minutes nous avions quitté le quartier résidentiel, aucune voiture ne nous suivait. Dans le rétroviseur, j'ai vu Ivan frapper les filles au visage avec une violence inouïe. J'essayais de voir si elles bougeaient encore, mais au fond je m'en foutais. Je me suis tourné à nouveau ; le gamin était blême.

— Comment il va ?

— Je ne sais pas. Il respire. Il s'en est pris deux dans le dos.

Mon poing s'est écrasé sur le volant.

— Putain ! Tu devais nous couvrir !

Ivan s'est déplacé pour remettre Boris plus ou moins droit. J'ai croisé son regard. Le vieux soldat m'a fait signe de continuer, que ça allait. La mission avant tout. « Merde ! Merde ! Merde ! » Il avait raison, la mission avant tout. On avait deux filles, il n'en fallait qu'une.

— Ivan, demande-leur si elles sont vierges.

— OK.

Il s'est mis à les secouer et à leur parler en bulgare.

Il est resté interdit, puis il s'est mis à tabasser une des filles à coups de flingue. Il était devenu cinglé. J'ai appuyé de toutes mes forces sur les freins, pour me retourner et lui planter le canon de mon arme dans la nuque.

— Qu'est-ce que tu fous ! Merde ! Tu vas la tuer !

— Elle… Elle me connaît ! Elle dit qu'elle me connaît !

— Mais, putain, qu'est-ce qu'on en a à foutre ! Est-ce qu'elles sont vierges ?

Ce con tremblait et transpirait, paniqué. Ça puait le sang, l'urine et la merde, une des filles avait dû se lâcher. Il désigna celle aux cheveux attachés ; la bouche en sang, le nez cassé, elle était dans les vapes.

— Celle-là, oui, l'autre, non.

La petite grosse vibrait et claquait des dents, comme prise d'une fièvre tropicale, et Boris marmonnait :

— Le restaurant, Illich, le restaurant ! La… la mission !

— OK. On y va.

J'ai remis le contact et roulé plus tranquillement. On avait réussi : on avait une fille vierge.

Je me suis garé derrière le restaurant, la pluie paraissait moins forte, même si l'eau continuait de nous tremper les mollets. J'ai ouvert la porte de service qui donnait dans les cuisines puis j'ai récupéré la grosse brune, que j'ai enfermée dans la chambre froide. Ensuite je suis allé chercher mon ami Boris. J'ai croisé Ivan qui portait l'autre fille, un bras sous ses aisselles. On aurait dit une poupée de chiffon. Je me suis penché dans l'habitacle, Boris m'a fait un sourire crispé. Il souffrait.

— Boris, je vais te sortir de là. On va t'emmener à l'hôpital.

— Non, pas l'hôpital. Les familles vont nous chercher.

— Je vais appeler le patron et te ramener chez nous, en Tchétchénie, il y en a pour une dizaine d'heures. Mais d'abord, je vais te soigner. Viens.

Il a poussé un hurlement lorsque j'ai passé la main dans son dos pour le saisir. Mes doigts étaient poisseux de sang. Les balles étaient restées à l'intérieur, du petit calibre. Et j'ai compris d'où provenait l'odeur. Mon ami avait les intestins percés.

Il était foutu.

Je l'ai quand même traîné jusqu'à la cuisine. L'endroit était glacial, de la buée fusait d'entre nos lèvres et ça sentait le graillon. J'ai juré intérieurement en me rendant compte que j'avais laissé mes cigarettes dans la voiture. Derrière l'épaisse porte de la chambre froide, la grosse hurlait et tapait avec ce que j'imaginais être une casserole. Ivan était livide. Il avait allongé la fille sur le plan de travail en inox. Elle ne bougeait pas, le gamin lui avait mis le compte. Ce n'était pas plus mal, en revanche les cris et le bordel de la grosse commençaient à me taper sur le système.

Tandis que je tentais de caler Boris contre des sacs de riz de vingt kilos, ce vieux fou me répétait :

— La mission, Illich, la mission !

Je me suis redressé en pensant : « Putain de mission ! » Puis : « Je suis dans la merde ! » Les dernières fois, c'était Boris qui s'était chargé du « travail », je ne savais pas comment on faisait.

Enfin, si, je savais.

Je me suis tourné vers Ivan.

— Déshabille-la.

J'essayais de rester concentré. Concret. J'ai récupéré des couteaux plus ou moins effilés et me suis mis à la recherche de bacs en plastique ou en ferraille. Ils étaient trop gros ou trop concaves. Je me suis énervé et j'ai balancé tous les ustensiles par terre. Sous les armoires métalliques, sur les étagères, cela résonnait et couvrait un peu les cris de la grosse. J'ai fini par trouver de grands plats en inox dans le four et me suis approché de la fille. Ivan s'était reculé contre le mur de carrelage blanc. Son visage se fondait presque avec tant il était pâle.

— Viens m'aider, tu vas la tenir.

Son réveil risquait d'être brutal : elle allait bouger et en foutre partout. Il n'y en aurait que pour quelques minutes, ensuite, tout serait terminé. Dans la chambre froide, les coups de gamelle redoublaient, ainsi que les hurlements stridents de la grosse vache qui s'y trouvait. J'avais les nerfs à vif.

La fille avait des seins ronds et lourds, avec des mamelons d'un marron foncé d'une beauté infinie. Elle semblait dormir. Tant mieux. J'ai glissé le plat en inox sous son aisselle, c'était plus simple que sous sa cuisse, et me suis préparé à pratiquer une incision à l'intérieur de son bras. Le couteau était un désosseur, il coupait la chair – la viande – comme s'il s'agissait de beurre.

J'ai jeté un regard à Ivan.

— Tiens-la bien !

Mon front était couvert de sueur et mes mains tremblaient, mais je me concentrais pour que le sang ne gicle pas, surtout si la fille s'excitait. J'ai planté la lame et tranché d'un coup sec.

Le sang n'a pas coulé.

La fille n'a pas bougé.

Peut-être n'étais-je pas assez profond ? J'ai fouillé la plaie, il y a eu du sang, juste une auréole. J'ai gratté l'os. Cette putain de fille ne bougeait pas, et surtout, je n'avais pas de sang !

J'ai levé les yeux vers Ivan. Il a reculé.

La fille était morte. Cet abruti l'avait tuée dans la voiture ! Son cœur ne battait plus depuis plus de dix minutes et donc le sang ne giclait plus !

C'était la merde.

J'ai repris ma respiration et me suis tourné vers Boris – j'avais besoin d'aide, d'une solution. Mon ami me regardait, la tête basculée sur le côté, un sourire de soulagement sur les lèvres. Il était mort.

À côté, la porte de la chambre froide vibrait sous les coups de la fille devenue folle, comme une provocation. J'ai essuyé la sueur sur mes yeux et ai sorti mon Beretta pour vider le chargeur dans cette putain de porte.

Juste après, j'avais les oreilles qui sifflaient, l'odeur de la poudre qui me brûlait les narines, mais la fille ne tapait plus. Une flaque de sang coulait de sous la porte. Quelle ironie. Mon téléphone a sonné. C'était le boss. Je lui ai dit que nous avions le paquet, et qu'il fallait qu'il vienne.

Vite.

Il m'a répondu qu'il serait là d'ici un quart d'heure. Je me suis tourné vers la fille sur le plan de travail en inox.

Quinze minutes.

Lorsque le boss est arrivé, la fille n'était plus qu'un agglomérat de chairs, de morceaux de bras, de cuisses découpées, de mains sectionnées, de pieds qui étaient tombés sur le sol et que j'avais repoussés sous la table. Sa tête même était tranchée, pendue à un crochet au-dessus d'un moule à gâteau, son poitrail grand ouvert, ses intestins étalés sur l'inox, à côté d'un magma d'organes écrasés, pressés.

Il y avait une fille morte derrière la porte d'un frigo, et le cadavre raide de Boris sur le carrelage. Les premiers hommes qui sont entrés sont aussitôt ressortis pour vomir. Ivan, recroquevillé dans un coin de la cuisine, pleurait et tremblait. Mais il y avait une carafe transparente sur la table, qui fumait doucement. Elle était emplie à moitié de sang. Du sang de vierge.

Le patron m'a demandé ce qu'il s'était passé. Je lui ai raconté depuis le début, jusqu'au coup de fil qu'il m'avait donné.

À ce moment-là, il avait fallu que j'aille au bout de ma mission. J'avais coupé les mains de la fille en espérant pouvoir récupérer un peu de sang, mais trop peu en était sorti. Puis ses pieds, en vain. Alors j'avais tenté de sectionner à l'endroit où se trouvaient les artères, creusant dans les bras, dans les cuisses, la gorge, mais rien ne sortait. J'avais fini par récupérer une scie de boucher pour lui trancher la tête après avoir posé un récipient dessous. J'en étais à un verre de sang. C'était encore trop peu.

Ivan avait commencé à devenir fou à ce moment-là. Quant à moi, je pleurais. Puis j'avais eu une idée, une ultime idée : je lui avais ouvert la poitrine et m'étais saisi de son cœur pour le presser de toutes mes forces au-dessus du carafon. Et le sang avait coulé. Je m'étais ensuite occupé de son foie – il y en avait un peu moins. À tout hasard j'avais fouillé dans ses entrailles et fait la même chose avec ses poumons. J'avais dû arracher ses côtes à la main, en m'esquintant les paumes.

Tout en racontant cela, je continuais de pleurer. Je savais que jusqu'à la fin de ma vie l'image de ses mamelons d'un marron à la beauté infinie me hanterait.

Le patron m'a remercié. Par la suite, il m'a fait monter en grade et m'a payé largement. Il fallait que les autres hommes voient jusqu'où doit aller la fidélité, l'obéissance aux ordres. Ivan fut abattu dans la cuisine, sous mes yeux.

Pendant que nous retournions au Grand Hôtel, j'étais à l'arrière de la BMW du patron et fumais enfin une cigarette. Je l'entendais discuter avec Pavlov, un de ses anciens aides de camp.

— Nous laissons trop de traces dans ces opérations, et pour attraper les filles, nous prenons trop de risques. Cette entreprise ne doit pas aller à sa perte, alors qu'il ne s'agit que d'un moyen d'obtenir ce que nous voulons.

Pavlov a demandé ce que l'on pouvait faire et le patron lui a dit qu'il devait engager des spécialistes, des professionnels, pour s'occuper de trouver et de récupérer les filles, et aussi pour faire disparaître les traces. Et surtout, ils ne devaient plus se mettre dans ces situations d'urgence. « Imagine que le carafon soit tombé de la table, Pavlov ? Nous aurions été foutus. Ça ne va pas. Et même, nous nous y prenons parfois trop en avance, c'est ce qui a provoqué le drame de ce soir. Il n'était pas satisfait, il disait que ce n'était pas frais. » Pavlov a rétorqué : « Pas frais ! Pas frais ! Que veut-il ? Que nous l'amenions avec nous ? Et son père, comment faisait-il ? – Son père ? Il les amenait à lui. Et c'est ce que nous allons faire à partir d'aujourd'hui. »

49

Ils lui avaient donné rendez-vous dans une ferme à trente kilomètres de Paris, le froid de cette fin octobre mordait et la nuit était emplie d'humidité, recouvrant de fines gouttes froides la visière de son casque. Lise posa la béquille de sa bécane sur le gravier à côté de deux Range Rover Evoque. Elle salua les frères Paoli en train de faire des allers-retours pour remplir les coffres avec de gros sacs de toile noire. Près de l'entrée, Lino fumait un cigare en compagnie du Cramé. Elle se dirigea vers eux.

Le Corse apostropha son chef sans même la regarder.

— Qu'est-ce qu'elle fout là ? Les autres ne doivent nous rejoindre que demain.

— Bonjour les garçons, commença Lise en faisant semblant de sourire.

Le Cramé l'attrapa par la nuque pour attirer son visage et écraser ses lèvres sur les siennes. Bien que surprise, Lise partagea le baiser en l'empoignant à son tour par les cheveux. Gosta se dégagea et ils se fixèrent dans les yeux comme deux crotales prêts à l'attaque. Il s'adressa à son ami :

— C'est ma couverture, elle va me tenir chaud pendant le voyage.

— Mouais, j'aime pas ça. Tu es sûr d'elle ?

— Ne t'inquiète pas, je sais ce que je fais.

Le Corse resserra les paupières et s'éloigna. Lise se sentit moins chaude tout d'un coup. Gosta avait dit ses derniers mots comme s'il s'agissait de la buter après l'opération. De plus, l'idée de se faire traiter de couverture ne l'emballait pas terrible, même si elle avait compris que le truand faisait cela pour la protéger.

— Alors, on est prêts ?

— Rentre ta moto dans la grange et va aider les autres à charger les voitures.

L'opération venait de commencer et la rigolade était terminée. Lise poussa sa bécane jusqu'à l'intérieur et récupéra sa sacoche de voyage fixée à l'arrière, puis elle se rapprocha de Stéphane et le regarda empoigner un des sacs pour le jeter dans le 4 × 4. Ça débordait d'armes : fusils d'assaut, grenades, bâtons d'explosifs, pistolets automatiques et autant de chargeurs et de balles. Le jeune Paoli lui fit un sourire enjôleur.

— Salut la Foudre, alors, t'es de la partie ?

— Comme tu vois. C'est quoi, tous ces flingues, on prépare l'intifada ou quoi ?

— On n'est jamais trop prudent, c'est notre devise. Et puis on ne sait jamais avec quel genre d'armes les gars qu'on embauche préfèrent travailler. D'ailleurs, il va falloir que tu en choisisses une.

Il claqua la porte du hayon et leva le pouce pour signifier à Gosta qu'ils étaient prêts. Lino passa pour s'installer au volant du véhicule, et les frères Paoli montèrent avec lui. Lise rejoignit Gosta, balança ses affaires à l'arrière et grimpa à la place du mort. Lino fit démarrer son Range et ils partirent devant eux.

— On va leur laisser de l'avance, on doit se retrouver à Nice demain matin, dit le Cramé en introduisant la clé de contact.

— Alors comme ça, je suis ta couverture ?

— Hé, on n'est pas là pour déconner ! On ramène ce putain de 4 × 4 dans le Sud, rien d'autre.

Lise s'alluma une cigarette en faisant un petit clin d'œil.

— OK, t'affole pas, rien d'autre alors ?

— Rien d'autre.

Le Cramé démarra en faisant monter les tours. Le moteur poussa toute une série de feulements graves, on se serait cru dans le paddock d'une Ferrari.

Gosta conduisait musique à fond, c'était sa méthode pour aller le plus vite possible tout en restant concentré et surtout ne pas penser aux flics. Une compilation de rock trash assez puissante – Queens of the Stone Age, Marilyn Manson, System of a Down, The Prodigy et Rage Against the Machine.

Que du lourd.

Vers une heure du matin, peu avant Lyon, Lise remarqua qu'une aire de repos s'annonçait à une dizaine de kilomètres. À la vitesse où ils roulaient, il ne leur faudrait pas trois minutes pour y être, elle commença à s'exciter sur son siège.

— Gosta, ralentis, ralentis, y a une aire de repos, là !

— Quoi, qu'est-ce qu'il y a ?

Lise sautillait sur le cuir de son siège.

— J'ai trop envie, faut que tu t'arrêtes, vite ! Vite !

— Putain, mais c'est pas vrai.

Il s'engagea sur l'aire d'autoroute pour se rapprocher du bloc de ciment où logeaient les W-C. Lise lui retint le bras.

— Non, plus loin, dans les bois, c'est trop crade ici.

— OK.

Il rejoignit un coin d'ombre et fit craquer le frein à main.

— Ça va, là ?

— C'est parfait.

Elle tira la molette pour rabattre le siège et Gosta se retrouva brutalement en position allongée. Lise lui sauta dessus à califourchon. Le Cramé n'en revenait pas.

— Mais… je croyais que t'avais envie…

— De baiser, j'avais envie de baiser.

Elle était déjà en train de relever son tee-shirt, elle se coucha sur lui. Il la fit rouler et ils se retrouvèrent au milieu des grenades et des kalachnikov. Gosta tirait son jean vers ses chevilles et elle en profita pour enlever elle-même sa culotte en se tortillant, puis elle le laissa venir en elle. Les fusils allaient et venaient dans son dos, une balle pouvait à tout moment partir et une grenade exploser ; elle s'empara du visage du Cramé pour l'embrasser encore plus fort, pendant que le plaisir montait en elle.

Quatre heures plus tard, le Range Rover atteignait Villeneuve-Loubet, ils virent le miroir étincelant de la mer alors que, juste en face d'eux, une boule jaune se dégageait des montagnes, flashant leur visage et colorant leurs yeux d'étincelles, les palmiers défilaient, les petits immeubles blancs se peignaient de lumière.

Ils passèrent Cannes, Mandelieu, puis sortirent à Nice pour rejoindre la place Île-de-Beauté et monter du côté du mont Boron. Le Cramé avait loué une villa dont la vue donnait sur le port de Nice. Il se gara sur le gravier à côté du deuxième 4 × 4 mais aussi d'une magnifique Lamborghini blanche décapotable. Lino et Dominique les attendaient sur la terrasse qui dominait le front de mer, une cafetière fumante devant eux – ils savouraient la vue et ce ciel bleu et dégagé malgré le début de l'hiver.

Gosta se servit du café.

— Alors ?

Dominique cligna d'un œil pour lutter contre le soleil qui s'élevait sur leur gauche.

— Les autres doivent nous rejoindre plus tard.

— Et Stéphane ?

— Il est parti faire la sieste.

On entendit la voix grave de Lino :

— Le voilà.

Ils se retournèrent pour regarder vers la baie de Nice, en bas. Un gros ferry jaune fendait mollement la mer étincelante en se dirigeant vers l'entrée du port.

— C'est lui ? demanda Lise.

— Le *Sardegna*, c'est pour ce soir.

Lise désigna les deux gros sacs de skaï noir anormalement gonflés sous la table.

— Y a quoi dans ces sacs ?

Gosta continuait de regarder le ferry, un petit remorqueur l'avait rejoint pour le guider vers son quai.

— Le fric pour l'opération. On va avoir besoin d'un bateau et d'autres voitures. Plus le salaire des hommes et des femmes qu'on a embauchés, cent mille euros par tête. Toi, tu auras ta part après la vente des diamants. Je t'ai prise pour que tu diriges l'opération, tu te rappelles ? Donc c'est normal que tu obtiennes une part plus importante. Bon allez, faut que je descende en ville, je dois voir des gens pour le bateau. Lino va te montrer un schéma du ferry et t'expliquer le plan qu'on a prévu, tu t'occuperas de briefer les autres quand ils arriveront. Je reviendrai te chercher vers midi. On ira manger au Nautique, sur le port. Lino, tu me files les clés ?

Son ami lui envoya un trousseau, qu'il empocha. Gosta sortit une paire de Persol de sa poche et les glissa devant ses yeux fatigués. Le soleil commençait déjà à monter dans le ciel, il avait pris ce jaune vif des mimosas de la région qui rendait la peau plus douce et légèrement chaude. L'endroit était magnifique, le cadre, l'odeur, l'atmosphère. Lise le regarda monter dans la Lamborghini.

— Et la voiture ? C'est pour le coup, aussi ?

Il lui fit un sourire sous ses lunettes noires.

— Non, elle est à moi. Je roule toujours en décapotable quand je suis sur la Côte.

Il tourna la clé, et le bruit du moteur lança sa symphonie à plusieurs millions d'euros.

50

Le soir même, à vingt-trois heures, ils faisaient la queue dans une file de voitures pour accéder au ferry. Lise et Gosta étaient dans un monospace Volkswagen de type familial, sauf que le coffre était truffé de pistolets automatiques et de fusils d'assaut. La nuit teintait le ciel d'un voile bleu foncé, l'odeur de fuel et de mer remontait du port alors que l'on entendait claquer les vaguelettes contre le quai. Les véhicules avançaient à 3 kilomètres-heure, avant de rejoindre la passerelle du bateau et d'être guidés pour se garer à l'intérieur. Le Cramé se releva sur son siège et jeta un coup d'œil vers l'arrière.

Un break Citroën les accompagnait, avec deux membres de la bande. Les derniers à participer au coup avaient pris des billets piétons. Il s'agissait de ne pas se faire repérer. Gosta portait une fausse barbe noire qui dissimulait sa cicatrice, et il savait que les gars qu'il avait embauchés n'étaient pas connus dans le milieu corse. Trois garçons et deux filles. Marco, un jeune Milanais qu'il connaissait depuis un moment, venu exprès d'Italie pour ce coup. Igor, un Croate d'une cinquantaine d'années, le visage marqué par les guerres qu'il avait traversées, le regard dur de celui qui vit dans son monde et qui n'est là que pour une chose : faire le boulot, toucher son fric et disparaître. Il était dans la Citroën avec Corine, une ancienne pilote de rallye qui avait tourné braqueuse et cambrioleuse par amour. Son homme purgeait une peine de vingt ans pour meurtre, mais elle avait toujours l'adrénaline dans le sang et voulait engranger un maximum de fric pour payer la belle vie à son amoureux à sa sortie de centrale. Et, pour finir, Arantxa et Ugo, un couple de militants basques d'une trentaine d'années. Ils avaient vécu dans la clandestinité pendant plusieurs années après leur participation à des attentats, avant de bénéficier d'une amnistie. À présent, tous deux étaient recherchés pour des braquages en Catalogne. Ils continuaient d'œuvrer pour la cause en essayant de remplir ses caisses.

Marco, Corine, Igor, Arantxa et Ugo, plus Gosta et Lise, sept membres d'un commando qui allait s'emparer d'une centaine de diamants pour la somme de trois millions d'euros.

De leur côté, Dominique et Stéphane Paoli avaient embarqué sur le gros yacht gris anthracite au moteur de 600 chevaux que Marco avait rapporté de Gênes, un monstre de design et de technologie. Ils allaient suivre le ferry pour les récupérer à la fin de l'opération. Les 4 × 4 Evoque, ainsi que d'autres véhicules, les attendaient près d'un ponton du cap d'Antibes. À partir de là, Lise, Gosta et les Paoli remonteraient directement sur Paris, alors que Marco reconduirait le bateau en Italie et que les autres membres du groupe disparaîtraient. Quant à Lino, il était déjà sur la route du retour. Il devait s'occuper d'arranger le rendez-vous avec Affanasiev dès que l'opération serait terminée.

Un Niçois avec un gilet jaune fluorescent et un talkie-walkie contrôla leurs billets, puis ce fut à leur tour de pénétrer dans l'immense cale de fer. Des claquements métalliques brutaux, des crissements de pneus et des ordres d'avancer résonnaient dans cette cathédrale qui puait le mazout et le pot d'échappement. Un des marins les dirigea pour que les roues soient calées et bloquées, ils purent ensuite éteindre le moteur et sortir de la voiture.

Gosta jeta un œil vers l'arrière : la deuxième équipe avait suivi. Ils récupérèrent deux grands sacs en PVC noir servant habituellement à transporter du matériel de plongée et s'engagèrent dans une des cheminées aux escaliers métalliques menant aux ponts supérieurs. Ils n'avaient pas pris de cabines, seulement des fauteuils dans un des grands salons du ferry. Ils grimpèrent au pont trois et trouvèrent deux sièges pour poser leurs fesses et leur matériel en attendant que le bateau largue les amarres.

Vers minuit, la longue sirène de départ résonna et les énormes moteurs dégagèrent le ferry du quai. Lise et Gosta rejoignirent la rambarde à l'arrière. La baie des Anges formait un grand arc de lumières multicolores qui se floutaient dans la Méditerranée. Tout autour, l'eau était noire et la nuit douce comme du velours. Les moteurs ronronnaient et les flots bouillonnaient d'écume, le regard du Cramé était plongé vers l'intérieur. Le cœur de Lise battait de plus en plus fort. Elle avait l'impression de se retrouver en territoire ennemi, des émanations de ses années d'armée remontèrent à la surface. Elle connaissait ces situations : la tension se calmait à partir du moment où l'on se saisissait de son fusil d'assaut et que l'on tirait la culasse vers l'arrière pour l'armer, puis elle se remettait à grimper lentement, d'une manière exponentielle, gonflant à l'intérieur de votre cerveau, de vos veines, de vos poumons, prête à vous faire exploser, mais c'était elle qui éclatait tel un ballon de baudruche, pour disparaître subitement dès le premier coup de feu tiré, dès le premier cri de blessé, le premier jet de sang sur votre visage. Dès le début du chaos final.

Ceux qui ne savaient pas cela reculaient au combat.

Elle se tourna vers Gosta.

— On y va ?

— On y va.

Ils firent semblant de se balader en amoureux, histoire de repérer les lieux, puis descendirent sur le pont principal. Cela grouillait de touristes, de gamins criards et de Corses amusés. Ils avaient rendez-vous au restaurant avec les autres pour finaliser leur plan. Marco était du genre radieux, sauf qu'il dévoilait des canines de loup prêtes à vous dévorer chaque fois qu'il souriait. Il avait réservé une grande table ronde dans un des coins de la salle. Le restaurant pouvait servir deux à trois cents repas et était déjà bondé. Gosta s'installa dos à l'entrée, tandis que Lise s'asseyait à côté de Corine. Le courant passait bien entre elles. En revanche, Ugo et Arantxa étaient du genre taciturne, pour ne pas dire méfiants. De même qu'Igor, un vrai professionnel, bien que l'on devine chez lui une certaine excitation, à moins qu'il ne s'agisse de la satisfaction de travailler avec le Cramé, qu'il connaissait de réputation. Chacune des personnes présentes autour de la table n'était pas seulement motivée par l'argent.

Elles avaient l'odeur de la poudre et de la graisse d'arme à feu sur la peau, elles étaient là pour l'action.

Lise se prit une bière, une salade de riz et un yaourt. Elle savait qu'elle ne mangerait que le dessert, ses intestins étaient en mode grippé. En revanche, la bière n'eut aucune difficulté à descendre dans son ventre. Gosta prit la parole :

— Vous avez remarqué les tables près de l'entrée à gauche ?

Les convives tournèrent la tête discrètement. Une quinzaine d'hommes de trente à soixante ans s'étaient regroupés autour de trois tables. Pas de femmes parmi eux. Certains scrutaient régulièrement la salle. Ils portaient tous des blousons ; Lise se fit la remarque qu'ils ressemblaient pour quelques-uns à des flics en civil.

— Je les surveille depuis un moment, répondit Igor en décortiquant une cuisse de poulet froid.

Ugo hocha la tête.

— Ça aurait été une bonne occasion.

— C'est vrai, confirma Gosta, sauf qu'on ne pouvait pas le savoir à l'avance. Ça nous donne une idée de leur confiance. Ils sont presque chez eux sur ce bateau et leur attention se relâche.

Arantxa s'envoya un verre de vin rouge et désigna l'arrière du bateau du regard.

— Leur patron mange dans sa cabine. À l'heure qu'il est, il ne doit y avoir que cinq ou six hommes pour le garder. Avec Ugo, on peut y aller, si tu veux.

— Non, répondit Gosta, on s'en tient au plan. Le timing n'est pas bon, on ne peut pas le changer. Je suis sûr que les gars qui sont là vont roupiller ou boire des coups à la cafétéria, ça ne sert à rien de se précipiter. Bon, Lise, tu récapitules ?

Elle s'essuya la bouche et dégagea la table devant elle pour s'en servir comme d'un Power Point avec sa fourchette.

— Nous sommes au pont 3, celui des cabines les plus chères. Juste au-dessus de nous, il y a le premier pont extérieur, avec un autre encore au-dessus, où se trouvent les postes de pilotage. La cabine du Corse est située sur ce côté-ci du bateau. Il y a deux moyens pour y accéder. En sortant du restaurant, un hall avec une réception donne sur les différents couloirs menant aux cabines, nous pensons qu'une partie des hommes y sera positionnée pour surveiller les allées et venues. L'autre bout du couloir aboutit sur un escalier qui permet de monter au pont supérieur. Marco, tu t'occuperas d'aller tout préparer au niveau du troisième sous-pont, il y une passerelle qui donne à l'extérieur et c'est à moins de cinq mètres de la mer. Ensuite tu rejoins Gosta sur le pont supérieur, au niveau de la cabine du Corse. Il va y avoir des hommes armés, il faudra les neutraliser. Corinne et Igor vous venez avec moi pour aller voir le Corse, on passe du côté des escaliers. Ugo et Arantxa, vous bloquez le passage de l'autre côté, pour empêcher quiconque de se pointer. À chaque fois, il faudra dégager le terrain. Évitez de tuer si possible, on n'est pas là pour faire une vendetta. La cabine du Corse possède un hublot scellé, identique à ceux qu'on trouve dans les trains. Gosta va descendre en rappel sur la coque avec une échelle de corde et tirer dans le hublot pour pénétrer à l'intérieur, braquer le Corse et récupérer les diamants. Il y est seul avec sa « nièce ». Je sais, c'est dégueulasse, mais c'est un avantage pour nous, car au moins il n'y aura pas d'hommes de main. Pour éviter que le Corse se précipite sur la porte et le couloir, avec Igor nous bloquerons cette porte, même si c'est à cet endroit que le maximum de protection sera présent. Un plan simple dont toute l'efficacité est fondée sur la concordance et la rapidité. Capito ? On agira à l'heure du grand sommeil. On se sépare à la fin du repas. Que chacun soit en position aux points de rendez-vous à deux heures quinze du matin. On fera un check radio à ce moment-là. Essayez de vous isoler un peu avant afin de vérifier vos armes, et n'oubliez pas les cagoules.

Ses yeux fixaient chacun des membres du commando pour avoir leur assentiment. Un à un, ils firent signe que tout était OK.

Igor la toisa un moment, avant de remarquer :

— Dis donc, tu as l'air de t'y connaître pour mener ce genre d'opération ?

Lise se sentit blêmir. Oui, ça ressemblait à une interpellation de nuit avec plusieurs brigades mobiles. Gosta vint à sa rescousse :

— Elle était chez les paras, c'est pour ça que je l'ai prise. Bon, tout le monde a compris ? Vite et clair ! Et protégez-vous.

Cela voulait dire black-out et discrétion jusqu'à ce que cela commence. Lise commença à se détendre et attaqua son yaourt. Elle essayait de jauger les Corses qui se racontaient des blagues de l'autre côté de la salle, quand elle remarqua qu'elle n'était pas la seule à les observer. Quatre tables plus loin, un groupe de sept ou huit personnes, dont deux femmes, dînait en silence. Elles étaient toutes vêtues de costumes ou de tailleurs de prix, on aurait dit une congrégation de banquiers, le teint pâle, les cheveux clairs, mais les visages durs. Des Allemands ou des Hollandais. Deux des hommes pianotaient sur leur ordinateur portable. Lise repéra les mallettes posées à leurs pieds. Assez démodés, comme ustensiles. Un des hommes était brun, il lui tournait le dos et, de temps à autre, elle voyait son profil. Il portait la barbe, le même genre de barbe que Gosta. Elle voulut en faire la remarque au Cramé, mais il s'était levé pour aller téléphoner sur la coursive. Corine lui demanda si elle avait déjà participé à des marathons, puis elle enchaîna sur le genre de flingues qu'elle préférait. Lise se sortit les Allemands de la tête quand Corine commença à lui donner des conseils pour neutraliser un homme. Ça la fit sourire – d'un simple coup de paume dans la trachée, ou au niveau de l'occipital, elle pouvait mettre la plus grosse brute dans les vapes.

Les haut-parleurs annoncèrent la projection d'un film de cinéma, ainsi que la fermeture imminente du restaurant, tout en précisant qu'un des bars du bateau restait accessible tout au long de la traversée. Il y eut du mouvement, des chaises qui raclent et des gens qui se bousculent, la salle se vida. La bande du Cramé se dispersa à son tour.

51

Deux heures plus tard, un silence irréel régnait sur le bateau. Lise, Igor et Corine s'étaient isolés derrière des chaloupes de sauvetage pour se préparer. Ils enfilèrent leurs gants de cuir et ajustèrent les mini HF sur leur ceinture, reliées par un fil à un casque auriculaire muni d'un micro gorge. Lise fit des essais.

— Premier ? Premier ? Tu me reçois ?

Il suffisait de chuchoter pour se faire entendre.

— OK, Troisième, je t'ai.

— Je suis avec Quatrième et Cinquième, qu'en est-il de Deuxième ?

Elle entendit la voix de Marco.

— Il est là, Troisième, il pense toujours à tes beaux cheveux.

C'était une blague entre eux, à cause des mèches blondes un peu anarchiques qu'elle se trimballait. Elle ne releva pas.

— OK, j'appelle maintenant Sixième et Septième ?

Les deux Basques répondirent :

— Sixième et Septième en préparation.

Lise regarda sa montre.

— On y est. Que chacun me donne le top quand il est prêt.

Elle regarda autour d'elle. Igor était en train d'ajuster son gilet pare-balles, un modèle encore plus perfectionné que celui du GIPN. Elle l'imita, puis sortit les armes des sacs. Ils avaient des Glock 22, la crosse remplie de dix-sept balles, qu'ils glissèrent dans des holsters, mais aussi des fusils d'assaut de marque Herstal. Chargeurs de cinquante cartouches en 5.56, dont une balle traçante sur cinq, rafales de deux à trois coups ou en continu.

Corine fit claquer le chargeur et engagea la première balle dans la chambre. Chacun possédait une musette remplie de munitions, ce genre d'arme pouvait tirer sept cent cinquante coups minute, soit un chargeur à la seconde, de quoi faire des trous de la taille d'une gazinière dans les cloisons des cabines. Igor avait opté pour un fusil à pompe Benelli au canon raccourci, cartouche chevrotine garnie de mille plombs de 1 millimètre ; lui aussi pouvait faire exploser une porte ou un bonhomme malintentionné. Ils étaient même équipés de grenades fumigènes ou offensives, et, pour finir, ils glissèrent un couteau de combat le long de leurs jambières.

Corine, Igor et Lise enfilèrent leur cagoule. Noire, comme le reste de leur équipement. Lise porta la main à sa gorge.

— Troisième, Quatrième et Cinquième prêts.

Gosta enchaîna :

— Premier et deuxième prêts.

— Sixième et Septième, OK.

Le Cramé reprit les ondes :

— On y va dix secondes après cette annonce. Troisième, préviens-nous quand le couloir sera bloqué, j'interviendrai à ce moment-là.

— Compris.

Les yeux bleus d'Igor brillaient comme des billes de porcelaine sous sa cagoule. Ils avaient décidé qu'il passerait en premier. Il hocha la tête, fit remonter la culasse de son arme en évitant de la claquer, vérifia que la première balle était bien en place, puis se leva et rejoignit la paroi pour s'y plaquer. Il y avait un avantage énorme à être sur un ferry de nuit : les ponts étaient éclairés au minimum, d'autant que la lune était à son tiers, ce qui faisait qu'il était impossible de distinguer la mer du ciel lorsque l'on regardait l'horizon.

Ils se dirigèrent vers la porte menant aux escaliers. Un homme se tenait contre, il pianotait sur son portable, une cigarette fumante au bord des lèvres. Igor se trouvait à cinq mètres de lui, se moulant dans l'ombre. Il le regarda un long moment, puis sa main descendit sur son mollet pour récupérer son poignard de combat. Lise voulut intervenir, mais Igor se retourna pour la fixer de ses yeux transparents. Il fit non de la tête. Elle comprit et le laissa faire.

Le couteau tournoya à toute vitesse, le Corse se prit le manche sur le crâne dans un choc semblable à un coup de marteau. Il s'écroula sans bruit. Seul le rebond de la lame contre le sol de ferraille causa quelque frayeur au commando. Igor se précipita sur le garde et vérifia qu'il était sonné. Il sortit des colliers de plastique pour lui lier les chevilles, les bras et les poignets, ainsi que du chatterton pour le bâillonner.

Quelques secondes plus tard, ils s'engageaient dans les escaliers. Ils atteignirent un angle, Lise glissa la tête. Une volée de marches plus bas apparut le long couloir desservant les cabines. Celle du Corse était en troisième position sur la gauche. Le couloir virait tout au bout, pour rejoindre le hall où se trouvait la réception.

Juste en bas des escaliers, deux hommes leur tournaient le dos. Ils discutaient avec d'autres qui se trouvaient vers la droite. Lise imaginait que, du côté de la porte du Corse, trois hommes, au moins, montaient la garde dans le couloir. Chacun des membres du commando devrait s'occuper de neutraliser un groupe. Mais elle savait que si Ugo et Arantxa ne bloquaient pas le passage à l'autre bout, il y aurait du grabuge.

Les deux Basques se préparaient dans les toilettes. Cagoules, fusils d'assaut et grenades. Ils laissèrent tomber les gilets pare-balles. Ugo vissa un long silencieux sur le canon de son Glock, puis fit un clin d'œil à sa compagne.

— *Goazen ?*

— *Ados !*

Arantxa tenait son MP5K à chargeur quinze coups vers le bas. Elle aussi disposait d'un silencieux sur ce fusil d'assaut compact à la puissance de feu d'un croiseur de guerre. Plus une dizaine de chargeurs dans sa musette.

Entièrement vêtus de noir, cagoule sur le visage, armes en main, ils traversèrent tranquillement le hall moquetté de la réception pour rejoindre la porte menant aux cabines. Un groupe de Corses discutaient à l'entrée du bar, des verres à la main, tandis que deux de leurs collègues tenaient la porte. Dès qu'ils virent les deux Basques, ils portèrent la main à leur blouson. Ugo tendit son arme et tira dans leurs cuisses une demi-douzaine de balles. L'un d'eux cria de douleur, et les hommes du bar jetèrent leur verre pour sortir leur flingue. Arantxa leur envoya une première rafale de son MP5K. Cela faisait des petits bruits sourds, comme des pierres jetées à l'eau. *Ploum ! Ploum ! Ploum ! Ploum !* Sauf que le sang giclait et que les hommes hurlaient.

En deux secondes, Arantxa et Ugo passèrent le battant menant aux cabines et le refermèrent.

Ils se positionnèrent à l'angle du couloir, prenant la porte en ligne de mire. À partir de maintenant, plus personne ne la passerait. Arantxa surveillait leurs arrières, elle avait rangé le MP5K et utilisait maintenant un fusil d'assaut Steyr au tir en rafales soutenues. Elle pouvait arroser le couloir d'une centaine de balles en moins de cinq secondes.

L'opération se présentait bien.

Lise descendit les marches une à une vers les hommes qui lui tournaient le dos. Corine se collait à elle, son automatique entre les mains. Elle devait s'occuper de ceux qui étaient sur la droite du couloir, et Igor braquerait les trois devant la porte du Corse. Il serrait son fusil à pompe dans ses gants de cuir… Lise espérait que les Corses baisseraient leurs armes, sans cela, il y aurait un carnage. Elle commençait à se demander ce qu'elle foutait là et changea aussitôt ses pensées. Il y avait deux gars à dégommer, et puis voilà.

À ce moment-là, l'opération partit en vrille. Elle n'était plus qu'à quatre marches des Corses quand une succession de déflagrations résonnèrent entre les murs du petit escalier. Une claque chaude lui frappa le visage, des flashes aveuglants crépitèrent en haut des marches, puis une masse de cent kilos la projeta vers le bas, et elle s'affala sur le sol. Lise releva la tête : deux hommes en costume se tenaient en haut des escaliers et tiraient au fusil-mitrailleur dans leur direction. Les hommes du restaurant !

Le bruit envahissait la moindre parcelle de l'espace. Igor l'écrasait et la couvrait de son corps – c'était lui qui s'était jeté sur elle. Il avait un bras en charpie et la poussait devant lui. Les Corses avaient commencé à riposter, Lise et Igor rampaient entre leurs pieds. Elle se tordit le cou à la recherche de Corine et l'aperçut, la tête à moitié emportée par les balles, le corps tordu dans les escaliers. Un des hommes en costume se recula en jetant deux grenades. Les Corses hurlèrent. Bien qu'il soit couché, Igor balança un grand coup de pied dans la porte d'une cabine et projeta Lise à l'intérieur en la faisant glisser sur le sol. Dans son oreillette elle entendait Gosta crier : « Qu'est-ce qu'il se passe, qu'est-ce qu'il se passe ? »

La première grenade explosa, propulsant des morceaux de chair dans la petite cabine, il y eut une fumée noire intense, Lise vit un des Corses reculer en se tenant les tripes, comme dans un cadre de cinéma. Il y eut un second souffle dans un bruit assourdissant, l'homme disparut. Littéralement. Il venait d'être déchiqueté devant ses yeux.

Puis plus rien.

Lise entendait des sifflements, le brouillard noir brûlait ses poumons, son visage était recouvert du sang de Corine. Elle tenta de se relever en se tenant à la banquette et se cassa la gueule. Son fusil avait disparu. Elle sortit son Glock en tremblant et fit monter une balle dans le canon. Son cœur battait à tout rompre. Elle fit une nouvelle tentative et réussit à se mettre debout.

« Qu'est-ce qu'il se passe, Lise ? Réponds-moi ! »

Il se passait que l'enfer venait de s'inviter sur ce putain de bateau, pensa Lise.

Elle porta la main à sa gorge, mais lorsqu'elle voulut parler, une quinte de toux l'étouffa.

Elle s'approcha de l'entrée de la cabine. Une rafale de mitraillette manqua lui arracher la tête. Elle se plaqua à l'intérieur. Sa porte était ouverte et elle pouvait voir sur le miroir au niveau de son visage le côté du couloir où débouchaient les escaliers. En se penchant un peu, elle distinguait à travers la charnière quelques-uns des hommes qui gardaient la porte du Corse. Ils étaient encore en vie, planqués dans des renfoncements. Le problème, c'est qu'ils étaient presque à découvert et trop loin de la cabine de leur patron pour pouvoir s'y réfugier. Des types armés comme à la guerre leur tiraient dessus. Du côté qu'auraient dû couvrir les deux Basques. Que leur était-il arrivé ?

Dès qu'elle entendit les tirs en rafales et les explosions, Arantxa dégoupilla une grenade. Elle savait ce que cela signifiait. Il y eut des tirs et des cris dans le hall, juste derrière la porte, et une tache de sang éclaboussa le hublot. Ugo arracha sa cagoule, la transpiration dégoulinait sur son visage. Il se tourna vers son amie.

— Tu es prête ?

Elle lui montra la grenade en essayant de sourire.

— Toujours.

— Je vais aller voir, surveille les arrières.

Elle acquiesça et le regarda avancer en se plaquant au mur. Au moment où il passait devant une cabine, la porte de celle-ci s'ouvrit. Arantxa vit le canon d'un revolver se coller au crâne de son ami. Elle voulut crier, mais une main saisit ses cheveux à travers sa cagoule. Et une lame au fil tranchant se posa sur sa gorge.

Il y eut une détonation, la tête d'Ugo explosa dans une gerbe de sang, les larmes coulèrent sur les joues d'Arantxa tandis qu'un liquide chaud glissait le long de sa gorge. La douleur lui retourna les tripes, elle pivota en essayant d'aspirer de l'air, mais elle se noyait dans son sang. Elle entendit son assassin jurer et reconnut la langue – elle avait fait un stage de sabotage en Russie dans les années 1980. Elle aurait voulu lui sourire tandis que sa main s'ouvrait pour libérer la grenade.

Lise entendit l'explosion à l'autre bout du couloir, plus des rafales d'armes automatiques tout près de sa position : les Corses ne lâchaient pas l'affaire. Elle toussa plusieurs fois et essaya de communiquer :

— Sixième et Septième ? Arantxa ? Vous me recevez ?

Ses oreilles sifflaient encore, elle ne savait pas si elle entendrait la réponse. Ce fut Gosta qui répondit :

— Je l'ai entendue agoniser. Et je crois qu'Ugo est mort. Je suis bloqué au bout d'une échelle de corde sur la coque du bateau, il y a des hommes armés au-dessus de moi et je ne sais pas si Marco s'en est sorti. Et toi ?

Lise entendit des cris, des ordres. Ils parlaient en russe.

— Putain, ce sont des Russes !

— Oui, je sais, j'en ai reconnu un, ce sont ceux de Paris, quelqu'un a parlé.

— Ils sont là pour les diamants ?

— J'en sais rien, et ce n'est pas le moment d'y réfléchir ! gueula le Cramé. Et toi ? T'en es où ? Je vais intervenir.

— Non, attends, si le Corse sort dans le couloir, les Russes vont le cueillir.

Elle coupa le contact – il n'y avait plus un bruit et c'était bizarre. Elle regarda dans le miroir : des ombres avançaient dans la fumée qui commençait à se dissiper.

Trois Russes, armés de fusils d'assaut. Elle scruta dans la charnière. Deux autres de ces hommes en costard marchaient tout au bout du couloir : ils avaient eu raison des derniers survivants.

« Merde, merde, merde… »

Elle se pencha brutalement par l'ouverture et tira trois coups de Glock. Un des assaillants hurla, puis une rafale de mitraillette lui répondit, faisant exploser le miroir. Ces salauds allaient s'approcher et lui planter une grenade dans la cabine. Elle se coucha sur le sol et sortit lentement la tête. Les Russes marchaient au-dessus d'un amoncellement de cadavres, ils ne la voyaient pas.

Elle repéra le bout du canon du fusil à pompe d'Igor qui dépassait au milieu des corps et tendit la main pour essayer de l'attraper, quand elle vit qu'il commençait à se mouvoir tout seul.

Tout doucement, elle ramena son bras, essayant de distinguer un visage parmi cet amas de chair. Le canon de l'arme pivotait en direction des trois Russes. Un des hommes tenait la grenade dégoupillée. Lise se redressa en collant son dos à la paroi, et elle vit la bille bleue de l'œil d'Igor briller dans l'amoncellement de tissus déchirés et de membres ensanglantés. Il cligna une fois dans sa direction, puis le canon de son fusil à pompe se secoua dans un boucan d'enfer. Le millier de chevrotines propulsa les trois hommes vers l'arrière tout en leur ouvrant les entrailles.

Lise voulut plonger pour récupérer Igor, mais la grenade explosa, envoyant son souffle éparpiller et démembrer un peu plus les cadavres. Un véritable étang de sang baignait le couloir. La fumée noire à nouveau, les yeux qui piquent. Elle pleurait.

L'explosion avait propulsé le fusil à pompe devant ses pieds. Elle s'en saisit avec rage et tira droit devant elle. Faisant exploser la cloison. Elle tira une deuxième fois pour se forcer un passage et pénétra dans la cabine. Elle savait que, derrière, il y avait celle du Corse. Il fallait faire vite, avant que les Russes au bout du couloir ne la rejoignent. Elle donna deux coups de pied dans le mur et gueula :

— Hé, vous, derrière ! Couchez-vous au sol !

Elle attendit deux secondes et envoya une giclée de plombs dans une déflagration à vous percer les tympans. Une deuxième salve lui ouvrit le chemin. Elle passa une jambe dans la cabine.

— Gosta, éloigne-toi de la vitre.

Elle pivota et fit cracher les flammes. Les bouts de verre explosèrent vers l'extérieur. Puis elle regarda tout autour d'elle.

Le Corse était plaqué dans le coin derrière la porte, tandis qu'une gamine de treize ans se tenait sur le sol, les bras autour de ses genoux repliés. Elle tremblait comme une feuille. Lise s'approcha du vieux et colla le canon sur la graisse de son menton en présentant sa main gauche.

— Donne-moi les diamants !

Gosta venait de se glisser dans la cabine. Il tendit les bras vers la petite.

— Viens, on va te sortir de là.

Lise récupéra le petit sachet de velours contenant une fortune. Elle se tourna vers le Cramé.

— Et comment on fait pour sortir ?

Il désigna la fenêtre.

— Marco est revenu, il a fait le ménage. Allons-y.

— Fais passer la gamine en premier.

— OK.

Il montra comment faire à la petite, qui se hissa sur l'échelle de corde pendant le long de la coque. Puis Lise s'engagea, et Gosta la suivit, au moment où la porte commençait d'éclater sous les rafales de mitraillettes. Il eut juste le temps de voir le Corse se précipiter vers lui puis cracher un jet de sang, le dos percé de balles.

Au-dessus, Marco les attendait, arme à la main, œil aux aguets. Les corps de deux Russes sur le sol attestaient de son efficacité.

— La voie est libre, les derniers Russes sont restés en bas, allons-y.

Lise conseilla à la petite de rejoindre un groupe de curieux qui se trouvait vers l'avant et se précipita à la suite des deux hommes.

Ils marchaient vite en direction de la poupe. Elle arracha sa cagoule trempée de transpiration, d'amas de sang et de viscères pour la jeter à la flotte. L'air froid de la nuit embaumait – ils n'entendaient plus de détonations, plus de gémissements, elle avait l'impression de sortir d'un rêve. Tout avait été tellement vite.

Dans la poche intérieure, contre sa poitrine, elle sentait taper le petit sac de velours empli de diamants.

Ils empruntèrent les escaliers de bâbord pour descendre jusqu'au pont le plus bas. Le yacht conduit par les Paoli tentait de régler sa vitesse sur celle du navire. Gosta envoya le signal avec sa torche, et les puissants moteurs montèrent en régime afin de se rapprocher.

— Vite, il faut y aller, jetez les flingues à la mer.

Lise et Marco plongèrent à la suite du Cramé, qui n'avait pas hésité une seconde. L'eau glacée les empoigna, Lise se débattit de toutes ses forces pour remonter à la surface, elle vit que Gosta la cherchait du regard et lui fit signe que cela allait. Le yacht manœuvrait afin de rapprocher son échelle de coupée vers eux. Quelques minutes plus tard, ils étaient à bord. Gosta ordonna de dégager immédiatement en disant que les Russes avaient sûrement un navire dans les parages. À la barre, Dominique Paoli ne se fit pas prier pour envoyer le turbo, le ferry rapetissa jusqu'à ne devenir qu'une toute petite lumière sur un fond noir.

Marco, le regard dans le vide, préféra rester sur le pont pour fumer une clope. Lise et Gosta rejoignirent un salon fait de canapés en cercle. D'ici une heure ils auraient rejoint le cap d'Antibes et les Range Rover pour remonter sur Paris. Personne ne parlait. Trop de morts et de violence en trop peu de temps. Stéphane sortit une bouteille de whisky ainsi que des verres. Il les servit et les laissa s'allumer une cigarette avant d'assouvir sa curiosité :

— Qu'est-ce qu'il s'est passé ?

Gosta secoua la tête.

— Les Russes, ils étaient sur le bateau, et pas que pour les diamants.

— Comment ça se fait ?

Le Cramé posa son regard sur Lise.

— On était les seuls à connaître la date de l'opération.

Elle essaya de lui faire comprendre que cela ne pouvait pas venir d'elle. Mais elle ne pouvait nier avoir parlé à son frère et à Boisfeuras, et cela la culpabilisait.

— Je te jure que je n'y suis pour rien.

— Ce n'est pas important. Ce qui compte, c'est de savoir pourquoi ils étaient là. Et je n'aime pas ce à quoi je pense.

Lise hésita.

— Affanasiev ?

— Oui.

— Tu vas lui demander des explications ?

— Non.

— Qu'est-ce que tu vas faire, alors ?

— Donne-moi les diamants.

Lise posa le sachet de velours sur la table basse. Il le récupéra, se leva et donna ses ordres à Stéphane :

— Appelle Lino. Dès que le jour se lève, je veux qu'il fonce chez cet enfoiré de Russe et qu'il obtienne un rendez-vous pour aujourd'hui. Je vais me reposer.

Il se tourna vers Lise.

— Tu devrais en faire autant, la journée va être longue.

52

Ils roulèrent toute la matinée. Vers quatorze heures, ils arrivaient dans Paris. Lise avait réussi à dormir trois heures sur la banquette arrière du Range Rover, elle regardait défiler les immeubles haussmanniens sur les quais en se demandant où ils se rendaient. Les 4 × 4 passèrent sur l'île Saint-Louis puis entrèrent sous le porche moyenâgeux d'un hôtel particulier.

— L'hôtel de Surcouf ! prononça Stéphane avec fierté.

Deux hommes les attendaient à côté des écuries transformées en garage. Gosta descendit le premier. Il avait l'air préoccupé, les yeux rivés sur son portable. Lise le suivit dans un escalier de pierre qui menait aux étages. Ils se retrouvèrent dans un grand salon meublé moderne avec cheminée d'époque. Tino jeta un regard inquiet à son chef. Le Cramé alla droit vers lui.

— Tu as des nouvelles de Lino ? Il ne répond pas sur son portable. Qu'est-ce qu'il fout ?

— Il y a un problème, Cramé.

— Explique-toi.

— Le Russe nous a appelés, il dit que Lino vous attend pour l'échange. Il veut que tu lui apportes les diamants à dix-huit heures dans son domaine de Valrois.

— L'enfoiré. Il retient Lino.

Lise se rapprocha d'eux.

— Qu'est-ce qu'on va faire ?

Le Cramé planta ses yeux brûlants dans les siens.

— Le Russe veut juste ses diamants, il a tenté de nous doubler sur le ferry et il a dû apprendre que ça n'avait pas marché. À présent, il craint ma réaction et il a pris les devants. On va y aller et faire ce qui était prévu.

Tino n'était pas rassuré.

— Mais s'il vous bute ?

— Il ne le fera pas. Il sait que j'ai des hommes avec moi, et qu'ils chercheront à se venger. Et il a besoin de temps. Non, je crois qu'il veut simplement nous donner une leçon, en récupérant les diamants sans les payer au prix fixé, par exemple. Ou alors, il y a autre chose.

Ce fut au tour de Lise d'être surprise.

— Comment ça, autre chose ?

— Je ne sais pas, mais tu devrais commencer à te poser des questions. Bon, il est cinq heures, on prend quelques flingues et on y va. Tu viens ? Une bonne douche ne nous fera pas de mal.

Elle le suivit dans un ascenseur privé qui les mena dans un loft au dernier étage de l'hôtel particulier. « Incroyable, il m'a emmenée dans sa tanière. » Il prépara du café et elle fila sous la douche. Pendant ce temps, Gosta alignait les flingues sur le lit. Aucun des deux n'avait envie de jouer à saute-mouton. Quand ils redescendirent, Stéphane les attendait à côté d'une BMW rouge garée dans la cour.

Ils ne décrochèrent pas un mot jusqu'à leur arrivée à Valrois. Lise se sentait déboussolée. Le regard vide, elle fixait le Beretta qu'elle serrait dans ses mains entre ses jambes. Elle avait participé à un braquage sanglant et n'avait pas beaucoup dormi, et à présent elle se trouvait dans une voiture avec des hommes armés bien décidés à trucider leur prochain. Elle avait aussi récupéré son téléphone portable dans son sac de voyage. Elle ressentait la haine qu'exhalait le Cramé à ses côtés. Une haine communicative.

Elle essayait de se concentrer sur ses objectifs : retrouver Jade ; s'occuper d'Affanasiev. L'acier froid de l'arme appuyait un peu plus contre sa paume. Il fallait qu'elle reste calme. Pourquoi ressentait-elle cette envie de tuer ?

Il y avait autre chose qui la troublait : elle s'inquiétait pour Lino. Comment était-ce possible ? Son ami Raf l'avait décrit comme le pire des tueurs, et a priori celui-ci n'avait pas dans ses intentions de passer ses fêtes de fin d'année avec elle. Ça devait venir de sa promiscuité avec le Cramé et du travail qu'ils avaient fait ensemble. Il fallait qu'elle se ressaisisse, elle était flic avant tout.

Tout allait partir de travers.

Dès qu'ils se présentèrent devant le grand portail de fer forgé, l'ouverture automatique se déclencha, ils roulèrent sur une large allée de terre blanche longée de cyprès à la française, et le grand manoir apparut, entouré de ses annexes. Le bâtiment principal ressemblait à un de ces châteaux de la Loire, avec ces quatre étages et son large toit d'ardoise en forme de cloche parsemé d'œils-de-bœuf. L'escalier monumental qui s'évasait et permettait d'accéder à l'entrée principale en rajoutait sur ce côté XVIIe siècle, sauf que, au lieu de serviteurs en tenue d'époque, des hommes armés de kalachnikovs les attendaient plantés juste devant.

Le Cramé sortit de la voiture avec Lise, faisant signe à Paoli de les attendre.

Un jeune homme brun au costume bleu apparut derrière les gardes. Il portait ses mocassins sans chaussettes et affichait un sourire enjôleur.

— Bonjour, je m'appelle Erik, je suis le secrétaire de M. Affanasiev.

Gosta se tourna vers Lise.

— Tu veux toujours venir ?

— Oui.

Elle avait répondu sans le regarder, les yeux fixés sur les gardes qui les entouraient.

Les regards durs des hommes armés lui donnèrent envie de dégainer son Beretta et de les cribler de balles. Elle savait qu'à ce moment-là un long râle sortirait de sa gorge et la viderait de ses angoisses.

Elle serra les poings et suivit Gosta tandis qu'il s'approchait de l'escalier de pierre.

53

Le dénommé Erik les accueillit en haut des marches.

— Bienvenue à Valrois. Votre ami Lino vous attend. Il est en train de partager un cognac avec M. Affanasiev. Il s'agit juste de finaliser notre affaire, les diamants contre l'argent. Si vous voulez bien me suivre…

Gosta n'en croyait pas un mot. Le petit groupe emprunta la grande entrée dallée de marbre.

Ils traversèrent un hall aux lustres d'époque pour arriver dans un vaste bureau. Les rideaux étaient tirés, plongeant la pièce dans une semi-obscurité. Dès qu'ils furent à l'intérieur, le sourire du secrétaire s'effaça. Juste derrière la porte, deux hommes braquaient des fusils d'assaut à hauteur de leurs têtes.

Erik s'approcha en tendant les mains :

— Mademoiselle, monsieur, vos armes s'il vous plaît.

Le Cramé recula en refusant d'obtempérer.

— Ce n'est pas nécessaire. Nous sommes juste là pour faire un échange, les diamants contre l'argent, vous l'avez dit vous-même. Vous n'avez pas confiance ?

Une voix avec un fort accent russe lui répondit :

— Confiance ? Comment voulez-vous que je fasse confiance à quelqu'un qui vient chez moi accompagné d'un membre de la police judiciaire française ?

Dans l'encadrement d'une porte surmontée de dorures, Affanasiev les toisait. Grand, les cheveux coupés ras, le visage taillé au burin, il souriait, mais il n'y avait que la mort et la cruauté dans ses prunelles bleues.

Lise n'osait plus regarder le Cramé. Ils allaient se faire tuer à cause d'elle. Comment le Russe pouvait-il être au courant ?

Ellc l'interpella :

— Comment savez-vous ?

— J'ai mes sources, mademoiselle Lartéguy. Des gens qui vous en veulent, a priori. Je savais aussi que vous seriez sur le ferry cette nuit. C'est moi qui ai prévenu mes compatriotes. Ils avaient un compte à régler avec le Cramé, j'ai voulu leur rendre service.

— Sauf que ça n'a pas marché, le railla Gosta.

— En effet, mais l'important, c'est que vous soyez là et que vous m'ayez apporté les diamants. Vos armes, à présent.

Les canons des fusils oscillèrent dans leur direction. Lise et Gosta se débarrassèrent de leurs flingues. Le Cramé regardait Lise par en dessous : il essayait de comprendre, elle faisait non de la tête. Camille n'avait pas pu prévenir Affanasiev. C'était son frère et il l'aimait. Et Boisfeuras encore moins. « Quelqu'un m'a reconnue et m'a balancée. » Mais qui ? Un des membres de la bande du Cramé ?

Elle voyait que Gosta remuait les données dans sa tête et qu'il était persuadé que la fuite venait d'elle.

L'homme au costume bleu se rapprocha d'eux.

— Je peux ?

Le Cramé se laissa fouiller. Wurtz récupéra la pochette avec les diamants.

— Mets-les avec les autres dans le coffre, ordonna Affanasiev. Ensuite je veux que tu ailles à l'aéroport faire préparer le jet. On ne peut plus rester ici.

Le Cramé planta ses yeux noirs dans ceux du Russe.

— Où est Lino ?

— Vous allez le voir.

— Il est mort ?

— Pas encore.

Il fit signe à ses nervis.

— Serrez-les de près, ce ne sont pas des amateurs.

Des pistolets apparurent dans les mains des gardes qui se tenaient à distance, le doigt sur la détente et l'œil vissé sur leurs clients. Un troisième les accompagnait, muni d'un fusil-mitrailleur compact de style Bullup. Ils traversèrent à nouveau le grand hall et empruntèrent une galerie aux murs ornés de tapisseries pour arriver dans une sorte de gymnase encombré de machines de sport et d'haltères. Un épais rideau les séparait d'une autre pièce.

Le sang des deux captifs se figea lorsqu'ils entendirent des aboiements rageurs et les cris de douleur de leur ami. Un méchant sourire déformait les lèvres d'Affanasiev.

— Je vais vous montrer ce qui arrive lorsqu'on cherche à me trahir.

Il leur fit passer le rideau et les mena jusqu'à une fosse. Une arène de combat dont les murs circulaires étaient recouverts de marbre blanc et le sol d'un sable semblable à de la terre battue – rouge. Un escalier à ciel ouvert permettait de descendre, et un long banc de bois ciré faisait le tour de l'arène, donnant des airs d'église à ce lieu de mort.

Lino se tenait à genoux dans la poussière, les vêtements déchirés et couverts de sang. Un énorme dogue lui faisait face en grognant. Gosta comprit que le chien était à l'arrêt, attendant un ordre pour lancer une nouvelle attaque. Celui qui le commandait était assis sur le banc dans la fosse, juste à côté de l'escalier.

Un être impressionnant, une masse de muscles blancs au crâne aussi lisse qu'une boule de bowling. Sa peau ressemblait à du lait. Pourtant il ne s'agissait pas d'un albinos : on voyait nettement deux billes noires flotter dans ses pupilles gorgées de sang. Il portait une sorte de toge autour de la taille et regardait d'un air distrait la scène où un homme se faisait déchiqueter par son chien. Sa grosse main difforme tenait une toute petite cuillère à café, qu'il tournait dans une tasse de porcelaine. Son dos ressemblait à une chaîne de montagnes tant il était baraqué, de même que ses bras, son torse et ses abdominaux – une sorte de Hulk qui serait tombé dans un puits d'eau de Javel.

Lise ne pouvait détacher ses yeux de lui. Un être de pierre, aux bras tordus par les muscles, aux mains épaisses, les jambes noueuses pour se planter dans le sable et résister aux assauts ; une machine à tuer. Quelque chose brûla dans son ventre, une énorme peur doublée d'une excitation à nulle autre pareille.

La brute sentit son attention sur sa nuque et leva le visage. Leurs regards se croisèrent. Lise plongea dedans, y envoyant les battements de son cœur, la tension de ses muscles, le feu de ses nerfs. Elle le défiait.

— Je vous présente l'Ultime.

Le ton d'Affanasiev crevait de fierté.

— Vous vouliez voir mon combattant ? Le voilà. Le meilleur du monde. Il a battu des champions de boxe thaïe, de karaté et de kung-fu. Je l'ai pris en main il y a une dizaine d'années et je lui ai fourni les meilleurs maîtres en arts martiaux. Son père l'avait initié au goritsa. Un art du combat à mains nues typiquement russe, ancestral et moyenâgeux. Tout un rituel accompagne la formation. Comme le fait de subir l'arrachement des ongles afin de tester la résistance à la douleur, ou de faire des pompes sur un lit de braise. Il existe une tradition mystique qui rend ces combattants invulnérables, je dirais même… immortels. Les pères, ou les maîtres, les font renaître avant chaque combat. Ils leur donnent la foi en la vie. Et le désir de tuer.

Tout en écoutant le Russe parler de son combattant comme d'une voiture de prestige qu'il aurait fait restaurer et gonfler, Gosta jeta un regard inquiet vers Lise. Son visage était recouvert de sueur. Elle tremblait par légères saccades, et sa mâchoire était si serrée qu'elle semblait sur le point d'exploser. Son niveau de rage et de haine était en train de monter jusqu'aux limites de la raison. Elle avait envie de cogner, frapper, faire le mal.

L'homme de pierre se fendit d'un petit sourire, comme pour relever le défi, puis il donna un ordre dans sa langue, et le gros chien bondit.

Sa gueule s'ouvrit sur la gorge de sa proie. Lino ne l'avait pas quitté des yeux une seule seconde, s'attendant à son attaque. Il se roula en boule pour offrir le moins de prise possible. Le molosse referma ses crocs sur son épaule, puis il se mit à secouer frénétiquement sa tête comme pour arracher la totalité du bras.

Le cœur du Cramé se souleva. Il allait faire une connerie. Des yeux, il chercha comment se saisir d'une arme, mais Lise le devança.

— Lise, non !

Elle avait sauté dans la fosse.

54

Personne n'eut le temps de réagir. Lise se releva et plongea sur le chien. Elle le saisit par le bassin et le fit valdinguer à l'autre bout de l'arène avec une force qui l'étonna elle-même. Le dogue racla le sable et se remit sur ses pattes. Il présenta sa gueule emplie de bave et de sang en poussant un aboiement féroce.

Lise n'était plus dans son état normal, elle s'accroupit sur la terre rouge et lui fit face. Il aboya à nouveau, sauf que cette fois il reculait. Elle allait lui bondir dessus, il le sentait.

Elle se rua, jetant ses bras autour de son gros cou et réussissant à le faire rouler dans le sable. Il se contorsionna violemment pour planter ses crocs dans sa cuisse. Lise raffermit sa prise en l'étranglant, le dogue fut obligé de relever la tête, emportant des morceaux de survêtement et laissant de larges traînées de sang sur sa chair.

Cela provoqua une décharge dans les veines de Lise. Elle relâcha un de ses bras et envoya de toutes ses forces un coup de poing dans sa truffe. On entendit les os craquer. Le sang pissa de ses narines et le chien poussa un couinement à fendre le cœur d'un restaurateur chinois. Elle frappa à nouveau, un coup encore plus puissant. L'animal recula en secouant le museau, faisant gicler le sang sur le marbre blanc, et se mit à fureter, le nez dans le sable, aveuglé, en poussant des petits cris horribles. Lise se posa sur ses fesses en reprenant son souffle, la moitié de son pantalon ouvert et poisseux de sang. Heureusement qu'elle avait enfilé une culotte noire. Elle se retourna et marcha à quatre pattes jusqu'à Lino pour l'aider à se relever.

Le Corse avait le haut du bras en charpie, et de vilaines marques sur son visage montraient qu'on l'avait tabassé, ce qui ne l'empêcha pas d'afficher un regard fier et de repousser son aide dès qu'il se retrouva debout.

Lise n'eut pas le temps de s'en offusquer. Un sentiment désagréable lui parcourut l'échine. Les yeux de la brute étaient pointés sur son dos. Elle se retourna pour le fixer à son tour. Il y eut des étincelles dans l'air.

Le regard de l'Ultime faisait état d'un constat implacable : il allait la tuer.

— Vous n'auriez pas dû faire ça au chien, déclara le Russe au-dessus d'eux. Il s'agissait de son seul ami. Je comptais m'occuper de vous d'une manière classique, mademoiselle Lartéguy, mais voici un moyen plus amusant de le faire.

Il tapa dans ses mains en donnant des ordres, ce qui fit surgir des hommes en blanc. Ils descendirent dans l'arène et emmenèrent le chien. Pendant ce temps, celui qui avait le fusil d'assaut fit comprendre à Lino qu'il devait remonter. Lise resta immobile, plantée au milieu de l'arène.

Gosta lança un regard paniqué vers le Russe.

— Affanasiev, ne faites pas ça !

— Vous préféreriez que je vous mette une balle dans la tête à tous les deux ? Et elle, qu'est-ce qu'elle en pense ? dit-il en désignant Lise.

Elle leur rendit un regard vide, le visage marqué par la folie. Elle avait franchi les barrières de la raison pour plonger dans son monde de violence. Elle se remit à observer l'Ultime de l'autre côté de l'arène. Il posa délicatement la tasse à café sur le banc et fit rouler ses épaules. Cela ressemblait à la houle d'une mer déchaînée. Ses yeux se levèrent en direction de son maître, envoyant un message.

Le Russe aboya à nouveau des ordres.

Gosta vit les hommes en blanc aller dans un couloir caché par un rideau en plastique, puis il y eut un hurlement terrible. Le cri de douleur et de peur d'une jeune fille.

Dans l'arène Lise ferma les poings et des flammes jaillirent de ses orbites. « Jade ! » Son regard quitta la brute pour remonter sur Affanasiev. C'était lui le responsable, celui qui avait enlevé sa nièce !

Un des hommes revint avec un bol fumant qu'il apporta à l'Ultime. Celui-ci le leva au-dessus de sa tête en un geste quasi rituel, puis s'en rassasia en faisant couler le liquide rouge sur son menton, son cou et sur sa poitrine.

— Le sang des vierges, déclara Affanasiev d'un ton solennel. Voilà le secret ancestral du goritsa. Nous faisons boire du sang de vierge à nos combattants au début de chaque confrontation pour leur signifier leur renaissance avant même qu'ils ne meurent. Des gens sont prêts à parier jusqu'à plusieurs millions de dollars pour pouvoir assister à ces combats. Et depuis ses débuts, l'Ultime n'a jamais perdu. Vous imaginez sa valeur ? En ce moment même, des professionnels s'entraînent en Tchétchénie, en Thaïlande, aux États-Unis dans l'espoir de le battre. Des combats à mains nues, comme aux temps ancestraux, un homme contre un homme. Si jamais un de ces boxeurs arrive un jour à battre le mien, il gagnera de quoi s'acheter un pays entier. Mais il a fallu reporter un combat à cause de vous, mademoiselle Lartéguy. L'Ultime devait rencontrer un guerrier mongol. Il mesure deux mètres vingt et pèse cent trente kilos. J'ai vu des vidéos, il est capable de casser un tronc d'arbre de vingt centimètres de diamètre sur son genou et il s'entraîne à éclater des noix de coco avec les mains. Vous savez pourquoi ? Parce que c'est de cette manière qu'il compte tuer mon champion, en lui faisant exploser la tête. Mais c'est l'inverse qui arrivera, personne ne peut battre l'Ultime, il est protégé… par le sang des vierges. Il a été formé depuis son enfance et ne connaît que le combat, mais surtout, il a la foi dans le goritsa et ses rituels. Alors, oui, il y a des contreparties.

Lise contenait la peur au fond de son ventre. Elle n'osait imaginer ce qu'il avait fait subir à Jade et aux autres filles avant elle. Elle se raccrochait, encore et toujours, à sa haine, et ne quittait pas le Russe des yeux.

— De fâcheuses contreparties, je l'avoue. Mais combien de jeunes filles disparaissent chaque jour ? Combien d'entre elles se font violer et assassiner ?

Gosta l'interpella d'un ton horrifié :

— Comment ça ? Qu'est-ce que vous voulez dire ?

— L'Ultime… le goritsa, a besoin de vierges. En permanence, malheureusement, c'est ainsi. Notre ami est dépendant de ce sang, et il ne se nourrit pratiquement plus que de ça.

— Quoi ! Mais c'est abominable !

— C'est le prix à payer pour la perfection. J'aurais préféré l'éviter, car cela nous cause beaucoup de complications. Cependant je suis un homme d'affaires, et en matière d'argent – d'énormément d'argent – il faut savoir être pragmatique. Pourtant, ce n'est pas évident, croyez-moi, de trouver des filles vierges. Mais j'ai eu la chance de rencontrer la personne qu'il me fallait, Erik, mon secrétaire et associé. Par le passé, ce garçon a eu des problèmes avec la justice autrichienne : il kidnappait et assassinait des jeunes filles sans jamais laisser de traces. C'est lui qui s'occupe de repérer et d'enlever les filles dont nous avons besoin. Je peux vous dire qu'il a eu beaucoup de travail. Et encore, nous avons réussi à rationner notre Ultime. À présent, une fille peut durer un mois entier.

— Durer ?

— Il fut un temps où nous pouvions vider une jeune fille de son sang puis congeler le précieux breuvage. Mais l'Ultime est devenu difficile. Il exige à présent du sang frais, chaud. Directement extrait de la fille. Le fait est que cela a amélioré ses performances d'une façon prodigieuse. Il nous faut donc en permanence avoir une ou plusieurs jeunes vierges « à disposition ». Malheureusement pour elles, leur sang ne se renouvelle pas assez vite – et quand il ne vous en reste plus une goutte dans les veines, difficile de survivre. J'en suis le premier désolé, croyez-moi. C'est pour cela que nous prenons des vierges le plus âgées possible : elles ont plus de sang. Sinon, nous devrions assassiner des enfants de douze ans tous les quinze jours.

Il disait cela comme pour se justifier.

Les yeux du Cramé étaient emplis de colère, mais les hommes d'Affanasiev ne relâchaient pas leur vigilance. Le Russe se permit une dernière boutade :

— Vous êtes prêt à parier, le Cramé ?

— Inutile, les paris sont déjà faits. Que Lise perde ou non, vous êtes mort.

— « Vous » êtes mort, n'inversez pas les rôles ! Je suis curieux de voir ça, l'Ultime n'a jamais combattu de femme.

Il fit signe à la brute que le combat pouvait commencer. Le Cramé lança un regard désespéré à Lise.

Elle aussi connaissait le rituel de ces combats. Elle en avait pratiqué jusqu'à plus soif dans sa jeunesse, et elle en avait perdu quelques-uns. Il y avait des règles, des astuces qu'elle avait acquises à force d'expérience. Un combat est une bataille, et tous les moyens sont bons pour gagner. Chercher la faille, le point faible, et appuyer dessus fait partie de ces règles. Et la première chose à retenir si l'on veut gagner est de savoir rester vivant.

55

L'homme commença à tourner autour d'elle. Lise suivait le mouvement, afin de rester bien en face de lui. Elle se débarrassa de sa veste de survêtement et de son pantalon qui pendait, à moitié déchiré. Et aussitôt, elle comprit qu'elle aurait sa chance. Elle se retrouvait en débardeur et culotte noire et avait remarqué que la brute avait reniflé comme un chien dès qu'elle avait jeté son pantalon. À présent, ses yeux ne se détachaient plus de sa chatte.

Lise passa en mode animal. Elle s'envoya dans la tête une musique qu'elle connaissait par cœur, « Baby », d'Izia. La guitare envoya son gimmick à 200 à l'heure. Lise partit en courant, l'homme se fendit pour l'accueillir, mais elle bifurqua, se jeta sur le mur, poussa des deux pieds pour rebondir et lui envoya un méchant coup de genou dans la tempe.

Baby !

Il vacilla en essayant de l'attraper, mais elle l'avait esquivé tel un courant d'air pour se replacer en face de lui. Elle savait qu'elle devait à tout prix éviter le corps à corps.

Il avança vers elle et sa main fendit l'air pour la frapper. En moins de deux secondes elle se prit un coup dans l'arcade, le foie, le ventre, la bouche et le cœur. Elle recula, le souffle coupé, et se retint au bord du banc pour ne pas tomber. L'Ultime la contempla, une lueur victorieuse dans le regard, attendant qu'elle s'écroule. Il s'agissait d'un coup issu du goritsa : la main se transforme en flamme capable de frapper comme l'éclair cinq coups de suite en une seule seconde. On l'appelait le radagora – la « main de feu ». Après une telle attaque, l'adversaire ne se relevait pas, perclus de douleur. Mais la douleur, dans l'état de froide haine où elle se trouvait, Lise ne la connaissait pas. Elle se redressa en essuyant le sang sur ses lèvres et en plantant ses yeux dans ceux du colosse impressionné.

Baby !

Il se tenait jambes écartées face à elle. Elle se dit qu'elle pourrait lui broyer les noix, mais inutile d'y penser – on lui avait sûrement coupé les roubignoles afin de lui ôter de la vulnérabilité. Cependant, il devait être habitué à ce genre d'attaque et s'y attendre pour lancer une de ces saloperies de « main de feu ». Elle fit semblant de tomber dans le panneau et de vouloir le frapper de son pied gauche entre les jambes, avant de pivoter à la vitesse d'une mangouste et d'envoyer son talon droit lui balayer la gueule et lui écraser le nez. Peine perdue, il l'avait déjà cassé. Elle aurait tapé un pylône, cela aurait été la même chose.

Lise recula le plus vite possible. Le sable rouge emporté par sa basket avait momentanément aveuglé l'Ultime, et l'avait probablement sauvée, elle. Mais elle avait remarqué une chose : au moment de son levé de jambe, il avait reculé le visage, comme irrité ou effrayé. « Parce que tu as senti mon sexe. C'est l'odeur du sang, et pas du sang de vierge, mon connard ! »

Elle fit un mouvement vers la gauche et revint de l'autre côté en faisant la roue. Cette fois, la brute recula pour l'éviter, mais son patron lui hurla dessus. Il se saisit d'une de ses chevilles, et si Lise n'avait pas été aussi souple, il l'aurait brisée. Elle s'accrocha à sa tête et réussit à lui grimper dessus en lui envoyant des coups dans les oreilles. Ses jambes enserraient sa gorge. Elle avait réussi : il se retrouvait avec sa chatte en plein sur le museau. De toutes ses forces, avant qu'il ne lui casse la jambe comme du petit bois, elle envoya ses deux doigts dans ses orbites. La brute ne cria pas, mais se laissa tomber en arrière.

« Ce n'est pas le bon endroit ! pensa-t-elle, je dois me détacher. »

Elle s'arracha en se jetant dans le sable, et rampa. L'autre était encore par terre, il se frotta les paupières et se déploya pour plonger sur elle avant qu'elle ne se relève. Il la dominait par sa force et sa vitesse mais ne combattait pas comme d'habitude. L'Ultime était persuadé de son invulnérabilité, la fille pesait trois fois moins que lui, il pouvait la briser à l'instant où il le désirait. Mais il s'agissait d'une sorte de jeu entre deux animaux. Il faisait durer le plaisir. Il l'étranglait par-derrière tout en se frottant à elle.

Lise étouffait, la tête dans le sable, elle la releva d'un coup, ce qui obligea le colosse à forcer encore plus sur sa nuque, puis elle replongea pour pivoter et lui envoyer un coup de coude dans la mâchoire. Il la relâcha, momentanément sonné.

Baby !

Lise y était. Elle s'éloigna sur les mains, les fesses et les talons, les jambes écartées. Une moue provocante sur les lèvres.

— Tu viens, mon minou ?

L'Ultime se mit à genoux et secoua sa grosse tête blanche. Il avait la culotte de la fille en plein dans son axe olfactif et ça lui prenait la gorge, mais pas seulement : des réminiscences des rituels qu'il avait subis lui embrouillaient les pensées. Par superstition, il imagina qu'elle usait elle aussi d'une sorte de maléfice, avec son propre sang et son sexe, et ça le déstabilisa. Il comprit soudain combien elle était dangereuse et décida d'arrêter les frais. Il allait la tuer. Ne sachant comment passer cette barrière d'odeur féminine, il bondit comme un tigre, envoyant un violent coup de tête qui sonna Lise. Elle se laissa tomber sur le dos, complètement amorphe.

La brute se redressa, son maître continuait de lui hurler de tuer, tuer, tuer ! Il posa les mains sur le bas du visage de Lise. Il hésitait entre le lui éclater ou simplement lui briser la nuque. Lise opéra un mouvement du bassin contre le sien, ça le troubla, il prit ça pour une attaque mystique et inclina la tête pour regarder vers le bas. Elle en profita pour se rétablir et planta la petite cuillère à café dans sa gorge, une fois, deux fois, trois fois, le sang gicla comme d'une tuyauterie percée.

Baby ! Baby ! Baby !

Le colosse porta une main à son cou, interloqué. Lise décida de l'achever et lui planta la cuillère dans l'oreille, le plus profondément possible. Pour la première fois de sa vie, l'Ultime poussa un hurlement.

Affanasiev paniqua.

— Tirez-lui dessus, qu'est-ce que vous attendez, elle est en train de blesser l'Ultime ! Vite ! Vite !

C'était l'occasion que Gosta attendait. Dès que son gardien se détourna pour tirer vers la fosse, il se rua en lui donnant un coup de boule. Le Cramé était rapide, très rapide. En deux secondes il avait récupéré le Glock et abattu l'homme d'une balle, puis s'était saisi d'Affanasiev pour lui coller son canon sur la tempe.

— Jetez vos armes ! Jetez tous vos armes !

En bas, dans l'arène, l'Ultime s'était ressaisi. Il croyait en son invincibilité et, malgré le sang qui giclait de sa gorge et dégoulinait de son oreille en lui envoyant des bourdonnements dans le cerveau, il frappa Lise à coups redoublés. Gosta lui éclata le crâne d'une balle 9 millimètres Parabellum, les morceaux de cervelle giclèrent sur le marbre blanc. La fliquette était à demi dans les vapes, le visage bleui par les coups.

— Lise, ça va ?

Elle se secoua et se releva lentement en poussant le corps de l'Ultime des pieds.

— Ça va, t'as mis le temps, mais ça va.

— Allez, grouille-toi de remonter. Lino ?

— Tout va bien, je gère.

Le Corse avait récupéré le fusil d'assaut de son voisin et plombé le troisième garde avant qu'il ne riposte. Il ordonna au sbire de se coucher au sol, les mains sur la tête.

Ils se retrouvaient maîtres de la situation, avec Affanasiev en otage. Le Russe avait perdu le sens des réalités, il baragouinait en pleurnichant :

— L'Ultime, ils ont tué l'Ultime. Tout cet argent, toutes ces filles mortes… Toutes ces filles…

Lise récupéra un flingue et se rua dans la pièce derrière le rideau de plastique.

— Jade !

La jeune fille était sanglée sur un brancard, avec des perfusions dans les bras, livide. Mais ce n'était pas Jade. Lise la détacha et la recouvrit d'une couverture. La fille était sur le point de tourner de l'œil tant elle était faible. La lieutenante retourna se planter devant le Russe pour lui décocher un violent coup de flingue en travers de la gueule.

— Jade, ma nièce, où est-elle ?

Affanasiev cracha une dent avant de répondre :

— Elle n'était pas vierge, elle ne m'intéressait pas.

Le sang de Lise se glaça, elle envoya une nouvelle mandale au Russe qui s'écroula au sol, et plaqua le canon de son flingue contre son front en relevant le percuteur.

— Je te jure que je te bute ! Là, tout de suite !

— Elle… Elle est saine et sauve. Dans une chambre sous les combles, au dernier étage.

Lise se tourna vers Gosta.

— Je vais la chercher.

— Je t'accompagne.

— Non, tu dois t'occuper de Lino et filer au plus vite, ne t'inquiète pas, je vais appeler la cavalerie.

Lino était en train d'attacher les gardes blessés avec du fil électrique, il releva la tête et lui jeta un regard dur.

— Un flic comme toi, j'en ai jamais vu.

C'était une sorte de remerciement pour avoir sauté dans l'arène et combattu un dogue à mains nues. Et lui avoir sauvé la vie. Gosta aussi avait sorti son cellulaire.

— Stéphane, il faut que tu fasses le ménage et que tu viennes nous chercher, Lino est blessé, retrouve-nous dans le hall.

Il se tourna vers Lise.

— On a combien de temps avant que tes amis arrivent ?

— Quinze minutes, grand maximum.

Il attrapa Affanasiev par le col et le jeta devant lui.

— Alors il va falloir qu'on se dépêche de faire ce pour quoi on est venus. Montre-nous où se trouve ton coffre, vite !

Lise récupéra le pantalon d'un des gardes morts. Elle serra la ceinture tant qu'elle put et se rapprocha du Cramé.

— C'était ça, ton plan, tu comptais le braquer ?

— Le braquer et t'aider à récupérer ta nièce, ce n'est pas ce que tu voulais ?

— Si, mais on a un problème, je le voulais lui, aussi.

Elle désigna le Russe du canon de son flingue.

Gosta échangea un regard avec Lino, qui fit non de la tête.

— Ça ne va pas être possible.

« Ils vont le tuer. »

— Il doit passer devant la justice et témoigner.

— Il doit aussi passer devant notre justice, je ne peux pas te le livrer, je t'ai déjà expliqué, je joue ma vie et ma réputation dans cette histoire. Il te reste les gardes blessés, on les a attachés, ils témoigneront. Je suis désolé.

Il commença à pousser Affanasiev vers la sortie.

Lise tenta une dernière fois de le faire changer d'avis :

— Promets-moi d'y réfléchir.
— OK.
Le Russe se mit à gueuler :
— Mademoiselle, ne les laissez pas me tuer ! Par pitié ! Ou alors, vous le regretterez !
Elle le regarda avec dégoût, puis haussa les épaules.
— Désolée, mais vous l'avez cherché.
Un rire démoniaque sortit de la gorge d'Affanasiev.
— Alors passez le bonjour à votre nièce !
Une vague glacée déferla dans le dos de Lise. Qu'est-ce que ça voulait dire ? Pourquoi parlait-il ainsi de Jade ? Il fallait qu'elle aille la libérer, tout de suite ! Elle regarda autour d'elle et repéra un fusil d'assaut avec système de visée et lance-grenade, un chargeur de secours scotché sur l'extérieur de sa crosse. Elle s'en empara, resserra la ceinture de son pantalon et se rua dans les escaliers.

Lino tira Affanasiev sans ménagement jusqu'à son bureau. Il le jeta à genoux devant son coffre. Le Cramé surveillait les arrières :
— C'est bon, on devrait avoir quelques minutes devant nous.
Lino se pencha au-dessus du Russe.
— Tu vas nous donner la combinaison du coffre, et fissa, on est pressés.
Affanasiev éclata de rire.
— Pour qui vous prenez-vous ! C'est moi qui torture les gens habituellement, et je sais que, de toute façon, vous allez me tuer. Je ne dirai rien ! Rien ! Ha ! Ha ! Ha ! Rien de rien ! Je ne crains pas la douleur. Alors, monsieur le « Cramé », cela fait quoi, de sentir qu'on va se faire avoir encore une fois ?

Lino échangea un regard avec Gosta. Les deux hommes souriaient. Ce qui ne rassura pas Affanasiev. Le Corse lui parla d'une voix douce :

— Comme ça, tu as l'habitude de torturer des gens ? Alors je vais te dire un truc, mon gars, avant que tu crèves, parce que, sur ce point-là, tu as raison, tu vas crever, mais pas de la manière dont tu penses : tu vas souffrir. Et avant, tu vas nous donner la combinaison du coffre. Ensuite, ce ne sera pas fini. Chez moi, en Corse, on n'aime pas les balances, et on a une expression : « Tu aurais mieux fait de laisser ta langue dans ta poche. »

Affanasiev commença à transpirer, il tourna son visage vers le Cramé, tentant une dernière bravache.

— Vous ne me ferez pas parler ! Je vous promets que vous n'y arriverez pas !

Gosta secoua lentement la tête, comme l'on réprimanderait un enfant. Le Russe le vit récupérer un coupe-papier sur le bureau, puis faire un signe de tête à son ami, en disant :

— Tu crois que ça coupe bien, ce truc ?

Lino haussa les épaules, le Cramé ajouta :

— Tiens-le.

Et il s'avança vers le Russe.

56

Tout en escaladant les marches quatre à quatre, Lise sortit son portable et composa le numéro de Boisfeuras.

— Parrain, si c'est toujours d'accord pour ton unité d'élite, je veux bien ! Le Russe a tout avoué et Jade est retenue dans le manoir, mais il reste pas mal de gardes armés, à l'intérieur comme à l'extérieur, il faudra faire vite.

— L'équipe se trouve à cinq minutes du domaine, je lance l'ordre immédiatement. Laisse-les intervenir, ne prends pas de risques inutiles.

Soudain, elle entendit le bruit d'une décharge de chevrotine suivie de plusieurs coups de feu de gros calibre. Cela venait du rez-de-chaussée. Stéphane Paoli avait commencé son opération de nettoyage.

— Non, il faut que j'intervienne, je suis sûre qu'Affanasiev a donné l'ordre de tuer Jade en cas de problème.

Elle raccrocha.

Il n'y avait plus qu'à espérer que le Cramé ait le temps de déguerpir, sinon, tant pis pour lui. Il n'était plus question de sentiments, à présent, juste d'action et de survie.

Au moment où elle allait s'engager sur le palier du dernier étage, une rafale de mitraillette manqua la faucher. Elle plongea vers le sol en voyant les crépitements blancs sortir du canon. Lise repéra deux gardes : ils étaient devant une porte fermée et l'un d'eux essayait de l'ouvrir avec une clé alors que le second la canardait. C'était bien ce qu'elle avait pensé : ils se préoccupaient autant de tuer Jade que de se protéger. Il ne fallait pas qu'elle rate son coup.

Elle roula sur elle-même pour se plaquer contre le mur et lâcha une rafale. Celui qui tirait eut les jambes coupées et s'écroula. Malheureusement, son chargeur était vide, et trois autres hommes arrivaient du bout du couloir en tirant vers elle, alors que le premier gars était sur le point d'ouvrir la porte. Il avait un pistolet automatique dans la main droite et un méchant sourire sur le visage. Lise hurla de toutes ses forces.

— Hééééééééé ! Connard !

Elle appuya sur la détente du lance-grenade en calant le plus possible la crosse contre son épaule. La petite roquette fusa à travers l'immense couloir, le type la regardait bouche bée, alors que ses compagnons avaient cessé de courir. Lise eut l'impression que l'image s'était mise sur « pause », puis le petit missile frappa un des hommes en pleine poitrine.

« Pourvu que Jade se soit mise à l'abri », pria Lise.

Il y eut un bruit énorme, puis un *Plouf* dans ses oreilles suivi d'un larsen. Les flammes déchiquetèrent le garde et propulsèrent les autres. Lise n'avait pas de temps à perdre. Elle arracha le chargeur collé sur la crosse et dégagea celui qui était vide pour recharger son arme, puis elle se leva et s'approcha en se collant au mur.

Au fond du couloir, deux des hommes étaient seulement blessés. À travers la fumée, ils tendirent leurs pistolets dans sa direction. Sans s'arrêter de marcher elle leur tira dessus, des petites rafales de six balles à la fois qui les scotchèrent au mur. Elle arriva à hauteur de la porte, le garde contre le sol se tenait les tripes en gémissant, assis dans une mare de sang. C'était le dernier survivant. Elle hésita à l'achever, quand elle entendit :

— Tata… C'est toi ?

Le ton lui brisa le cœur. Une sonorité épuisée, apeurée et légèrement pâteuse. Lise fit passer le fusil dans son dos et se rua dans la pièce. Jade se relevait de derrière le lit où elle s'était cachée, les yeux troubles, une ombre de sourire sur les lèvres.

— Oui, Jade, c'est moi, je suis venue te chercher. Dis-moi que ça va…

Le sourire s'élargit, elle avait eu si peur.

— Je suis défoncée, tata. Je sais pas ce qu'ils m'ont donné, mais là, tu vois, je te parle et j'ai l'impression de rêver.

Elles se serrèrent dans les bras. Lise ne pouvait s'empêcher de pleurer. Et de sourire, d'autant plus qu'elle entendait le bruit des sirènes de police monter de l'extérieur.

Puis il y eut un autre bruit. Terrifiant, celui-là.

57

Lise perçut un gémissement puis un petit sifflement strident, et son corps se figea. Elle tourna la tête vers la porte. Le garde qui agonisait serrait une grenade dégoupillée d'où s'échappait un fin jet de fumée blanche. On aurait dit une boîte de conserve grise. Lise la reconnut immédiatement : une grenade incendiaire.

— Nom de Dieu !

Elle n'aurait pas le temps de ressortir dans le couloir… Elle repéra l'œil-de-bœuf, carreaux ouverts mais volets verrouillés par un cadenas. Son bras droit fit glisser le fusil devant elle et envoya une rafale qui fit exploser la serrure, puis elle attrapa Jade et la traîna jusqu'à la fenêtre.

— Vite, Jade ! Vite, magne-toi !

Elle la fit passer devant, sur la bordure du toit. Jade faillit partir en avant et Lise fut obligée d'envoyer la moitié de son corps par-dessus le rebord afin de la retenir. Son front se couvrit d'une sueur froide et son cœur battait dans ses oreilles. Le vide se trouvait à quelques mètres devant elle, Jade ne comprenait pas ce qu'il se passait, sa tante lui criait de ramper vers la droite et elle obéit tant bien que mal.

Enfin, Lise se traîna à son tour, poussant l'adolescente devant elle. Ça y était, elles se trouvaient sur le toit. Il fallait s'éloigner le plus vite possible de la fenêtre.

Elles étaient en train de grimper vers une cheminée sur la gauche lorsqu'une énorme bouffée de flammes rouge et jaune fit exploser la structure et le petit toit de l'œil-de-bœuf dans une détonation sourde. On aurait cru un éternuement de dragon. Jade se mit à trembler, Lise la serra encore plus fort.

— Ça va aller, ma chérie, ça va aller, on ne craint plus rien, viens.

Elles montèrent sur la crête du toit qui faisait comme un chemin plat de cinquante centimètres de large. Lise montra la route en bas. Des camionnettes bleu foncé envahissaient le domaine, sirènes hurlantes.

— Voilà, c'est fini, regarde, les collègues de ton père viennent nous chercher.

Lise conduisit Jade en sécurité sur une partie d'ardoises plates collée à une énorme cheminée. La gamine put se détendre le long du mur. L'air un peu perdue, elle balbutiait :

— Il y a tout qui tourne, il y a tout qui tourne.

Lise en avait le cœur brisé. Au fond d'elle, quelque chose espérait que le Cramé avait bel et bien liquidé cet enfoiré de Russe. Du coup, elle se demanda si sa bande et lui avaient réussi à s'en sortir. Elle pencha la tête pour essayer de voir devant la maison : la voiture de Paoli n'y était plus, les hommes vêtus des uniformes du GIPN pénétraient à l'intérieur. Elle se retourna pour regarder de l'autre côté du manoir, mais la cheminée formait comme un mur et elle fut obligée de pencher la tête. Elle resta interdite. En bas, trois hommes traversaient la pelouse en courant. De l'autre côté, deux grosses Mercedes noires les attendaient, portières ouvertes. Deux des hommes qui couraient étaient armés de fusils-mitrailleurs, quant au troisième…

Il portait un costume bleu Klein ainsi qu'un gros sac de voyage sur l'épaule. Erik ! Le secrétaire et associé d'Affanasiev.

Lise fit glisser son fusil devant elle, mais il n'y avait pas moyen de faire une visée correcte à cause du mur. Elle regarda en tous sens et repéra un peu plus bas des cheminées plus petites sur lesquelles elle pourrait prendre appui.

Jade était en train de somnoler, elle la secoua un peu.

— Jade, tu ne bouges surtout pas, je reviens tout de suite. Tu peux dormir, tout va bien, je suis juste à côté, je reviens.

L'adolescente fut prise de frissons et sa main se referma sur la manche de sa tante.

— Non… Non… Ne me laisse pas…

Lise ôta délicatement la main de son bras.

— Ne t'inquiète pas, il y en a pour quelques minutes, je suis juste là, je dois m'occuper du méchant qui t'a fait du mal. Tu comprends ?

Jade faisait non de la tête, ses yeux se refermaient. À nouveau elle somnolait. Lise la déposa le plus près possible du mur et récupéra son fusil. Elle glissa sur les fesses sur une vingtaine de mètres, jusqu'aux deux petits tubes de tuiles plantés dans un bloc de pierre, et se mit à cheval sur la maçonnerie. Elle pouvait même poser les bras sur les cheminées et s'en servir comme support de visée. Il fallait faire vite, le type au costume bleu n'était plus qu'à quelques mètres de la voiture.

Elle épaula, vérifia qu'une balle était bien engagée dans la culasse, puis elle s'appliqua sur la visée. Il s'agissait d'une lunette fixe sans lentilles en verre à l'intérieur : il fallait visser et dévisser légèrement entre chaque tir pour l'affiner jusqu'à la rendre ultra-précise. La détonation lui explosa dans le tympan gauche. Les trois hommes se retournèrent sans cesser de courir, cherchant d'où provenait le tir.

Lise avait visé trop en avant, elle régla et tira à nouveau. Cette fois, ce fut la cheville d'un des gardes qui morfla. Mais ce n'était pas lui qu'elle visait. Elle tourna la petite molette vers le bas et ajusta un instant avant de tirer à nouveau. Bingo, l'homme en bleu s'écroula.

Il se releva en se tenant le bras, regarda vers elle. Ça y est, ils l'avaient repérée. Le deuxième garde lui tira dessus, même s'il n'avait aucune chance de l'atteindre. Erik abandonna son sac. Il était à vingt mètres de la voiture…

Lise mit son œil dans la visée et tira au moment où Erik faisait une embardée. Elle le rata. Elle retint sa respiration, son doigt appuya tout doucement sur la détente, quand une rafale d'arme lourde commença à déchiqueter les tuiles autour d'elle. Sans le muret, elle se serait pris une balle dans le ventre. Elle fut obligée de se coucher en arrière. Un homme était sorti de la Mercedes et l'arrosait au gros calibre.

— Putain de merde !

Elle risquait de se faire descendre à tout moment, quand les tirs cessèrent. Elle jeta un coup d'œil : le chauffeur était en train de réintégrer sa place et Erik Wurtz tenait la portière arrière de la voiture ouverte, prêt à s'engouffrer dedans. Il tourna la tête vers Lise. Elle aurait juré le voir sourire. Elle récupéra le fusil. Ses gestes se firent rapides et précis.

Ne pas penser à viser, ne penser à rien.

Elle ne voyait même pas le visage du secrétaire, c'était celui de la jeune femme blonde dans l'Audi sur l'autoroute qui inondait son cerveau. Ses yeux clairs terrifiés, son air douloureux. Le doigt de Lise enfonça la détente.

Avant que la portière ne se referme, la tête de Wurtz explosa.

Le chauffeur ne prit pas la peine de s'inquiéter pour son patron, il appuya sur l'accélérateur. Les deux voitures filèrent. Des gendarmes armés jusqu'aux dents sortaient de la maison. Ils retrouveraient sans doute le cadavre de Wurtz quelques kilomètres plus loin.

Lise regarda autour d'elle, des trous de la taille de boules de bowling parsemaient le toit. Elle avait failli y passer. Heureusement, Jade était protégée par la grosse cheminée.

C'était fini, il n'y avait plus qu'à attendre que ses collègues viennent la chercher. Elle se remit à grimper, le fusil sur le dos.

En arrivant sur le pourtour de la cheminée, elle comprit que sa vie ne serait plus jamais comme avant.

Un gouffre énorme se forma dans son être – de son cerveau à son ventre – pour l'engloutir de l'intérieur. Elle était tellement estomaquée qu'elle ne pouvait plus respirer.

« Ce n'est pas possible ! »

Elle rampa le long du toit, le plus vite possible. Sa nièce avait disparu. Elle ne pouvait l'accepter ni même l'imaginer, pourtant, elle devait savoir.

Voir ce qu'elle redoutait.

Elle repéra un fil d'antenne de télévision et l'attrapa pour l'enrouler autour de son poignet et s'aider à descendre. Elle commença à glisser vers le bas. De plus en plus vite, comme aspirée, jusqu'à taper la gouttière des deux pieds. Elle pencha la tête au bord du vide et le gouffre dans son être aspira son cœur.

Des hommes en bleu couraient, certains entouraient déjà l'adolescente.

Quatre étages plus bas, le corps disloqué de Jade s'étalait sur le gravier.

Jade…

Elle avait dû essayer de la rejoindre, la chercher, et elle avait chuté.

Jusqu'en bas.

La tête de Lise s'emplit de nuages noirs, il pleuvait de l'acide dans ses yeux, elle devint très lourde, attirée vers l'avant. Elle allait plonger, elle aussi. Elle allait tomber, se laisser aller. Elle ferma les yeux pour ne plus sentir ses pupilles brûler, mais les cris de sa mère, le regard apeuré de son frère, et celui, déçu, de son père, furent encore plus grotesques, jusqu'à lui donner envie de vomir, vomir son propre être. Elle bascula dans le vide.

58

Six mois plus tard

Elle est cachée par un vieux container, la pluie lui tombe dessus. Ses lèvres crachent de la buée en rafales, on croirait qu'elle vient de courir un cent mètres. La flotte froide se mélange à ses larmes. Elle se tient accroupie, présentant son dos courbé aux nuées, lève les mains jusqu'à ses yeux.

Le sang les recouvre.

Des grondements se font entendre sur l'horizon de la grande banlieue, la nuit s'emplit de bouffées blanches, des explosions d'éclairs illuminent les immeubles des cités comme des pierres tombales. Elle regarde la guirlande d'une autoroute embouteillée recouverte par l'orage qui floute tout. Quelques minutes avant, elle avait encore la musique de Portishead dans la tête, « Glory Box » :

« *I'm so tired, of playing…* »

Juste avant que sa moto ne se retourne sur le bitume.

Son pantalon est déchiré et la pluie se mêle au sang de ses genoux, formant des rigoles sur le sol. Le cuir de sa botte droite est arraché. Une de ses mains est écorchée et son corps n'est que plaies et hématomes, sa hanche lui fait horriblement mal. La route était glissante. Mais Lise sait que ce n'est pas la seule raison de son accident. Elle roulait trop vite. Exprès.

Elle colle le dos sur le fer froid et se laisse glisser jusqu'à ce que ses fesses atterrissent dans une flaque. Ses paumes se referment sur son visage, l'imbibant de sang. Elle veut pleurer un moment, avant que la rage ne la reprenne.

Non, elle n'est pas là pour pleurer, mais pour frapper, faire le mal.

Plus loin, derrière l'épais rideau de pluie qui strie la nuit de filaments d'argent, la porte d'un entrepôt est entrouverte. De là où elle se trouve, Lise voit les trois hommes qu'elle traque. Ils vont sur leurs vingt ans et, six mois plus tôt, la police les a soupçonnés d'avoir kidnappé et torturé deux adolescents pour leur voler leurs portables et vider leurs comptes d'épargne. Un des deux garçons a été violé avec une bouteille de Coca. Lise a monté un dossier sur les trois ordures et sait qu'ils ont aussi emmené des filles dans des caves, contre leur volonté. Mais ce coin de banlieue est si vaste et tapissé de tant et tant d'immeubles que le nombre d'affaires criminelles non suivies dépasse les statistiques.

Ils ont allumé un feu dans un brasero, et un blaster balance ce qui ressemble à du rap français sur lequel dansent deux des gars en se passant une flasque de whisky. Le troisième est enfoncé dans un vieux canapé et se prépare une seringue d'un cocktail de divers médicaments et drogues afin de se l'envoyer dans les veines.

Six mois venaient de s'écouler.

« Un soupir aurait duré plus longtemps… »

Jade était tombée du toit et Lise l'avait suivie, se jetant tête la première dans le vide, volontairement, pour se réveiller, une vingtaine d'heures plus tard, dans une chambre d'hôpital. Boisfeuras lui secouait la main et lui criait des mots qu'elle recevait dans son cerveau comme des flèches de fumée noire.

— Elle est vivante, Lise, elle est vivante !

Lise ouvrit les yeux, tout était blanc. Un néon l'aveuglait, mais elle se força à se réveiller complètement, incrédule. Pourquoi était-elle vivante ? Elle avait le bras droit bandé et une déchirure à l'intérieur de la tête.

Boisfeuras serrait sa main à la lui briser ; penché vers elle, il lui répétait :

— Elle est vivante, Lise !

Elle balbutia :

— Jade ?

— Oui, elle est vivante. Ils l'ont opérée pendant trois heures, elle va s'en sortir.

Le visage de Lise s'épanouit, puis elle fronça les sourcils.

— Mais, et moi ? Qu'est-ce que…

— Le câble d'antenne qui était entouré autour de ton bras, il t'a retenue quand tu es tombée du toit, mais le choc t'a brisé l'épaule et fait perdre connaissance. Tu pendais comme une marionnette dans le vide. Que s'est-il passé ? Tu as essayé de retenir Jade ?

Les larmes envahirent son visage.

— Non, non !

— Quoi ! Non ?

— Je voulais mourir, parrain ! Tu ne comprends pas ?

— Mais… Pourquoi ?

— C'est ma faute si Jade est tombée, c'est ma faute !

Boisfeuras prit le temps de digérer ce qu'il venait d'entendre. Il ne pouvait imaginer sa filleule en train de pousser sa propre nièce dans le vide.

— Comment ça ?

— Je l'ai laissée seule. Je l'ai… abandonnée ! Elle tenait à peine debout et je l'ai laissée pour aller tirer sur l'autre abruti ! Quand je suis revenue, elle… elle était tombée.

Le vieux flic inspira lentement, comme pour dire à son cœur que cela allait passer, qu'il allait pouvoir se remettre à battre…

— Tu… Tu ne pouvais pas savoir…

Lise secoua la tête, les mains crispées sur les draps blancs.

Une chute de quatre étages…

— Elle va s'en sortir ?

— Oui, je t'ai dit. Mais j'ai besoin d'informations, et tout de suite. Tu comprends ? On a retrouvé Affanasiev, dans un sale état. Le visage couvert de coups, les tympans crevés, les yeux… pareils. Il a été torturé, son coffre vidé, les hommes qui ont fait ça lui ont mis une balle dans le ventre après lui avoir tranché la langue. On l'a retrouvée dans sa poche de pantalon ! Le Russe respirait encore quand les gars du GIGN se sont pointés, il s'était vidé de son sang, mais il vivait encore ! On n'a pas pu le sauver, il aura souffert jusqu'au bout. Mais un des gardes a tout avoué. C'étaient bien eux, le soir de la fusillade sur l'autoroute, il conduisait la voiture d'Affanasiev. On a même retrouvé le fameux fusil-mitrailleur. Il nous a aussi parlé des « événements » qu'ils organisaient et de ce que ces monstres faisaient aux filles. Tout ça pour fournir du sang chaud à une brute de combat ! Qui a aussi été retrouvée abattue. À toi, maintenant, raconte-moi ce qu'il s'est passé.

— Mais… quelle heure il est ?

— Huit heures du matin, cela fait quinze heures que tu dors.

Lise soupira, elle lui devait bien ça. Elle fit un rapport détaillé de tout ce qu'il s'était passé. Luttant contre des bouffées d'angoisse en parlant du moment où la grenade incendiaire avait explosé et quand elle avait décidé de « s'occuper » du secrétaire au lieu de rester près de sa nièce.

Comme elle l'avait promis à son frère.

Son parrain eut envie de lui répéter qu'elle n'y était pour rien, mais il savait qu'ils se mentiraient à tous les deux. Il se contenta de lui serrer un peu plus le poignet. Puis il se leva en demandant :

— Et pour le Cramé ? Tu n'aurais pas quelque chose à me donner ? Une adresse, des noms ?

Elle fit non de la tête.

Boisfeuras lui envoya un sourire entendu.

— Évidemment. Bon, je vais faire un rapport au ministre, cette affaire est terminée et je peux te dire qu'il va y avoir des récompenses. Laugier va venir te voir, il va falloir que tu lui donnes des détails. Tu ne parleras pas du braquage sur le ferry, tu diras uniquement que tu as réussi à t'incruster sur une transaction entre les gangsters et le Russe grâce à un de tes indics que tu veux garder secret, compris ? Ne t'inquiète pas, après la bourde qu'il a faite en ne protégeant pas assez la fille de Camille, il n'ira pas chercher plus loin. Ensuite, je veux que tu te rétablisses et que tu reprennes le travail.

— Il faut que je voie Jade.

— Ce n'est pas possible, son père… Camille ne veut pas.

Lise resta silencieuse un moment, avant de lâcher :

— Je veux démissionner.

— Pas question.

— J'ai travaillé main dans la main avec des braqueurs, j'ai trahi la PJ, ma famille, mon frère…

— Tu as fait ce qu'il fallait pour résoudre une affaire de meurtre. D'ailleurs, tu ne retournes pas à la BRB, je t'ai mutée à la Crime, Delrieux a pris du galon et te veut. J'en ai déjà parlé à Esclavier. Tu passes chef de groupe. C'est la règle, si on ne le fait pas, les gens vont se douter qu'il y a anguille sous roche. Tu pourras choisir tes hommes, si tu veux garder Brigitte et Paupiette, à condition qu'elles soient d'accord pour bouger.

— Quoi ? Chef de groupe à la Crime ? Je ne veux pas, je te dis !

— Tu n'as pas le choix. Tu dois oublier tout ça et reprendre vite le travail, sinon, que va-t-il se passer ? Hein ? Tu vas aller te jeter d'un pont dans la Seine, c'est ça ?

Elle baissa la tête.

— Tu es sûre que… Camille ne veut pas que…

— Non, je suis désolé.

Elle planta ses yeux dans ceux de son parrain.

Quatre étages...

— Elle va s'en sortir ? Comment…

Boisfeuras ne pouvait cacher la vérité ; son visage se stria de fines larmes mais il ne détourna pas le regard. Sans qu'il les prononce, les mots y défilaient, implacables.

Jade allait s'en sortir, mais elle ne marcherait sans doute plus et elle aurait probablement des séquelles cérébrales…

Lise acquiesça, en lui faisant signe de partir.

Elle s'enfouit tout doucement sous ses draps, les remontant jusqu'au-dessus de sa tête, et poussa des petits cris dans le noir, suffoquant, pleurant…

Des heures plus tard, elle pleurait toujours. Le lendemain, elle continuait, et le jour suivant, encore. Puis Solveig était apparue.

Elle avait appelé le bureau de la lieutenante pour lui proposer ce fameux rendez-vous avec le médecin et était tombée sur Paupiette. La petite grosse avait senti l'émotion de la jeune infirmière quand elle avait mentionné la présence de leur collègue à l'hôpital. Brigitte se trouvait dans le bureau. Elle avait demandé : « C'est qui ? — Une amie de Lise, je crois. » Lartéguy n'avait presque pas d'amis, et les deux filles étaient passées la visiter à plusieurs reprises, pour, à chaque fois, la voir pleurer. Brigitte avait lancé un regard entendu à Paulette, et celle-ci avait raconté l'histoire de la nièce à Solveig.

Un bouquet de fleurs entre les mains qui semblait l'encombrer, Solveig s'était avancée dans la chambre.

Leurs regards s'étaient croisés, celui de l'infirmière avait débordé de larmes, elle ne pouvait pas s'en empêcher. Si Lise pleurait, alors Solveig pleurait aussi.

Lise s'était efforcée de se calmer. Avait tenté un sourire, il tremblait comme les ailes d'une libellule. Elle l'avait regardée s'approcher. Quelque chose de chaud avait coulé dans son cœur.

Certains appellent cela rencontrer l'âme sœur.

Solveig faisait non de la tête, « non, ne t'en veux pas », Lise avait attrapé sa main, pour la tirer vers elle. Et leurs larmes s'étaient mêlées.

Solveig avait sauvé Lise, l'avait empêchée de sombrer.

Sauvée, mais pas guérie.

Un éclair zèbre la nuit et le grondement du tonnerre fait craquer l'air tout autour d'elle. Lise se relève doucement. La pluie dégouline sur son blouson de cuir, elle ne ressent plus aucune douleur. Il faut qu'elle se domine. Sa main gantée de noir se referme un peu plus fort sur la tige d'acier qui va lui servir à fracasser les crânes et les genoux, à faire éclater les dents et les arcades. Plus rien n'a d'importance, mis à part l'immense soulagement qui va s'emparer d'elle. Elle s'avance sur le bitume, les yeux plissés, la mâchoire serrée, le cœur brûlant.

Plus elle attend entre ses crises, plus cette peur la reprend. Celle de trop déborder, de ne plus pouvoir se contrôler, et de tuer.

« Fais-le pour toi, uniquement pour te calmer. Une seule fois. »

Encore une fois.

Elle lève la tête pour se rincer le visage, ses cheveux collent à son crâne, ses yeux se ferment.

« Ensuite, tu pourras aller voir Jade. »

« *I just wanna be a woman* », disait la chanson de Portishead.

« Je veux juste être moi. »

Remerciements

Je remercie José Giovanni, qui, il y a très longtemps, a trouvé les mots pour me dire de continuer d'écrire, encore et toujours.

Un immense merci à Jimmy Gallier, « découvreur de talents ».

Encore plus immense pour Benoît Minville qui, au détour d'une conversation avec un grand éditeur, a bouleversé la vie et les rêves d'un auteur.

Le grand éditeur en question : merci à toi, Glenn Tavennec, pour ta modernité, ton énergie et tes suggestions. *Brutale* est née grâce à toi.

Un tonnerre de mercis à Nathalie Théry, l'éditrice qui a « mastérisé » le texte, qui a su par son énorme travail rendre *Brutale* encore plus forte et prenante.

Merci à toutes les équipes de chez Robert Laffont, pour leur enthousiasme et leur passion, tout ce que j'aime et partage.

Je remercie mon père, ma mère, mes frères Jean Christian et Raphaël, mes sœurs Valérie, Marie Christine et Séverine, mes cousines Nathalie et Laurence, mes cousins Jérôme et Stéphane, mais aussi Dante et Sylvia, leur fille Christine, Éric/Rice (de

Nice), Sylvain, Youri, Claudia, George-Marc, JC, Vali, Philippe, Marino, Olivier, « Cho », Yanneck, « Jo », Greg/Dieu, Jean-Marc et Véro, pour leur existence passée ou présente, mes ami(e)s et collègues pour leur soutien et leur curiosité depuis de nombreuses années.

Merci à ma chérie, Nathalie, et à mes deux autres chéries, Lise et Camille, juste d'être là.

Cet ouvrage a été composé et mis en pages
par Étianne Composition
à Montrouge.

Imprimé en France par CPI
en janvier 2018
N° d'impression : 3026321

POCKET – 12, avenue d'Italie – 75627 Paris Cedex 13

S27987/01